고독한 늑대의 피

고독한 늑대의 피

유즈키 유코 장편소설 | 이윤정 옮김

작가
정신

차례

등장인물 관계도

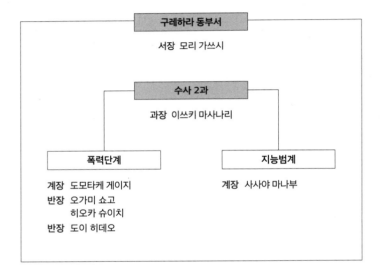

구레하라 동부서

서장 모리 가쓰시

수사 2과

과장 이쓰키 마사나리

폭력단계

계장 도모타케 게이지
반장 오가미 쇼고
　　　히오카 슈이치
반장 도이 히데오

지능범계

계장 사사야 마나부

'요릿집 시노'의 아키코

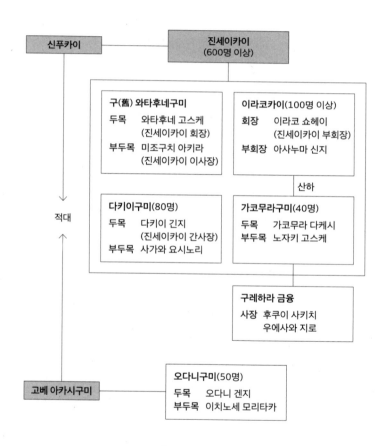

신푸카이

진세이카이
(600명 이상)

구(舊) 와타후네구미
두목 　와타후네 고스케
　　　　(진세이카이 회장)
부두목 미조구치 아키라
　　　　(진세이카이 이사장)

이라코카이(100명 이상)
회장 　이라코 쇼헤이
　　　　(진세이카이 부회장)
부회장 아사누마 신지

산하

다키이구미(80명)
두목 　다키이 긴지
　　　　(진세이카이 간사장)
부두목 사가와 요시노리

가코무라구미(40명)
두목 　가코무라 다케시
부두목 노자키 고스케

구레하라 금융
사장 후쿠이 사키치
　　　우에사와 지로

적대

고베 아카시구미

오다니구미(50명)
두목 　오다니 겐지
부두목 이치노세 모리타카

프롤로그

구레하라 동부서 회의실은 살기로 가득했다.

문밖에는 '구레하라 시 폭력단 항쟁 사건 대책 본부'라고 적힌 종이가 붙어 있다.

회의실에는 70명 가까운 수사관들이 집결해 있었다. 관할인 동부서 부서장과 간부, 폭력단계 형사와 각 부서에서 차출된 경찰관, 히로시마 현경県警 수사 4과 폭력단 담당 수사관, 관할 기동대 대원 들이다. 모두 경기 시작을 앞둔 투견 같은 표정으로 회의실 앞쪽을 바라보고 있었다.

부서장의 훈시가 끝나자 수사 지휘를 맡은 수사 2과 과장이 일어났다.

과장은 노려보듯 눈을 가늘게 뜨고 회의실에 앉아 있는 수사관들을 둘러보았다.

"방금 부서장님도 말씀하셨듯이 동부서 관내에서 조직 폭력 범죄가 자주 발생하고 있다. 권총 불법 소지, 대마와 각성제 사용 및 매매, 불법 도박 등이 일상적으로 행해지고, 폭력단 간의 항쟁 사건이 빈발하는 상황이다. 녀석들 때문에 치안이 불안하고 선량한 시민의 안전이 위협받고 있다. 실제로 이 주일쯤 전에 일반 시민이 발포 사건에 휘말려 아까운 목숨을 잃었다. 비극을 미연에 막지 못한 우리의 책임이 크다. 그러나……."

과장은 강한 어조로 또박또박 끊어서 말했다.

"녀석들의 폭거도, 오늘로, 끝이다."

수사관들의 표정이 더욱더 결연해졌다. 긴장 탓인지 침을 꿀꺽 삼키는 사람도 있었다.

구레하라 동부서에 설치된 '구레하라 시 폭력단 항쟁 사건 대책 본부'는 폭력단 관련 사무소의 일제 수색을 계획하고 있었다. 오늘 회의는 최종 협의를 위한 것이다.

과장은 가택수색 지침을 자세히 설명한 후 눈앞의 긴 테이블에 양손을 짚고 상체를 내밀었다.

"대대적인 수색인 만큼 상대가 얌전히 있을 리 없다. 만일의 사태에 대비해 각자 방탄조끼를 착용하도록."

방탄조끼라는 말에 회의실 안이 술렁거렸다. 과장이 매서운 눈초리로 수사관들을 보았다.

"조직원을 한 명이라도 더 검거해야 한다. 공무 집행 방해, 총검법 위반, 마약 소지, 불법 도박장 운영, 뭐든 좋다. 이번 가택수색에서 가능한 한 많은 죄목을 적용해 닥치는 대로 녀석들을 형무소에 처넣어!"

과장은 손목시계로 시간을 확인했다. 오전 6시 50분. 7시에 경찰서를 출발할 계획이다.

과장이 양손으로 테이블을 내리치며 대원들을 격려했다.

"이번 일제 수사에 경찰의 위신이 걸려 있다. 마음 단단히 먹도록!"

과장의 호령을 신호로 수사관들은 일제히 자리에서 일어나, 회의실 구석에 놓인 종이 상자에서 방탄조끼를 집어 들고 밖으로 나갔다.

수사관들이 분주하게 움직이는 가운데 회의실 뒤쪽의 한 남자가 의자 등받이에 기댄 채 느긋하게 앉아 있었다. 젊은 형사가 남자를 향해 달려왔다.

"반장님, 여기 있습니다."

젊은 형사가 방탄조끼를 내밀었다. 왼손에는 자신의 것이 들려 있다. 반장이라고 불린 남자는 지포 라이터를 만지작거리며 여유 있게 웃었다.

"서두를 것 없어. 성급한 거지는 밥 얻어먹기 힘들다고 하잖아?"

"하지만……, 우리 반원들은 벌써 주차장에서 대기하고 있어요."

출동이 늦어서 다른 반에게 공을 뺏길까 봐 걱정하고 있는 것이다. 그러나 상관에게 볼멘소리를 할 수도 없는 터라 젊은 형사는 혼잣말처럼 웅얼거렸다.

부하의 심중을 헤아리는지 남자가 타이르듯 말했다.

"두목의 자택이나 폭력단 사무소는 다른 사람들보고 가라고 해. 우리가 노리는 건 본채지 그런 부속 건물이 아니야."

"본채라고요?"

부하가 의아한 표정으로 물었다. 본채가 무슨 뜻인지 모르겠다는 얼굴이다.

남자는 지포 라이터의 뚜껑을 열었다 닫았다 했다. 찰그랑찰그랑 경쾌한 소리가 났다. 지포 라이터에는 늑대가 새겨져 있었다.

라이터 뚜껑을 닫더니 남자는 돋을새김된 늑대를 애정 어린 손길로 어루만졌다.

"요즘 세상에 누가 집이나 사무소에 연장을 둬? 습격에 대비해 몸에 지닌다면 몰라도. 하긴 그것도 여의치 않겠군."

"무슨 말씀이세요?"

남자가 목소리를 낮추었다.

"일제 수색 정보가 녀석들에게……."

남자가 하려던 말을 중단하고 "뭐, 그건 됐고" 하고 말하며 벌레 씹은 표정을 지었다.

"샜다는……, 말인가요?"

남자는 으음, 하고 신음 소리를 내더니 애매하게 고개를 저으며 힘주어 말했다.

"아무튼 연장은 조직의 무기고에 있어. 비밀 장소가 있다는 말이지."

흥분했는지 부하가 상체를 내밀며 물었다.

"그 장소를, 반장님은 아세요?"

남자가 부하에게 시선을 향하며 한 손으로 지포 뚜껑을 열었다.

"뭐, 그렇다고 할 수 있지."

부하의 얼굴이 금세 상기된다.

남자가 힘차게 라이터 뚜껑을 닫아 바지 주머니에 넣고는 자리에서 일어났다.

"가자고."

부하가 가져온 방탄조끼에는 눈길도 주지 않고 남자는 곧장 출구로 향했다.

1장

일지

1988년 6월 13일. 구레하라 동부서 수과 2과 배속 첫날.

오후 1시 30분부터 오가미 경사와 관내 순찰.

오후 1시 40분. 아카이시 거리 파친코점 '히노마루'.

오후 6시 30분. 오다니구미尾谷組 사무소 방문. 오다니구미 부두목 이치노세 모리타카로부터 가코무라구미加古村組 계열 금융회사 직원 실종 사건에 관한 정보 수집.

███████████████████████████ (1행 삭제)

오후 8시. 사카에 거리 '요릿집 시노'.

████████████████

████████████████████████████████ (2행 삭제)

오후의 아케이드가는 찌는 듯한 열기에 휩싸여 있었다.

길가에 불법으로 세워둔 자전거를 피해 걸어가면서 히오카 슈이치는 바지 뒷주머니에서 손수건을 꺼내 이마의 땀을 닦았다.

히로시마 현은 5일 전부터 장마권에 들었다. 그러나 비가 내릴 기미는 전혀 없다. 오히려 내리쬐는 햇빛은 장마가 끝난 후처럼 강렬했다.

항구에 면한 나미에 지구는 바닷바람이 불어서 더위가 덜하지만, 아케이드가는 역을 끼고 북쪽의 호코타 지구에 있다. 이 근방은 바다에서 먼 데다 상업 빌딩이 즐비하기 때문에 열기가 밖으로 빠져나가지 못한다. 게다가 아케이드가는 천장이 비닐로 덮여 있어서 흡사 비닐하우스 같다.

히오카는 손수건을 다시 바지 주머니에 넣고 셔츠 주머니에서 메모지 한 장을 꺼냈다. 수첩에서 찢은 종잇조각에는 구레하라 동부서에서 약속 장소인 커피숍까지 가는 길이 그려져 있었다. 수사 2과의 이쓰키 마사나리 과장이 그려준 약도다. 사실 대충 선만 그어놓은 것일 뿐 약도라고 부르기도 애매했다. 몇 군데 적어놓은 상점명만 보고 약속 장소를 찾아가고 있었다.

오늘은 히오카가 구레하라 동부서에 처음 출근한 날이다. 소속은 수사 2과. 동부서의 2과는 폭력단계와 지능범계로 나뉜다. 히오카는 폭력단계에 배속되었다. 형사가 되어 처음부터 수사 2과의 폭력단계, 그것도 항쟁 사건이 빈발하는 구레하라 시 관내에 배속된다는 것은 상당히 이례적인 인사다. 상관의 말로는 갑자기 형사 한 명이 의원 퇴직하는 바람에 결원이 생겼다고 한다.

　ー형사로서 보람을 느낄 만한 일이야. 공을 세우면 출세 길도 열릴 거고.

　본부 간부는 히오카의 어깨를 두드리며 그렇게 말했다.

　출세는 제쳐두고서라도 형사로서 보람을 느낄 만한 일이라는 말은 반가웠다. 예전에 근무하던 기동대에서는 주 업무가 훈련이고 가끔 지원 출동을 나갈 때 말고는 현장에 나갈 기회가 없었다. 덕분에 형사 시험 준비는 충분히 했지만 보람을 느낄 만한 일이야말로 평소부터 히오카가 간절히 원했던 것이다.

　구레하라 시 방문은 이번이 두 번째다. 사실 첫 방문은 초등학교 때 임해학교*에 참가해 구레하라 만의 작은 섬에서 놀았던 것이 전부다.

　히오카는 히로시마 시에서 태어났다. 대학도 히로시마에서 다녔고 경찰관 임용 직후 근무한 파출소도 히로시마 시내였다. 다른 도시에는 살아본 적이 없다. 음식이 맛있고 놀고 쇼핑하는 데도 편리한 히로시마 시에 히오카는 만족하고 있었다. 구레하라 시는 히로시마 시에서 기차로 30분 거리지만 굳이 더 작은 도시를 찾아갈 이유가 없었다.

*　여름에 해안 지역에서 이루어지는 체험 학습.

이 근방 지리도 모르면서 엉터리 약도에 의지해 약속 장소를 찾아가고 있는 것이다. 지나가는 사람에게 물어볼까 하다가 경찰관이 길을 묻기도 그래서 그만두었다.

혼자 힘으로 약속 장소인 코스모스라는 커피숍에 도착한 것은 약속 시간을 15분이나 넘긴 1시 15분이었다. 약도에는 네모 표시 옆에 코스모스라고만 적혀 있어서 단독 건물일 거라고 생각했는데, 실제로는 빌딩 1층에 입주한 커피숍이었다. 빌딩 이름을 함께 적어주었으면 찾기 쉬웠을 텐데 하고 히오카는 혼자 속으로 툴툴거렸다.

코스모스는 오래된 커피숍이었다. 입구 옆 유리에 붙여놓은 메뉴 사진은 개점 때 붙여놓은 그대로인지 심하게 변색되어 있었다. 빈 공간에 놓아둔 수입 장식품 역시 앤티크라고 부르기도 어정쩡한, 그냥 그곳에 방치해둔 낡은 생활 용품 같은 느낌이었다.

빛바랜 목제 문을 열고 가게 안으로 들어섰다. 문 위에 매달린 방울 소리와 함께 시원한 에어컨 바람이 온몸을 감쌌다.

카운터 안에서 초로의 남자가 천천히 고개를 들고 둥근 안경 너머로 히오카를 보았다.

"어서 오세요."

인사말을 건네지만 전혀 반기는 기색이 없는 목소리다.

가게는 좁고 약간 어두웠다. 카운터석 다섯 개와 4인용 테이블석 두 개가 전부였다. 주인 취향인지 가게 곳곳에 놓아둔 관엽식물 때문에 가뜩이나 좁은 실내가 더 좁게 느껴졌다.

히오카는 관엽식물 사이로 가게 안을 둘러보았다.

손님은 한 명밖에 없었다. 스테인드글라스가 끼워진 작은 창문 옆 테이블에 중년의 남자가 혼자 앉아 있다. 신문을 펼쳐 들고 있어서 얼굴은 잘 보이지 않지만 나이 대도 그렇고, 만나기로 한 사람이 틀림없다.

히오카는 남자가 앉아 있는 테이블로 다가가서 신문 너머로 말을 걸었다.

"실례지만 오가미 씨입니까?"

남자가 천천히 신문을 내렸다. 히오카를 본다. 물건 값을 매기는 전당포 주인의 눈처럼 깐깐한 눈이다. 그러나 눈초리는 달랐다. 상대를 똑바로 응시하는 날카로운 눈빛은 분명 형사의 그것이었다.

남자가 자신의 새로운 상관이라고 직감했다. 히오카는 자세를 바로잡았다.

"늦어서 죄송합니다. 오늘 구레하라 동부서에 부임한……."

이름을 말하려는데 남자가 벌떡 일어나더니 다짜고짜 히오카의 와이셔츠 멱살을 잡았다. 그대로 끌어내려 맞은편 자리에 주저앉혔다. 히오카는 놀란 눈으로 남자를 올려다보았다. 남자가 테이블 위로 상체를 내밀며 히오카를 노려보았다.

"야쿠자처럼 함부로 나불거리지 마."

걸걸하고 위협적인 목소리에 히오카는 자신도 모르게 움츠러들었다. 히오카더러 야쿠자라고 했지만 옷차림으로 보면 남자가 훨

씬 더 야쿠자 같았다. 검은 셔츠에 헐렁한 흰 바지를 입고 머리에는 흰색 파나마모자를 쓰고 있다. 투박한 손목시계와 벨트 버클이 어두운 실내에서 은빛으로 번쩍였다.

남자는 천천히 의자에 엉덩이를 내려놓고 씁쓸한 표정으로 혀를 찼다.

"상대가 누군지도 모르고 신원을 밝히는 멍청이가 어디 있어? 상대가 나였으니 망정이지 수배 중인 피의자였다면 어쩔 뻔했어? 약에 취한 야쿠자한테 그랬다간 칼침을 맞을지도 모른다고."

아무래도 사람을 제대로 본 모양이다.

"죄송합니다."

히오카는 자세를 가다듬고 오늘부터 직속상관으로 모셔야 할 남자에게 인사와 사과를 겸해 머리를 숙였다.

남자의 이름은 오가미 쇼고. 구레하라 동부서 수사 2과 주임으로 폭력단계 반장이다. 올해 마흔네 살이라고 들었다. 오늘 아침 구레하라 동부서에 출근해 과원들과 인사를 나누었는데, 그 자리에 직속상관인 오가미는 보이지 않았다. 이쓰키 과장에게 결근이냐고 물었더니 오가미는 점심때나 되어야 출근하지 아침부터 책상을 지키는 일은 드물다고 했다.

평소라면 몰라도 부하가 부임한 첫날인데 얼굴을 보여주지 않는 것은 몰상식하다고 생각했는지 이쓰키는 오가미에게 전화를 걸어 몇 시에 출근할 거냐고 물었다. 오가미의 대답은 오후 1시에 아카이시 거리의 '코스모스'로 신참 형사를 보내라는 것이었다.

오가미는 히로시마 현경 내에서 민완 형사로 유명한 인물이었다. 수많은 폭력단 관련 사건을 해결했으며, 경찰청장관상을 비롯한 경찰 표창도 숱하게 받았다. 100회에 달하는 수상 경력은 히로시마 현경에서는 현역 최고라고 한다.

그러나 빛나는 경력만큼이나 자랑스럽지 않은 경력도 화려했다. 수상 경력도 최고지만 징계 처분 경력도 현역 최고라는 소문이다.

오가미는 임관 이후 폭력단 전담 부서인 수사 2과에 주로 근무했는데, 딱 한 번 다른 부서로 발령 난 적이 있다. 형사 임용 시험에 합격해 히로시마 북부서 수사 2과에 배속된 지 10년 만에, 그러니까 지금으로부터 13년 전에 현경 경비부 기동대의 평대원으로 좌천된 것이다. 계기는 3차 히로시마 항쟁 사건이었다. 당시 북부서에서 폭력단 항쟁 사건 수사의 선봉이었던 오가미에게, 경찰 내부 정보를 폭력단 관계자에게 흘렸다는 의혹이 제기된 것이다.

공안이나 폭력단 형사가 폭력 조직 내에 *끄나풀*이라고 불리는 내통자를 두고 있다는 것은 수사 관계자라면 다 아는 사실이다. 쓸 만한 *끄나풀*을 얼마나 많이 두고 있느냐로 형사의 능력이 결정된다고 해도 과언이 아니다. 공안이나 폭력단 형사는 *끄나풀*을 잘 이용해서 범죄 조직과 맞서 싸우고 사건을 해결한다.

그러나 범죄 조직과 경찰 조직의 균형이 깨지면 사건 해결에 필요한 수사를 두고도 언론이나 세상 사람들은 폭력단과 경찰의 유착 문제를 들먹이며 비난을 퍼붓는다. 오가미를 둘러싼 그런 의혹이 언론에 유출되는 것을 우려한 북부서가 선수를 쳐서 오가미를 기동대로 날려버린 것이다.

그로부터 3년 후 오가미는 히로시마 북부서로 복귀했다. 그러나 다시 4년 후 지금의 구레하라 동부서 수사 2과로 이동하게 되었다. 같은 수사 2과지만 현청 소재지 관할서에서 지방 관할서로의 이동은 사실상 좌천이었다.

원인은 한 인권 변호사와의 갈등 때문이었다. 그 변호사는 동거하던 내연녀에게 상해를 입힌 폭력단 조직원을 옹호했다. 폭력단 조직원도 인간이며 당연히 보호받아야 할 인권이 있다고 변호사는 주장했다. 그러나 오가미는 야쿠자에게 인권 따윈 없다고 반발했다. 여자에게 칼부림을 한 악당을 옹호하는 인간도 악당과 같은 부류라는 말까지 했다. 발끈한 변호사는 수사 과정에서 폭력 행위가 있었다면서 오가미를 특별공무원 폭행 및 가혹행위죄로 고소하겠다고 협박했다. 오가미와 변호사의 충돌이 언론에 알려지자 북부서는 변호사의 체면을 세워주고 사태를 무마하기 위해 오가미를 구레하라 동부서로 좌천했다.

히오카는 히로시마 현경에 채용되었을 때부터 오가미에 대해 알고 있었다. 들려오는 이야기는 하나같이 뒤숭숭했다. 폭력단 조직원에게 두 번 습격을 당했는데 상대를 반쯤 죽여놓고 본인도 중상을 입고 입원했다는 소문도 있었다. 아무튼 신참 경관에게는 인연이 먼 존재였으므로 형사 임용 시험에 합격했을 때만 해도 그 유명한 폭력단 형사 밑에서 일하게 되리라고는 상상도 못 했다.

오가미가 셔츠 주머니에서 쇼트피스를 꺼내 익숙한 손길로 입에 물었다.

히오카는 담배를 피우지 않는다. 양손을 무릎 위에 가지런히 놓고 오가미가 담뱃불을 붙이기를 기다렸다.

그런데 느닷없이 오가미의 손이 머리로 날아왔다.

"가만있으면 어떡해! 상관이 담배를 꺼내면 곧바로 불을 붙여주는 게 예의잖아!"

히오카는 화들짝 놀랐다. 카바레 호스티스나 야쿠자도 아니고, 왜 자신이 상관의 담뱃불을 붙여줘야 하는가? 납득할 수 없었지만 테이블에 놓인 커피숍 성냥으로 불을 붙여주었다.

오가미는 깊이 연기를 들이마시더니 빈 나폴리탄 접시를 밀어놓고 등받이에 기댔다.

"선배가 담배를 물면 곧바로 불을 붙인다. 재떨이를 준비한다. 2과 형사의 기본 중의 기본이야."

형사의 기본이 선배의 담뱃불을 붙이는 것이라는 이야기는 들어본 적이 없다.

석연치 않지만 작게 고개를 끄덕이자 오가미가 태연한 얼굴로 지론을 늘어놓았다.

"2과의 규칙은 야쿠자 세계의 규칙과 같아. 쉽게 말해서 운동선수들처럼 선후배 관계가 확실하다고 보면 돼. 선배의 터무니없는 설교나 기합도 묵묵히 견뎌야 하는데 거기엔 다 그럴 만한 이유가 있어. 야쿠자는 평소에도 불합리한 세계에서 살아. 두목이 희다고 하면 까마귀도 흰 거야. 그런 녀석들을 상대로 싸우는 거라고. 야쿠자를 이해하려면 그들처럼 불합리한 세계에 살아야 하는 거야."

배속이 결정된 후 히오카는 구레하라 시내의 폭력단 조직도와 간부의 얼굴 사진이 붙은 전력 카드를 암기했다. 야쿠자에 관한 정보는 철저히 익혔다고 생각했는데 2과 형사가 되려면 야쿠자의 규칙까지 따라야 한단 말인가? 심히 의문스럽다. 그러나 상관의 말에 반박할 수 없어서 히오카는 자신의 생각을 접었다.

오가미가 길게 담배 연기를 내뿜고 나서 히오카에게 물었다.

"이름은 뭐야?"

부하 될 사람의 이름도 모른다는 사실이 놀라웠다. 히오카는 냉정을 가장하며 대답했다.

"히오카 슈이치라고 합니다."

"슈이치?"

오가미가 살짝 미간을 좁혔다.

"무슨 한자를 쓰지?"

"빼어날 수에 숫자의 일자를 씁니다."

오가미가 턱을 쓰다듬으며 입꼬리를 올렸다.

"그래? 좋은 이름이군."

히오카는 자신의 이름이 마음에 들지 않았다. 흔하디흔한 이름이다. 이름이 좋다는 말은 들어본 적이 없다. 그런데도 오가미는 좋은 이름이라고 말한다. 의외였다.

애매하게 따라 웃는 히오카를 무시하고 오가미가 질문을 계속했다.

"나이는?"

"스물다섯입니다."

"동부서에 오기 전에는 어디 있었어?"

"파출소에서 1년, 기동대에서 2년 근무했습니다."

"그렇다면……."

오가미가 중얼거리면서 천장을 올려다보았다.

"대졸 채용이야? 이번에 형사가 되었고, 2과도 처음이란 말이지?"

히오카가 예, 하고 대답하자 오가미가 처음으로 웃음을 보였다. 기분이 좋아서라기보다는 뭔가 꿍꿍이가 있는 웃음이다.

"그래? 지린내 나는 숫처녀야? 그러니 아무것도 모르지."

입에 담는 말 한마디 한마디가 상스럽다.

오가미는 담배를 재떨이에 비며 끄고 얼음이 다 녹은 아이스커피를 마저 마신 후 자리에서 일어났다. 히오카도 허둥지둥 따라 일어났다.

"주인장, 내 커피 티켓 아직 남았지? 오늘 건 그걸로 계산해."

카운터 구석에 앉아 있던 주인이 알았어, 하고 무뚝뚝하게 대답하더니 벽에 기대 세워둔 코르크 보드에서 커피 티켓을 두 장 뗐다. 한 장에 얼마일까? 400엔이라고 한다면 두 장에 800엔. 나폴리탄 세트 가격으로 적당한 금액일까?

오가미가 파나마모자를 뒤로 젖혀 쓰더니 히오카의 어깨에 팔을 두르고 끌어당겼다.

"내 밑에 들어온 것도 인연이니 내가 2과의 규칙을 확실하게 가르쳐주지."

하는 행동도 하나같이 형사답지 않다. 앞으로 이 사람 밑에서 어떤 수사를 하게 될까? 불안감을 안고 히오카는 오가미를 따라 코스모스를 나왔다.

커피숍을 나오자 오가미는 눈이 부신 듯 주위를 둘러보며 물었다.

"차는 어디다 세워뒀어?"

히오카는 허를 찔렸다. 코스모스 빌딩 뒤쪽에 주차장이 있었다. 동부서에서 몰고 온 암행순찰차는 사쿠라미나토 공원 주차장에 두고 왔다. 사쿠라미나토 공원은 아케이드가 입구에 있고, 코스모스에서 10분은 걸어가야 한다. 이쓰키가 그려준 약도에서는 코스모스가 아케이드가 입구 근처에 있었지만 실제로는 상당한 거리였다.

히오카는 반사적으로 몸을 움츠렸다. 이번에도 오가미의 손이 아둔한 후배의 머리로 날아올 것이다. 이런 땡볕에 선배를 걷게 하다니 생각이 있어, 없어? 오가미라면 틀림없이 그렇게 일갈을 날릴 것이다.

히오카는 맞기 전에 머리를 숙였다.

"죄송합니다. 얼른 차를 가져올 테니 잠깐만 기다려주세요."

뛰어가려는 히오카를 오가미가 붙잡았다.

"괜찮아. 소화도 시킬 겸 슬슬 걸어가지, 뭐."

예상치 않은 대답에 일순 당황했다. 그러나 이내 안도감이 밀려왔다. 다시 땀을 뻘뻘 흘리지 않아도 된다. 천하의 오가미에게도 일말의 동정심은 있단 말인가?

"알겠습니다. 함께 걸어가죠."

그렇게 말하고 히오카는 오가미의 등 뒤에 섰다. 뒤에서 따라가기 위해서다. 그러자 오가미가 획 하고 돌아서며 히오카의 머리를 때렸다.

"뭘 하자는 거야? 나보고 앞장서란 말이야?"

윗사람을 수행할 때는 뒤에 서는 것이 일반적인 매너다. 왜 부하인 자신이 앞서서 걸어야 한단 말인가?

오가미는 우두커니 서 있는 히오카의 어깨를 붙잡아 앞장을 세우더니 등을 떠밀었다.

"야쿠자의 세계에서는 아랫사람이 앞장서는 거야. 귀찮은 녀석이 덤비거나 해서 두목이나 부두목에게 변고가 생기면 손가락이 날아간다고."

선배의 길을 트는 일도 오가미가 말하는 2과의 규칙 중 하나인 듯하다. 2과의 규칙은 하나에서 열까지 세상의 규칙과는 다른 야쿠자식 규칙인 모양이다. 다 배우려면 고생깨나 할 것 같다.

"장승처럼 버티고 서서 어쩌자고? 얼른 가야지!"

또다시 뒤통수를 후려갈긴다. 그 바람에 히오카는 앞으로 떠밀리며 아케이드가로 걸음을 내딛었다.

선량한 시민들과는 달리 조금이라도 지하 세계와 연관이 있는 사람들은 오가미를 알아보았다.

평범한 주부나 신기한 표정으로 주변을 두리번거리는 관광객은 별 반응을 보이지 않았지만, 올림머리를 한 술집 여주인 풍의 여성이나 양아치처럼 보이는 불량 청년들은 오가미를 알아보고 공손하게 눈인사를 건네거나 비위를 맞추듯 굽실거리며 지나갔다. 그때마다 오가미는 싹싹하게 말을 붙이고 손을 들어 답례를 했다.

오가미의 지시에 따라 골목으로 들어갔다. 잠시 후 뒤에서 오가미가 불러 세웠다.

"잠깐 들를 데가 있어."

돌아보니 오가미가 파친코 빌딩 뒷문으로 들어가고 있었다.

점내 순찰인가? 히오카는 '히노마루'라고 적힌 파친코점 간판을 확인하고 뒤따라 가게로 들어갔다.

평일 대낮인데도 가게 안은 혼잡했다. 생활비를 털어서 게임을 하는지 심각한 얼굴도 있고, 딱 봐도 심심풀이로 게임을 하는 얼빠진 얼굴도 눈에 띄었다.

누구를 찾는 걸까? 오가미는 통로를 걸어가면서 사람들의 얼굴을 확인하고 있었다.

벽 쪽 통로를 지나다가 갑자기 걸음을 멈추고 오가미가 기계 뒤로 몸을 숨겼다.

"왜 그러십니까?"

뒤에서 작은 목소리로 물었다.

오가미가 통로 안쪽을 보면서 히오카에게 속삭였다.

"저기 저 남자 보이지? 빨강 셔츠를 입은 짧은 머리 말이야."

히오카는 오가미의 어깨 너머로 통로 안쪽을 살폈다. 끝에서 세 번째 기계에 비슷한 인상착의의 남자가 앉아 있었다. 나이는 서른 전후. 6월 중순에도 긴소매를 입는 사람이 있긴 하지만 남자에게 는 분명 특별한 사정이 있어 보인다. 팔에 문신을 했거나 주사 자 국이 있을 것이다. 거만한 태도와 전신에서 풍기는 위험한 분위기 에서 민간인이 아님을 짐작할 수 있다. 험악한 표정을 짓고 있는 것을 보면 게임을 내리 지고 있는 모양이다.

"저 빨강 셔츠 말이군요."

눈으로 확인하고 대답했다.

"맞아, 그 녀석이야."

오가미는 고개를 끄덕이더니 믿기 힘든 말을 입 밖에 냈다.

"저 녀석에게 시비를 걸어."

히오카는 눈이 휘둥그레져서 오가미를 보았다. 종종 취객이나 불량배가 경찰관에게 시비를 거는 일은 있어도 그 반대 경우는 들 어본 적이 없다. 빨강 셔츠가 누구든 지금은 얌전히 파친코를 하 고 있는 일반 시민이다. 싸움을 걸라니 당치도 않은 말이다. 명백 한 복무규정 위반이다.

망설이는 히오카의 엉덩이를 오가미가 무릎으로 걸어찼다.

"뭘 꾸물거려? 얼른 가."

작지만 강한 어조였다. 오가미는 진심이다. 말을 들을 때까지 히오카의 엉덩이를 걷어찰 것이다. 알고 있지만 그래도 몸이 움직이지 않았다.

그러자 오가미가 좀 전과는 딴판인, 부드러운 목소리로 말했다.

"괜찮아. 싸움이 붙기 전에 내가 나설 테니까 안심해."

히오카는 정말이냐고 눈으로 물었다. 오가미가 과장스럽게 웃으며 크게 고개를 끄덕였다.

히오카는 왜 시비를 걸어야 하는지 이유도 모른 채 빨강 셔츠에게 다가갔다. 비어 있는 옆자리에 앉아 바지 뒷주머니의 지갑에서 1000엔짜리 지폐를 꺼냈다.

게임을 하면서 기회를 엿보고 있는데 다행인지 불행인지 빨강 셔츠가 계기를 만들었다.

다 이긴 게임을 놓치고 화가 난 빨강 셔츠가 혀를 차며 다리를 바꾸어 꼬다가 히오카의 종아리를 건드린 것이다. 빨강 셔츠는 사과 대신 히오카에게 화풀이를 했다.

"형씨, 다리를 그렇게 벌리고 있으면 어떡해? 사람이 말이야, 예의를 지켜야지!"

같은 업종에 몸담고 있거나 어지간히 무모한 사람이 아니라면, 한눈에 민간인이 아니라는 것을 알 수 있는 빨강 셔츠의 말을 고분고분 들었을 것이다. 그러나 히오카는 오가미의 명령을 따라야 한다. 비딱하게 몸을 틀며 빨강 셔츠를 노려보았다.

"그쪽이야말로 짧은 다리 좀 치우시지."

빨강 셔츠의 표정이 변했다. 한쪽 눈썹을 치켜세우며 히오카를 노려보았다.

"이봐, 지금 누구한테 함부로 입을 놀려!"

히오카는 코웃음을 쳤다.

"누구긴 누구야? 옆에 앉은 삼백안의 다리 짧은 녀석한테지."

"뭐라고, 이 자식이!"

고함과 동시에 빨강 셔츠가 의자에서 일어나 히오카의 멱살을 잡았다. 이마에 핏줄이 불거져 있다.

이쪽을 지켜보고 있었는지 젊은 점원이 달려와서 두 사람 사이에 끼어들었다.

"손님들도 계시니 제발 큰 문제 일으키지 말고 두 분 다……."

두 분이라고 말하면서 점원은 빨강 셔츠를 보았다.

경찰에 신고가 들어가면 성가시다고 생각했는지 빨강 셔츠가 점원을 밀치며 다시 히오카의 멱살을 잡았다. 밖으로 끌고 나가서 한판 붙을 기세다.

히오카는 눈으로 오가미를 찾았다. 싸움이 붙기 전에 나서겠다던 오가미는 통로 반대편의 기계에 앉아서 말짱한 얼굴로 게임을 하고 있었다.

빨강 셔츠는 히오카를 인접한 주차장으로 끌고 갔다.

담장과 주차 차량에 가려 큰길에서 보이지 않는 곳에 이르자 빨강 셔츠가 히오카의 멱살을 뿌리치며 거리를 벌렸다. 몸을 풀려는지 어깨와 목을 돌리면서 히오카를 쏘아보았다.

"근처에서는 못 보던 얼굴인데, 어디서 굴러온 녀석이야?"

위협하듯 목소리를 깔며 물었다.

"어디서 왔든 무슨 상관이야? 싸움판에서 그런 게 뭐가 중요해?"

오가미의 진의를 알 때까지는 시킨 대로 뻗댈 수밖에 없다.

"좋아. 네 녀석에게 예의가 뭔지 가르쳐주지."

기분이 좋은지 빨강 셔츠가 입술을 핥으며 입꼬리를 올렸다.

이렇게 되면 한판 붙을 수밖에 없다. 상대는 야쿠자다. 어설프게 봐주다가는 오히려 크게 다칠 수 있다.

히오카는 오른손을 옆구리에 붙이고 왼손 주먹을 내밀며 정권 지르기 자세를 취했다.

"오호, 가라테로 덤비려고?"

빨강 셔츠가 조롱하듯 웃었다.

가라테는 중학생 때 시작했다. 고등학교와 대학 때까지 쇼토칸松濤館 유파의 가라테를 배웠으며 3단 자격증을 보유하고 있다. 전통파인 쇼토칸에서는 극진가라테와 달리 직접 타격 대련을 금지한다. 본래 가라테를 배우는 사람에게는 싸움이 금제다. 상대에게 큰 부상을 입힐 수 있기 때문에 당연하다. 재판에서도 격투기 선수의 주먹이나 발차기는 흉기로 간주된다. 요컨대 히오카는 실전 경험이 없었다.

"폼은 그럴싸하지만 어차피 가라테는 애들 장난이야. 야쿠자가 어떻게 싸우는지 한 수 가르쳐주지!"

말을 마치자마자 빨강 셔츠가 땅바닥에서 자갈을 주워서 히오카를 향해 던졌다.

순간적으로 눈을 감으며 히오카는 양 주먹으로 얼굴을 방어했다. 재빨리 뒤로 물러선다. 그러나 그보다 먼저 빨강 셔츠의 발길이 복부에 꽂혔다. 격렬한 통증이 옆구리를 타고 내달렸다.

너무 아파서 무릎이 꺾였다.

앞으로 고꾸라지는데 코를 향해 무릎이 날아왔다.

충격으로 골이 흔들리고 코피가 쏟아졌다.

땅바닥에 무릎을 꿇었다. 빨강 셔츠가 히오카의 머리카락을 거머쥐고 연거푸 배를 걷어찼다. 반들반들한 검은색 에나멜 구두코가 사정없이 복부를 파고든다.

숨을 쉴 수 없어서 산소를 들이마시려고 헉헉거렸다.

기도를 확보하기 위해 고개를 든 순간 무쇠 같은 펀치가 얼굴로 날아왔다. 고개가 옆으로 돌아가면서 그대로 나자빠졌다. 세상이 뒤집히고 시야에 하늘이 들어왔다.

눈앞에 번개가 번쩍이고, 하늘을 등진 채 빨강 셔츠의 얼굴이 나타났다. 히오카를 내려다보고 입술을 비틀며 웃는다.

"별것도 아니면서 입만 살아가지고. 깡은 좀 있는 녀석인 줄 알았더니만. 뭐, 오늘은 이 정도로 봐주지. 하지만 그 전에……."

빨강 셔츠가 쭈그리고 앉으며 히오카의 몸을 옆으로 뒤집었다.

"구두가 더러워졌으니 구두 닦을 돈은 받아야겠어."

빨강 셔츠가 바지 뒷주머니에서 지갑을 꺼내려고 했다.

생각보다 몸이 먼저 반응했다.

발목을 붙잡고 힘껏 잡아챘다. 빨강 셔츠가 중심을 잃고 공중제비를 돌았다.

그대로 몸을 비틀며 오른팔을 뒤로 휘둘렀다.

이권裏拳*이 안면으로 날아간다. 순간 손목을 튼다. 이권 치기의 기본이다.

곧바로 일어나서 복부를 걷어찼다. 하단 돌려차기로 명치를 노렸다.

낮은 신음 소리와 함께 빨강 셔츠가 고꾸라지며 나뒹굴었다.

쇼토칸에서 배운 대로 허리를 낮추면서 발목을 틀었다. 발길질을 계속한다.

빨강 셔츠의 입에서 피가 섞인 구토물이 쏟아져 나왔다.

숨이 턱까지 차올랐다.

한계였다.

양손을 무릎에 짚고 헉헉거리며 어깨숨을 쉬었다. 쉭쉭 소리를 내며 공기가 기도를 통과했다.

"나쁜 새끼……."

정신을 차리고 보니 빨강 셔츠가 일어서 있었다.

후들거리는 무릎으로 고꾸라질 듯 비틀거리며 다가왔다.

오른손에 비수가 들려 있었다.

---

* 　주먹 쥔 손의 손등 부분 또는 그 손등으로 치는 동작.

핏발 선 눈이다.

"죽여버리겠어!"

빨강 셔츠는 칼집을 내던지고 배꼽 근처에서 양손으로 비수를 틀어쥐었다.

난생처음 살해당할 수도 있겠다는 공포를 느꼈다. 발이 움직이지 않았다. 빨강 셔츠가 온몸으로 뿜어내는 살기에 압도당했다.

경찰봉도 권총도 몸에 지니지 않은 것을 후회했다. 경찰수첩을 보여주어도 빨강 셔츠의 살기는 가라앉을 것 같지 않았다. 그러나 이대로 있다가는 낭패를 당할 수도 있다.

히오카는 수첩을 꺼내려고 손을 뻗었다.

"됐어, 거기까지!"

난데없는 목소리가 주차장에 울려 퍼졌다.

오가미다.

주차장 입구에서 천천히 이쪽으로 걸어온다.

안도감에 털썩 주저앉을 뻔했다.

오가미의 이름을 부르려는데 빨강 셔츠가 먼저 입을 열었다.

"가미 씨……."

입을 벌리고 멍한 표정으로 오가미를 보고 있다.

오가미는 불이 붙은 담배를 입에 문 채 두 사람의 건투를 칭찬하듯 손뼉을 쳤다.

"자자, 거기까지. 경기 종료."

빨강 셔츠가 숨을 크게 들이마시더니 반항적인 태도로 침을 뱉었다.

"하필 이런 때 나타나서……, 너무하잖아요."

오가미는 빨강 셔츠의 말을 무시하고 담배를 밟아 끄며 히오카에게 물었다.

"히오카, 괜찮아?"

칼을 지닌 야쿠자에게 싸움을 걸라고 해놓고 괜찮으냐는 말이 나온단 말인가? 애당초 싸움이 시작되기 전에 말리기로 약속하지 않았던가?

히오카는 어처구니가 없어서 비꼬며 대답했다.

"예. 누구 덕분에요."

"그만 화 풀어."

오가미는 능글맞게 웃더니 히오카를 보면서 갑자기 빨강 셔츠의 따귀를 갈겼다.

"왜 이러세요?"

오가미가 고개를 돌려 빨강 셔츠를 쏘아보면서 호통을 쳤다.

"총검법 위반! 히오카, 몇 년이지?"

무슨 말인지 몰라서 히오카는 눈으로 물었다.

"멍청한 녀석, 법정 상한 말이야!"

법정형을 말하는가? 히오카는 순간적으로 대학 시절에 배운 형법총론을 떠올렸다.

"무기로서의 도검류 휴대는 아마 징역 2년일 겁니다."

오가미가 다시 한번 빨강 셔츠의 따귀를 갈기면서 호통을 쳤다.

"폭행죄!"

피를 흘리고 있으니 상해죄겠지 하고 생각했지만 히오카는 토를 달지 않았다.

"상한은 징역 2년입니다."

빨강 셔츠는 아연실색해 입을 다물지 못했다. 영문을 모르겠다는 표정이다. 다시 빨강 셔츠의 뺨에서 찰싹 소리가 났다.

"공무 집행 방해!"

분명한 트집이다. 그러나 담담히 법정형을 말한다.

"징역 3년."

"좋아! 다 합하면 몇 년이지?"

그러니까……, 하고 말하며 머릿속으로 계산했다.

"다 합해서 징역 7년입니다."

오가미가 송곳니를 드러내며 웃었다.

"오호, 웬만한 살인죄 형량과 맞먹겠는데."

빨강 셔츠가 뺨을 실룩거리며 웃었다.

"가미 씨, 농담이 지나치잖아요?"

"나와시로, 농담이 아니야."

진지한 표정으로 돌아온 오가미가 눈을 번득였다.

"자네 부두목이 운영하는 불법 대부업체 말인데, 직원 한 명이 사라졌다면서?"

빨강 셔츠의 이름이 나와시로인 모양이다. 뺨이 바들바들 떨렸다. 웃음을 지어 보일 만한 여유는 없는 듯했다.

"무슨 애긴지 모르겠는데요."

나와시로가 눈을 내리뜨며 고개를 돌렸다.

오가미는 상체를 숙여 나와시로의 얼굴을 올려다보았다. 그대로 얼굴을 가까이 가져간다. 숨결이 미치는 거리다. 참다못한 나와시로가 뒷걸음질을 쳤다.

오가미가 상체를 바로 세우며 기울어진 파나마모자를 오른손으로 고쳐 썼다.

"뭐, 괜찮아. 오늘은 봐주지."

나와시로의 굳은 표정이 풀렸다. 경련이 가라앉고 뺨에 핏기가 돌았다.

그런데 말이지, 하고 말하면서 오가미가 호주머니에서 손수건을 꺼냈다.

"이건 내가 맡아두지."

오가미가 손수건으로 비수의 손잡이를 감싸 쥐며 나와시로의 어깨에 손을 얹었다. 나와시로는 체념한 듯 비수에서 손을 뗐다.

"히오카, 칼집을 찾아와."

바지 주머니에서 흰 장갑을 꺼내 들고 지면을 살폈다. 10미터 정도 떨어진 장소에서 칼집을 발견했다.

달려가서 장갑을 끼고 칼집을 주웠다.

칼집을 건네자 오가미는 비수를 칼집에 끼워 비닐봉지에 넣었다.

"칼에 자네 지문이 묻어 있어."

오가미가 나와시로를 향해 비닐봉지를 들어 보이며 기분이 좋은지 입꼬리를 올렸다.

나와시로는 한숨을 내쉬며 크게 혀를 찼다.

언제든 잡아넣을 수 있다는 무언의 압력이었다.

나와시로를 압박하기 위해 자신을 미끼로 이용한 것이다. 이것이 바로 오가미의 수사 방식이다.

2

핸들을 잡은 히오카는 법정 속도 이상으로 달리고 싶은 욕망을 애써 억눌렀다. 빨강 셔츠에게 얻어터지고 오가미에게 이용당한 것이 분하고 억울해서 속이 부글부글 끓었다.

히오카의 기분은 아랑곳 않고 오가미는 조수석에서 담배를 피우며 콧노래를 흥얼거리고 있었다. 세 대째 담배를 재떨이에 비벼 끄고 히오카에게 말을 걸었다.

"이제 기분 풀어. 그렇게 우거지상을 하고 있으면 잘생긴 얼굴이 아깝잖아."

얄팍한 아부에 억누르고 있던 부아가 치밀어 올랐다. 히오카는 빨간 신호에 난폭하게 브레이크를 밟으면서, 차에 오른 후 처음으로 입을 열었다.

"해도 해도 너무하잖아요. 싸움이 시작되기 전에 나서겠다더니 애초에 그럴 생각이 없었던 거죠?"

오가미는 파나마모자의 차양을 손가락으로 튕기며 당연하다는 듯이 대답했다.

"싸움을 말리면 수사는 어떻게 해?"

히오카는 양손을 핸들에 올려놓고 전방의 신호를 매섭게 노려보았다.

"건수를 올리려고 저를 미끼로 삼았단 말이죠?"

"뭐, 그런 셈이지."

간단히 인정했다.

신호가 바뀌었다. 천천히 숨을 내뱉으며 액셀을 밟았다.

등받이에 깊숙이 기댄 채 오가미가 말했다.

"좀 전의 그 나와시로 말인데, 가코무라구미 부두목인 노자키 밑에 있는 녀석이야. 가코무라구미에서는 주먹이 제일 세지. 이 근방에서도 맨손으로 붙으면 세 손가락 안에 들걸."

가코무라구미는 8년 전 구레하라 시에서 생겨난 신흥 폭력 조직이다. 조직원은 약 40명. 두목인 가코무라 다케시가 깡패 출신이어서 그런지 난폭한 녀석이 많다고 한다. 주요 자금원은 각성제와 불법 고리대금업으로, 전통 있는 야쿠자 조직들 사이에서는 약쟁이니 돈놀이꾼이니 하는 소리를 듣는 모양이다.

오가미가 상체를 세우며 진지하게 말했다.

"가코무라구미 계열에 구레하라 금융이라는 회사가 있어. 거기서 경리로 일하던 우에사와 지로라는 남자가 최근 3개월간 행방이 묘연해."

구레하라 금융은 가코무라구미가 경영에 관여하고 있는 기업이다. 다중 채무자를 포함해 누구든 보증인 없이 돈을 빌릴 수 있지만 열흘에 10퍼센트 혹은 30퍼센트라는 터무니없는 이자가 붙는다. 연체되면 수단과 방법을 가리지 않고 악착같이 추심한다. 돈을 못 갚으면 여자는 유흥업소에 팔아넘기고, 남자는 장기 매매를 시킨다. 노인은 금니까지 뽑아간다. 이쪽 세계에서는 악덕 대부업체로 유명했다.

"얼마 전에 우에사와의 여동생이 동부서에 실종 신고를 했어."

그래서 가코무라구미 조직원을 엮어 넣을 건수를 찾고 있었다는 말인가?

"그랬군요."

부글거리던 뱃속이 조금은 가라앉았다.

그런데 말이지……, 하고 오가미가 감탄하듯 말했다.

"나와시로와 싸워서 밀리지 않다니, 대단해. 자네, 가라테 했었어?"

가라테를 했느냐고 묻는 걸 보면 처음부터 싸움을 지켜보고 있었던 것이 분명하다.

"대학 때까지 했습니다."

"대학은 어디 나왔어?"

"히로시마대학입니다."

오가미가 어이없다는 듯이 물었다.

"히로시마대학을 나왔다고?"

국립대학을 졸업하고 커리어* 국가공무원시험 1종, 준커리어 2종을 마다하고 일반 경찰관 채용 시험을 보는 경우는 드물지도 모른다.

"무슨 말 못 할 사연이 있어서 말단 순경이 된 거야?"

커리어는 경위, 준커리어는 경사부터 시작한다. 커리어는 1년, 준커리어는 4~5년이면 승진해서 20대 중반에 경감, 경위의 관리직에 오른다. 반면 논커리어는 경위로 정년을 마쳐도 감지덕지할 일이었다.

히오카는 뒤통수를 긁었다.

"간신히 졸업은 했지만 강의도 제대로 듣지 않았어요. 만날 아르바이트 아니면 학교 도장에서 가라테 연습만 했거든요. 애초에 커리어 시험에 붙을 만한 머리도 못 됩니다."

오가미가 한숨을 쉬면서 힘주어 말했다.

"그래도 히로시마대학은 히로시마대학이야. 천하의 국립대학이잖아? 대기업이든 어디든 마음만 먹으면 들어갈 수 있었을 텐데 어쩌다가 경찰이……."

오가미는 거기서 말을 끊었다. 부질없는 이야기라고 생각했을 것이다.

표지판을 보고 신중하게 차를 몰면서 히오카는 혼잣말처럼 이

---

*   일본 국가 공무원 채용 1종에 합격하여 중앙 부처에 채용된 일반 행정직의 속칭.

야기를 시작했다.

"날마다 정해진 시간에 일어나서 출근하고, 주어진 일을 하다가 정시에 퇴근하고. 그러는 사이에 남들처럼 결혼하고 아이를 낳아 기르고, 삶의 희로애락을 맛보면서 평범하게 늙어가고……."

아이오이 教橋 앞에서 왼쪽으로 꺾어, 시내를 가로질러 흐르는 사카메 강을 따라 차를 달렸다. 히오카는 말을 고르면서 이야기를 계속했다.

"세상에는 그런 평온한 삶을 원하는 사람도 많겠죠? 그러기 위해서 열심히 공부해 좋은 대학에 들어가고, 우수한 성적으로 졸업해서 일류 기업에 입사하죠. 하지만 저는 그러기 싫었어요. 평생 정해진 궤도대로 사는 건 따분해요. 그래서 경찰관이 됐습니다."

오가미는 파나마모자로 가슴 언저리를 부치면서 잠자코 히오카의 이야기를 듣고 있었다.

이야기를 마치고 조수석으로 눈길을 주었다.

파나마모자를 눌러쓰더니 오가미가 입술을 비틀며 말했다.

"별난 녀석이군."

기분 좋은 목소리였다.

오가미의 지시대로 갓길에 차를 세우고, 히오카는 창밖으로 몸을 내밀며 눈앞의 저택을 보았다.

구레하라 항을 내려다보는 나지막한 언덕에는 오래된 주택가가 자리 잡고 있었다. 대부분 건축 연수가 오래된 집들이지만 음침하고 쇠락한 느낌을 주지 않는 것은 세토우치* 특유의 맑은 하늘과 잘 손질된 건물이나 정원 때문일 것이다.

그중에서도 눈앞의 전통 가옥이 눈길을 끌었다. 어지간한 여관 두 채는 들어갈 만큼 넓은 부지를 기와를 얹은 흰 토담이 둘러싸고 있고, 대문은 중후한 목제 미닫이문이었다. 대문 격자 사이로 보기 좋게 가지를 뻗은 소나무와 대나무 같은 정원수가 보였다.

"얼른 내리지 않고 뭘 해?"

먼저 내린 오가미가 히오카를 재촉한다.

오가미는 대문 앞으로 성큼성큼 걸어가더니 굵은 문설주에 달린 인터폰을 눌렀다.

문 위에 설치된 방범 카메라 두 대가 보였다. 담장 위나 정원수에도 4~5미터 간격으로 눈에 잘 띄지 않게 카메라가 설치되어 있었다.

집 안에서 방문자를 보고 있었을 것이다. 그 증거로 누구냐고 묻지도 않고 인터폰 스피커에서 "곧 나가겠습니다" 하고 남자의 목소리가 흘러나왔다.

잠시 후 젊은 빡빡머리 남자가 정원으로 나왔다. 흰색 셔츠 자락을 펄럭이며 빠른 걸음으로 다가온다. 잠금장치를 풀려던 남자가 격자문 사이로 오가미 뒤의 히오카를 보자 손을 멈추었다. 미간에 주름을 잡는다. 처음 보는 신참자를 경계하고 있는 듯하다.

---

* 일본 혼슈 남단의 세토나이카이 연안 지역.

오가미가 엄지로 자신의 어깨 너머를 가리키며 동료야, 하고 안심시켰다.

남자는 약간 망설이는 듯하다가 재빨리 잠금장치를 풀고 대문을 열었다.

허리를 굽히며 머리를 숙이는 빡빡머리 남자 옆을 지나 집 안으로 들어갔다.

주위를 둘러본 히오카는 예전에 어디선가 본 화족*의 저택을 떠올렸다. 자갈을 깐 진입로에는 화강암 디딤돌이 놓여 있고, 곳곳에 모양 좋은 정원석과 석등이 배치되어 있다. 정원 안쪽에 보이는 연못에는 잉어가 있을 것 같다.

부지 안에는 두 채의 건물이 있었다. 하나는 지붕이 높은 단층 건물로, 대문에서부터 디딤돌이 이어져 있었다. 장식 없는 큰 창의 배치를 보면 주거 공간이라기보다는 지역 공민관 같은 느낌을 주었다.

그 뒤에 2층 가옥이 있었다. 이 건물은 한눈에도 살림집임을 알 수 있었다. 기와를 올린 팔작지붕과 2층 창의 섬세한 창살 문양에서 집주인의 취향이 엿보였다.

오가미는 집 안을 훤히 아는지 디딤돌을 따라 앞쪽의 단층 건물로 향했다.

미닫이문을 열었다. 실내는 사무소처럼 꾸며져 있었다. 크기는

---

*　1869년부터 1947년까지 있었던 일본의 귀족 계급.

교실만 한데, 중앙의 마루를 콘크리트 바닥 공간이 디귿 자 형태로 둘러싸고 있다. 콘크리트 바닥 공간 한쪽에 작은 사무용 책상이 있고, 그 위에 검은색 구식 전화기가 놓여 있다. 마루에는 손님용 응접세트가 있고, 중인방 위에 신을 모시는 작은 제단이 마련되어 있다.

제단 옆에는 오다니구미의 이름과 문장이 찍힌 각등들이 진열되어 있다. 오다니구미는 2차 대전 직후에 구레하라에서 생겨난 전통 있는 도박업 관련 야쿠자 조직이다.

"젊은 친구들 얼굴이 왜 이렇게 시들해?"

오가미는 인사도 없이 들어서며 조직원들을 향해 말했다.

사무소에는 세 명의 조직원이 있었다. 모두 20대 초반으로, 나이가 가장 많은 조직원도 스물다섯 살인 히오카보다 어려 보였다.

사무용 책상에 앉아 있던 저지 차림의 남자가 황급히 오가미에게 다가왔다.

"고생 많으십니다. 시원한 차라도 내올 테니 올라가시죠."

오가미는 마루 귀틀에 앉아 구두를 벗으면서 저지에게 물었다.

"이치노세는 있어?"

"부두목님은 안에 계십니다. 바로 모셔 오겠습니다."

어이, 하고 말하며 저지가 빡빡머리에게 턱짓을 했다.

빡빡머리는 튕겨 일어나 서둘러 슬리퍼로 갈아 신고 객실 안으로 사라졌다.

오가미의 재촉에 히오카도 신을 벗고 마루로 올라갔다.

오가미와 나란히 소파에 앉자 리젠트 머리의 청년이 쟁반에 보리차를 받쳐 들고 왔다. 서툰 손놀림으로 히오카와 오가미 앞에 유리잔을 놓았다.

오가미가 리젠트 머리를 보면서 물었다.

"자네, 다카시지?"

"아, 예."

리젠트 머리가 의아한 표정으로 고개를 숙였다. 어떻게 자신의 이름을 아는지 모르겠다는 얼굴이다.

"아카이시 거리의 리코 마담한테 들었어. 오다니구미에 피부가 희고 잘생긴 다카시라는 청년이 있는데, 리젠트 머리를 하고 있다더군. 자네, 밤일을 그렇게 잘한다면서?"

오가미가 천박하게 웃었다. 리젠트 머리는 얼굴을 붉히며 가볍게 어깨를 움츠렸다.

오가미가 금방 진지한 표정으로 돌아와 말했다.

"자네도 아는지 모르겠는데, 리코 마담의 전남편도, 그 전 남자도 밤일이 과해서 죽었어. 목숨 보전하려면 자네도 정신 바짝 차려야 할 거야."

리젠트 머리가 마른침을 삼키며 물었다.

"정말입니까?"

"둘 다 죽었다는 얘긴 사실이야."

"그럴 리가……"

도움을 청하듯 리젠트 머리가 동료들의 얼굴을 보았다.

그때 등 뒤에서 남자 목소리가 끼어들었다.

"들어온 지 얼마 안 되는 녀석입니다. 너무 겁주지 마세요."

목소리가 난 쪽을 보니 객실 미닫이문 앞에 양복 차림의 남자가 서 있었다. 머리를 짧게 깎고 흰 셔츠에 낙낙한 그레이색 린넨 양복을 걸치고 있다. 옷깃에는 오다니구미의 문장을 새긴 배지가 달려 있다.

부두목 이치노세 모리타카다. 전력 카드를 통해 얼굴은 알고 있었다.

"어이, 모리타카. 왜 이렇게 늦어? 심심해서 젊은 친구를 놀리고 있던 참이야."

"고약한 취미예요, 가미 씨."

이치노세가 웃으면서 맞은편 소파에 앉았다.

태도에서 풍기는 묵직함만 본다면 40대 장년 같지만 옷으로도 감출 수 없을 만큼 탄탄한 몸이었다. 눈썹이 굵고 눈에는 정기가 가득했다. 나이는 30대 중반인 걸로 기억한다. 조직의 2인자인 부두목치고는 상당히 젊다.

이치노세의 권유로 차를 한 모금 마신 오가미가 안주머니에서 쇼트피스를 꺼냈다. 히오카는 재빨리 바지 주머니에서 성냥을 꺼냈다. 코스모스에서 가져온 것이다.

히오카가 담뱃불을 붙이자 오가미는 흡족한 표정으로 연기를 내뿜으며 소파에 등을 기댔다.

"이분은?"

이치노세가 히오카에게 시선을 던졌다. 값을 매기는 듯한 눈초리다.

"이번에 내 밑에 들어온 히오카라는 친구야. 신참 형사인데 놀라지 마, 모리타카, 히로시마대학을 나온 학사님이라고."

이치노세가 감탄하듯 입을 동그랗게 벌렸다.

"그런데 어쩌다가 짭새가……."

짭새는 경찰관을 가리키는 은어로, 경멸의 뉘앙스를 담고 있다.

"짭새라니, 내 앞에서 그런 말은 곤란하지."

오가미가 입술을 삐물며 쏩쓸하게 웃었다.

"저런, 실언했습니다."

민망함을 감추려고 이치노세가 머리를 긁었다.

마치 사이좋은 사제지간 같다. 히오카의 눈에는 형사와 야쿠자의 적대적인 관계가 아니라 서로 신뢰하는 허물없는 사이처럼 보였다. 오가미와 폭력단의 유착 소문도 다 이유가 있었던 것이다.

오가미는 히오카가 경찰에 들어온 경위를 창작을 섞어서 과장되게 전했다.

"모셔 가려는 대기업도 많았대. 커리어 시험을 봐서 경찰 간부가 될 수도 있었지만 굳이 현장을 선택했다는군."

"소신이 확실하군요. 존경스럽습니다."

이치노세가 진심으로 감탄한 듯 말했다.

"그런 게 아닙니다."

그냥 듣고 있을 수 없어서 히오카가 나섰다.

"대학은 운이 좋아서 붙은 거고, 커리어 국가고시도 합격할 만한 실력이 못 됩니다."

히오카가 손을 내저었지만 오가미는 고집을 부렸다.

"운이 좋았든 어쨌든 히로시마대학은 히로시마대학이야. 대단한 거라고."

그리고, 하고 말을 계속했다.

"이 친구, 싸움도 엄청 잘해. 가코무라구미의 나와시로하고 붙었는데 밀리지 않더라니까."

"그 나와시로하고요?"

조금 놀란 어조로 이치노세가 물었다.

"그렇다니까. 나 젊었을 때와 엇비슷할걸. 자네도 상대가 안 될지 몰라."

"가미 씨와 엇비슷하다면 제가 어떻게 이겨요?"

"듣고 보니 그렇군."

오가미와 이치노세가 웃음을 터뜨렸다. 히오카는 몸 둘 바를 몰라 하며 목을 움츠렸다.

"그건 그렇고……."

오가미가 진지한 표정으로 돌아와 말했다.

"머잖아 두목님이 나오시겠군."

"예. 덕분에 올가을에는 나오실 수 있을 것 같습니다."

이치노세가 공손하게 고개를 숙였다.

오다니구미 두목인 오다니 겐지는 현재 68세로 돗토리 형무소에서 복역 중이다. 요나고에서 발생한 요코타구미 두목 살해 사건에서 살인을 교사했다고 해서 살인죄의 공모 공동 정범으로 기소되었다. 오다니는 무고를 주장하며 거듭 상소했지만 최고심에서 징역 8년형이 확정되었다.

사전에 훑어본 현경 4과의 수사 자료를 통해 히오카는 사건의 개요를 파악하고 있었다.

발단은 고베 아카시구미明石組 계열인 요나고 우메하라구미梅原組의 두목 우메하라 사부로 총격 살해 사건이었다. 범인은 요나고에서 우메하라구미와 패권을 다투던 요코타구미의 간부였다. 곧바로 보복에 나선 아카시구미는 우메하라구미의 간부를 지휘관으로 앉히고 요코타구미 두목을 표적으로 삼은 암살 부대를 조직했다.

그 암살 부대원 중에 전 오다니구미 조직원 야마우치 다쿠야가 있었다. 야마우치는 사건 발생 3년 전에 이미, 야쿠자의 도리를 저버리는 행위를 해서 오다니구미에서 파문당한 상태였다. 그러나 경찰은 야마우치가 여전히 오다니의 영향 아래 있다고 보았고, 실행범 중 한 명인 야마우치는 경찰 조사에서 유도 심문에 걸려 오다니의 이름을 댔다.

돗토리 현경은 실행범의 조서를 근거로 오다니 겐지의 신병을 확보해 철저히 취조했다. 그러나 오다니는 용의를 부정하며 완강하게 결백을 주장했다. 열 명에 이르는 변호인단을 꾸려 무죄를 주장했지만 결국 최고심에서도 판결을 뒤집지 못했다.

오다니구미는 조직원 50명 정도의 작은 조직이지만, 오다니 겐지는 야쿠자 세계에서 유명한 인물이었다.

조선업이 발달해 항만 노동자가 많은 구레하라 시는 예로부터 도박이 성했다. 수많은 도박사들 중에서 오다니의 기량은 출중했다. 2차 대전 전후의 격변하는 세상에서도 오다니는 도박 외길을 고집했다.

이길 때는 도박장의 돈을 몽땅 베팅해 데혼비키*로 하룻밤에 3억 엔을 땄다. 억대의 돈 앞에서도 흔들리지 않는 오다니의 배짱은 지금까지도 회자되고 있다. 그러나 많은 두목들이 경의를 표하는 가장 큰 이유는 오다니의 절도 있는 몸가짐에 있었다. 도박에서 이기든 지든 눈썹 하나 까딱하지 않고 등을 꼿꼿이 세운 채 정좌를 유지했다. 무엇보다도 원칙과 소신을 중시해 상대가 아무리 큰 조직이라도 부당한 요구에는 목숨을 걸고 맞섰다.

―그자는 옛날 무사지.

히오카가 오다니에 대해 묻자 현경 수사 4과 고참 형사가 탄식하며 그렇게 말했다.

"최근에 이라코카이五十子会 쪽은 어때?"

오가미가 담배를 입에 물고 히오카 쪽으로 얼굴을 돌렸다. 재빨리 성냥을 그어 불을 붙였다.

"가코무라구미 녀석들을 동원해 또다시 우리 구역을 헤집고 다닙니다."

---

* 일본 도박 게임의 하나.

부아가 치미는지 이치노세가 혀를 찼다.

"두목님이 나오신다고 하니 이라코도 조바심이 나겠지."

도기 재떨이에 담뱃재를 털면서 오가미가 말했다.

이라코카이도 오다니구미처럼 오래전부터 구레하라에서 활동해온 야쿠자 조직으로, 100명이 넘는 조직원을 거느린 구레하라 최대 폭력단이다. 오다니구미와는 항만 하역 이권과 세력권을 둘러싸고 과거에도 여러 차례 항쟁을 벌였다. 13년 전 3차 히로시마 항쟁이 종결되면서 화해했지만, 해묵은 원한은 지금도 불씨로 남아 있다.

"가코무라는 야쿠자의 본분도 도리도 모르는 깡패 출신이에요. 아무렇지도 않게 우리 구역을 헤집고 다닌다니까요. 아사누마와 형제의 연을 맺었다고 진짜 야쿠자라도 된 줄 알아요."

가코무라구미는 겉으로는 독립된 신흥 폭력단이지만, 두목인 가코무라 다케시가 이라코카이의 부회장 아사누마 신지와 형제의 연을 맺어 우의 관계를 유지하고 있다. 그러나 실제로는 이라코카이의 산하라고 볼 수 있다.

게다가, 하고 이치노세가 말을 계속했다.

"구레하라 금융의 수상쩍은 이야기는 가미 씨도 알고 있죠? 녀석들, 민간인에게 손을 댔을지도 몰라요."

"경리인 우에사와 실종 건 말이야? 무슨 말썽에 휘말려서 가코무라에게 쫓겨 다닌다는 소문이 있던데."

"제가 보기엔 소문이 아니라 사실일 겁니다."

이치노세가 콧등에 주름을 잡았다.

"우리 애들 얘기로는 가코무라구미 녀석들이 우에사와의 행방을 필사적으로 쫓고 있대요. 우에사와의 실종에 가코무라구미가 연관되어 있는 건 틀림없어요."

"실은 우리 쪽에서도 소문을 듣고 내탐을 해봤어. 우에사와는 야반도주라도 한 것처럼 가재도구도 그대로 두고 종적을 감췄더군. 평소 같으면 가코무라구미 내에서 어떤 식으로든 정보가 흘러나올 텐데 이번에는 감감무소식이야."

오가미가 말을 끊고 이치노세 쪽으로 몸을 내밀었다.

"냄새가 나, 그렇지?"

속삭이듯이 말했다.

"확실히."

이치노세도 목소리를 낮추며 고개를 끄덕였다.

오가미는 보리차를 죽 들이켜고 일어나서 기지개를 켰다. 히오카도 서둘러 일어섰다.

하품을 하면서 오가미가 물었다.

"모리타카, 지금 시간 있어?"

예, 하고 이치노세가 눈을 보면서 대답했다.

"그럼 한잔 어때? 이 녀석 환영회야."

오가미가 히오카의 등을 탁 쳤다. 놀라서 오가미를 보았다. 형사와 야쿠자가 함께 술을 마셔도 된단 말인가? 불안해하는 히오카를 무시하고 이치노세가 대답했다.

"한잔, 좋죠."

어이가 없어서 오가미와 이치노세의 얼굴을 보았다. 두 사람 다 활짝 웃고 있었다.

3

오가미의 단골집은 사무소에서 차로 10분쯤 걸리는 번화가에 있었다. 전국 체인 이자카야와 노래방이 즐비한 혼잡한 큰길에서 옆길로 빠져, 복잡하게 얽힌 길을 강 방향으로 걸어가면 좁은 골목이 나온다. 관광 안내나 전단지에 나오지 않는 조용한 골목 안쪽에 '요릿집 시노'라고 적힌 일본식 간판이 불을 밝히고 있었다. 전통 다실을 연상케 하는 예스러운 가게 모습이 일상에서 동떨어진 은둔처 같다.

가게는 가로 폭이 좁고 안쪽으로 긴 형태인데, 1층에 네 사람이 앉을 수 있는 카운터석이 있고, 2층에 두 평쯤 되는 객실이 두 개 있다. 손님이라곤 히오카 일행뿐이었다.

세 사람은 카운터석에 앉았다. 말석에 앉으려던 히오카는 주빈은 중간에 앉아야 한다는 오가미의 일갈에 두 사람 사이에 자리를 잡았다.

맥주로 건배하고 곧바로 청주로 바꾸었다. 알코올이 닿자 입속이 쓰라렸다. 나와시로에게 얼어맞아 찢어진 것이다. 옆구리도 욱

신거렸다. 그러나 술이 오르자 통증은 크게 신경 쓰이지 않았다. 알코올에 통각이 마비된 것이다.

한 시간 만에 청주 다섯 병을 비웠다.

오가미에게서 히오카가 경관이 된 경위를 듣고 여주인 아키코는 기모노 앞섶을 여미며 어이없다는 듯이 웃었다.

"히로시마대학을 나와서 경찰관이 되다니, 괴짜군요. 부모님이 많이 반대하셨죠?"

히오카는 간략하게 자신의 가정환경을 설명했다.

아버지는 회사원이고 어머니는 수산 시장에서 일한다. 히로시마 시청에 근무하는 다섯 살 많은 형이 있는데, 작년에 결혼해 히로시마의 본가에서 부모님을 모시고 살고 있다. 올겨울에 새 식구가 태어날 예정이다.

"장남이라 그런지 어려서부터 형은 책임감이 강하고 효자였어요. 그런 형에게 부모님은 기대가 컸어요. 차남인 저는 좋게 말하면 자유롭게 자랐고 나쁘게 말하면 방치되어 컸어요. 그래서 대학을 졸업하고 경찰관이 되겠다고 말씀드렸을 때도 크게 반대하시지 않았어요."

히오카는 카운터의 술잔에 시선을 떨어뜨렸다.

지금 와서 생각해보면 대학 졸업 후 대기업에 취직하지 않은 것은 부모님과 형에 대한 반항이었다. 히로시마대학에 합격하자 그전까지 한 번도 진로에 관심을 보이지 않던 부모님이 졸업하면 일류 기업에 취직하라고 말했다. 자식은 부모의 바람대로 자란다고 철석같이 믿고 있는 부모님에게 반감이 들었다. 나는 형이 아니다. 나는 나다. 형처럼 부모님이 깔아준 선로에 얹혀 평생을 살고 싶진 않았다. 그래서 경찰관이 되었다.

어쩌다 보니 선택한 일이지만 경찰학교에서 교육과 훈련을 받는 동안 마음가짐이 바뀌었다. 사람들의 일상을 지키는 일이 얼마나 중요한지 깨달으면서 경찰관으로서 강한 사명감을 갖게 되었다. 경찰학교를 졸업할 무렵에는 천직이라는 생각까지 들었다.

오가미는 천장을 향해 담배 연기를 내뿜었다.

"직종은 다르지만 형제가 모두 공무원이라니, 역시 학사님 집안이야."

칭찬처럼 들리지만 빈정거리는 말투다.

"제 얘기는 그만하죠."

히오카는 이야기를 끝내려고 했다. 그러나 오가미는 말을 듣지 않았다. 화제는 히오카의 가족사에서 오늘 나와시로와 대결한 이야기로 옮겨갔다. 히오카와 나와시로의 싸움 장면을 손짓 발짓 섞어가며 재미있게 전했다. 이치노세도 직접 보기라도 한 것처럼 맞장구를 치며 이야기에 흥을 더했다.

이야기를 듣는 내내 아키코는 미소 띤 얼굴로 카운터 너머의 세 사람을 바라보았다. 나이는 마흔 살쯤 될까? 보기에 따라서는 30대 초반이라고 해도 믿을 것 같다. 검은 머리를 틀어 올려 핀으로 고정하고 있었다. 피부가 희고 목덜미가 고왔다.

오가미의 이야기가 끝나자 아키코는 히오카 앞에 조개무침을 내놓으며 말했다.

"요즘 젊은이들은 편하고 폼 나고 돈 잘 버는 일을 선망하는데, 히오카 씨는 괴짜군요."

"왜 자꾸 괴짜라고 해? 장래성이 있다고 해야지."

혀 꼬인 소리로 오가미가 트집을 잡았다.

"예, 예. 가미 씨처럼 장래성이 있는 분이네요."

아키코가 웃으면서 놀리듯 말했다.

"멍청한 소리 마. 나와 비교하면 안 되지. 히오카는 히로시마대학을 나온 학사님이라고!"

"알았어요, 알았어. 당신 말이 옳아요."

아키코가 이치노세의 잔에 청주를 따르며 건성으로 대답했다.

"알았으면 됐어."

자작으로 잔을 채우며 오가미가 중얼거렸다.

이치노세가 빙긋 웃으며 히오카에게 귓속말을 했다.

"가미 씨가 당신을 아주 대단하게 생각하는 거 같은데요."

놀랐다. 히오카도 목소리를 낮추어 대답했다.

"글쎄요. 첫날부터 야단만 맞고 있습니다만."

두 사람의 이야기를 듣고서 아키코가 카운터 너머로 몸을 내밀었다.

"가미 씨는 마음에 드는 사람만 이곳에 데려와요. 예전 파트너들은 한 번도 데려온 적이 없어요."

의외였다. 처음 만난 날부터 자신을 마음에 들어 하다니, 지금까지 살아오면서 처음 겪는 일이었다. 쉽게 믿기는 어려운 말이다.

"뭘 쑥덕거리는 거야?"

빈 술병을 흔들면서 오가미가 끼어들었다.

"옛날 얘기 잠깐 했어요."

이치노세가 싱긋 웃었다.

"옛날 얘기라니, 그게 뭔데?"

별거 아니에요, 하고 말하면서 아키코가 오가미 앞에 새 술병을 놓았다. 빈병을 물리다가 뭔가 알아차린 것처럼 입에 손을 대더니 오가미와 히오카의 얼굴을 번갈아 보았다.

"어쩜 이럴 수가. 히오카 씨하고 젊을 때 가미 씨하고 닮지 않았어요?"

아키코가 동의를 구하듯 이치노세를 보았다.

이치노세가 상체를 틀고 히오카의 얼굴을 찬찬히 뜯어보았다.

"그러고 보니……, 눈 주위가……."

신음 소리처럼 말했다.

"그렇죠?"

아키코가 목소리 톤을 높였다.

"가미 씨, 가미 씨 생각은 어때요?"

부모의 동의를 바라는 아이처럼 아키코가 오가미의 어깨를 흔들며 물었다.

앞을 바라본 채 오가미는 못마땅한 얼굴로 중얼거렸다.

"농담 마. 닮긴 누가 닮아? 젊었을 때 내가 쪼금 더 잘생겼지."

오가미의 반론에 아키코는 불만스러운지 고개를 갸웃거렸다.

"그런가? 나는 히오카 씨가 더 잘생긴 거 같은데."

히오카는 궁금하게 여기던 것을 물어보았다.

"두 분은 언제부터 아시는 사이예요?"

글쎄요, 하고 말하며 아키코는 짐짓 생각에 잠긴 척 먼 곳을 보았다.

"내가 스무 살 때니까 5년쯤 됐나⋯⋯."

오가미가 마시고 있던 술을 내뿜었다.

"웃기지 마. 농담도 정도껏 해야지 어떻게 스무 살이나 속여?"

후후, 하고 아키코가 애교스럽게 웃었다. 그렇다면 아키코는 마흔다섯 살, 오가미와는 25년간 알고 지낸 사이라는 말인가?

오가미는 화장실에 갔다.

아키코가 손으로 입을 가리며 술잔을 비웠다. 히오카가 술을 따라주자 아키코가 히오카의 잔을 채우며 물었다.

"히오카 씨, 이름은 뭐예요?"

"슈이치라고 합니다. 빼어날 수에 숫자 일을 씁니다."

오늘 들어 두 번째 설명이다.

아키코와 이치노세가 동작을 멈추었다. 똑같이 입을 다물고 히오카를 본다. 말실수라도 했느냐고 묻자 아키코는 퍼뜩 정신을 차리고 어물쩍 넘겼다.

"아니, 이름이 참 좋아서요. 그렇죠, 모리짱?"

이치노세가 한숨을 쉬며 대답했다.

"예, 좋은 이름이에요."

이상하다. 오가미도 히오카의 이름을 칭찬했다. 슈이치 같은 평범한 이름에 왜 세 사람은 과잉 반응을 보이는 걸까?

오가미가 콧노래를 흥얼거리며 돌아왔다. 기분이 상당히 좋아 보였다.

"좋아, 모리타카! 오늘은 달리는 거야. 코가 삐뚤어지게 마셔보자고."

이치노세가 잔을 높이 들었다.

"알겠습니다. 끝까지 가보죠."

히오카는 고개를 들어 취한 눈으로 벽시계를 보았다.

날짜가 바뀌기 직전이었다.

긴 하루는 아직 끝날 것 같지 않았다.

2장

일지

1988년 6월 20일.

오전 11시. 구레하라 동부서 회의실에서 오가미 반 수사 회의. 가코무라구미 계열 구레하라 금융 직원 우에사와 지로 실종 사건 수사에 대한, 폭력단계 계장 도모타케 경위의 지시.

오후 2시. 동부서에서 우에사와 지로의 여동생 우에사와 준코의 진술 청취.

오후 5시. 가코무라구미 조직원 구보 다다시의 행동 확인 개시.

████████████████ (1행 삭제)

오후 7시. 각성제 단속법 위반(소지)으로 구보를 현행범 체포.

████████████████████████

████████████████ (2행 삭제)

오후 9시 30분부터 동부서에서 구보 취조.

████████████████████████████

████████████████ (2행 삭제)

2과 형사실에서 과거의 수사 기록을 훑어보고 있던 히오카는 거칠게 문을 열고 들어오는 소리에 고개를 들었다. 다른 과원들도 일제히 출입문을 주시했다.

이쑤시개를 입에 문 오가미가 언짢은 표정으로 입구에 서 있었다. 미간을 찡그린 채 입을 앙다물고 있다. 트레이드마크인 파나마 모자 밑으로 핏발 선 눈이 보였다.

아무도 말을 걸지 않았다. 평소 같으면 "어서 오십시오", "수고 많으십니다" 하고 오가미 반 수사관들이 인사를 건넬 텐데, 히오카 외에는 모두 고개를 움츠린 채 책상만 내려다보고 있다. 건드리지 않는 것이 신상에 이롭다는 분위기다.

오가미는 문도 닫지 않고 방을 가로질러 자기 자리로 가더니 요란하게 의자에 앉았다.

히오카는 눈만 들어 반장석을 보았다. 오가미가 자리에 앉는 동작에 맞춰 천천히 고개를 숙였다. 알아차렸는지 모르겠지만 오가미는 히오카의 인사를 무시하고 이쑤시개를 재떨이에 뱉었다.

15평쯤 되는 2과 형사실은 두 구역으로 나뉜다. 폭력단계와 지능범계다. 각 구역의 상석에는 계장이 앉는다. 폭력단계 계장 도모타케 게이지와 지능범계 계장 사사야 마나부다. 그 밑에는 폭력단계에 두 반, 지능범계에 한 반이 있다. 폭력단계의 반장은 오가미와 도이 히데오다. 반장으로 불리는 주임 밑에 폭력단계는 각각

5명, 지능범계는 6명의 수사관이 배치되어 있다. 과장을 포함하면 총 22명. 그중 폭력단 담당이 13명이다. 중간 규모의 경찰서치고는 폭력단 형사 수가 많은 편이다. 방 안쪽에는 2과를 통괄하는 이쓰키 마사나리 과장이 앉아 있다. 부하 직원들이 한눈에 보이는 자리다.

오가미가 자리에 앉자 직속상관인 도모타케가 작게 혀를 찼다.

"가미 씨, 몇 시까지 마신 거야? 술 냄새가 여기까지 나잖아."

짜증과 체관이 섞인 목소리다.

도모타케는 경위이므로 오가미보다 계급은 높지만 나이는 세 살 어렸다. 평소에 도모타케는 부하인 오가미를 '가미 씨'라고 불렀다. 나이만 많은 것이 아니라 오가미에겐 무시할 수 없는 실적이 있었기 때문이다.

지능범계 사사야 계장은 오가미보다 다섯 살이나 어리고 2과 경력도 짧았기 때문에 '가미 씨'라는 애칭이 아니라 '오가미 씨'라고 부른다. 2과에서 오가미에게 반말을 하는 사람은 계급도 연령도 모두 위인 이쓰키 과장뿐이다.

오가미는 의자째 돌아앉으며 파나마모자를 벗었다.

"5시쯤까지 마셨을걸요."

술이 덜 깬 사람 특유의 거칠거칠한 목소리다.

술 냄새가 역겨운지 도모타케가 얼굴 앞에서 손을 휘저었다.

"그 시간까지 잘도 마셨군."

도모타케는 술을 즐기지 않는다. 히오카의 환영회 자리에서도 술잔만 핥고 있었다.

"일 때문에 마신 겁니다."

오가미가 의자를 제자리로 돌리고 서랍에서 담배를 꺼냈다. 히오카는 재빨리 일어나서 반장석으로 달려갔다. 오가미 전용으로 산 100엔짜리 라이터로 담뱃불을 붙였다.

오가미는 깊이 들이마신 연기를 내뿜으며 등 뒤의 도모타케에게 말했다.

"계장님도 잘 아시잖아요?"

도모타케는 아무 말 없이 입술을 오므리며 읽고 있던 서류로 시선을 떨어뜨렸다.

히오카는 급탕실로 가서 오가미의 커피를 탔다.

오가미가 아침부터 출근하는 일은 드물었다. 히오카가 구레하라 동부서로 출근한 지 일주일째 되는데, 오전에 오가미의 얼굴을 본 것은 처음이었다. 점심때쯤 일어나 단골 커피숍인 코스모스에서 모닝 세트를 먹는 것이 오가미의 일과였다. 오가미가 부탁하면 저녁에도 모닝 세트를 만들어준다. 히오카도 서에 있다가 두 번 정도 불려 나갔다. 점심을 먹고 나서 출근하기 때문에 서에 나타나는 시간은 오후 1시가 넘어서다.

현장은 통상 파출소나 기동수사대 같은 24시간 체제의 부서를 제외하면 8시 30분에 출근해서 17시 15분에 퇴근한다. 당직 날을 빼면 히오카는 보통 7시 전에 출근했다.

막내에게는 아침 잡무가 있다. 과원들의 책상을 닦고 포트에 물을 끓여야 한다. 선배가 출근하면 2과 형사실 한쪽에 있는 캐비닛에서 본인의 전용 찻잔과 컵을 꺼내 음료를 준비한다. 차의 농도와 온도, 커피에 설탕과 우유를 얼마나 넣는지 개개인의 기호를 기억하는 것이 쉽진 않다. 경찰학교의 형사과 연수 때에도 차를 타기는 했지만 당시의 관할서와는 달리 구례하라 동부서 2과에는 주먹 응징이 있었다.

본인 찻잔이 아니거나 커피의 설탕 양이 틀리면 가차 없이 주먹이 머리로 날아왔다.

오가미는 설탕만 넣은 커피를 마신다. 설탕 양은 한 스푼 반. 한 번은 실수로 우유를 넣은 적이 있다. 오가미는 "형사는 여기도 중요하지만" 하고 말하며 자신의 팔뚝을 가리키더니 "여기는 더 중요하다고" 하고 말하며 히오카의 머리에 꿀밤을 먹였다.

기억력 훈련이 중요하다는 것이 오가미의 주장이었다. 얼굴, 키, 단골 술집, 여자 취향, 좋아하는 음식, 취미, 버릇. 그런 정보들이 피의자를 잡는 중요한 단서가 된다.

지당한 주장이라고 생각한다. 그러나 형사에게는 기억력만큼 중요한 것이 또 있다. 서류 작성 능력이다. 형사는 수사 활동을 하지 않을 때는 서류 작업을 한다고 해도 과언이 아니다. 송검할 때는 사건의 발생부터 체포에 이르는 상세한 과정을 기재한 서류를 피의자의 조서와 함께 검사에게 제출해야 한다.

히오카도 파출소에 근무할 때 교통 위반 딱지나 도난 신고서를 작성했다. 그러나 법원에 제출하는 영장 발부 신청서나 진술 청취서 같은 형사 고유의 서류를 작성하는 업무는 형사과 연수 때 배우긴 했지만 혼자서 해본 경험은 없었다.

아침 잡무 때문이라면 8시까지 출근해도 된다. 히오카가 일찍 출근하는 이유는 서류 작성법을 좀 더 공부하기 위해서다. 오가미가 얼굴을 내밀기 전까지 과거의 수사 기록을 읽고 노트에 베끼는 일은 히오카의 중요한 일과였다.

히오카는 시간을 확인하려고 손목시계를 보았다. 10시 50분. 3분의 1밖에 베끼지 못한 수사 기록 파일을 덮었다. 오늘은 11시부터 회의가 잡혀 있다.

파일을 서류 캐비닛에 넣고, 회의용 음료 준비를 위해 오가미 반을 돌며 찻잔과 컵을 모았다.

"가미 씨."

오가미 옆자리에 앉은 도이가 씁쓸하게 웃으며 말을 걸었다.

"일이 아무리 중요해도 일요일까지 시키는 건 너무하잖아요? 내버려둬도 과로로 죽을 판인데 이제 곧 월간이에요."

오가미는 마뜩지 않은지 입술을 비틀며 고개를 끄덕였다.

도이가 말하는 월간은 '특별 강화 월간', 즉 범죄 검거율 제고를 위한 업무 역량 강화 기간을 가리킨다. 연말과 6개월에 한 번씩 봄가을에 있는데, 검거율 제고와 언론 홍보를 위해 현경 본부장이 부정기적으로 시행하는 경우도 있다.

지금 이쓰키 과장이 자리를 비운 것도 다음 달 총기 대책 강화 월간 회의 때문이었다.

올 4월에 동부서는 정년을 앞둔 논커리어 서장에서 젊은 커리어 서장으로 바뀌었다. 일반적으로 이런 경우, 전임 서장은 신임 서장의 면을 세워주기 위해 전년 대비 실적을 낮춰놓고 서를 떠난다. 그런데 무슨 이유인지 전임 서장은 동부서 경찰관들을 곡소리 날 때까지 쥐어짜서 전년 대비 실적을 모조리 올려놓고 퇴임했다. 들리는 이야기로는 커리어 전체에 대해 원한이 있었던 모양이다. 덕분에 동부서의 업무량은 역대 최대치였다.

히오카는 선배들의 책상을 돌고 나서 마지막으로 계장 자리로 갔다. 도모타케는 히오카가 들고 있던 쟁반에 컵을 올려놓고 오가미 반을 둘러보았다.

"그럼 회의 시작하자고."

11시 5분 전이었다.

히오카는 쟁반을 들고 서둘러 급탕실로 향했다.

"하는 수 없군."

등 뒤에서 걸걸한 목소리가 들렸다. 돌아보니 입이 찢어져라 하품을 하면서 오가미가 자리에서 일어서고 있었다.

2

복도 끝 회의실에는 긴 테이블이 디귿 자 형태로 놓여 있었다.

도모타케와 오가미가 상석에 앉고, 히오카를 포함한 다섯 명의 계원은 양쪽 테이블에 나누어 앉았다.

히오카가 음료를 다 돌리자 도모타케는 수사관들의 얼굴을 바라보았다.

"앞서 전달했듯이 오늘은 구레하라 금융 직원 실종에 관한 회의다. 다들 사건 개요는 알고 있지?"

전원이 도모타케를 보고 고개를 끄덕였다.

올 4월에 히로시마 시내의 이마사토 거리에서 폭력 사건이 발생했다. 가해자는 가코무라구미 조직원인 와타세 다쿠, 피해자는 신용금고 직원인 야모토 다카유키였다.

와타세는 또 다른 조직원과 함께 퇴근하는 야모토를 기다렸다가 인적 없는 뒷골목으로 데려갔다. 야모토는 기회를 봐서 도망치려고 하다가 와타세에게 복부를 걷어차였다. 인근 주민의 신고로 경찰관이 출동했고, 세 사람은 파출소로 연행되었다.

경찰관이 사건 경위를 묻자 야모토는 귀가 도중에 갑자기 와타세들이 붙잡더니 우에사와가 어디 있느냐고 집요하게 캐물었다고 대답했다. 야모토는 우에사와가 전에 근무한 히로시마 도자이 신용금고 동료로, 과거에 여행도 함께 다닌 사이였다.

그러나 우에사와가 문제를 일으켜 직장에서 해고된 후로는 연하장만 주고받았을 뿐, 최근 2~3년 동안은 소식도 듣지 못했다. 주소는 알지만 무슨 일을 하고 어떻게 사는지 그런 사생활은 전혀 몰랐다.

야모토는 난데없이 나타난 남자들에게 여러 번 설명했지만 들으려고 하지 않았다. 남자들은 야모토가 보낸 연하장을 보여주면서 한 군데라도 좋으니 우에사와가 갈 만한 곳을 대라고 집요하게 물고 늘어졌다.

결말이 날 것 같지 않다고 생각한 야모토는 "이제 그만하세요. 정말로 모른다니까요" 하고 말하고 재빨리 그곳을 떠나려고 했다. 그러자 남자가 야모토의 어깨를 붙잡고 "뜨거운 맛을 보기 전에 어서 불어" 하고 말하면서 갑자기 배를 걷어찼다.

와타세는 폭행 용의는 인정했지만 어깨가 부딪히는 바람에 말다툼이 벌어졌고, 우에사와의 연하장은 우연히 주운 것이라고 우겼다.

이 사건으로 경찰은 가코무라구미가 우에사와를 혈안이 되어 찾고 있다는 사실을 파악했다.

가코무라구미가 우에사와를 쫓고 있다는 점에서 사건성이 의심된다.

야모토 건을 담당한 관할 히로시마 북부서로부터 보고를 받은 이쓰키는 부하를 시켜서 우에사와에 관해 조사하게 했다. 가코무라구미가 쫓고 있는 남자의 이름은 우에사와 지로, 33세. 본적은 히로시마 시, 주민등록은 구레하라 시로 되어 있다. 결혼은 하지 않았다. 구레하라 금융에 근무한 지 1년 정도 되는데, 올봄부터 행방불명 상태다.

구레하라 금융은 폭력단이 운영하는 이른바 프런트 기업으로, 사장은 민간인이지만 실질적으로는 가코무라구미가 운영하고 있다. 우에사와의 실종에 대해 사건 가능성이 높다고 보면서도 가족의 가출 신고가 없었기 때문에 경찰은 본인 의사에 따른 실종 가능성도 염두에 두고 상황을 지켜보기로 했다.

일이 움직인 것은 열흘 전이다.

우에사와 지로의 여동생이 구레하라 동부서에 가출 신고서를 낸 것이다.

최근 1년 동안 오빠와 연락하지 않았는데 얼마 전 숙부가 사망해 장례 소식을 전하려고 전화를 걸었다. 그러나 아침에도 밤에도 전화를 받지 않았다. 그날은 포기하고 다음 날 다시 전화를 걸었지만 통화가 되지 않았다. 숙부 장례식이 코앞이라 직접 오빠 아파트로 찾아갔다. 집주인에게 부탁해 문을 열고 들어갔더니 가재도구에 먼지가 앉아 있고 한동안 사람이 산 흔적이 없었다. 집세는 자동이체가 되었지만 집주인도 최근 수개월간 우에사와를 만나지 못했다고 했다. 집주인에게 전화번호를 물어서 구레하라 금융에 연락했지만 무단결근이 계속되어 3월 말에 해고했다는 냉담한 대답만 들었다.

여동생은 걱정이 되어 본가 근처 파출소를 방문했다. 그때 상담한 경찰관이 오빠 주소가 있는 구레하라 동부서에 가출 신고서를 제출하라고 말해주었다.

가출 신고서를 수리한 구레하라 동부서 지역과 형사는 우에사와의 직장이 폭력단 관련 기업이기 때문에 즉시 2과에 보고했다.

보고를 받은 오가미는 몰래 내탐을 시작했다.

내탐 결과 오가미는 사건성이 높다고 판단하고 여동생을 불러서 다시 이야기를 듣기로 한 것이다.

진술 청취 일정은 여동생의 일 때문에 20일 월요일 오후로 잡혔다. 이날을 기해 오가미 반은 정식으로 우에사와 지로 실종 사건을 전담하게 되었다. 오늘 회의는 향후 수사 방침을 정하기 위한 것이다.

우에사와 실종 사건은 히오카가 구레하라 동부서에 부임하기 전에 발생했지만 개요는 파악하고 있었다.

우에사와가 자취를 감추고 가코무라구미가 필사적으로 행방을 쫓고 있다는 이야기는 부임 첫날 오가미의 입에서 들었다. 그리고 '시노'에서 오다니구미 부두목 이치노세와 셋이서 새벽까지 마신 뒤 두 시간쯤 자고 출근해서 우에사와의 가출 신고서와 북부서에서 보내온 야모토 폭행 사건의 수사 자료를 노트에 베껴두었다.

도모타케는 자료를 손에 들고 사건 개요를 설명하기 시작했다.

"여동생 이름은 우에사와 준코, 31세, 독신. 히로시마 시내의 가미오카 초에 살고 있어. 근무지는 같은 가미오카 초에 있는 '소아'라는 미용실이야."

3개월이나 가출 신고서를 내지 않은 이유를 지역과 형사가 묻자 준코는 머뭇거리며, 사정이 있어서 오빠와 소원하게 지냈으며 최근에 실종 사실을 알았다고 대답했다는 것이다.

"사정이라는 건 우에사와의 전과를 말하는 것 같아."

우에사와는 3년 전에 특정 상거래법 위반 및 사기죄로 징역 2년의 실형 선고를 받고 히로시마 형무소에 입소했다. 다단계 판매에 관여해 유죄 판결을 받은 것이다.

"우에사와는 현지의 가미오카 상업고등학교를 졸업하고 히로시마 도자이 신용금고에 취직했는데 5년 만에 해고당했어. 도박을 좋아하고 근무 태도도 나쁜 데다 복무규율을 위반해 권고사직을 당했다고 해. 신용금고를 그만두고 다단계 판매에 가담해 경리로 일하다가 업체가 적발되는 바람에 수갑을 차게 됐지. 어설프게나마 회계 일을 배운 게 화근이 된 거야. 구레하라 금융에는 2년의 수감 생활을 마치고 출소해서 취직했어."

여기까지는 됐지, 하고 묻듯이 도모타케는 부하들의 얼굴을 보았다.

잠자코 듣고 있던 오가미가 입을 열었다.

"아마 형무소에서 가코무라구미 조직원을 알게 됐겠죠. 본인이 부탁했는지 제안을 받았는지 모르겠지만 형무소 동기의 소개로 구레하라 금융에 들어간 걸로 보입니다."

자신이 하려던 말을 오가미가 가로챘는지 도모타케는 못마땅한 얼굴로 뭐 그렇게 된 거겠지, 하고 건성으로 대꾸했다.

도모타케는 헛기침을 하고 나서 힘주어 말했다.

"우에사와 실종 사건은 세 개 조로 나누어 수사를 진행한다. 먼저 가라쓰, 다카쓰카."

이름을 불린 두 사람은 도모타케를 보면서 등을 곧게 폈다.

"자네들은 구레하라 금융 사무소를 감시해. 교대로 잠복하고 있다가 수상한 움직임이 있으면 즉시 보고하도록."

두 사람은 말없이 고개를 끄덕였다.

"그리고 시바우라와 세우치. 구레하라 금융의 자금 흐름을 훑어봐. 사사야 쪽에도 협력을 부탁해두겠네."

지능범계 계장 이름을 말하며 도모타케는 시바우라와 세우치를 보았다. 운동선수 출신인 시바우라의 표정이 살짝 어두워진다. 숫자나 들여다보고 있어야 하는 내근보다 현장 잠복근무가 더 성에 맞는 것이리라.

2과 내에서 폭력단계와 지능범계는 늘 사이가 좋은 것만은 아니다. 부임한 지 일주일밖에 안 되는 히오카에게도 양자 간의 미묘한 공기가 느껴졌다. 유일하게 지능범계와 사이가 좋은 사람이 시바우라의 파트너인 세우치였다. 경찰학교 동기인 지능범계 수사관과 밥을 먹으러 가는 모습을 히오카도 여러 번 보았다. 그런 사정을 고려한 역할 분담일 것이다.

도모타케가 옆자리의 오가미를 보며 말했다.

"가미 씨와 히오카는 준코의 진술을 청취하고, 가코무라구미 조직원들과 직접 부딪쳐봐."

메모하는 손에 힘이 들어간다. 직접 부딪친다는 것은 말 그대로 사건 관계자들을 직접 조사하는 것이다. 잠복이나 미행과 달리 상대와 맞붙어야 하는 경우도 있기 때문에 그만큼 위험하다.

출근 첫날 파친코점 '히노마루'의 주차장에서 나와시로와 한판 붙었던 일이 떠올랐다. 수사를 위해서라면 오가미는 아무렇지도 않게 부하를 위험한 상황에 내몰 것이다. 나쁜 예감이 든다. 그러나 수사의 최전선에 뛰어든다는 흥분이 더 컸다.

도모타케가 힘차게 의자에서 일어났다.

"보고는 이상이다. 요즘 들어 가코무라 녀석들이 기어오르고 있어. 코를 납작하게 해줘!"

오가미와 히오카를 뺀 수사관들이 자리에서 일어나서 예, 하고 기합이 들어간 대답을 했다. 히오카도 허둥지둥 일어났다.

시바우라를 선두로 오가미 반 수사관들은 회의실 문으로 향했다. 도모타케가 불러서 오가미는 회의실에 남고 히오카도 선배들 뒤를 따랐다.

복도로 나오자 가라쓰가 양팔을 뻗으며 기지개를 켰다.

"오늘부터 잠복이야? 힘들겠군."

가라쓰는 올해 마흔 살로 2과 경력 5년 차인 경장이다. 심야부터 새벽까지 눈을 붙인다고 해도 하루 2교대, 24시간 잠복근무는 버거운지 평소에 하지 않던 약한 소리를 했다.

옆에서 걸어가던 시바우라가 가라쓰의 얼굴을 들여다보았다.

"가라쓰 씨가 힘든 건 이쪽이죠?"

시바우라는 검지와 중지를 세우며 담배 피우는 시늉을 했다. 시바우라는 2과 경력 4년 차로 계급은 가라쓰와 같지만 나이는 세 살 적다.

심중을 들킨 가라쓰는 겸연쩍은지 머리를 긁적였다.

"담배를 안 피우는 자네는 모르겠지만 나 같은 골초에겐 야간 잠복근무만큼 힘든 것도 없다고."

야간 잠복근무에 들어가면 담배를 조심해야 한다고 형사과 연수 때 배웠다. 밤에 인적 드문 캄캄한 주택가에서 잠복할 경우 담뱃불로 인해 피의자에게 자신의 위치가 노출될 수 있다. 잠복 사실이 들키지 않도록 가능한 한 담배는 참아야 한다. 꼭 피워야 할 때는 불이 보이지 않도록 빈 깡통 속에 담배를 집어넣고 피운다고 한다.

"그렇게 힘들면 차라리 끊어요. 몸에도 안 좋은 걸 뭐 하러 피워요?"

시바우라가 쓴소리를 했다. 시바우라는 담배를 피우지 않는다. 어릴 때 천식을 앓아서 그런지 건강을 끔찍이 챙긴다. 책상 서랍에는 건강 보조 식품이 잔뜩 들어 있다. 점심도 외식을 하면 채소 섭취가 부족하다고 아내가 싸주는 도시락을 먹는다. 흡연은 자신의 목에 끈을 매고 천천히 조르는 것과 같다는 것이 시바우라의 주장이다.

가라쓰와 함께 잠복근무를 나가게 된 다카쓰카가 뒤에서 끼어들었다.

"밤에는 제가 잠복을 설 테니 가라쓰 씨는 주간을 맡으세요."

가라쓰가 다카쓰가를 돌아보며 의뭉스럽게 웃었다.

"신혼인데 눈치 없이 그럴 순 없지. 경찰 일 못지않게 밤일도 중요해."

다카쓰카가 얼굴을 붉혔다. 다카쓰카는 작년에 결혼해서 아직 신혼이다. 남자 나이 스물일곱에 결혼을 했다면 빠르다고 할 수도 있다. 그러나 경찰에서는 가급적 빨리 결혼할 것을 권장한다. 가정을 꾸리면 사회적 신용도 높아지지만 특히 주재소 근무에 대비하도록 하기 위해서다. 파출소와 주거가 결합된 주재소는 기본적으로 가족이 함께 파출소 일을 본다. 지금은 관할 경찰서에서 근무하지만 운 나쁘게 벽촌 주재소로 좌천될 가능성도 얼마든지 있다. 무슨 일이 일어날지 모르는 것이 인생이다. 어떤 상황에나 대처할 수 있는 환경을 일찌감치 마련해두라는 것이다.

다카쓰카 옆에서 걸어가던 세우치가 한숨을 쉬며 말했다.

"할 수만 있다면 내가 야간 잠복근무를 대신하고 싶어요."

시바우라가 웃음을 터뜨렸다.

"아직도 부인한테 용서 못 받았어?"

세우치는 시바우라와 동기로 2과 경력은 2년. 동부서 내에서도 유명한 공처가였다. 한 달쯤 전에 승진 시험 문제집 사이에 끼워둔 비자금을 들켜서 아내에게 혼쭐이 났다. 세우치는 아내와 일곱 살 난 딸에게 값비싼 초밥까지 사주면서 싹싹 빌었지만 아내는 화를 풀지 않았다. 숨겨둔 비자금이 더 있을지 모른다고 의심하는 눈치다.

세우치는 처진 어깨를 한층 더 늘어뜨렸다.

"얼마 안 되는 용돈에서 수사비까지 나가는데, 그 정도 비상금은 봐줘도 되잖아요?"

세우치의 하소연에 모두 공감했다.

사건을 수사하려면 수사비가 든다. 탐문이나 미행에 필요한 교통비 같은 것인데, 가장 큰 지출은 정보 제공자에게 들어가는 접대비와 사례다.

사건을 다루는 부서에서는 많든 적든 수사 협력자와 관련된 비용 지출이 불가피하다. 특히 2과나 공안의 수사관은 지출 금액이 클 수밖에 없다.

조직범죄를 담당하는 2과의 경우, 정보 제공자는 대부분 끄나풀이라고 불리는 스파이다.

끄나풀에게 들어가는 돈은 경비로 처리할 수 없다. 영수증이 없기 때문이다.

끄나풀은 당연히 경찰과 내통하고 있다는 사실을 숨기고 싶어 한다. 신원 노출을 꺼리기 때문에 정보 제공에 대한 사례를 받더라도 영수증을 끊어주지 않는다. 형사와 함께 있는 장면을 들킬까 봐 전전긍긍하는 끄나풀이 영수증에 이름을 남길 리 없다. 따라서 끄나풀에게 들어가는 경비는 대부분 형사가 사비를 털어서 충당한다.

끄나풀이 많을수록 부담은 크다. 그러나 조직범죄의 적발에 있어서 내부 정보를 제공하는 끄나풀은 없어서는 안 되는 존재다.

수사비라는 말에 히오카는 오다니구미의 이치노세를 떠올렸다.

오가미와 이치노세는 상반된 관계지만 상당히 친해 보였다. 이치노세는 오가미의 끄나풀일까? 부임 첫날 셋이서 술을 마셨을 때 오가미가 술값을 냈다. 히오카의 환영회라는 명목이었지만 어쩌면 끄나풀과의 관계를 돈독하게 하기 위한 자리가 아니었을까?

문득 히오카의 머릿속에 사흘 전 환영회가 떠올랐다.

금요일 밤, 오가미 반에서 히오카의 환영회를 했다. 일이 끝나는 시간이 제각각이어서 전원이 모인 것은 밤 10시가 다 되어서였다.

장소는 동부서 근처의 이자카야로, 양심적인 가격의 대중 술집이었다. 일곱 명이 마셨는데 후쿠자와 유키치 석 장*으로 충분했다. 도모타케가 먼저 일어나면서 만 엔을 냈지만 나머지 술값은 오가미가 계산했다. 부하들이 나눠서 내자고 했지만 오가미는 박봉에 괜한 호기를 부리지 말라고 일축했다. 듣기로는 한 달에 한 번 격려회 명목으로 반 회식을 하는데, 계산은 언제나 오가미가 한다고 한다. 부하들이 감사 인사를 하면 한 달 더 고생해달라고 웃으면서 독려한다는 것이다.

계급이 높고 경찰 표창도 여러 번 받았으니 오가미의 월급이 더 많을 것이다. 그래도 수사비에 부하들 술값까지 내면 생활비가 부족하지 않을까? 부인이 싫은 소리를 하지 않을까?

"오가미 씨 부인도 힘들겠어요."

환영회 때 일이 떠올라서 무심코 내뱉은 말이었다.

이야기를 나누면서 걸어가던 네 사람이 일제히 입을 다물었다.

---

* 일본 만 엔권 지폐에 등장하는 인물로, 여기서는 3만 엔을 뜻한다.

짧은 순간이지만 서로 눈짓을 주고받는 모습을 히오카는 놓치지 않았다.

실언했다는 것은 히오카도 알았다. 마흔이 넘은 나이여서 당연히 결혼했을 거라고 생각했는데 독신이란 말인가?

"죄송합니다. 혹시 오가미 씨는 독신인가요?"

겸연쩍어서 그렇게 물었다. 그러나 아무도 대답하지 않았다. 모두 눈을 내리깔고 말없이 복도를 걸어갔다.

히오카는 옆에서 걸어가는 가라쓰의 안색을 살폈다.

시선을 알아차린 가라쓰가 걸음을 멈추고 한숨을 내쉬었다. 히오카의 어깨를 끌어당기며 귓속말을 했다.

"가미 씨는 사고로 부인과 아이를 잃었어."

히오카가 놀란 눈으로 가라쓰를 보았다.

가라쓰의 말에 따르면 오가미는 지금으로부터 16년 전, 스물여덟 살 때 아내와 아이를 잃었다. 아내의 이름은 기요코, 당시 24세, 아들은 한 살이었다고 한다.

당시 오가미는 히로시마 북부서 수사 2과 소속으로 3차 히로시마 항쟁 사건 때문에 눈코 뜰 새 없이 바빴다. 며칠씩 퇴근도 못하고 경찰서에서 숙식을 해결했으며, 자택인 임대 아파트에는 일주일에 이틀 들어갈까 말까 할 정도로 과로에 시달렸다.

그날 오가미는 5일 만에 귀가했다. 오랜만에 집에서 밀린 잠을 자려는데 밤중에 아이가 울기 시작했다. 열도 없고 아픈 데도 없어 보이는데 자지러지게 울어댔다.

안아서 달래고 싶었지만 몸이 천근만근이었다. 울음을 그치지 않는 아이를 아내에게 맡기고 오가미는 이불 속으로 들어갔다. 피곤에 지친 남편이 안쓰러워 기요코는 우는 아이를 등에 업고 밖으로 나갔다.

밖에는 비가 내리고 있었다. 기요코는 우산을 들고 밤길을 걸었다. 이웃에게 피해를 주지 않으려고 기요코는 주택가를 벗어나 좁은 현도로 나갔다. 3년 전에 우회 도로가 생기면서 평소에도 교통량이 적은 길이었다.

비가 내리는 밤에는 시계視界가 나쁘다. 뒤쪽에서 달려오던 차량이 기요코를 발견하지 못했는지 시속 60킬로미터가 넘는 속도로 두 사람을 치었다. 충돌음에 놀란 인근 주민이 달아나는 트럭을 목격했다.

경찰은 뺑소니 사고로 간주해 긴급 수배령을 내리고 수사에 착수했다. 현장에는 뺑소니 차량에서 떨어져 나온 것으로 추정되는 차량 파편과 깨진 도막* 조각이 남아 있었다.

얼마 후 현장에서 약 2킬로미터 떨어진 길가에서 버려진 트럭이 발견되었다. 범퍼가 찌그러지고 왼쪽 헤드라이트가 깨져 있었다. 조사 결과 사고를 낸 차량으로 특정되었고, 번호 조회를 해보니 도쿠야마 시내의 건설업자 소유였다. 그러나 해당 차량은 이틀 전에 도난 신고가 접수되어 있었다.

---

* 도료를 도포하여 형성되는 피막.

운전자용 장갑을 끼고 있었는지 핸들에는 뺑소니범의 지문이 남아 있지 않았다. 핸드 클리너 같은 걸로 꼼꼼하게 닦은 것처럼 지문은커녕 먼지 하나 묻어 있지 않았다.

피해자가 경찰관 가족이었기 때문에 현경은 수사에 총력을 다했지만 진척이 없었다. 사고가 발생한 지 16년이 지났지만 범인은 잡지 못했다. 사고 소식을 듣고 병원 영안실로 달려온 오가미는 자신이 아내와 아들을 죽였다고 통곡했다고 한다.

가라쓰는 땅이 꺼져라 한숨을 쉬며 어깨를 늘어뜨렸다.

"우는 아이를 안고 달랬더라면 사고는 나지 않았을 거라고, 그렇게 말하고 싶었겠지."

할 말이 생각나지 않았다.

"현경에서 유명한 얘기야. 오래 근무한 사람은 다 알지."

가라쓰가 허공을 보면서 혼잣말처럼 덧붙였다.

오가미에 관한 소문은 여러 곳에서 들려왔다. 하지만 부인과 아이 이야기는 처음 들었다.

"모르고 있었어요."

간신히 그 말만 했다.

"이미 오래전 일이고, 함부로 입에 담을 수 없는 소문도 있으니까."

그게 무슨 소문이냐고 히오카가 눈으로 물었다.

가라쓰는 말이 잘못 나갔다는 표정으로 헛기침을 했다.

"아무튼 그렇게 알고, 가미 씨 앞에서는 가족 얘기 하지 마."

고개를 숙이는 히오카의 어깨를 탁 치고 가라쓰는 이야기를 마쳤다.

3

조사실 의자에 앉은 준코를 히오카는 오가미 뒤에서 보았다.

얼굴만 보아도 준코가 우에사와 지로의 여동생인 것을 알 수 있었다.

평평한 얼굴에 오밀조밀하게 들어앉은 작은 눈과 코, 심약해 보이는 처진 눈썹이 가출 신고서에 첨부된 사진 속 지로와 판박이다.

미용사여서 그런지 옷차림에 신경을 쓰는 듯했다. 갈색으로 염색한 웨이브진 긴 머리를 뒤로 묶어 화려한 핀으로 고정하고 있었다. 꽃무늬 블라우스에 연노랑 플레어스커트를 입고 스커트와 같은 색깔의 숄을 둘렀다. 화려한 옷차림인데 화사한 인상을 주지 않는 것은 수수한 얼굴과 빈약한 표정 때문일 것이다.

오가미는 본인 확인을 한 다음 곧바로 본론으로 들어갔다.

"오빠 분은 본적이 히로시마 시로 되어 있는데 본가입니까?"

준코가 눈을 내리뜬 채 고개를 끄덕였다.

"할아버지 대부터 살던 집이에요. 가이다 근처인데 예전 집이 원폭에 무너져서 전쟁이 끝나고 할아버지가 새로 지었어요."

할아버지는 준코가 열 살 때, 아버지는 스무 살 때 돌아가셨다.

두 사람 다 피폭 후유증을 앓았다. 오빠가 집을 나간 뒤로 올해 쉰 다섯 살인 어머니와 둘이 살고 있다고 한다.

조사실 한편의 작은 책상에서 히오카는 준코가 하는 말을 기록 했다.

오가미는 지로의 경력에 대해 물었다.

준코의 대답은 회의 때 도모타케가 보고한 내용과 별 차이가 없 었다. 이야기 도중에 감정이 복받쳤는지 준코가 입술을 바들바들 떨었다.

"사람이 좋은 건지 그냥 멍청한 건지……, 오빠는 옛날부터 사 람들 말에 잘 속아 넘어갔어요."

준코는 책상 위에서 손수건을 꼭 쥐었다.

"어릴 때부터 사람을 의심할 줄 몰랐어요. 중고등학교 시절부 터 같은 반 친구 꼬드김에 넘어가 못된 심부름을 하고 물건까지 훔쳤어요. 신용금고를 그만둔 것도 직장 동료 때문이었고요. 그 사람 말만 믿고 덜컥 불량 주식을 샀다가 손해를 보고, 그걸 만회 하려고 도박에 빠져서……."

준코의 눈가에 물기가 어리는 것 같았다.

"그만큼 당했으면 정신을 차릴 법도 한데, 이번에는 경륜장에 서 알게 된 남자에게 말도 안 되는 장사 얘기를 들은 거예요. 냄 비며 세제 같은 걸 판매하는데 점포는 물론이고 아무것도 준비하 지 않아도 된다, 필요한 건 의욕과 인맥뿐이라는 말에 홀랑 넘어 가서……. 다단계 판매였죠. 솔깃한 얘기에는 뒤가 있게 마련이잖아요? 엄마와 제가 말렸는데도 이번엔 괜찮다면서 고집을 피웠어요. 예상대로 수중의 돈뿐만 아니라 몇 안 되는 친구마저 잃었어요. 하지만 그래도 발을 빼지 못하고 그 회사 경리 일을 봐주다가 결국 형무소 신세까지 지게 됐죠. 엄마는 아들이 몹쓸 짓을 하고 전과자가 되었으니 죽은 남편과 시아버지에게 면목이 없다면서 한동안 울기만 했어요."

당시를 떠올리는 듯 준코는 손수건으로 눈가를 닦았다.

오빠에 대한 원망이 가슴속에 응어리져 있었던지 준코의 이야기는 옆길로 샜다. 마음고생 때문에 심장병이 악화된 어머니 이야기며 오빠 때문에 파투 난 자신의 결혼 이야기를 한참 동안 늘어놓았다.

히오카는 준코의 신세타령이 빨리 끝나기를 바랐다. 이쪽도 한가하지 않다. 지로의 정보를 확보해 속히 수사에 착수해야 한다.

그러나 오가미는 느긋했다. 이따금 고개를 끄덕이며 준코의 하소연을 들어주었다. 중간중간 그랬군요, 힘들었겠어요, 하고 위로의 말로 추임새까지 넣어가며 이야기를 부추기고 있는 것처럼 보였다.

본론과 무관해 보이는 이야기에서 중요한 단서를 건질 수 있다는 것은 히오카도 알고 있다. 그래서 오가미도 준코가 하고 싶은 이야기를 다 하도록 내버려두는 것이리라. 그렇다 해도 이야기가 30분을 넘어가자 조급증이 났다.

준코가 파혼의 아픔을 극복하고 어머니도 심장약을 먹지 않아도 될 만큼 회복했을 즈음 이야기는 간신히 지로로 돌아왔다. 어머니와 딸이 평온한 생활로 돌아오면서 부드러워졌던 준코의 표정이 또다시 어두워졌다.

"오빠는 형무소에서 얌전히 지내다가 형기를 채우고 나왔어요. 출소한 날 집에서 엄마가 차려준 밥을 먹으면서 오빠는 앞으로는 성실하게 일하겠다고 말했어요. 그때는 저도 생각했죠. 전과자가 되긴 했지만 그 덕분에 정신을 차렸으니 앞으로는 착실하게 살 거라고. 그런데……, 또다시 그런 남자의 말에 넘어가서 변변찮은 직장에 취직하더니……."

준코가 입을 앙다물었다.

의자 등받이에 기댄 채 느긋하게 이야기를 듣고 있던 오가미가 상체를 일으켰다.

"그 남자, 누군지 알아요?"

준코는 기억을 더듬는지 시선을 위로 향했다.

"구보 씨라고 했던 것 같아요."

"성 말고 이름은요?"

"글쎄요, 거기까진……."

오가미가 눈을 들어 천장을 노려보았다. 생각에 잠긴 얼굴이다.

준코의 이야기에 따르면 출소하고 한 달쯤 지나서 구보라는 남자에게 전화가 걸려왔다. 직장에서 막 돌아온 준코가 전화를 바꿔주자 한참 통화를 하더니 지로가 싱글벙글하면서 거실로 나왔다. 구레하라 금융이라는 회사에 경리로 취직하게 되었다고 흥분해서 말했다. 누가 소개했냐고 준코가 물었더니 지로는 말을 흐렸다. 그러나 엄마까지 나서서 닦달을 하자 부루퉁한 얼굴로 복역 중에 알게 된 남자라고 실토했다. 그만두라고 모녀가 설득했지만 말을 듣지 않았다. 다음 날 지로는 소지품만 챙겨서 구레하라로 떠났다.

"오빠가 집을 나갈 때 네 마음대로 해라, 이제 나는 모른다 하고 엄마와 함께 매몰차게 절연 선언을 했어요."

"그게 언제죠?"

오가미가 끼어들었다.

"벚꽃이 피기 시작할 무렵이었으니까 작년 3월 말이에요."

준코가 고개를 들고 오가미를 보았다.

"오빠가 전화를 놓았다고 한 번 연락을 했는데 그때도 말다툼만 하다가…… 그 후로 1년 넘게 소식을 끊고 지냈어요."

준코가 지로의 실종을 알게 된 경위는 회의 때 도모타케가 보고한 내용과 같았다.

"구레하라 금융은 어떻게 알게 됐어요?"

확인을 위한 질문이라는 어조로 오가미가 물었다.

"집주인이 가르쳐줬어요. 친절하게도 아파트 계약서에 적힌 전화번호를 알려줬어요."

오가미가 고개를 끄덕이며 이야기를 재촉했다.

"그런데 구레하라 금융에서는 뭐라던가요?"

"인정머리 없는 사람들이었어요. 무단결근을 오래 해서 해고했다고만 하더군요. 몇 번을 물으니까 마지못해 오빠가 3월 하순부터 출근하지 않았다고 말해주었어요. 그만두긴 했어도 자기 회사에서 일했던 직원이 행방불명됐다는데 너무하지 않아요?"

분개했는지 준코가 목소리를 높였다.

"지금까지 멋대로 일을 그만두거나 이사를 하더라도 오빠는 연락처만은 알려줬어요. 말없이 사라질 사람이 아니에요. 무슨 일이 생긴 게 분명해요."

오가미가 고개를 끄덕였다.

"알겠습니다. 저희가 찾아보죠. 뒷일은 경찰에 맡겨주십시오."

짧은 침묵 뒤에 준코가 쥐어짜는 듯한 목소리로 말했다.

"부족한 사람이지만 오빠는 오빠예요. 엄마도 오빠 걱정에 밤잠을 못 주무세요."

준코가 깊이 머리를 숙이며 간절한 목소리로 말했다.

"꼭 좀 우리 오빠를 찾아주세요. 부탁드립니다."

준코가 조사실을 나간 후 히오카는 손목시계를 보았다. 4시가 넘었다. 두 시간 이상 진술 청취를 한 셈이다.

오가미가 뒤돌아보며 빙그레 웃었다.

"선이 연결되었어."

무슨 뜻인지 몰라서 물었다.

"무슨 선요?"

"구보 추야, 구보 추."

"구보 추?"

앵무새처럼 되물었다.

"가코무라구미 조직원 중에 구보 다다시라는 녀석이 있어. 다들 구보 추라고 부르지."

"그자가 우에사와의 여동생이 말한 구보예요?"

"맞아. 다들 뽕쟁이 구보 추라고 불러. 샤부와 여자로 밥 먹고 사는 인간 말종이지."

뽕쟁이의 '뽕'은 필로폰을 말한다. 샤부는 각성제의 은어지만 2차 대전 전에는 필로폰도 샤부라고 불렀다. 당시에는 합법적으로 판매되었기 때문에 지금도 오래된 애칭으로 부르는 사람이 간혹 있다.

"우에사와가 형무소에 있을 때 구보도 약 때문에 체포되어 히로시마 형무소에 있었어. 아마도 구레하라 금융에서 경리 일을 보던 녀석이 사정이 생겨서 그만두자 그 자리를 메울 녀석을 가코무라구미에서 찾고 있었고, 그걸 알고 구보가 우에사와를 연결해준 거겠지."

거기까지 추측하고 있었단 말인가? 준코 앞에서는 왜 구보를 안다는 내색을 하지 않았느냐고 묻자 오가미는 히오카를 노려보았다.

"당연하지. 얘기를 들은 땐 말이지, 이쪽 정보는 손톱만큼도 내비치면 안 돼. 어디서 샐지 모르는 일이잖아? 진술 청취의 기본 중의 기본이야."

그렇군, 하고 히오카는 머릿속 메모장에 잘 적어두었다.

2과로 돌아오자 오가미는 히오카에게 커피를 타 오라고 시켰다.

저렇게 여유를 부려도 될까? 구보의 집을 알아내어 잠복할 준비를 해야 되지 않을까? 그런 생각을 했지만 입 밖에는 내지 않았다. 오가미에겐 오가미의 방식이 있을 것이다.

급탕실에서 인스턴트커피를 타서 오가미의 자리로 갔다.

오가미는 책상에 발을 올려놓고 발톱을 깎고 있었다.

"거기 둬."

책상 오른쪽 끝을 턱으로 가리켰다. 시킨 대로 커피를 내려놓고 자리로 돌아왔다.

발톱을 다 깎은 오가미가 커피를 한 모금 마시더니 쇼트피스를 입에 물었다. 얼른 달려가서 100엔짜리 라이터를 켰다. 그러나 아무리 부싯돌을 문질러도 불이 붙지 않았다. 담배를 피우지 않는 히오카는 이 100엔짜리 라이터 때문에 번번이 애를 먹었다. 한 번에 불이 붙는 경우는 드물었다.

예상대로 머리를 얻어맞았다.

"그거 하나 제대로 못 해? 이리 줘!"

히오카의 손에서 라이터를 낚아채어 직접 불을 붙이고 오가미는 연기를 깊이 들이마셨다. 표정을 풀고 연기를 내뿜으며 말했다.

"일을 끝내고 피우는 담배는 꿀맛이야."

일은 아직 끝나지 않았지만 토를 달지는 않았다.

오가미는 커피 잔을 비우고 양말을 신은 다음 구두에 발을 집어넣었다. 지급품이 아닌 명품 에나멜 구두다.

오가미는 일어나서 책상에 놓인 파나마모자를 썼다.

"자, 가자고."

갑작스러운 말에 당황했다.

"어디로……?"

"멍청하긴. 어디긴 어디야, 구보의 집이지."

커피를 타는 동안 조사한 걸까? 아무리 오가미라도 일개 폭력단 조직원의 주소까지 파악하고 있지는 않을 것이다.

히오카의 의문을 눈치챘는지 오가미가 자신의 머리를 가리키며 말했다.

"우리 일이라는 게 말이지, 기억력 싸움이야."

히오카의 어깨를 두드리고 치아를 보이며 웃었다.

야쿠자에 관한 정보는 아무리 사소한 것이라도 기억해둘 것. 히오카는 다시 한번 머릿속에 단단히 새겼다.

4

구보의 집은 가지 초에 있었다. 사카메 강 상류의 주택 지구다. 에도시대에 칼을 만드는 도공이 많이 살았던 곳이라고 향토사 책에서 읽은 기억이 있다.

강에 걸쳐진 사이와이 교를 건너 주택가로 들어갔다. 도로 확장 공사와 구획 정리가 이루어지지 않아서 좁은 길이 나뭇가지처럼 복잡하게 뻗어 있었다.

큰길에서 옆길로 들어가자 오가미가 첫 번째 모퉁이에서 차를 세우라고 말했다. 앞 유리 너머를 턱으로 가리켰다.

"저기가 구보 집이야. 4층 오른쪽 끝, 403호였던 것 같은데."

오가미의 시선을 따라가자 길모퉁이에 4층짜리 맨션이 보였다. 건물 외벽에 '그린 하이츠 어번'이라고 적혀 있다.

히오카는 위화감을 느꼈다. 맨션의 외관은 흰색이 기조인데 벽과 문, 계단 난간에는 베이지와 핑크 같은 여성 취향의 색깔이 사용되었다. 베란다에 관엽식물 화분을 놓아둔 집도 많았다. 야쿠자와는 어울리지 않는 집이다.

히오카가 의아해하자 구보가 얹혀사는 여자 집이라는 대답이 돌아왔다.

오가미는 젖혀 쓰고 있던 모자를 깊이 눌러썼다.

"다른 여자 집에서 살다가 반년 전부터 저 집에 살고 있어."

차에서는 맨션의 정면 출입구와 4층이 보였다. 구보가 나타날 때까지 차에서 기다리기로 했다.

잠복을 시작한 지 한 시간쯤 지났을 때 비가 내리기 시작했다. 빗방울이 흘러내리는 자동차 앞 유리 너머로 맨션에 시선을 고정하고 있었다. 처음 하는 잠복근무여서 요령이 없다 보니 조바심만 더해갔다. 도대체 언제까지 이러고 있어야 하는가?

구보가 모습을 드러낸 것은 한 시간쯤 내리던 비가 그쳤을 때다.

땅거미가 내리고 가로등이 불을 밝히기 시작했을 때 403호 문이 열렸다. 하늘을 올려다보면서 남자가 나왔다. 나이는 30대 중반, 콧수염을 기르고 머리를 짧게 깎았다. 검은색 티셔츠와 반바지 차림에 저녁인데도 선글라스를 끼고 있었다. 옆구리에 작은 가방을 끼고 집을 나서는 모습이 딱 봐도 기둥서방이다.

조수석에 등을 파묻고 앉아 있던 오가미가 튕기듯 급히 몸을 일으켰다.

"구보야. 가자고."

히오카는 차에서 내려 지시받은 대로 맨션의 비상계단으로 향했다. 오가미는 정면 출입구로 향한다. 어느 출구에서 나올지 모르기 때문이다.

엘리베이터 안으로 사라졌던 남자가 1층 주차장에 모습을 드러냈다. 차로 움직이려는 것이다.

오가미가 주차장을 향해 빠른 걸음으로 이동했다. 히오카도 뒤따랐다.

구보가 흰색 쿠페에 타자 오가미가 차 앞을 막아섰다. 히오카가 도착한 것을 확인하고 운전석 쪽으로 걸어갔다.

차가 움직이지 못하도록 히오카가 정면에 버티고 섰다.

자동차 앞 유리 너머로 놀라서 입을 벌리고 있는 구보의 얼굴이 보였다.

오가미가 허리를 굽히고 창을 두드렸다.

"구보 씨, 잠깐 얘기 좀 하지."

경찰수첩을 제시했다.

유리를 내리고 구보가 얼굴을 내밀었다.

"누군가 했더니 가미 씨 아닙니까? 무슨 일이세요?"

비굴한 웃음을 지으며 구보가 말했다.

"당신이 샤부를 갖고 있다는 제보가 들어와서 말이야."

입꼬리를 올리며 오가미가 말했다. 말투는 부드럽지만 눈은 웃고 있지 않았다.

"누, 누가……?"

구보는 웃어넘기려고 했지만 목구멍이 떨려서 경련 같은 소리밖에 나오지 않았다.

"누가 그런 터무니없는 말을 해요?"

"그건 밝히기가 좀……."

구보가 혀를 차며 내뱉듯이 말했다.

"전과는 있지만 형무소에 들어간 후로 약은 딱 끊었어요. 이제 샤부는 안 한다고요."

오가미는 계속 어수룩하게 굴었다.

"착실하게 살고 있는데 옛날 일 때문에 괜한 의심을 받는 건 억울하겠지. 이해해. 하지만 어쩌겠어? 제보가 들어왔으니 우리도 가만있을 순 없잖아? 일단 확인은 해야 한다고."

히오카는 숨을 삼켰다. 임의 심문만 하고 소지품 검사까진 하지 않을 것이다.

구보는 운전석에 앉은 채 입을 다물었다. 뭔가 필사적으로 생각하는 얼굴이다.

수색영장은요, 하고 구보가 입을 열었다.

"없죠? 그러면 강제로 조사하는 거네. 임의라면 협력하든 말든 내 자유죠? 거절하겠어요."

선글라스를 벗고 시동을 건다.

오가미가 재빨리 창으로 손을 집어넣어 키를 돌려 시동을 껐다.

"무슨 짓이야, 이 짭새가!"

구보가 열이 뻗쳐 버럭 소리를 질렀다.

오가미가 구보의 어깨에 손을 얹으며 목소리를 깔았다.

"구보 씨, 경찰을 깔보면 안 되지."

특유의 위협적이고 걸걸한 목소리다.

구보의 뺨이 파르르 떨렸다. 한숨을 토해내더니 각오를 다진 듯 오가미의 손을 쳐냈다.

"바빠서 이만 가봐야겠어요."

다시 키를 잡았다.

"까불지 마, 구보!"

주차장이 쩌렁쩌렁 울렸다.

"점잖게 대해주니까 기어올라? 경찰을 우습게 보면 용서 못 해!"

오가미가 이를 드러내며 호통을 쳤다.

구보는 일순 돌처럼 굳었다. 기어들어 가는 목소리로 말한다.

"가미 씨, 좀 봐주세요. 정말로 바빠서 그래요."

울먹이는 목소리다.

"좋아, 켕기는 게 없다니까 그럼 가방만이라도 보여줘."

구보의 울대뼈가 올라갔다 내려갔다. 침을 삼킨 것이다.

"정말로……, 가방만 보여주면 되는 겁니까?"

구보의 얼굴에 떠오른 안도의 빛을 히오카는 놓치지 않았다.

—가방 안에는 위험한 물건이 없다.

히오카는 확신했다. 그렇지 않다면 구보가 동의할 리 없다. 오가미도 그건 알고 있을 것이다. 가방에서 아무것도 나오지 않으면 수사는 벽에 부딪힌다. 자신을 노린다는 것을 알고 구보가 종적을 감출 우려도 있다. 도대체 오가미는 무슨 생각을 하는 걸까?

히오카의 걱정은 아랑곳하지 않고 오가미가 부드러운 목소리로 말했다.

"가방만 보여주면 된다니까."

구보가 가방을 들고 차에서 내렸다. 예방접종을 받는 아이 같은 표정이다.

"빨리 끝내주세요."

가방을 받아 든 오가미가 히오카를 보았다.

"히오카, 차에 가서 랜턴하고 비닐 시트를 가져와. 혹시 모르니까 검사용 키트도."

고개를 끄덕이고 차를 향해 달렸다. 지금은 오가미를 믿을 수밖에 없다.

물건을 챙겨서 주차장에 돌아왔더니 오가미가 구보와 담소를 나누고 있었다.

"구보 씨, 우리도 얼른 끝내고 돌아가고 싶다니까."

히오카를 보자 오가미는 웃음을 싹 지우고 지시를 내렸다.

"히오카, 빗물에 젖지 않게 보닛 위에 비닐 시트를 깔아. 그리고 위에서 랜턴을 비춰."

지시에 따랐다. 주차장에 조명이 있지만 해가 진 후여서 주위는 어두웠다.

"그럼 구보 씨, 가방을 열어주겠어?"

구보가 가방을 열어 오가미에게 보여주었다. 오가미는 흰 장갑을 끼더니 가방을 받아 들고 안을 들여다보았다. 잘 보이도록 히오카가 랜턴을 비추었다.

오가미는 가방을 돌려주며 보닛 위의 비닐 시트를 턱으로 가리켰다.

"가방 안의 물건을 여기에 하나씩 꺼내놓도록 해."

구보는 고개를 끄덕이고 맨 먼저 지갑을 꺼냈다. 큼지막한 뷔통이다. 안에는 지폐와 잔돈밖에 없었다. 다음은 맨션 열쇠. 구보는 가방에서 꺼낸 물건을 비닐 시트 위에 늘어놓았다. 휴대용 티슈를 넣은 작은 파우치 안에는 콘돔 두 개가 들어 있었다.

오가미가 콘돔을 손에 들고 천박하게 웃었다.

"L 사이즈야? 대단한데."

구보는 오가미의 말을 무시하고 가방에 손을 넣었다. 무선호출기와 미야지마 신사의 부적을 꺼내면서 말했다.

"이게 전부예요."

무사히 소지품 검사를 마친 구보는 개운한 표정이었다.

히오카는 어깨를 늘어뜨렸다.

역시 아무것도 나오지 않았다. 앞으로 가코무라구미는 경계를 강화할 테고, 우에사와 실종 사건 수사는 더욱더 어려워질 것이다.

히오카는 왜 이런 무모한 수사를 하느냐고 묻듯이 오가미의 얼굴을 보았다.

오가미는 웃고 있었다. 승리를 확신하는 듯 대담한 웃음이었다.

"더 있잖아?"

오가미가 담배를 입에 물었다. 라이터를 꺼내려는 히오카를 손으로 제지하고 오가미는 직접 불을 붙였다.

연기를 내뿜으며 말했다.

"가방 안주머니에 든 것도 꺼내야지."

"아무것도, 없어요."

구보는 그렇게 말하면서 가방에 손을 넣었다.

구보의 표정이 갑자기 굳어졌다.

흠칫흠칫 가방에서 비닐봉지를 꺼내면서 구보는 경악했다.

"이게 무슨……, 말도 안 되는……."

재빨리 오가미가 구보의 손에서 비닐봉지를 낚아챘다.

담배를 입에 문 채 불빛에 비춰보았다. 소분한 각성제가 들어 있다. 틀림없다.

"구보, 이건 뭐야?"

"몰라. 난 정말 모른다고."

구보가 격렬하게 고개를 저었다.

"히오카, 이 녀석을 감시해. 난동을 피우면 때려눕혀도 돼."

"예!"

대답은 했지만 사태 파악이 되지 않았다. 반신반의하면서 구보 뒤에 섰다. 구보는 믿을 수 없다는 표정으로 금붕어처럼 입만 뻐끔뻐끔하고 있었다.

오가미는 짧아진 담배를 땅에 뱉고 각성제 검사 키트를 앞으로 당겼다.

정중한 어조로 말했다.

"구보 씨, 알겠죠? 색깔이 변하면 각성제입니다."

오가미가 비닐봉지 속 분말을 시약에 넣고 시험관을 흔들었다. 투명한 액체가 파랗게 변한다. 각성제다.

오가미는 손목시계를 보았다.

"19시 3분. 각성제 소지 혐의로 현행범 체포."

냉정한 목소리로 통고했다. 그러고는 갑자기 소리를 질렀다.

"히오카, 수갑을 채워!"

즉시 수갑을 채우려고 했지만 구보가 몸을 비틀며 날뛰었다.

"몰라, 내 게 아냐! 난 아무것도 몰라!"

간신히 구보의 손에 수갑을 채웠다.

오가미를 향해 침을 뱉으면서 구보가 악을 썼다.

"이건 함정이야! 오가미! 더러운 수법을 쓰다니, 재판에서 다 까발릴 거야! 더 이상 경찰 노릇 못 할 줄 알아!"

구보의 아우성을 무시하고 오가미가 말했다.

"히오카, 무선으로 지원 요청해. 차 내부를 강제 수색할 거야. 이 녀석은 내가 보고 있을게."

석연치 않았지만 히오카는 암행순찰차로 달려갔다.

—이건 함정이야!

그렇게 외치던 구보의 목소리가 귓가에 맴돌았다.

조사실 의자 위에서 구보는 고개를 숙인 채 축 늘어져 있었다.

팔을 등 뒤로 묶인 채 의자 위에 꿇어앉아 있다. 눈은 초점을 잃었고 얼굴은 창백했다. 오가미가 이 자세로 앉힌 지 세 시간이 지났다. 구보의 체력도 한계인 듯했다.

테이블 맞은편에 앉은 오가미는 담배를 재떨이에 비벼 끄고 고개를 비틀어 구보의 얼굴을 올려다보았다.

"아직도 말할 생각이 없어?"

고개를 숙인 채 구보는 대답하지 않았다. 말할 기력조차 없을 것이다.

히오카는 벽에 걸린 시계를 보았다. 곧 오후 4시다. 구보를 체포한 지 이틀이 되어간다.

지원 나온 기동수사대의 협조를 얻어 강제 수색한 결과, 구보의 차 대시보드에서 각성제 10팩, 트렁크에서 12개들이 주사기 한 상자가 발견되었다. 주사기는 판매용으로 간주할 만한 양은 아니지만 본인이 사용한 것은 분명했다. 소변 검사에서도 양성 반응이 나왔다.

그러나 이것은 명백한 위법 수사다. 히오카도 알고 있었다.

상대의 동의 없이 강제 수색한 경우, 재판에서는 위법하게 수집한 증거로 간주되어 배제 원칙이 적용된다. 즉 아무리 불법적인 증거가 나오더라도 수사 자체가 위법이라고 판단된다. 실제로 위법수집 증거배제 원칙이 적용되어 무죄 선고가 난 경우도 많다.

그래서 오가미는 함정을 판 것이다. 임의로 소지품 검사를 해서 약물이 나오면 합법적인 수사가 된다. 문제가 없다. 위법한 물건이 발견되면 그 자리에서 강제 수색을 할 수 있다.

아마도……, 하고 히오카는 생각했다.

오가미가 각성제 봉지를 넣은 것은 구보로부터 가방을 받았을 때일 것이다. 미리 손에 감추고 있던 봉지를 재빨리 가방 안주머니에 집어넣은 것이 분명하다.

그렇다면 오가미는 각성제를 몰래 갖고 있었다는 말이 된다. 도대체 어디서 구했을까?

오가미는 약물의 입수 경로에 대해서는 거의 조사하지 않고 우에사와 건을 집요하게 추궁했다. 별건이라면 별건이지만 수사 목적이 이쪽에 있기 때문에 당연하다고도 할 수 있었다.

처음 목격하는 오가미의 취조 모습은 텔레비전 드라마에 나오는 폭력 형사 그 자체였다.

소리를 지르고, 물건을 집어던지고, 부드럽게 달래다가 갑자기 호통을 쳤다. 한편 오가미는 구보에게 여자를 만나게 해주는 등 편의도 봐주었다.

오가미는 당근과 채찍을 모두 써서 구보로부터 우에사와의 정보를 빼내려고 했다. 가코무라구미 조직원들은 우에사와의 행방을 필사적으로 쫓고 있었다. 우에사와를 구레하라 금융에 소개한 사람은 구보. 분명히 뭔가 알고 있을 것이다.

그러나 구보는 모르쇠로 일관하며 완강하게 버텼다.

애가 탄 오가미는 지구전으로 나갔다. 딱딱한 목제 의자 위에 구보를 꿇어앉히고 의자 뒤에서 팔을 묶었다. 다리는 저리고 팔은 아프다. 구보가 비명을 지르기까지 오랜 시간은 걸리지 않을 것이다. 그렇게 생각했지만 구보는 입을 열지 않았다.

구보를 체포한 지 벌써 45시간이 지났다. 송검까지는 이틀, 48시간이다. 곧 신병 구속 기한이 끝난다.

오가미는 취조를 중단하고 히오카에게 구보의 송검 절차를 밟으라고 지시했다.

히오카는 구보를 경찰서 내 유치장에 넣고 2과로 돌아왔다.

2과 형사실에서는 오가미가 도모타케에게 구보의 취조 결과를 보고하고 있었다.

도모타케가 의자 등받이에 기대며 언짢은 얼굴로 팔짱을 꼈다.

"가미 씨의 취조에도 입을 열지 않다니 구보 녀석도 근성이 있군."

오가미가 못마땅한 표정으로 반박했다.

"그건 근성이 아닙니다. 반대죠. 근성이 없어서 입을 열지 않는 거예요."

"무슨 뜻이지?"

오가미가 매서운 눈으로 도모타케를 보았다.

"우에사와 건을 불었다가는 목숨이 위태롭기 때문이죠. 그래서 조개처럼 입을 꾹 다물고 있는 겁니다."

도모타케의 눈이 휘둥그레졌다.

오가미는 손가락으로 자신을 가리켰다.

"제가 냄새 하나는 잘 맡잖아요? 이 사건, 상당히 큽니다. 파헤치면 뭐가 튀어나올지 몰라요."

도모타케가 상체를 일으키며 침을 삼켰다.

"이거 일이 커질지도 모르겠군."

오가미는 말없이 고개를 끄덕이고 마치 눈앞에 적이 있는 것처럼 허공을 노려보았다.

3장

일지

1988년 6월 25일.

오후 2시. 가코무라구미 사무소 주변 신도 방문. 가코무라구미 동향 수집.

오후 7시. 히로시마, 다키이구미 두목 자택.

(3행 삭제)

오후 10시. 히로시마 시 나가레 거리 여관 '가즈키', 지배인 진술 청취.

뒤에서 오가미가 거기야, 하고 말했다. 히오카는 걸음을 멈추고 눈앞의 가게를 보았다. 낡은 목조 단층 건물로, 검은 기와지붕 위에 녹슨 함석 간판이 걸려 있었다. 붉은색 페인트로 '요시다 담배 가게'라고 적혀 있다. 오늘의 아홉 번째 방문 장소다.

오가미와 히오카는 가코무라구미 사무소 주변에서 신도 방문을 하고 있었다. 경찰에서 말하는 '신도檀家'란 사건 관련 정보를 정기적으로 제공하는 일반 시민을 가리킨다. 신도 방문과 통상적인 탐문의 차이는 사건이 일어났을 때 정보를 수집하는 것이 아니라 평소에 사건처럼 보이는 일이나 사건으로 연결될 만한 일에 관한 정보를 수집한다는 점이다. 신도는 주유소 종업원, 현지의 개인 상점 주인, 커피숍 주인 등 다양하다.

지하 세계와 밀접한 연관을 가진 꼬나풀과 달리 그들은 선량한 시민이다. 사정을 모르는 사람이라면, 사건과 무관하게 살아가는 평범한 시민이 어떻게 사건 정보를 알겠느냐고 의아하게 생각할 수도 있다. 그러나 일상의 작은 이변은 단조로운 삶을 살아가는 사람들이 더 잘 알아차린다. 얼핏 사건과 관련이 없어 보이는 그런 조짐들이 때로는 귀중한 정보가 된다. 형사에게 신도 방문은 사건 적발에 있어서 빼놓을 수 없는 중요한 업무다.

어제저녁에 열린 오가미 반 수사 회의에서 구레하라 금융의 실태가 드러났다.

구레하라 금융의 출자자는 나다 주조라는, 현지의 유서 깊은 양조장 사장인 이소가이 고지, 63세다.

대표이사 사장은 후쿠이 사키치라는 남자다. 후쿠이는 히로시마 진세이카이仁政会 회장인 와타후네 고스케의 전 사제*로 나이는 55세. 와타후네구미의 간부였는데 10년 전 상납금 문제로 와타후네에게 밉보여 파문당했다. 지금은 은퇴해 가코무라구미의 비밀 자문을 맡고 있다.

"후쿠이의 조카딸이 가코무라구미 부두목인 노자키와 결혼하면서 두 사람은 인척 관계가 됐어요. 본래 후쿠이와 가코무라는 동향으로 불량배 선후배 사이여서 전부터 관계가 양호했는데 인척이 되면서 급속히 가까워진 듯합니다. 하지만 후쿠이는 와타후네로부터 파문당한 처지여서 야쿠자 세계에서는 나서기 어려워요. 실상은 돈 몇 푼 받고 이름을 빌려주는 정도겠죠. 구레하라 금융을 실제로 지휘하는 건 노자키입니다. 틀림없는 야쿠자 금융입니다."

구레하라 금융의 잠복 수사를 담당한 가라쓰가 게다가, 하고 강한 어조로 덧붙였다.

"대부업 등록은 했지만 구레하라 금융의 내부를 들여다보면 고약합니다. 하루에 10퍼센트, 일주일 지나면 50퍼센트로 이자가

---

* 야쿠자 사회에서 두목과 형제의 연을 맺은 아우를 가리킨다.

불어납니다. 출자법이고 이자제한법이고 신경도 안 쓰는 거죠."

본래 돈이 없어서 사채를 쓰는 사람이 그렇게 높은 이자를 지불한다는 것은 무리다. 돈을 빌려주는 쪽도 그런 사정은 알고 있다. 일부러 완전 상환을 못 하고 이자의 일부만 갚게 해서 고객을 파산으로 몰고 간다. VIP 고객에게는 법정금리로 빌려주지만 처음에만 그렇다. 서서히 체력을 약화시킨 다음 이자를 올려 결국은 뼈까지 발라먹는다. 원금을 회수하지 못해도 고객이 나가떨어질 때쯤이면 이미 이자만으로도 대출금의 다섯 배, 열 배의 이익을 챙긴 상태다.

금융회사는 이자로 먹고살지만 구레하라 금융의 주 수입원은 도산 정리라고 가라쓰는 말했다. 중소기업 사업주에게 저금리로 돈을 빌려주고 신뢰 관계를 다진 다음 어음을 할인해준다. 그러나 사사건건 트집을 잡아서 결국 도산으로 몰아넣은 다음 채권자로서 자산을 차지하는 것이다. 그 과정에서 구레하라 금융은 기록을 남기지 않기 위해 은행 계좌를 사용하지 않고 모두 현금으로 결제한다.

"지능범계의 정보에 따르면 최근에 시내의 한 금속 가공업자가 먹잇감이 됐다는군요. 도킨공업이라는 부품 가공 업체입니다. 신규 사업에 실패해 자금 융통에 어려움을 겪다가 1년 반쯤 전에 구레하라 금융에서 어음 할인을 받았는데 결국 두 번째 부도를 내고 도산. 사장인 히로세 노리히사는 올 3월에 목을 맸어요. 회사는 구레하라 금융 주도로 청산되었는데, 일반 채권자들에게는 참

새 눈물만큼 떼어주고 가코무라가 전부 집어삼킨 모양입니다. 공장 부지 가격만 해도 1억 5000만 엔이라는 소문이 있어요. 부품 가공 기계까지 합하면 2억이 넘을 겁니다."

말없이 보고를 듣고 있던 도모타케 계장이 매서운 표정으로 의자 등받이에 기댔다.

"올 3월이라면 우에사와가 종적을 감춘 시기와 겹치는군."

가라쓰가 크게 고개를 끄덕였다.

"우에사와의 실종과 도킨공업 도산 건, 뭔가 관계가 있지 않을까요?"

도모타케는 팔짱을 낀 채 잠시 생각하더니 갑자기 양손으로 테이블을 치며 자리에서 벌떡 일어났다.

"거액의 돈이 가코무라의 주머니에 들어간 시기와 우에사와가 실종된 시기가 겹친다는 건 우연이라고 보기 어려워. 아마도 우에사와가 가코무라의 손에 수갑을 채울 만한 위험한 정보를 쥐고 있든가 위험한 돈을 갖고 도망쳤든가 둘 중 하나야."

"제 생각은 좀 다릅니다."

오가미가 옆에서 찬물을 끼얹었다.

"무슨 뜻이지?"

확신에 찬 추론에 이의를 제기하자 도모타케는 부루퉁한 얼굴로 오가미를 노려보았다.

"저도 우에사와 실종에 구레하라 금융이 연루된 건 틀림없다고 봅니다. 하지만 계장님의 추론에는 동의하기 어렵습니다."

오가미의 논리는 이랬다.

우에사와는 다단계 판매를 하다가 체포되었다. 한번 위법행위를 저지른 사람은 범죄에 대한 저항감이 약한 경우가 많다. 실형까지 살았던 우에사와가 불법 정보를 접했다고 해서 그것을 경찰에 밀고하리라고 보긴 어렵다. 뭣보다 상대는 야쿠자다. 밀고 사실이 발각되면 지옥까지 쫓아올 것이다. 돈도 그렇다. 전과자라고는 해도 민간인이, 그것도 성격이 온순한 우에사와가 조폭의 돈을 들고 도망칠 만한 배짱이 있다고 보긴 어렵다.

거기까지 설명하고 오가미는 고개를 갸웃거리며 손가락으로 미간을 문질렀다. 도무지 납득이 가지 않는다는 표정이다.

"가장 이해하기 어려운 건 가코무라구미 녀석들로부터 우에사와에 관한 정보가 털끝만큼도 새어나오지 않는다는 겁니다. 하나같이 조개처럼 입을 꽉 다물고 있어요. 구보 추만 해도 그래요. 그 녀석, 약으로 붙잡힌 게 벌써 세 번째예요. 가석방 중이니까 남은 형기까지 더해서 5년은 형무소에서 썩어야 하는데도 입을 안 연다는 건 보통 일이 아니라는 거죠."

오가미는 턱을 당기며 번득이는 눈으로 허공을 노려보았다.

"이 사건, 그렇게 단순하진 않을 거 같은데요."

자신의 추론이 단순하다고 말하자 도모타케는 입술을 오므리며 인상을 썼다. 오가미의 의견에 반박하지 않은 것은 내심 납득했기 때문일 것이다. 헛기침을 한번 하더니 아무튼, 하고 말하면서 수사관들을 둘러보았다.

"우에사와의 행방을 찾는 것이 급선무야. 우에사와의 실종에 가코무라구미가 관여한 증거를 잡아서 관련 시설을 일제 수색한다. 알겠나?"

모두 우렁찬 목소리로 대답하고 의자에서 일어났다.

도모타케가 제시한 수사 방침에 따라 오가미와 히오카는 가코무라구미 사무소 부근에서 탐문을 시작했다.

오늘은 오후부터 근처 중국집과 조직원들이 자주 가는 커피숍, 주유소 등을 돌았는데 지금까지 유익한 정보는 얻지 못했다.

아홉 번째 신도 방문지인 요시다 담배 가게는 가코무라구미 사무소가 입주한 빌딩에서 큰길만 건너면 바로다. 두 칸쯤 되는 가게 전면에는 유리 미닫이문이 끼워져 있고, 안쪽에 빛바랜 커튼이 반쯤 쳐져 있었다.

오가미가 말했다.

"문 열어."

문짝이 맞지 않는지 문을 잡고 옆으로 밀어도 열리지 않았다.

쩔쩔매고 있는 히오카의 뒤통수를 오가미가 때렸다.

"그거 하나 못 열어? 비켜."

파나마모자를 젖혀 쓰면서 오가미가 앞으로 나섰다.

"이 문을 열려면 요령이 필요해. 이렇게 왼쪽을 들어 올리고 흔들면서 옆으로 밀어야지."

덜컹덜컹하면서 문이 열렸다.

가게 안에는 아무도 없었다.

좁은 가게 한쪽에 구식 아이스크림 냉장고와 나무 선반이 놓여 있었다. 무릎 높이의 선반에는 스티로폼 재질의 조립식 글라이더와 색색의 종이풍선, 슈퍼볼 같은 정겨운 장난감, 사탕과 센베이 과자가 담긴 유리병 등이 놓여 있었다. 간판에는 담배 가게라고 적혀 있지만 과자 가게와 장난감 가게를 겸하고 있는 듯하다.

가게 안을 훤히 아는지 오가미가 마루 귀틀에 앉으며 주인을 불렀다.

"할매, 있어요?"

잠시 후 인기척이 나고 포렴 사이로 허리가 굽은 노파가 얼굴을 내밀었다. 여든 가까이 되어 보였다. 노파는 오가미를 보자 주름이 자글자글한 처진 눈꼬리를 한껏 내려뜨렸다.

"역시 가미 씨였어. 귀는 멀었지만 가미 씨 목소리는 금방 안다니까."

오가미가 웃으면서 놀렸다.

"귀는 멀어도 여전히 곱네. 피부도 윤이 나고. 남자라도 생겼어요?"

노파가 소리 내어 웃었다.

"나한테 말을 거는 남자라면 부모 몰래 돈을 뜯으러 오는 팔푼이 손자뿐이지."

"신지요? 건강하죠?"

노파는 쓸쓸하게 웃더니 땅이 꺼져라 한숨을 쉬었다.

"건강하긴 한데 아랫도리가 너무 건강해서 여자애들 꽁무니만 쫓아다녀. 피는 못 속인다더니 죽은 저희 할아비를 빼다 박았어."

"신지도 귀여운 데가 있잖아요?"

"그럼. 누가 뭐래도 심성은 고운 애야."

마루에서 내려온 노파는 오가미 뒤에 서 있는 히오카를 보고 처진 눈꺼풀을 끌어올렸다.

"오호, 오늘은 아주 젊은 분을 데려왔네."

오가미는 턱으로 히오카를 가리키며 노파에게 소개했다.

"이번에 동부서에 들어온 신참이에요. 나이가 신지와 비슷할걸요."

히오카는 노파에게 고개를 숙였다.

"히오카라고 합니다. 잘 부탁드립니다."

그렇군, 하고 웃으며 고개를 끄덕이더니 노파는 오가미와 나란히 마루 귀틀에 앉았다.

"인물이 좋네. 우리 신지에 비하면 참 똑똑하게 생겼어."

"그렇죠?"

오가미가 빙그레 웃었다. 또다시 '학사님' 타령이 시작되기 전에 히오카가 나섰다.

"이분은 누구세요?"

오가미가 진지한 얼굴로 돌아와 히오카를 보았다.

"이분은 가쓰 씨. 여기서 가게를 오래 하셨어."

오가미는 안주머니에서 쇼트피스를 꺼내더니 마루 옆에 있는

111

플라스틱 도넛 의자로 옮겨 앉았다. 낡은 목제 테이블에 놓인 재떨이를 앞에 갖다 놓고 담배를 입에 물었다. 히오카는 얼른 재킷 안주머니에서 라이터를 꺼내 불을 붙였다.

"차라도 내올 테니 잠깐 기다려."

가쓰가 아이고, 하면서 마루에서 일어났다.

가쓰가 안으로 들어가자 오가미가 히오카 쪽으로 상체를 기울이며 말했다.

"신지라는 손자 녀석은 이라코카이의 준조직원이야."

놀랐다. 방금 전 두 사람의 대화에서는 아무런 낌새도 알아차리지 못했다.

"그랬군요."

히오카는 목소리를 줄여 말했다.

담뱃재를 털고 오가미가 인상을 찡그렸다.

"하지만 가쓰는 몰라. 손자가 조직에 출입한다는 건 꿈에도 상상하지 못할걸."

가쓰가 찻잔을 쟁반에 받쳐 들고 나타나자 오가미는 담배를 비벼 껐다.

"길 건너 갓코 말인데요, 최근에 어때요?"

갓코는 오가미가 사용하는 가코무라의 암호다. 가쓰는 갓코의 의미를 아는 듯 고개를 끄덕였다. 차를 건네면서 대답했다.

"글쎄, 초봄에 한창 시끄럽더니 요즘은 잠잠해."

"언제부터 잠잠해졌어요?"

찻잔을 입으로 가져가며 오가미가 물었다.

마루에 걸터앉은 가쓰는 양손으로 찻잔을 들고 기억을 더듬는지 시선을 위로 향했다.

"벚꽃이 질 무렵이었을 거야."

가쓰의 말로는 4월 들어서 바로 가코무라구미 사무소에 조직원들이 뻔질나게 드나들었는데, 분위기가 살벌했다고 한다. 그러나 벚꽃이 질 무렵에는 소란도 가라앉고 평소 모습으로 돌아왔다는 것이다.

"처음에는 출입하는 녀석들 표정이 심상치 않아서 싸움이라도 난 줄 알고 마음 편히 나다니지도 못했어."

으음, 하고 웅얼거리더니 오가미가 잔을 비우고 일어났다.

"늘 피우던 걸로 한 보루 주세요."

"알았어."

가쓰는 힘겹게 몸을 일으키더니 선반에서 쇼트피스 한 보루를 가져와서 오가미에게 주었다.

오가미가 호주머니에서 구깃구깃한 5000엔 지폐 한 장을 꺼내 건넸다.

"거스름돈은 됐으니까 그걸로 영양 보충이라도 하세요."

"늘 고맙네."

가쓰가 얼굴에 주름을 잔뜩 잡으면서 돈을 받았다. 앞치마 주머니에 넣는다. 만면에 웃음이 가득하다.

"아 참, 이거."

가쓰가 선반에서 담배 한 갑을 꺼내 오가미에게 내밀었다.

"뭐예요? 못 보던 담배네."

"캐스터 마일드라고 이번에 새로 나왔어. 홍보용으로 받은 건데, 가져가."

"그래요? 고마워요."

오가미가 웃으며 담배를 받았다.

오가미는 신도 방문 때마다 1000엔짜리 지폐 한 장을 두고 왔다. 쇼트피스는 한 보루에 2400엔이다. 요컨대 가쓰의 정보는 다른 신도들의 정보보다 두세 배의 가치가 있거나 신도들 중에서 가쓰가 특별한 존재라는 의미일 것이다. 신도 방문에서 오가미는 이미 만 엔 이상 썼다. 독신이라고는 해도 월급만으로 충당한다고 보긴 어렵다.

문득 검찰에 송치한 구보의 말이 떠올랐다. 마지막 조사를 마치고 유치장으로 돌아갈 때 구보는 침을 튀기며 오가미에게 악담을 퍼부었다.

—오가미, 넌 야쿠자 삥이나 뜯으면서 살잖아! 밥줄인 우리를 함정에 빠뜨리고 부끄럽지도 않냐! 재판에서 다 까발려줄 테니 각오해!

구보의 말대로 오가미는 정말 야쿠자에게 뇌물을 받고 있을까?

"어디다 정신을 팔고 있어? 어서 나와."

오가미의 질타에 퍼뜩 정신이 들었다. 오가미가 가게 밖에서 노려보고 있었다. 히오카는 가쓰에게 인사하고 가게를 나섰다.

근처의 차를 세워둔 곳으로 갔다.

오가미가 가쓰에게 받은 담배를 뜯어 한 개비 입에 물고 조수석 등받이에 기댔다. 호주머니에서 라이터를 꺼내 얼른 불을 붙였다.

"씁쓸한데."

캐스터 마일드가 맛이 없다는 말일까?

"입맛에 안 맞으세요?"

오가미가 뜨악한 표정으로 히오카를 보았다. 히오카는 당황해서 덧붙였다.

"쇼트피스보다 맛이 없나 해서요."

"멍청하긴. 담배 얘기가 아냐."

"그럼 무슨……"

히오카의 말을 가로막으며 오가미가 내뱉었다.

"우에사와 말이야."

무슨 뜻인지 몰라서 안색을 살폈다.

"아둔한 녀석이군."

오가미는 한숨을 쉬며 히오카에게 설명했다.

우에사와는 이미 가코무라구미에 납치당했을 가능성이 높다. 우에사와는 3월 말에 자취를 감추었고 그것을 안 가코무라구미 조직원들은 혈안이 되어 찾았다. 가쓰의 정보로는 살벌하던 분위기는 벚꽃이 질 무렵에 진정되었다. 그렇다면 4월 중순에 가코무라구미가 우에사와의 신병을 확보했다고 보는 것이 자연스럽다.

"지금까지 가코무라구미 사무소가 소란스럽다면 우에사와는 아직 잡히지 않은 거야. 하지만 사무소는 이미 평상시로 돌아왔어. 소란을 피울 필요가 없다는 건 그런 뜻이야."

오가미의 추측대로 우에사와가 4월 중순에 가코무라구미에 납치되었다면 벌써 두 달이나 지났다. 인적 없는 장소에 감금하더라도 한 인간을 장기간 붙잡아두기는 어렵다.

어쩌면 우에사와는 이미…….

히오카의 추측을 눈치챘는지 오가미가 말했다.

"여동생한테는 안됐지만 이미 제거되었을지도 몰라."

그때 갑자기 오가미의 재킷 안에서 무선호출기가 울렸다.

화면에 찍힌 번호를 보고 오가미가 한쪽 눈썹을 치켜세웠다. 무선호출기를 다시 안주머니에 넣고 히오카에게 말했다.

"근처에 공중전화가 있는지 찾아봐."

무슨 생각을 하는지 찡그린 얼굴이다.

서둘러 시동을 걸었다.

큰길가의 공중전화 부스 앞에 차를 댔다. 오가미는 차에서 내려 말없이 공중전화 부스로 들어갔다.

1분도 안 되어 돌아온 오가미가 조수석 문을 닫으면서 말했다.

"히로시마에 가야 해."

"히로시마, 라고요?"

히로시마까지는 차로 30분이면 도착한다. 그리 멀지 않다. 그런데 관할 밖인 히로시마 시에 도대체 무슨 볼일이 있는 걸까? 오가미의 용무이니 공용인지 사용인지도 확실치 않다.

히오카가 망설이자 오가미가 혀를 차며 짜증스럽게 말했다.

"뭘 꾸물거려? 얼른 출발해!"

히오카는 황급히 대답하고 액셀을 밟았다.

2

"그러니까, 이 친구가 소문으로 듣던⋯⋯."

길이 잘 든 소파에 앉아서 다키이 긴지가 히오카를 보았다.

으응, 하고 오가미가 히오카를 보며 고개를 끄덕였다.

다키이는 핀스트라이프 셔츠 위에 얇은 카디건을 걸치고 있었다. 짧게 깎은 반곱슬머리에 턱이 뾰족하고 콧마루가 높다. 골프를 즐기는지 가무잡잡한 피부에 얇은 입술과 날카로운 눈빛이 더해져 날쌔고 용맹스러운 인상을 풍겼다.

히오카는 이름을 말하고 가볍게 고개를 숙였다.

다키이는 약간 딱딱한 표정으로 고개인사를 건넸다. 그러더니 금세 얼굴 근육을 풀고 호들갑스럽게 오가미의 손을 잡았다. 양손을 흔들며 깊이 고개를 숙였다.

"정말 고마워. 쇼짱 덕분에 목숨을 건졌어. 골백번 머리를 숙여도 모자라."

맞은편 소파에 앉은 오가미가 어처구니없다는 듯이 웃는다.

"입만 열었다 하면 허풍이라니까."

다키이는 머리를 휙 들더니 절레절레 고개를 흔들었다.

"아니, 그 여자는 그러고도 남아. 일전에도, 알잖아? 아무튼 내가 바람피운 걸 알고 곧바로 부엌에서 식칼을 들고 나왔다니까. 지난번 일도 있고 해서 작심을 한 거 같아. 죗값을 치르라면서 식칼을 들고 서슬이 퍼래서 달려들었다고. 사가와가 말리지 않았다면 정말이지, 어떻게 됐을지 몰라."

그때의 공포가 떠오르는지 다키이가 어깨를 부르르 떨었다. 눈만 한번 부라려도 어지간한 사람이라면 벌벌 떨게 생긴 다키이가 울상을 짓고 있었다.

히오카와 오가미는 다키이구미 사무소에 와 있다. 다키이의 집 근처에 있는 조직 사무소는 히로시마 시 서쪽의 주택가에 자리 잡고 있었다. 이 근방에서는 노른자 땅이다.

다키이 긴지는 예로부터 히로시마 시에 본거를 두었던 구 와타후네구미의 간부로, 와타후네구미 5인방으로 꼽히던 무장투쟁파 야쿠자다. 현재는 와타후네구미가 중심이 되어 결성된, 현내 최대 폭력 조직인 진세이카이의 간사장을 맡고 있다. 현경 자료에 따르면 다키이구미는 조직원이 약 80명에 이르며, 진세이카이 내에서 세 번째로 큰 세력을 자랑한다.

일본 최대 폭력단인 고베 아카시구미와, 마찬가지로 고베에 본거를 둔 신푸카이神風숲의 대리전쟁으로 알려진 2차 히로시마 항쟁 사건 때, 신푸카이 계열의 와타후네구미가 아카시구미에 대항하기 위해 히로시마 야쿠자를 대동단결시켜 만든 것이 지금의 진세이카이다. 현경이 파악한 조직원 수는 600명을 헤아린다.

진세이카이의 결성과 동시에 와타후네구미는 간판을 내렸다. 하지만 와타후네의 부하들 가운데 독자적으로 조직을 이끌던 간부 다섯 명 중 세 명은 지금도 최고 간부로서 진세이카이의 임원직을 맡고 있다.

회장은 구 와타후네구미의 두목 와타후네 고스케. 부회장은 구 레하라의 이라코카이 회장 이라코 쇼헤이. 이사장은 구 와타후네구미의 부두목 미조구치 아키라, 그리고 다키이가 넘버 포인 간사장이다.

부회장인 이라코는 과거에 와타후네구미와 적대적인 관계였지만 아카시구미와 가까운 숙적 오다니 겐지에게 대항하기 위해 체면을 버리고 진세이카이에 넙죽 엎드렸다. 뱃속으로는 무슨 생각을 하고 있는지 모른다. 회장을 쫓아내고 차기 회장 자리를 노리고 있다는 소문이 무성하다.

한편 구 와타후네구미 5인방 중 한 명인 본부장 사사누키 고타로는 예전부터 미조구치 이사장과 사이가 나빠서 간부회에서도 거리를 두고 냉담한 태도를 취했다. 오가미의 말에 따르면 진세이카이는 하나의 조직처럼 보이지만 한 꺼풀 벗기면 내부는 제각각이었다.

요시다 담배 가게를 나왔을 때 오가미의 무선호출기에 연락한 사람은 다키이구미 부두목인 사가와 요시노리였다. 다키이의 오른팔인 사가와는 조직 운영부터 다키이의 사생활까지 모두 챙겼다. 그런 사가와가 안색이 변해서 오가미에게 연락을 했다. 다키이가 바람을 피운다는 사실을 아내 요코가 알게 되어 큰일이 났다는 이야기였다.

오가미의 지시대로 히로시마에 가서 다키이 긴지의 집 앞에 차를 세웠다. 현관에서 뛰어나온 사가와가 오가미 앞에서 머리가 무릎에 닿을 정도로 몸을 굽혔다.

"제발 도와주십시오. 사모님을 말릴 수 있는 분은 가미 씨뿐입니다. 부탁드립니다."

사가와는 울먹이는 목소리로 무릎이라도 꿇을 것처럼 애원했다.

다키이가 바람을 피운 것은 이번이 처음은 아니다. 지금까지 여러 번 아수라장을 연출했지만 그때마다 오가미가 달려와 사태를 해결했다.

오가미는 차 안에서 히오카에게 그렇게 설명했다.

머리를 조아리는 사가와 앞에서 오가미가 지겹다는 얼굴로 말했다.

"알았어, 알았어. 그런데 요코 씨는 안에 계셔?"

"예."

머리를 든 사가와가 안심한 표정으로 고개를 끄덕였다.

"짱긴은?"

짱긴은 다키이 긴지를 말하는 것이리라. 긴짱을 거꾸로 부르는 애칭이다.

"두목님은 사무소로 피신하셨습니다."

면목 없다는 듯이 사가와가 대답했다.

오가미가 한숨을 내쉬며 히오카에게 말했다.

"애들한테 보여줄 만한 장면이 아니니 차에서 기다려. 일이 끝나면 부르지."

오가미답지 않은 자신 없는 목소리였다.

3

30분쯤 후 다키이구미의 젊은 조직원이 히오카를 부르러 왔다.

"오가미 씨가 부르십니다."

사태가 해결된 모양이다.

사무소에 들어가니 오가미가 소파에 기댄 채 다리를 꼬고 앉아 있었다. 히오카를 보자 옆자리를 손으로 두드렸다.

"여기 앉아."

시키는 대로 오가미 옆에 앉았다.

오가미는 다시 다키이에게 시선을 돌렸다.

"질리지도 않아, 짱긴은? 요코 씨가 얼마나 무서운 사람인지 그렇게 겪고도 몰라?"

다키이가 겸연쩍은 듯 자신의 가랑이를 내려다보았다.

"쇼짱, 그야 나도 알지. 하지만 동갑내기 아들이 참을성이 없어서 눈앞에 맛있는 고기만 보이면 그만……."

예전부터 아는 사이인 데다 동갑내기라서 그런지 두 사람은 친근하게 애칭으로 불렀다.

오가미가 씁쓸하게 웃었다.

"이해는 하지만 군것질을 하더라도 좀 안 들키게 할 순 없어?"

"그게 말이지, 나도 조심한다고 하는데 어찌 된 영문인지 매번 들켜. 정말이지 여자의 육감은 무섭다니까."

빙긋이 웃으면서 다키이가 말을 계속했다.

"두고 봐, 다음번에는 안 들킬 테니."

"쨍긴, 요코 씨 생각도 해야지. 자네가 이만큼 된 것도 요코 씨 덕이잖아?"

다키이가 순순히 고개를 끄덕였다.

"맞아. 요코와 쇼짱이 없었다면 지금의 나도 없어. 경찰에 붙잡혀 평생 감방에서 썩든가 바다 밑바닥에 가라앉아 있든가 둘 중 하나겠지."

다키이의 말에서도 읽히듯이 2차 단체이긴 하지만 조직의 간판을 내걸기까지 여러 번 위험한 다리를 건넜을 것이다.

야쿠자로서 독립해서 조직을 만들려면 기량과 운이 필요하다. 그 과정을 뒤에서 도운 사람이 아내 요코일 것이다. 그러나 거기에 부하가 아니라 오가미의 이름이 등장한다는 것은 이해하기 어렵다. 위험한 다리를 건널 때 오가미가 도움을 주었다는 말처럼 들린다. 어쩌면 오가미는 수사 정보의 대가로 다양한 상황에서 다키이의 편의를 봐주었을지도 모른다. 분명 두 사람 사이에는 일선을 넘는 유대 관계가 존재하는 듯했다.

요코도 마찬가지다. 기질이 드센 요코가 오가미의 말을 듣는 것도 서로의 어려움을 이해하는 동지로서의 신뢰가 있기 때문이 아닐까? 오다니구미의 이치노세도 그렇고 진세이카이의 다키이도 그렇고, 오가미는 확실하게 야쿠자 세계와 연결되어 있다.

부하가 가져온 차를 들이켜고 나서 그런데, 하고 다키이가 진지한 얼굴로 입을 열었다.

"전에 알아봐달라고 했던 건 말인데, 우리 애들이 정보를 입수했어."

오가미가 튕기듯이 상체를 일으켰다.

"우에사와가 어디 있는지, 알아냈어?"

히오카는 놀라서 오가미를 보았다. 실종된 우에사와에 대해 알아봐달라고 다키이에게 부탁했던 모양이다.

부하들을 다 내보내고, 10평쯤 되는 응접실에는 다키이와 오가미, 히오카밖에 없었다. 그런데도 다키이는 목소리를 낮추었다.

"애들을 시켜서 여관이나 사우나 같은 데를 알아보게 했더니, 나가레 거리의 한 여관에 남자 한 명이 투숙했다는 거야."

나가레 거리는 히로시마 시내의 최대 환락가로 술집과 음식점, 매춘 업소와 러브호텔이 즐비하다. 말하자면 도쿄의 신주쿠 가부키 초 같은 곳이다.

오가미가 낙담한 듯 어깨를 늘어뜨리며 말했다.

"남자 혼자 여관에 투숙하는 건 드문 일이 아냐. 여자에게 바람을 맞았거나 매춘 여성을 부르려고 했을 수도 있고, 비즈니스호텔 대신 사용하는 경우도 있어."

오가미의 관심을 되돌리려는 듯 다키이가 서둘러 말을 이었다.

"하지만 보름 가까이 투숙했다면 얘기는 다르지."

"보름이라고?"

오가미의 눈이 날카롭게 빛났다.

나가레 거리의 한 여관에 남자가 찾아온 것은 4월 초였다. 혼자 불쑥 찾아와서 장기 투숙하는 정체 모를 손님을 여관 측은 괴이하게 여겼다. 쫓아내고 싶지만 꼬박꼬박 숙박비를 내니 그럴 수도 없었다. 남자가 얼른 나가주기만을 바랐는데 어느 날 질 나쁜 야쿠자 몇 명이 여관으로 찾아왔다. 야쿠자들은 남자의 방에 쳐들어가서 저항하는 남자를 강제로 데려갔다.

"그게 2개월쯤 전인 4월 중순이야."

다키이의 눈을 보면서 이야기를 듣고 있던 오가미가 낮은 목소리로 물었다.

"그 끌려간 남자가 우에사와란 말이지?"

다키이가 진지하던 표정을 풀고 어깨를 움츠렸다.

"단정할 순 없지만 우리 애들 말로는 납치된 남자의 인상이 쇼짱이 말한 우에사와와 비슷하대. 그리고 실행범인 야쿠자들 말인데, 이 근방에선 못 보던 얼굴이라더군. 구레하라 녀석들 아니겠어?"

오가미는 잠시 생각에 잠겨 먼 곳을 보다가 다키이에게 시선을 돌렸다.

"남자가 투숙했던 여관 이름이 뭐야?"

"가즈키."

다키이가 즉시 대답했다.

사연 있는 중년 커플들이 주로 이용하는 오래된 여관이다.

"나가레 거리의 '엠퍼러'라는 카바레 알지? 그 옆길로 들어가서 맨 끝집이야."

오가미가 소파에서 벌떡 일어났다.

"히오카, 가자고."

히오카는 허둥지둥 일어나서 오가미를 따라 응접실을 나섰다.

현관에서 신발을 신고 있는데 다키이가 따라왔다. 부하가 달려 나오자 다키이는 손으로 제지하며 쫓아 보냈다.

앞장서서 정원을 걸어가는데 뒤에서 오가미와 나란히 걸어오던 다키이가 목소리를 낮추고 말했다.

"조심해, 쇼짱. 좋지 않은 얘기가 들려."

"무슨 얘긴데?"

"현경 감찰이 쇼짱의 움직임에 촉각을 곤두세우고 있는가 봐."

자신도 모르게 발걸음이 멈추었다. 다시 앞을 보고 걸으면서 두 사람의 대화에 귀를 기울였다.

오가미가 코웃음 치는 기척이 났다.

"그건 어제오늘 시작된 일이 아냐."

다키이가 진지한 어조로 충고했다.

"이번엔 조심해. 나한테 들어온 정보로는 스파이 망까지 치고 있다는 소문이야."

대문 앞에 세워둔 차로 돌아와서 히오카는 운전석에 올랐다. 오가미를 기다렸다.

시각은 밤 9시를 지나고 있었다. 집 앞 도로는 대문 위에 설치된 투광기 빛 속에서 네온 거리처럼 밝았다.

대문 앞에서 오가미가 다키이의 어깨를 안고 흔들었다.

"가즈키 건은 고마워. 조사해볼게."

다키이가 호들갑스럽게 손을 내저었다.

"고맙다는 말은 내가 해야지. 맛있는 술이라도 대접해야 하는데 오늘밤은 집사람 기분을 풀어줘야 해서 말이야. 미안하지만 다음 기회에 하자고."

"나는 괜찮으니까 오늘밤은 요코 씨에게 확실하게 봉사해. 자네가 자랑하는 그 매그넘으로 말이야."

오가미가 빙긋이 웃었다.

이번에는 다키이가 오가미의 어깨에 손을 얹고 말했다.

"그 매그넘 말인데……."

오가미의 어깨를 흔들면서 다키이가 쓴웃음을 지었다.

"마누라 앞에서는 번번이 불발이라는 게 문제야."

오가미가 입꼬리를 치켜 올렸다.

"하긴, 본디 남자의 권총이란 게 옛 전쟁터에선 쓸모가 없도록 생겨먹었지."

밤의 주택가에서 호쾌한 웃음소리가 터져 나왔다.

웃음이 그치자 다키이가 오가미의 어깨를 안고 등을 보이며 돌아섰다.

별생각 없이 보고 있는데, 다키이가 셔츠 안주머니에서 뭔가를 꺼냈다. 오가미의 귀에 대고 뭐라고 속삭였다.

귀를 곤두세웠다. 얼핏 '이번 달 치'라는 말이 들렸다.

오가미가 고개를 끄덕이고 다키이에게 받은 것을 양복 주머니에 넣었다. 흰 봉투 같았다.

─이번 달 치.

구보의 말이 또다시 뇌리에 되살아났다.

─오가미, 넌 야쿠자 삥이나 뜯으면서 살잖아!

오가미는 정말로 야쿠자로부터 뇌물을 받는 걸까? 이번 달 치라는 말은 오가미가 매달 다키이로부터 돈을 받고 있다는 뜻이다.

히오카는 시선을 돌리며 입술을 깨물었다.

조수석 문이 열렸다.

"많이 기다렸지?"

기분 좋은 목소리다.

"아닙니다."

눈을 맞추지 않고 대답했다. 스스로도 얼굴이 굳어지는 것을 느낄 수 있었다.

조수석 등받이에 기대며 오가미가 파나마모자를 푹 눌러썼다.

"나가레 거리로 출발해. 다키이가 말한 가즈키라는 여관에 가서 관계자 진술을 들어보자고."

이미 집 안으로 들어간 것이리라. 다키이의 모습은 없고 조명을 받아서 하얗게 빛나는 노면이 흐릿하게 보일 뿐이다.

히오카는 말없이 시동을 걸고 차를 발진시켰다.

가즈키라는 여관은 골목 끝에 작은 간판만 내걸고 있었다. 사람 키 높이 정도의 담장이 둘러져 있는데 얼핏 보면 민가 같다. 지은 지 30년은 될 듯하다. 담장에 페인트칠을 하고 간판을 새로 달았지만 자잘한 수선으로는 감출 수 없을 만큼 노후화된 건물이었다.

안으로 들어가자 생각만큼 나쁘지는 않았다. 복도의 마룻바닥은 반들반들 윤이 났다. 객실 문 앞에는 작은 소화기가 놓여 있고, 먼지 한 톨 보이지 않을 만큼 깨끗했다.

접수대의 작은 창문에는 커튼이 쳐져 있었다. 버저를 누르자 창문 안쪽의 커튼이 열리고 중년 여성이 반쯤 얼굴을 내보였다.

오가미가 입을 열었다.

"바쁘신데 죄송합니다. 저희는 이런 사람인데 여관 책임자와 얘기 좀 나눌 수 있을까요?"

남자 둘이 함께 와서 미심쩍은 시선을 보내던 여성은 오가미가 내민 경찰수첩을 보고 서둘러 접수대 옆의 문을 열었다.

세 평쯤 되는 사무실인데, 마루가 깔려 있었다. 히오카와 오가미는 여성이 권하는 대로 방 안쪽에 있는 파이프 의자에 앉았다.

여성이 내선으로 연락을 취하자 곧바로 여관 지배인이 사무실로 들어왔다. 남자는 자신을 핫토리라고 소개했다. 50대 후반쯤 될까? 휑한 정수리를 감추기 위해선지 포마드를 발라서 머리를 넘겼다. 흰 셔츠 위에 여관 유니폼처럼 보이는 갈색 덧저고리를 입고 있었다.

핫토리는 작은 테이블 맞은편 의자에 앉았다. 덧저고리 끈을 다시 묶으며 살피는 듯한 눈으로 오가미와 히오카를 번갈아 보았다.

"무슨 용건이신가요? 저희는 형사님들이 찾아오실 만한 일은 하지 않습니다만."

어딘지 모르게 불안한 목소리였다. 숙박업소들이 두려워하는 성매매 알선이나 소방법 위반 용의를 걱정하고 있는 것이 아니다. 뭔가 켕기는 것이 있는 목소리였다.

오가미가 단도직입적으로 용건을 말했다.

"4월 중순경에 여기서 남자가 납치됐다는 제보가 들어왔는데, 확인을 좀 해주시죠."

핫토리의 얼굴이 움찔움찔 경련을 일으켰다. 태연한 척하지만 동요의 기색이 고스란히 드러났다.

"아니, 그건……."

핫토리는 말을 잇지 못했다.

오가미가 눈을 번득이며 대답을 재촉한다.

"친구 사이라고 했어요. 그냥 동료들 간의 사소한, 다, 다툼이겠거니 하고."

오가미가 말없이 핫토리의 눈을 들여다보았다. 히오카마저 얼어붙을 것 같은 시선이었다.

핫토리가 비굴한 웃음을 지었다. 머리를 긁적거리며 말을 계속했다.

"야쿠자처럼 보이는 사람들이었어요. 괜히 나섰다가 봉변을 당하겠다 싶어서. 바로 신고를 했어야 하는데, 뭐 그렇게 큰일 같지도 않고 해서. 그러니까, 악의는 없었습니다. 다키이구미 분들에게도 그렇게 말했어요."

더듬거리는 말투로 자기변호를 마친 핫토리는 머리를 숙였다.

"죄송합니다."

오가미는 고개를 끄덕이고, 사무 책상에 놓인 소형 텔레비전을 보았다. 화면에는 호텔 입구와 접수대 부근, 1층과 2층 복도가 비치고 있었다.

"방범 카메라 영상이군요. 테이프는 보관하고 있습니까?"

"그야 뭐, 경찰의 권고도 있어서 3개월분은 보관합니다. 잠깐 기다려보세요."

그렇게 말하고 핫토리는 일어나서 사무실 안쪽으로 갔다. 철제 캐비닛 문을 열고 달그락거리며 뭔가를 찾았다. 테이프 날짜를 확인하고 있는 것이리라.

"찾았어요. 이 둘 중 하난 것 같은데."

테이프 두 개를 들고 핫토리가 돌아왔다. 비디오데크에서 녹화 중인 테이프를 꺼내고 들고 온 테이프 하나를 넣었다.

텔레비전 화면에서 모래 폭풍이 사라지고 입구 부근 영상이 나왔다.

핫토리는 리모컨으로 빨리감기와 정지를 반복하다가 오후 10시대에서 손을 멈추고 자랑하듯 목소리를 높였다.

"그렇지. 여깁니다."

핫토리 뒤에서 화면을 들여다보았다.

화면 귀퉁이에 찍힌 날짜는 4월 15일, 시각은 오후 10시 15분이었다.

네 명의 남자가 접수대 여직원의 제지를 무시하고 2층으로 이어지는 계단을 뛰어올라가는 장면이 재생되고 있었다. 예의 4인조가 다시 화면에 나타난 것은 그로부터 5분 후다. 남자 한 명을 에워싸고 현관을 나가려고 했다. 입에 재갈이 물린 채 양쪽 겨드랑이를 붙잡힌 남자가 끌려가지 않으려고 필사적으로 발버둥 쳤다. 결국 4인조가 남자의 양팔과 양다리를 둘러메고 출입문 밖으로 사라졌다.

"여기까집니다."

핫토리가 리모컨의 정지 버튼을 눌러 텔레비전을 껐다. 변명처럼 뭐라고 구시렁거리면서 테이프를 꺼냈다. 그러나 히오카의 귀에는 내용이 도달하지 않았다.

방금 본 방범 카메라 영상을 머릿속에서 되짚어보고 있었던 것이다.

영상에는 다섯 명의 남자가 등장하는데 히오카는 그중 두 명의 얼굴을 알고 있었다. 한 명은 구레하라 동부서에 출근한 첫날 파친코점 '히노마루' 주차장에서 한판 붙었던 가코무라구미의 나와시로다. 나와시로는 4인조 중 한 명이었다. 그리고 또 한 명, 납치당한 남자. 사진에서 본 우에사와였다.

"오가미 씨."

히오카는 옆에 서 있는 오가미를 보았다. 오가미는 전원이 꺼진 텔레비전 화면을 험악한 얼굴로 노려보고 있었다.

히오카가 오가미를 향해 몸을 돌렸다.

"납치된 남자는 우에사와가 틀림없어요. 역시 우에사와의 실종에는 가코무라구미가 연루되어 있었어요!"

흥분한 히오카를 무시하고 오가미는 핫토리에게 말했다.

"이 테이프, 수사 자료로 제출해주실 수 없을까요?"

핫토리는 별수 없다는 듯이 한숨을 내쉬고 오가미에게 테이프를 건넸다.

"협조해주셔서 감사합니다."

오가미가 히오카에게 말했다.

"히오카, 주차장에서 차 가져와. 지금 바로 서로 돌아간다."

"알겠습니다."

오가미가 중얼거리듯 말했다.

"내일부터 전쟁이야."

오가미의 눈을 보고 히오카는 힘차게 고개를 끄덕였다. 달리면서 손목시계를 보았다.

밤 11시를 지나고 있었다.

4장

일지

1988년 6월 27일.

오전 0시경. 구레하라 시 히가시혼 초 2가 아카이시 거리의 바 '리코'에서 폭력단 조직원들 간의 난투 사건. 오다니구미 조직원 3명과 가코무라구미 조직원 2명이 벌인 것 같음.

오전 1시 30분. 아카이시 거리에서 오다니구미 준조직원 야나기다 다카시(21세)가 복부를 찔려 중태.

오전 3시. 구레하라 닛세키 병원에서 야나기다 다카시의 사망 확인. 출혈성 쇼크사.

오전 4시. 가나메 초 3가 길거리에서 복수의 발포음. 110번 신고.

오전 7시 30분. 가코무라구미 사무소 현관에 총탄 공격.

오전 9시. 오다니구미 간부 비젠 요시키 자택에 총탄 공격.

오전 10시. 오가미 반장과 오다니구미 사무소. 부두목 이치노세 모리타카의 진술 청취.

███████████████████████████████████

███████████████████ (2행 삭제)

1

요란한 벨 소리에 히오카는 잠에서 깼다.

반사적으로 이불을 들췄다.

자명종 소리가 아니다. 벽 근처에 놓아둔 검은색 전화기가 울리고 있다.

어둠 속에서 전화 쪽으로 엉금엉금 기어가 손을 뻗었다. 수화기를 집어 들고 반각성 상태로 이름을 말했다.

그러나 전화는 이미 끊어진 후였다. 삐, 삐, 삐 하는 신호음만 울린다.

잠이 덜 깬 상태로 고개를 갸웃거리며 수화기를 내려놓았다. 두세 번밖에 벨 소리를 듣지 못했는데 어쩌면 한참 울렸을지도 모른다. 베갯머리의 자명종을 집어 들고 시간을 확인했다. 새벽 5시 20분.

잘못 걸려온 전화일까? 아니면 서에서 걸려온 긴급 전화일까?

비틀대며 화장실로 걸어가서 소변을 보았다. 부엌에서 물을 마시고 이불 위에 앉았다. 긴급 상황이라면 다시 전화를 걸 것이다.

젊은 독신자로는 흔치 않게 히오카는 혼자 아파트에 살았다. 기숙사가 다 차서 관할서에서 가까운 민간 아파트를 배정받았다.

어제 수사 회의에서 우에사와 지로 실종 사건과 관련해 약취유괴 용의로 나와시로 등 가코무라구미 조직원 4명에 대해 체포 영장을 발부하기로 결정이 났다. 또한 인원이 수배되는 대로 가코무라구미 관련 시설을 일제 수색하기로 방침이 정해졌다.

퇴근 후 오가미와 한잔했지만 자정 전에 귀가했다. 평소 같으면 코가 비뚤어질 때까지 마시자고 했을 텐데 웬일인지 일찌감치 히오카를 해방시켜 주었다. 집까지 택시로 바래다주겠다고 했지만 오가미는 갈 데가 있다면서 사양했다.

2차를 가는 거라면 따라나서야 한다. 오가미를 수행하는 것이 자신의 역할이다.

히오카가 그렇게 말하자 오가미는 어이없다는 듯이 웃었다.

"정말이지 멍청할 만큼 고지식한 친구로군. 그게 자네의 장점이긴 하지만, 머리가 그렇게 안 돌아가?"

여전히 말뜻을 이해하지 못하고 오가미의 얼굴을 보았다.

"그러니까 여자들한테 인기가 없지."

그 말을 듣고서야 여자를 만나러 간다는 것을 알아차렸다. 문득 '시노'의 여주인 아키코의 얼굴이 떠올랐다.

오가미가 어두컴컴한 골목으로 사라질 때까지 지켜보다가 히오카는 집으로 돌아왔다. 그리고 옷도 갈아입지 않고 이불 위에 쓰러졌다. 세 평쯤 되는 방에는 이부자리와 작은 밥상 하나밖에 없었다. 본가에서 가져온 포터블 텔레비전은 박스째 구석에 놓여 있다. 볼 시간이 없기 때문이다. 한 평 정도 되는 부엌이 딸려 있지만 사용한 적이 없다. 식사는 대부분 밖에서 해결하고, 집에서는 가끔 컵라면이나 먹는 정도였다.

이불에 눕자 피로가 몰려왔다. 일지를 써야 하는데 몸이 물에 젖은 솜처럼 무겁다. 안개가 밀려든다. 문득 오가미와 아키코가 껴안고 있는 모습이 떠오르고, 우에사와가 납치당하는 방범 카메라 영상이 겹치면서 빙글빙글 돌아간다. 어느새 히오카는 잠 속으로 빠져들었다.

회상을 떨쳐내고 히오카는 고개를 돌려 자명종을 보았다. 5시 23분. 알람을 맞춰놓은 시간은 6시다. 30분은 더 잘 수 있다.

이불을 끌어당겼다.

자리에 누우려는데 다시 전화벨이 울렸다. 재빨리 손을 뻗어 수화기를 들었다.

"여보세요, 히오카입니다."

빠른 어조로 말했다.

"나야. 일어났어?"

오가미의 목소리다. 일어났느냐고 묻는 걸 보면 좀 전의 전화도 오가미가 걸었을 것이다.

"죄송해요. 좀 전에는 전화를 받았는데 끊어졌어요."

히오카의 말을 무시하고 오가미가 불쑥 말했다.

"다카시가 당했어."

다카시라니, 누구지? 잠이 덜 깬 머리를 굴려보지만 제대로 작동하지 않았다.

대답이 없자 수화기 너머에서 혀 차는 소리가 들렸다.

"오다니구미 사무소에서 만난 금발의 리젠트 머리 말이야."

기억났다. 리코라는 바의 마담과 사귄다는 친구다. 아직 어리숙한 구석이 남아 있는 청년의 얼굴이 머릿속에 떠올랐다.

히오카가 확인하자 오가미가 맞아, 하고 대답했다.

"좀 전에 닛세키 병원에서 다카시의 사망이 확인됐어."

순간 잠이 확 달아났다. 오가미가 말한 '당했다'는 죽임을 당했다는 뜻이었다. 오다니구미 사무소에서 다카시를 놀리던 오가미의 말이 떠올랐다.

—리코 마담의 전남편도, 그 전 남자도 밤일이 과해서 죽었어. 목숨 보존하려면 자네도 정신 바짝 차려야 할 거야.

농담이라고 여겼는데 정말로 두 사람 다 죽었다고 오가미가 나중에 말해주었다.

말문이 막혀 멍하니 수화기만 붙들고 있었다.

오가미의 말에 따르면, 오늘 오전 0시경에 가코무라구미 조직원 두 명과 다카시를 포함한 오다니구미 조직원 세 명이 리코에서 싸움을 벌였다.

처음에는 각자 얌전히 술을 마셨는데, 가코무라구미의 소료 다쿠야가 마담에게 지분거리면서 말다툼이 시작되었다고 한다. 자신의 여자에게 트집을 잡자 다카시가 나섰다. 언쟁이 격해지고 양쪽 조직원들까지 가세하면서 몸싸움으로 발전했다.

그때 소료가 다카시에게 가게의 철제 스툴로 얻어맞아 머리를 다쳤다. 함께 있던 가코무라구미 조직원이 머리에서 피를 흘리는 소료를 부축하고 욕설을 퍼부으면서 바를 나갔다. 소동은 일단 수습되었다.

다카시가 바를 나온 것은 그로부터 한 시간쯤 뒤인 오전 1시 30분경이었다. 오다니구미 조직원 두 명은 먼저 돌아가고 바에는 다카시와 마담만 남아 있었다.

바는 빌딩 3층에 있었다. 마담이 문을 잠그는 동안 먼저 내려와 있던 다카시를 괴한이 습격했다. 복부를 칼에 찔려 구급차로 병원에 옮겨졌지만 오전 3시에 사망했다.

"정보에 따르면 마담이 달아나는 남자 두 명의 뒷모습을 봤는데, 한 명은 머리에 붕대를 두르고 있었다고 해. 아마 소료일 거야. 머리가 깨진 데 대한 보복이지."

7시까지 출근할 테니 그때까지 오라고 말하고 오가미는 일방적으로 전화를 끊었다.

졸음은 이미 달아나고 없었다. 내려놓은 수화기를 그대로 잡은 채 히오카는 생각을 정리했다.

가코무라구미와 오다니구미는 본래 반목하는 사이다. 말단 조직원들 간의 다툼이 조직 간 항쟁으로 발전할 수도 있는 상황이다. 게다가 이번에는 사망자가 나왔다. 이대로 아무 일 없이 끝나지는 않을 것이다.

―예감이 좋지 않다.

히오카는 일어나서 불을 켰다. 서둘러 나갈 채비를 했다. 양치와 세수를 마치고 현관으로 향했다. 신발을 신으려는데 다시 전화벨이 울렸다.

서둘러 방으로 돌아왔다.

전화를 받자마자 오가미의 흥분한 목소리가 들려왔다.

"방금 전에 가나메 초에서 발포가 있었어! 바로 서로 갈 테니 자네도 지금 출발해."

가나메 초는 구레하라 시의 오래된 유흥가다. 2차 대전 후에는 미국 병사들이 즐겨 찾던 곳이었다고 한다.

불길한 예감이 적중한 것일까?

히오카는 수화기를 움켜쥐었다.

"다카시 사건 때문에 벌어진 총격전일까요?"

"아무튼 얼른 와!"

오가미는 대답하지 않고 거칠게 전화를 끊었다.

2

히오카가 동부서에 도착한 것은 6시경이었다.

2과에 들어서자 이미 오가미가 자리에 앉아 있었다. 다리를 내뻗고 미간에 깊은 주름을 잡은 채 허공을 노려보고 있다. 트레이드마크인 파나마모자를 그대로 쓰고 있었다.

인사를 하려고 다가가자 술 냄새가 풍겼다.

오가미가 입을 열었다.

"커피 한 잔 타줘, 진하게."

아무것도 묻지 말라는 듯한 단호한 어조에 입을 열려다가 그만두었다.

급탕실에서 물을 끓여 커피를 타서 돌아오는데 이쓰키 과장과 도모타케 계장이 들어왔다. 두 사람은 먼저 출근한 오가미와 히오카를 미심쩍은 표정으로 보았다.

"뭐야, 두 사람. 사건 소식, 벌써 들었어?"

이쓰키가 입구에 서서 물었다. 옆에서 도모타케가 노기등등한 목소리로 말했다.

"가미 씨, 어디 있었어? 계속 연락했는데."

오가미는 고개를 숙이는 시늉만 했다.

"죄송합니다. 밖에 볼일이 있었어요."

"무선호출기에도 연락했는데 몰랐단 말이야?"

도모타케가 타박하듯 말했다.

오가미는 항상 무선호출기를 몸에 지니고 다닌다. 몰랐을 리 없다. 그러나 오가미는 모자를 벗고 고개를 돌리더니 태연하게 거짓말을 했다.

"그러셨어요? 몰랐는데요. 번호를 잘못 누른 거 아닙니까?"

도모타케가 반박을 하려는데 이쓰키가 벌레 씹은 얼굴로 자기 자리로 걸어갔다. 도모타케도 입술을 빼물고 자기 자리로 가서 앉았다.

그건 그렇고, 하고 말하며 이쓰키가 오가미에게 시선을 향했다.

"오다니구미 준조직원 사망 건과 가나메 초 발포 건은 당직을 제외하면 나와 도모타케 계장밖에 몰라. 도대체 어디서 들은 거야?"

이쓰키의 말에 히오카는 깜짝 놀랐다. 방 안을 둘러본다. 이쓰키와 도모타케 외에는 분명 오가미와 자신밖에 없다.

히오카는 알아차렸다. 오가미의 정보는 동부서가 아니라 별도의 루트를 통해 입수된 것이다. 2과에서 연락을 받았다면 2과의 다른 수사관들도 출근해 있어야 한다. 정신이 없어서 거기까진 생각하지 못했다.

오가미는 히오카가 타준 커피를 마셨다.

"밖에 나갔다가 우연히 들었어요."

"밖이라면 어디 말이야?"

틈을 주지 않고 도모타케가 다그쳤다.

그보다, 하고 말하며 오가미는 이야기의 방향을 틀었다.

"지금 같은 때 사건이 발생하다니, 골치 아프게 됐는데요."

이쓰키가 으음, 하고 신음 소리를 내더니 팔짱을 끼고 등받이에 기댔다.

우에사와 실종 건을 말하는 것이다. 히오카도 신경이 쓰였다.

히로시마에서 돌아온 다음 날인 26일 오후에 오가미는 수사 회의에서 입수한 정보를 보고했다.

나가레 거리의 가즈키 여관 지배인이 제출한 비디오테이프를 테이블에 올려놓고 오가미는 도모타케에게 말했다.

"여기에 가코무라구미의 나와시로 등 네 명이 우에사와를 데려가는 장면이 찍혀 있습니다. 우에사와의 실종에 가코무라구미가 관여한 것은 틀림없는 사실입니다."

도모타케는 가즈키의 정보를 입수한 경위를 물었지만 오가미는 확답을 피했다. 애매하게 얼버무리는 것을 보고 출처가 폭력단 관련이라고 눈치챘는지 도모타케는 더 추궁하지 않았다. 정보의 출처 따윈 중요치 않다. 사건 해결이 우선이다.

회의실 모니터로 다 같이 녹화 영상을 보았다. 전력 카드를 통해 나와시로를 뺀 세 명의 얼굴을 이미 확인했다. 가코무라구미 조직원 요코야마 쇼타와 이마무라 아키토시 그리고 최근에 배지를 받은 오에 가쓰미다.

영상을 보고 나서 도모타케는 나와시로 등의 체포 및 가코무라구미 관련 시설에 대한 일제 수색 방침을 정했다.

도모타케의 보고를 받은 이쓰키는 우에사와 약취유괴 용의로 나와시로 등에 대한 체포 영장 청구를 허가해달라고 상부에 요청했다. 인원이 수배되는 대로 법원에 나와시로 등의 체포 영장을 청구해 체포와 일제 수색을 동시에 실시할 계획이었다.

그러나 새벽에 일어난 일련의 사건으로 계획이 어그러졌다. 우에사와 납치 사건도 긴급을 요하는 안건이지만, 폭력단 준조직원 살해 사건과 더불어 시민을 위험에 빠뜨릴 수 있는 발포 사건까지 일어났으니 후자의 수사에 중점을 두지 않을 수 없게 되었다.

도모타케가 머리카락을 쥐어뜯으며 툴툴거렸다.

"타이밍이 나빠."

이쓰키는 아무튼, 하고 말하면서 의자에서 몸을 일으켰다.

"즉시 수사 회의를 열어서 오늘 발생한 두 사건의 수사 방침을 정해."

이쓰키는 히오카에게 오가미 반 수사관들을 소집하라고 지시했다. 히오카는 서둘러 수첩을 찾아 들고 눈앞의 전화기에 손을 뻗었다.

오전 7시, 폭력단계 수사관 전원이 모이자 곧바로 회의가 시작되었다. 다카시가 사망한 상세 상황을 도모타케가 보고했다.

오늘 새벽 시내에 있는 닛세키 병원으로부터 복부를 칼에 찔린 남자가 업혀 들어왔다는 신고가 들어왔다. 소지한 면허증을 보고 피해자가 구레하라 시 데라마치 2가 36번지, 직업 미상의 야나기다 다카시, 21세로 판명되었다. 오다니구미 준조직원인 야나기다는 얼마 후 사망. 사인은 출혈성 쇼크였다.

오전 1시 30분경 119에 술집을 운영하는 한 여성으로부터 지인 남성이 괴한의 습격을 받았다는 신고가 들어왔다. 여성은 아카이시 거리에 있는 스탠드바 '리코'의 여주인 다카기 리카코, 33세. 야나기다와는 반동거 상태로 사실상의 내연 관계였다.

또한 같은 날 오전 4시경, 가나메 초 3가 교차로 부근에서 발포 사건이 발생. 신문 배달을 하던 청년의 신고로 기동수사대가 현장으로 출동했다. 청년의 목격 정보를 통해 폭력단원으로 보이는 남자 5~6명이 두 그룹으로 나뉘어 권총을 쏘아댔다는 사실이 판명. 총알이 몇 발 발사되었는지 아직 밝혀지지 않았지만 사건 발생 지점 근처의 은행 셔터에서 탄흔 두 군데가, 근처 보도에서 탄피 세 개가 발견되었다.

"아침부터 동부서 홍보부로 언론의 문의 전화와 불안을 호소하는 인근 주민들의 민원 전화가 걸려오고 있다는 얘기야."

보고가 대충 끝나자 가라쓰가 물었다.

"가나메 초의 발포는 야나기다 건과 관련이 있을까요?"

도모타케가 아마도, 하고 긍정하려고 하자 오가미가 옆에서 끼어들었다.

"그건 어떨지 모르겠군."

회의실에 있던 사람들의 눈길이 일제히 오가미에게 쏠렸다.

오가미는 등받이에 기댄 채 말을 이었다.

"살해당한 야나기다는 오다니구미의 정식 조직원이 아냐. 아직 배지도 받지 않았어. 조직 사무소를 들락거리긴 하지만 아직 입단도 하지 않은 녀석의 복수를 하겠다고 오다니가 곧바로 움직였을까?"

오가미가 가라쓰를 보며 말했다.

"발포 사건이 일어난 건 새벽 4시야. 아무리 생각해도 너무 일러."

듣고 보니 야나기다가 칼에 찔린 지 세 시간도 지나지 않았을 때다. 사망 확인 시간으로부터는 한 시간 뒤다. 설령 오다니구미가 복수에 나섰다고 해도 가코무라구미 녀석들이 그렇게 이른 시간에 돌아다닐 거라고 생각했다는 것 자체가 부자연스럽다.

가라쓰가 오가미의 안색을 살피며 다시 물었다.

"그렇다면 반장님은 그들이 우연히 마주쳐서 싸움을 벌였고, 총격도 돌발적이었다고 생각하시는 겁니까?"

"그건 모르지. 총질을 한 게 가코무라와 오다니라고 아직 밝혀진 것도 아니고. 하지만 이번 사건으로 구레하라 시 전체가 뒤숭숭해진 것만은 분명해."

전원이 조용히 고개를 끄덕였다.

입을 굳게 다물고 있던 이쓰키가 강한 어조로 말했다.

"최우선 과제는 시민의 안전이야. 그러려면 우선 야나기다 살해범을 조속히 체포해야 해. 발포 사건의 진상은 밝혀지지 않았지만, 앞으로 조직 간 항쟁으로 발전할 가능성은 부정할 수 없어. 항쟁만은 어떻게든 막아야 해. 다들 수사에 전력을 다하도록."

이쓰키의 말을 받아 도모타케가 전달 사항을 발표했다.

"서장님 지시에 따라 야나기다 다카시 살해 사건과 가나메 초 발포 사건에 대해 1, 2과 합동 수사본부가 설치된다. 자세한 얘기는 나중에 하겠지만 당분간 폭력단계는 전원, 이 안건에 매달려야할 거야. 수사본부 회의는 오후 1시부터 제2회의실에서 열릴 예정이다."

우려했던 대로 우에사와 실종 사건 수사는 일시 연기되었다.

오가미가 입술을 오므리고 허공을 노려보고 있다. 무슨 생각을 하는 걸까?

오전에는 각자 정보를 수집하라는 이쓰키의 말로 회의가 끝나려는 순간 갑자기 회의실 문이 열렸다.

2과 지능범계의 아사메 경장이 문 앞에서 숨을 헐떡거리며 외쳤다.

"방금 전 가코무라구미 사무소에 총격이 있었답니다."

오가미가 의자에서 튕겨 일어났다.

"사상자는?"

아사메는 어깻숨을 내쉬며 고개를 저었다.

"자세한 건 몰라요. 하지만 현재 구급차가 출동했다는 보고는 없으니 부상자는 없는 것 같습니다. 지금 기동수사대가 현장으로 향하고 있답니다."

"과장님!"

오가미가 이쓰키를 보았다. 이쓰키가 크게 고개를 끄덕였다.

"현장으로 가. 더 이상 소동을 키워선 안 돼. 시민의 안전을 제일로 생각하고 움직여."

"알겠습니다."

오가미가 의자 등받이에 걸쳐둔 재킷을 집어 들고 히오카를 일별했다.

부랴부랴 의자에서 일어났다. 히오카는 곧바로 수사 차량을 세워둔 주차장으로 달려갔다.

가코무라구미 사무소가 있는 빌딩 입구에는 이미 출입 금지 테이프가 쳐져 있었다. 빌딩 주변은 언론과 구경꾼들로 북적였다.

히오카는 순찰차 뒤에 차를 세우고 서둘러 왼팔에 2과 완장을 찼다.

먼저 차에서 내린 오가미가 어깨로 인파를 헤치면서, 테이프 앞의 경계 근무를 서고 있는 경관에게 다가갔다. 히오카도 뒤따랐다.

젊은 경관은 오가미를 보자 자세를 바로잡았다.

근처에 있던 기동대원이 달려왔다.

"가미 씨, 수고 많으십니다."

"어찌 된 거야?"

오가미가 물었다.

대원의 말에 따르면 한 시간쯤 전에 빌딩 근처에서 공기가 파열하는 듯한 연속음이 울렸다. 곧이어 가코무라구미 조직원들이 노상에서 난동을 부리기 시작했고, 인근 주민이 경찰에 신고했다. 출동한 경관이 조사한 바로는, 가코무라구미 사무소 간판과 빌딩벽에서 탄흔이 발견되었다. 다행히 통행인은 없었고 부상자도 없다. 현재 발포 직후에 현장에서 사라진 흰색 세단의 행방을 찾고 있다고 한다.

빌딩은 1층이 주차장이고 2층에 조직 사무소, 3층과 4층에는 수상한 술집과 마사지 숍이 있었다. 폭력단 사무소가 입주한 빌딩

에 손님이 오겠느냐고 의아해할 수도 있겠지만 지하 세계에는 지
하 세계 나름의 사정이 있는 모양이다.

작업 중인 감식관의 옆을 지나 오가미와 함께 계단을 올라갔다.
2층에 가까워질수록 노성이 점점 더 커졌다.

사무소 입구에서 밖으로 나가려는 조직원들과 경찰관 여러 명
이 대치하고 있었다.

오가미가 왼손으로 파나마모자를 누른 채 경찰관을 밀어제치며
앞으로 나섰다. 히오카도 뒤따랐다.

입구에 둘러선 조직원들 가운데 가장 나이가 많아 보이는 사람
에게 오가미의 시선이 멈추었다. 오가미가 타이르는 투로 말했다.

"진정해, 노자키."

가코무라구미 부두목인 노자키 고스케다. 좁은 얼굴에 황갈색
테 안경을 쓰고 포마드를 발라 머리를 뒤로 넘겼다. 핀스트라이프
슈트에 폭이 좁은 넥타이를 매고 있는데, 마치 연예인 매니저 같
은 인상이다.

노자키는 귀찮은 인간에게 걸렸다는 표정으로 얇은 입술을 일
그러뜨렸다.

조직원 한 명이 씩씩대며 앞으로 나서더니 오가미의 멱살을 잡
으려고 손을 뻗었다.

"당신, 뭐야? 비켜!"

히오카가 재빨리 막아서려고 하는데 노자키의 손이 먼저 조직
원의 따귀를 갈겼다.

"넌 물러나 있어!"

젊은 조직원은 손으로 뺨을 감싸고 왜 맞았는지 모르겠다는 표정을 지었지만 순순히 물러났다.

노자키가 오가미의 정면에 서서 손가락으로 안경테를 올렸다.

"가미 씨, 우린 피해자예요. 이게 무슨 몰상식한 짓입니까? 마치 우리가 가해자 같잖아요?"

억누르고는 있지만 노기가 가득한 목소리다.

오가미가 조용히 대답했다.

"그쪽이 피해자란 건 잘 알지."

험악한 표정으로 둘러서 있는 조직원들을 보면서 오가미가 말했다.

"먼저 이 친구들 좀 어떻게 해. 녀석들 아우성치는 소리가 밖에서도 들려. 민간인들이 무서워한단 말이야. 말 안 들으면 소란 등에 의한 경범죄법 위반으로 체포할 거야."

노자키가 혀를 차며 눈으로 제압하자 조직원들이 마지못해 흩어졌다. 오가미는 제복 경관들을 돌아보며 사무소 밖에서 대기하라고 명령했다.

가코무라구미 사무소는 극히 평범한 사무실처럼 꾸며져 있었다. 교실만 한 공간인데 중간에 카운터가 가로질러져 있었다. 카운터 안쪽에 책상 세 개가 나란히 놓여 있고, 출입문 옆에 응접 공간이 마련되어 있었다. 패브릭 스크린으로 가려진 응접 공간에는 소형 소파 세트와 테이블이 놓여 있었다.

맨 안쪽에 두목 자리로 보이는 큰 흑단 책상이 있었다. 책상 뒤쪽 벽에 조직 문장이 담긴 액자가 걸려 있는데, 그것만 없다면 폭력단 사무소인 줄 모르는 사람도 많을 것이다.

오가미와 노자키가 테이블을 사이에 두고 소파에 마주 앉았다. 히오카는 오가미 뒤에 서 있었다.

오가미가 다리를 쩍 벌린 채 상체를 앞으로 내밀며 노자키의 얼굴을 보았다.

"도대체 무슨 일이 있었던 거야?"

노자키가 얼굴을 옆으로 돌렸다. 다리를 꼬고 팔걸이에 팔꿈치를 올려 턱을 괸 채 눈만 돌려 오가미를 보았다.

"모릅니다. 권총 소리가 나서 애들이 밖에 나가봤더니 보시는 바와 같습니다."

"누가 총을 쏘았는지 짚이는 사람은 있어?"

오가미가 담배를 입에 물면서 물었다. 히오카는 곧바로 뒤에서 불을 붙였다.

"글쎄요, 전혀⋯⋯."

입술을 비죽이 내밀며 노자키가 심드렁하게 대답했다.

노자키 뒤에 서 있던 조직원 한 명이 방이 떠나가라 고함을 질렀다.

"당연히 오다니구미 녀석들이지!"

또 다른 조직원이 씩씩거리며 나섰다.

"야나기다가 칼을 맞았다고 녀석들이 앙심을 품고 싸움을 걸어오는 거잖아!"

"시끄러! 입 닥치지 못해!"

노자키가 구두 한 짝을 벗어 등 뒤의 조직원들을 향해 던졌다.

실내가 조용해졌다.

"가코무라는……."

오가미가 연기를 내뿜으며 물었다.

"어디 있어?"

"두목님은 어제부터 교토에 계십니다."

조직원이 가져온 구두를 신으며 노자키가 담담하게 대답했다.

"무슨 용무로 갔어?"

오가미가 틈을 주지 않고 물었다.

노자키는 대답 대신 느긋한 동작으로 슈트 가슴주머니에서 외제 담배를 꺼내더니 던힐 라이터로 불을 붙였다.

"아무튼 빨리 좀 철수해주시죠. 보시다시피 이쪽도 혼잡하니까."

"노자키, 어젯밤부터 오늘 아침까지 어디 있었는지 말해봐."

노자키가 요란하게 담배 연기를 내뿜으면서 오가미를 보았다.

"집에서 자고 있었는데, 왜 그러시죠?"

능청스럽게 받아넘겼다. 분명 노자키는 가나메 초 발포 사건을 알고 있다.

오가미가 담배를 재떨이에 비벼 끄고 소파에서 일어났다.

"알았어. 오늘은 일단 물러가지."

파나마모자를 고쳐 쓰면서 오가미가 히오카에게 눈짓을 했다.

히오카는 출입구로 가서 문을 열고 오가미를 기다렸다.

오가미가 문 앞에서 걸음을 멈추고 뒤돌아보았다.

"만약 또다시 발포음이 들린다면 그때는 노자키, 각오해."

"이봐요 가미 씨, 지금 한 말을 오다니에게도 할 수 있어?"

오가미와 노자키의 시선이 맞부딪혔다. 불꽃이 튄다.

긴장감이 최고조에 달했을 때 계단을 뛰어 올라오는 발소리가 들렸다. 빌딩 앞에서 만난 기동대원이었다.

대원은 빠른 걸음으로 오가미에게 다가가서 귓속말을 했다. 오가미의 안색이 변했다.

"정말이야?"

대원이 고개를 끄덕이고 목소리를 낮추었다.

"즉시 서로 연락하시랍니다."

대원이 보고를 마치고 사라지자 히오카가 작은 소리로 물었다.

"무슨 일, 생겼습니까?"

오가미는 노자키에게 들으라는 듯이 목소리를 높여 대답했다.

"방금 전에 오다니구미 간부인 비젠 요시키의 자택에 총탄이 날아들었다는군."

히오카는 놀라서 오가미를 보았다.

이 시점에서 발생한 발포 사건은 가코무라구미의 보복이라고밖에 볼 수 없다.

히오카는 조직원들을 둘러보았다. 다들 옅은 웃음을 띠고 고개를 돌린 채 딴청을 부리고 있었다.

이번에는 노자키가 목소리를 높였다.

"다들 앞으로 바빠지겠는걸."

조직원들 사이에서 웃음이 터져 나왔다.

오가미가 천천히 돌아서서 가코무라 조직원들을 노려보았다.

"그래, 웃을 수 있을 때 실컷 웃어둬."

위협적인 목소리였다.

오가미는 히오카의 어깨에 손을 올리며 턱으로 계단을 가리켰다.

길가에 세워둔 차로 돌아와서 오가미는 무선으로 이쓰키에게 연락을 취했다.

ON 상태인 무선 스피커에서 이쓰키의 험악한 목소리가 들려왔다. 기동수사대의 보고에 따르면 비젠 자택에 총탄이 날아든 시각은 오전 9시 전후. 집에는 비젠과 그의 아내가 있었으나 부상은 없다고 한다.

현재 동부서에서는 오후로 잡혀 있던 1, 2과 합동 수사본부 회의가 앞당겨 열리고 있다. 지휘를 맡은 부서장의 지시로 1과는 야나기다 다카시 살해 사건의 탐문 및 관계자 진술 청취를, 2과는 발포 사건과 관련해 오다니구미, 가코무라구미의 간부와 조직원을 대상으로 한 정보 수집을 맡게 되었다.

"경계를 위한 밀착 수사는 오가미 반이 오다니구미, 도이 반이 가코무라구미 담당이야. 가코무라구미에는 지금 도이 반이 갈 거야. 비젠 자택에는 세우치와 다카쓰카가 갔으니까 가미는 곧장 오다니구미 사무소로 가줘."

일련의 발포 사건은 오다니구미와 가코무라구미 간의 보복전일 가능성이 농후하다고 이쓰키는 말했다. 더 이상 일이 커지지 않도록 오가미에게 오다니구미 부두목 이치노세를 자제시켜 달라는 뜻이다.

"부탁해, 가미."

대답도 기다리지 않고 황급히 무선이 끊어졌다.

오가미가 무전기를 본체에 내려놓고 전방을 보면서 말했다.

"들었지? 오다니 사무소로 출발해."

히오카는 힘차게 액셀을 밟으며 암행 차량의 사이렌을 울렸다.

4

한적한 주택가 주변이 소란스러웠다. 경계에 나선 순찰차와 기동대원들의 모습이 보였다.

오다니구미 사무소 앞에 살기등등한 조직원들이 모여 있었다. 20명은 될 듯하다. 도로 앞까지 나와서 주위를 살피고 있다.

히오카가 차를 세우자 조직원들이 일제히 에워쌌다. 금방이라도 덤벼들 것 같은 분위기였다.

오가미는 차에서 내리자마자 조직원들에게 호통을 쳤다.

"큰길까지 나와서 웬 소동이야! 이웃에 민폐 끼치지 말고 얼른 들어가!"

오가미의 얼굴을 본 조직원들이 슬금슬금 물러섰다.

히오카는 오가미 앞에서 길을 트며 걸어갔다.

대문에 들어서자 양복 차림의 중년 남자가 달려왔다. 무릎에 양손을 짚고 상체를 접으며 말없이 고개를 숙였다.

"어어, 야지마. 이치노세는 안에 있어?"

야지마 다카히로. 전력 카드를 떠올렸다. 오다니구미의 고참 간부 중 한 명이다. 3차 히로시마 항쟁 사건 때 이라코카이 간부에게 총격을 가해 징역 12년의 실형을 선고받고 감옥살이를 했다. 2년 전에 출소한 것으로 기억한다.

머리를 들고 야지마가 고개를 끄덕였다.

"예, 계십니다."

다시 허리를 굽히고 한 손을 벌려 오가미와 히오카를 안으로 안내했다.

야지마를 따라 사무소에 들어가자 이치노세가 소파에 앉아 담배를 피우고 있었다. 이치노세 뒤에는 조직원 대여섯 명이 지시를 기다리듯 서 있었다.

오가미를 보자 이치노세는 담배를 재떨이에 비벼 끄고 천천히 일어나 허리를 꺾었다.

"고생 많으십니다."

침착한 목소리다. 비상사태인데도 냉정을 유지하다니 대단하다. 그러나 테이블 위의 재떨이를 보고 히오카는 이치노세의 초조한 심경을 짐작할 수 있었다. 재떨이에는 이치노세가 피운 하이라이트 꽁초가 수북했다.

오가미가 맞은편 소파에 앉았다. 히오카도 옆에 앉았다. 밖에 있던 조직원들이 안으로 들어오자 40명 가까운 남자들의 열기로 실내 온도가 올라간 느낌이었다.

"모리타카……."

오가미는 담배를 입에 물면서 말했다. 히오카가 불을 붙였다.

"골치 아프게 됐어."

연기를 내뱉고 오가미가 탄식했다.

이치노세가 고개를 숙인 채 얼굴을 살짝 돌리고 혀를 찼다.

"가코무라 녀석, 우리를 얕잡아보는 거예요."

"비젠은 어쩌고 있어?"

"가코무라구미 녀석들을 모조리 죽여버리겠다고 난립니다. 비젠을 제지하라고 애들한테 말해두긴 했는데, 얼마나 갈진 모르겠어요."

이치노세는 분노에 찬 눈으로 허공을 노려보더니 오가미를 향해 상체를 내밀었다.

"가미 씨, 이번 싸움은 녀석들이 시작한 겁니다. 내가 통화하는 걸 가미 씨도 들었잖아요?"

히오카는 놀란 표정으로 오가미를 보았다.

첫 번째 발포 사건은 오늘 새벽 4시경에 일어났다. 오가미가 함께 술을 마신 상대가 이치노세였단 말인가? 그렇다면 야나기다 다카시 사망 건과 가나메 초 발포 사건을 오가미가 알고 있었던 것도 이해가 간다.

오가미는 말없이 턱을 당기더니, 확인을 위해서라고 양해를 구하고 이치노세에게 상세한 설명을 부탁했다.

이치노세가 일련의 사건에 대해 원망을 섞어가며 설명하기 시작했다.

애초에 가코무라구미 간부인 와야마 야스시가 비젠의 클럽에서 여자를 빼간 것이 발단이었다. 비젠이 운영하는 '샤레'라는 클럽은 오다니구미 구역 안에 있는데, 아카이시 거리에서 1, 2위를 다투는 고급 클럽이다.

와야마가 빼간 나미라는 여자는 샤레에서 일한 지 6개월쯤 되는 신입 호스티스였다. 스물한 살 꽃다운 나이에 섹시한 얼굴로 나미는 금세 넘버원이 되었다. 그런데 와야마가 클럽 매출에 큰 몫을 하는 인기 호스티스를 자신의 클럽으로 빼돌린 것이다.

그 사실을 안 비젠은 가나메 초의 단골 바로 와야마를 불렀다. 두 사람 다 부하를 거느리고 나갔다.

비젠은 나미에게서 손을 떼라고 요구했다. 그러나 와야마는 뻔뻔스럽게 자신은 모르는 일이며 나미가 자진해서 옮겼다고 발뺌을 했다.

결말은 나지 않고 시간만 흘렀다.

비젠은 어떻게든 대화로 풀어보려고 했다. 그러나 새벽에 와야마를 수행한 가코무라 조직원이 내뱉은 한마디에 비젠은 이성을 잃고 말았다.

"오다니가 뭐 그리 대단해서 잘난 척 설교질이야?"

상대가 조직을 모욕한 이상 가만있을 수 없었다.

"뭐라고, 이 자식이!"

비젠의 노성으로 싸움이 시작되었다.

양쪽 다 합해서 여섯 명이 치고받고 난투극을 벌였다.

발포 사건은 그로부터 5분 후에 일어났다.

한 남자가 헐레벌떡 바 안으로 뛰어 들어왔다. 오다니구미 조직원으로 이름은 미노루. 미노루가 파랗게 질린 얼굴로 다카시가 칼에 찔렸다고 외쳤다. 리코에서 가코무라구미 조직원들과 싸웠는데 가게를 나온 후 괴한에게 습격을 당했다고 했다.

"다카시를 찌른 건 가코무라구미 녀석입니다!"

미노루의 말에 가게 안은 찬물을 끼얹은 듯 조용해졌다. 정적을 깬 것은 비젠이었다.

"이 자식들, 살아서 못 나갈 줄 알아!"

큰일 났다고 생각했을 것이다. 비젠의 서슬에 겁먹은 와야마들은 가게에서 도망쳤다.

비젠들이 뒤를 쫓았다.

길거리 추격전이 벌어지고 궁지에 몰린 와야마의 부하가 몸을 돌려 권총을 쏘았다. 비젠들도 권총으로 응수. 다친 사람은 없었지만 발포음을 들은 주민들이 몰려나와 주변이 소란해지고, 신고를 받은 경찰관이 현장으로 출동했다.

사건의 전말을 오가미는 표정 하나 변하지 않고 듣고 있었다. 이미 대충은 알고 있었을 것이다.

히오카는 방금 들은 이야기를 머릿속에서 정리해보았다.

최초에 발생한 발포 사건을 이쓰키를 비롯한 수사본부는 오가미의 반론에도 불구하고 야나기다가 칼에 찔린 것에 대한 보복이라고 보았다. 이치노세의 말을 믿는다면 일의 발단은 가코무라구미 간부가 호스티스를 빼돌린 것이고, 먼저 발포한 것도 가코무라구미 조직원이었다.

오가미는 오늘 아침 수사 회의에서 오다니가 준조직원에 대한 보복을 위해 곧바로 공격에 나설 거라고 보는 것은 섣부른 판단이라고 말했다. 이미 사건 내막을 알고 있었기 때문에 그렇게 말한 것인지도 모른다.

이치노세가 무릎 위에서 주먹을 움켜쥐었다.

"전부터 가코무라가 못된 장난을 많이 쳤어요. 우리 구역에서 샤부를 팔려고 한 적도 여러 번 있었지만 큰 문제를 만들지 않으려고 참았어요. 두목님이 돌아오실 때까지는 어설픈 행동을 삼가야 한다고 다짐하면서 말입니다. 가코무라가 얼굴에 모래를 끼얹어도 꾹 참았어요. 그런데……."

이치노세의 목소리가 분노로 떨렸다.

"오다니의 간판에 침을 뱉은 이상 가만있을 순 없어요. 감방에 가는 한이 있더라도 가코무라, 그 악당 놈을 죽여버리겠어요."

직접 가코무라의 목숨을 끊어놓겠다고 말하는 이치노세를 오가미가 달랬다.

"모리타카, 자네 기분은 잘 알아. 하지만 말이지……, 자네는 앞으로 오다니구미를 이끌어갈 귀하신 몸이야. 그런 자네가 극단으로 치달으면 어쩌자는 거야? 전쟁이 일어나면 맨 먼저 자네가 표적이 돼. 만약 체포된다면 이전 것과 합해서 10년은 세상에 못 나와. 냉정하게 생각해야 해."

이치노세가 미간을 찡그리며 대들었다.

"가미 씨, 야쿠자는 얼굴로 먹고삽니다. 여자를 뺏기고 조직의 간판에 먹칠을 당했는데도 가만있으라고요? 앞으로 이 바닥에서 어떻게 먹고살란 말입니까?"

그리고, 하고 이치노세는 강한 어조로 덧붙였다.

"내가 참는다고 해도 부하들이 말을 듣지 않을 겁니다. 오다니구미 조직원들은 자신의 목숨보다 조직의 간판을 더 소중하게 여기니까요."

이치노세의 말을 들으면서 히오카는 오가미가 해준 이야기를 떠올렸다.

오다니구미는 소수 정예다. 조직원 수는 적지만 위에서 아래까지 각오가 투철하다. 의를 중시하는 오다니 겐지의 뜻을 이어받겠다는 결의가 있어야만 조직에 들어갈 수 있다. 오다니의 훈도를 받은 조직원들이 조직의 간판을 짓밟히고 가만있을 리 없다.

또 하나, 하고 말하며 이치노세가 오가미를 노려보았다.

"정식 조직원은 아니지만 다카시는 우리 사람입니다. 가족이 억울하게 죽었는데 원수를 갚지 않는 야쿠자는 없어요."

말없이 듣고 있던 오가미가 등받이에 기대며 눈을 감았다. 침묵이 방 안을 지배했다.

자신을 납득시키듯 고개를 한번 끄덕이고 오가미가 눈을 떴다. 이치노세 쪽으로 상체를 내밀며 목소리를 낮추고 말했다.

"알았어. 명분이 서도록 해줄 테니 조금만 시간을 줘."

미심쩍은 눈으로 이치노세가 오가미의 얼굴을 보았다.

"어쩌려고요?"

"내게 맡겨."

오가미는 일어나서 히오카를 보았다.

"가자고."

대답을 기다리지 않고 오가미가 먼저 출구로 걸어갔다.

이치노세가 오가미를 불러 세웠다.

"가미 씨."

오가미가 돌아보았다.

이치노세가 낮은 목소리로 물었다.

"시간이라면, 얼마나요?"

오가미는 일주일, 하고 대답하더니 잠깐 생각하고 말을 고쳤다.

"아니, 닷새면 돼. 그동안 부하들이 폭주하지 않도록 잘 단속해."

사흘, 이치노세가 곧바로 말했다.

"모레까지 기다리죠. 그 이상은 곤란합니다."

잠시 이치노세의 얼굴을 응시하더니 오가미는 조용히 고개를 끄덕였다.

"알았어."

오가미가 돌아섰다. 히오카는 뒤를 따랐다. 상황을 지켜보던 조직원들이 비켜서며 길을 내주었다.

출구를 향하는 오가미에게 조직원들이 일제히 고개를 숙였다.

5장

일지

1988년 6월 30일.

오전 10시. 오가미 반 수사 회의.

오전 11시. 수사 차량으로 오가미 반장과 함께 돗토리 형무소로 향함.

오후 3시. 돗토리 형무소 도착. 오다니구미 두목 오다니 겐지와 면회.

▬▬▬▬▬▬▬▬▬▬▬▬▬

▬▬▬▬▬▬▬▬▬▬▬▬▬ (2행 삭제)

오후 8시경. 구레하라 도착. 곧바로 오다니구미 사무소.

▬▬▬▬▬▬▬▬ (1행 삭제)

"두 시간쯤 후면 도착할 겁니다."

차를 몰면서 히오카가 말했다.

"사고나 정체가 없다면 말이지."

조수석에서 오가미가 창밖을 내다보면서 대답했다.

고속도로로 접어든 순간 날씨가 굿어졌다. 금방이라도 비를 뿌릴 것 같은 하늘이다.

히오카와 오가미는 돗토리 형무소로 가고 있었다. 구레하라에서 산요 도山陽道를 타고 오카야마까지 간 다음 53번 국도로 진입해 돗토리 시로 들어가는 루트다. 다섯 시간 가까이 걸리는 여정이다.

사흘 전에 발생한 오다니구미 준조직원 야나기다 다카시 살해 사건과, 가코무라구미와 오다니구미 간의 연이은 발포 사건은 지역 언론을 들썩이게 했다. 히로시마 현 최대 지방지인 아키신문은 사건 다음 날인 6월 28일 조간에서 '구레하라 시 폭력단 항쟁, 재발하나'라는 기사를 크게 실어 사건을 상세하게 보도했다.

히로시마 현경은 연이은 발포 사건을 폭력단 간 항쟁으로 규정하고 구레하라 동부서에 '구레하라 시 폭력단 항쟁 사건 특별수사본부'를 설치, 다음 날인 29일 오전 8시부터 총검법 위반 용의로 가코무라구미와 오다니구미의 조직 사무소를 일제 수색했다.

그러나 조직원들은 무기를 휴대하지 않았고 양쪽 사무소에서는 용의를 뒷받침할 만한 물건이 발견되지 않았다. 경찰의 움직임을 알아차리고 별도의 장소에 총기를 숨겼을 것이다. 압수품은 가코무라구미 사무소에서 조직원 명부와 목검 두 자루, 오다니구미 사무소에서 골동품 화승총 1정이 전부였다.

일제 수색이 허탕으로 끝난 후 수사 회의에서 오가미는 상부에 한 가지 작전을 제안했다. 우에사와 지로 약취유괴 사건을 지렛대 삼아 가코무라구미를 괴멸 상태로 몰아넣자는 것이다.

아마도 우에사와는 살해당했을 것이다. 우선 발포 사건 때문에 연기된 나와시로들에 대한 체포 영장을 즉시 청구해 신병을 구속해서 취조해야 한다. 어떻게든 실행범의 입을 열게 해 우에사와의 시신을 발견한 다음 약취유괴 살인 및 시체 유기 공모 용의로 두목을 비롯한 간부들을 일제히 잡아들이는 것이다.

"싸움은 혼자선 못 합니다. 한쪽을 없애면 항쟁은 자연스럽게 소멸될 겁니다."

오가미는 동부서 간부들 앞에서 의견을 말했다.

"만약 입을 열지 않으면 어쩔 거야?"

이쓰키의 반론에 오가미는 입꼬리를 살짝 들며 큰소리를 쳤다.

"그러면 뭐든 해야죠. 닥치는 대로 간부들을 잡아들이는 겁니다. 재료는 얼마든지 있어요. 안 그래, 도이?"

도이 반장은 팔짱을 긴 채 입을 꾹 다물고 허공을 보고 있었다. 도이는 현경 4과 시절에 진세이카이를 담당했기 때문에 진세이카이 계열의 이라코카이와 그 산하인 가코무라구미와는 친분이 있었다. 가코무라구미 내에 끄나풀을 두고 있다는 소문도 있었다.

쌍방 처벌이 아니라 오다니구미에 대한 일방적인 편 들기에 상부는 인상을 찌푸렸다. 그러나 항쟁 사건 예방을 중시하는 부서장은 확실한 재료를 확보한 가코무라구미 관련 수사를 주장하는 오가미의 손을 들어주었다. 즉시 나와시로들에 대한 체포 영장이 떨어졌다.

그러나 출동한 수사관들은 피의자의 신병을 구속하지 못했다. 나와시로들은 발포 사건 전날 모두 종적을 감추었던 것이다. 사흘째가 되는 오늘까지 집에도 돌아가지 않고 조직 사무소에도 얼굴을 내밀지 않았다. 수사본부가 전력을 다해 나와시로들의 행방을 쫓고 있지만 현재로서는 유력한 정보가 없다.

핸들을 잡은 히오카는 곁눈으로 조수석을 보았다. 오가미는 먼 곳을 보면서 말없이 담배를 피우고 있었다.

오가미가 이치노세에게 약속한 날로부터 사흘이 지났다. 오늘이 기한이다. 천하의 오가미도 실행범인 나와시로들이 행방을 감추리라고는 예상하지 못했을 것이다.

어제 오가미는 가라쓰로부터 나와시로들이 행방을 감추었다는 보고를 받았다. 오가미의 얼굴에 분노와 곤혹의 표정이 떠올랐다.

보고를 들으면서 히오카는 석연치 않은 생각이 들었다.

발포 사건 전날이라면 오가미 반의 수사 회의에서 나와시로들을 체포하기로 결정한 날이다. 그날 그들은 자취를 감추었다. 이

것이 과연 우연일까?

오가미가 화장실에 간다고 회의실을 나가자 히오카도 따라 일어났다. 성큼성큼 복도를 걸어가는 오가미의 등에 대고 히오카는 의문을 던졌다.

"나와시로들은 왜 발포 사건 전날 자취를 감추었을까요?"

오가미는 걸음을 멈추지 않고 고개만 살짝 돌렸다.

"무슨 말이 하고 싶은 거야?"

나와시로들이 우에사와를 납치한 것은 4월 중순이다. 파친코점 주차장에서 오가미가 나와시로를 협박한 것은 히오카가 부임한 6월 13일이다. 도망칠 기회는 얼마든지 있었는데 왜 지금일까?

"체포 방침이 결정된 날 종적을 감추다니 타이밍이 너무 절묘하지 않습니까?"

오가미가 희미하게 웃으면서 말을 내뱉었다.

"눈치챘어? 역시 학사님이군."

평소와 달리 조롱 섞인 '학사님'이었다.

오가미는 화장실 앞에서 걸음을 멈추고 히오카를 보았다.

"뭐, 어딘가에 개가 있다는 얘기지."

가코무라구미에 수사 정보를 흘린 내통자가 도이 반에 있다는 말일까?

히오카는 복잡한 심경으로 입술을 깨물었다.

오가미는 가코무라구미에 내부 정보를 흘린 경찰을 개라고 불렀다. 그러나 만약 오다니구미 조직원에 대한 체포 영장이었다면 오가미는 어떤 태도를 취했을까? 오가미 또한 이치노세에게 정보를 흘리지 않았을까?

히오카는 주먹을 꽉 쥐었다.

—검은 개도 흰 개도 모두 개다.

화장실 문을 열려고 하는 오가미에게 히오카가 물었다.

"이치노세와 약속한 날짜는 내일입니다. 어쩔 작정이세요?"

나와시로들을 체포해 줄줄이 사탕처럼 엮어 넣으려던 계획이 어그러진 지금, 남은 하루 안에 사태를 해결하긴 어렵다. 약속을 지키지 못하면 이치노세는 어떻게 할까? 오가미의 만류를 뿌리치고 가코무라구미와 전면 대결에 나설까? 그럴 경우 일본 최대 폭력단인 아카시구미와 가까운 오다니구미와 가코무라구미의 대결은, 결국 우의 관계인 이라코카이, 나아가 그 상부 단체인 진세이카이까지 끌어들인 대규모 항쟁 사건으로 발전할 가능성도 있다.

오가미는 잠시 우두커니 서 있다가, 소변을 보고 나서 생각해보겠다고 말하고는 기세 좋게 문을 열고 화장실 안으로 사라졌다.

2

53번 국도로 진입했다. 강을 건너고, 돗토리 시를 향해 달렸다.

돗토리 형무소에 가겠다고 오가미가 말을 꺼낸 것은 오늘 오전 수사 회의 때였다.

"회의가 끝나는 대로 돗토리 형무소에 다녀오겠습니다."

오가미는 이쓰키를 향해 그렇게 말하고 히오카를 엄지로 가리켰다.

"저 친구가 운전하고요."

수사관들이 일제히 의아한 표정으로 오가미를 보았다.

항쟁 사건이 격화될지도 모르는 위기 상황인데 무슨 뜬금없는 소리냐고 이쓰키가 물었다.

나와시로들의 신병을 확보하려면 시간이 더 필요하다. 준조직원이긴 해도 부하가 죽임을 당했으니 이치노세가 언제 반격에 나설지 알 수 없다.

"이치노세를 말릴 수 있는 사람을 만나려는 겁니다."

이쓰키의 안색이 변했다.

"오다니 겐지 말이야?"

히오카는 오다니 겐지라는 이름을 듣고 납득했다. 살인죄의 공모 공동 정범으로 복역 중인 오다니는 3개월 후면 출소한다. 이치노세를 막을 수 있는 사람은 분명 오다니밖에 없다.

"두목 말이라면 이치노세도 듣겠죠."

이쓰키는 복잡한 얼굴로 팔짱을 꼈다. 원칙적으로 경찰이 폭력단을 제지해야 하는데 복역 중인 폭력단 두목의 협력을 구해야 하는 무력한 현실에 굴욕감을 느끼는 걸까? 그러나 아무리 생각해도 이치노세를 말릴 방법은 그것밖에 없다고 판단한 것이리라. 이쓰키는 의자 등받이에 기대며 한숨을 쉬더니 당장 오다니 겐지를 만나보라고 말했다.

"돗토리 형무소 소장에게 전화해두겠네."

구레하라 동부서에 부임한 이후 현경 수사 4과에서 정리한 오다니구미 관련 자료는 여러 번 읽었다.

핸들을 잡은 채 히오카는 오다니 겐지에 관한 내용을 머릿속에서 반추했다.

오다니 겐지는 1920년 구레하라 시에서 태어났다. 15세 때 당시 히로시마 도박계를 주름잡던 야쿠자 두목 하세가와 쇼고로 밑에 들어가서 하세가와 일가의 조직원이 되었다. 그러나 중일전쟁이 터지면서 오다니는 스무 살에 소집되어 만주, 지금의 중국 동북부로 보내졌다. 태평양전쟁이 끝났을 때 오다니는 남방에 있었는데, 히로시마 원폭 투하로 하세가와 쇼고로가 사망하고 간부들 대부분이 전사하거나 원폭 피해를 입어 하세가와 일가는 해산되었다.

1946년 소집 해제되어 귀국한 오다니는 조직이 소멸했다는 사실을 알고 고향인 구레하라로 돌아와 조직원 8명(대부분 하세가와 일가 출신)으로 오다니구미를 설립했다.

오다니의 이름이 야쿠자 세계에 널리 알려지게 된 것은 그로부터 4년 후다.

1950년 구레하라는 한국전쟁 특수로 들끓고 있었다. 전후의 빈곤과 혼란 속에서 크고 작은 폭력단 조직이 생겨나는 가운데 구레하라에서는 필로폰을 폭넓게 취급하던 오니시구미와 지역의 도박장을 운영하던, 이라코카이의 전신인 미와 일가가 양대 조직으로 자리 잡았다. 그런데 두 조직이 세력권 다툼을 벌이면서 3명의 사망자를 낸 항쟁 사건으로 발전했다.

중립을 선언한 오다니는 두 조직을 화해시키기 위해 빈고*의 중진인 기누가사 요시히로를 찾아갔다. 기누가사는 하세가와 쇼고로의 사제로, 히로시마 현에서 두 번째로 인구가 많은 후쿠나카 시에 본거를 둔 전통 있는 야쿠자 조직 기누가사구미의 두목이었다.

기누가사는 오다니의 부탁을 받아들여 오니시구미와 미와 일가의 항쟁을 중재했다. 그러나 그것이 구레하라와 후쿠나카에서 새로운 화근을 낳게 된다.

싸움은 종결되었지만 화해식 직후에 기누가사는 미와 일가의 두목인 미타니 가즈시게를 사제로 삼으려고 했다. 그것을 안 오니시구미 두목 오니시 겐타는 맹렬히 반발했다. 기누가사가 미와 일가를 후원하면 힘의 균형이 무너진다. 다시 항쟁이 일어날 경우 오니시에겐 승산이 없다. 결국 자신들이 먹히고 말 것이다. 처음부터 기누가사의 속셈은 구레하라를 장악하는 데 있었던 것이 아닌가?

오니시는 중재를 주선한 오다니에게 울분을 터뜨렸다.

오다니는 곧바로 후쿠나카로 가서 미타니를 사제로 삼지 말라

---

* 지금의 히로시마 현 동부.

171

고 기누가사를 설득했다.

그러나 기누가사는 말을 듣지 않았다. 예전에 모시던 두목의 아우뻘인 자신에게 건방지게 설교를 한다고 면전에서 오다니를 매도했다. 그때 오다니는 기누가사가 던진 재떨이에 맞아 이마가 찢어졌다.

그러나 오다니는 머리를 조아리며 간청했다. 철저히 야쿠자의 도리를 지킨 것이다.

그러나 오다니를 수행한 나리타 미키야는 기누가사의 처사에 격분했다. 중재인이 한쪽 편을 드는 것은 야쿠자 세계에서는 금기다. 인의를 짓밟고 두목을 모욕한 것도 모자라 이마에 상처까지 입힌 기누가사를 응징하겠다고 나리타는 결심했다.

그날 오다니들은 담판을 짓지 못한 채 구레하라로 돌아왔다. 하지만 나리타는 이튿날 혼자 후쿠나카로 향했다.

한밤중에 기누가사의 집에 침입한 나리타는 자고 있던 기누가사의 목에 비수를 들이대고 두목인 오다니에 대한 사죄로 손가락 한 마디를 자르라고 요구했다. 목숨을 노리지 않은 것은 전면 항쟁으로 번질 것을 우려했기 때문이리라.

그러나 나리타는 기누가사의 부하에게 발각되어 처참하게 린치를 당했다. 반송장 상태로 기누가사구미 조직원이 운전하는 트럭 짐칸에 실린 나리타는 구레하라로 가는 도중에 숨을 거두었다. 시신은 오다니의 집 앞에 버려졌다.

사정을 알게 된 오다니는 부하들의 필사적인 만류를 뿌리치고 혼자 후쿠나카로 가서 기누가사에게 은퇴를 요구했다.

결국 기누가사는 그 자리에서 은퇴를 표명하고 손가락 한 마디를 잘라 오다니에게 사죄했다. 복대 속에 숨긴 다이너마이트, 그 결사의 각오가 오다니의 손에 기누가사의 생사여탈권을 쥐어준 것이다. 죽음을 불사하고 적진에 뛰어들어 상대를 굴복시킨 오다니의 배짱은 그 후 야쿠자 관계자들 사이에 널리 알려졌다.

현경 수사 자료를 읽어도 알 수 없는 것은 오다니가 어떤 마법을 사용했느냐다. 상식적으로 생각하면 오다니는 기누가사를 만나기 전까지 많은 기누가사구미 조직원들을 거쳐야 한다. 당연히 엄중한 몸수색을 당했을 텐데 어떻게 오다니는 다이너마이트를 숨긴 채 조직 사무소에 들어갈 수 있었을까?

예전부터 궁금하게 여기던 의문이 불쑥 입 밖으로 튀어나왔다.

"1950년경에 오다니가 기누가사구미 두목을 은퇴시킨 사건 말인데요, 왜 기누가사구미는 몸수색을 하지 않았을까요?"

"갑자기 무슨 소리야?"

오가미가 히오카를 보았다.

"전에 현경 자료에서 봤는데, 부하가 살해당한 후 오다니는 혼자 기누가사구미에 쳐들어가잖아요? 그리고 기누가사를 멋지게 굴복시키고……."

"아아, 그 다이너마이트 사건 말이군."

"복대 속에 다이너마이트를 숨겼다고는 해도 어떻게 조직원들에게 들키지 않고 기누가사를 만날 수 있었는지 궁금해서요."

조수석에서 오가미가 껄껄껄 웃었다.

"뜬금없이 옛날 얘기를 꺼내다니, 이상한 녀석이군."

"신경이 좀 쓰여서요."

오가미가 진지한 목소리로 돌아와서 말했다.

"자네, 진짜로 죽을 각오를 한 사람의 얼굴, 본 적 있어?"

잠깐 생각했지만 떠오르는 사람이 없다.

없습니다, 하고 대답하자 오가미가 어떤 기억을 떠올리듯 크게 한숨을 토했다.

"죽을 각오를 한 사람에겐 아무도 다가갈 수 없어. 몸수색은 엄두도 못 낼 일이지."

지도를 확인하면서 강을 따라 차를 달렸다.

"오가미 씨는 왜 경찰이 됐어요?"

히오카가 전방을 보면서 물었다.

어이없다는 듯이 오가미가 목소리 톤을 올렸다.

"오늘 왜 그래? 진술 청취 연습하는 거야?"

장거리 운전을 하다 보면 머릿속에 떠오른 생각이 불쑥 입 밖으로 튀어나올 때가 있다. 지금이 그랬다.

"특별한 이유는 없습니다. 그냥 좀 궁금해서······."

으응, 하고 건성으로 대답하면서 오가미는 창밖을 향해 시선을 던졌다.

한동안 먼 산들을 바라보던 오가미가 입을 열었다.

"우리 아버지는 말이지, 만주에서 경찰관을 하셨어."

"만주, 라고요?"

고개를 끄덕이더니 오가미는 나는 만주에서 태어났어, 하고 덧붙였다. 태평양전쟁이 끝나고 당시 세 살이었던 오가미는 어머니와 누나와 함께 일본으로 돌아왔다. 아버지는 소련군에 억류되어 시베리아에서 세상을 떠나셨다고 한다.

히로시마로 돌아온 오가미는 전후 혼란 속에서도 씩씩하게 자랐다.

중학생 시절부터 유도로 이름을 날렸고, 졸업 후 당시 불량 학생들의 소굴이었던 히로시마 기타고등학교에 입학했다. 고등학교에서도 유도부에 적을 두고 배짱과 주먹으로는 인근에서 모르는 사람이 없는 불량 학생이 되었다.

"대단한데요. 혹시 불량 학생 그룹의 대장이었어요?"

히오카가 감탄하자 오가미는 손을 내저었다.

"아냐, 아냐. 난 대장 따윈 관심 없었어."

오가미는 몰려다니는 것을 싫어해서 불량 학생 그룹과는 어울리지 않고 단독으로 행동했던 모양이다.

오가미가 옛날을 그리워하듯이 말했다.

"세끼 밥보다 싸움이 좋았어. 시건방진 녀석이 있으면 무턱대고 싸움을 걸었어. 일대일로 붙으면 백전백승이었지. 불량 학생 그룹 대장이라는 녀석들하고도 여러 번 붙었지만 진 적이 없어. 사실은 이길 때까지 계속 싸웠지."

쓸쓸하게 웃으면서 오가미가 담뱃불을 붙였다.

그러나 딱 한 명 오가미도 이기지 못한 사람이 있다고 한다.

"자네도 아는 사람이야."

"누군데요?"

몸을 앞으로 내밀며 물었다. 핸들을 잡은 손에 힘이 들어갔다. 길게 연기를 내뿜으며 오가미가 대답했다.

"니시고등학교 대장이었던 짱긴, 다키이구미의 다키이 긴지야."

앗, 하고 히오카는 소리를 질렀다. 듣고 보니 납득이 갔다. 오가미와 다키이는 동갑이다.

"2학년 때였어. 이유는 잊어버렸는데, 짱긴하고 일대일로 붙었어. 물론 맨손으로 싸웠지. 30분 만에 녀석은 팔이 부러지고 나는 갈비뼈가 나갔어. 주먹 쥘 힘도 없어서 나중엔 박치기 대결을 벌였지. 마지막엔 둘이 동시에 기절해서 결국 비겼지. 밭에서 싸웠는데 정신을 차려보니 주변에 소똥 천지였어. 머리카락은 소똥 범벅이고. 그 후로 소똥 냄새 풀풀 풍기는 고약한 사이가 됐지."

히오카는 자신도 모르게 웃음을 터뜨렸다.

"그러셨군요. 한데 지금은 야쿠자와 경찰관이 되었으니 인생길은 어디서 어떻게 갈릴지 모르는 거군요."

오가미가 담배를 비벼 끄며 자학적으로 웃었다.

"내가 경찰관이 된 것만 해도 그래. 밥 먹고 싸움박질만 했더니 3학년 때 유도부 고문 선생님이 부르시더군. 그렇게 싸움이 좋으면 야쿠자나 되라고 하면서 야단을 치시는 거야. 그래서 예, 그럼 야쿠자가 되겠습니다 하고 대답했다가 혼쭐이 났어. 너처럼 멍청한 녀석이 야쿠자 노릇을 어떻게 해? 영리해도 안 되고 멍청해도 안 되고 어중간하면 더 안 되는 게 야쿠자야. 두목이 검다고 하면 흰 것도 검다고 말해야 하는 터무니없는 세계라고. 너같이 물불 안 가리는 녀석은 제 명대로 못 살든가 평생 감옥에서 썩든가 둘 중 하나야. 죽고 싶지 않거든 경찰관이 되라고 하시더군. 그래서 경찰관이 됐어."

당시는 경기가 좋아서 민간 기업의 월급이 계속 오를 때였기 때문에 경찰관이 되려는 사람을 찾기 어려웠다. 유도부나 검도부 선생님의 추천으로 경찰관이 되는 경우도 드물지 않았다고 한다. 지금도 그런 경향이 없지는 않다.

"그랬군요."

히오카는 웃음을 참으면서 고개를 끄덕였다.

죽고 싶지 않아서 경찰관이 되었다고? 괜히 쑥스러워서 한 말일 것이다. 자조의 뉘앙스가 느껴졌다. 오가미가 경찰관의 길을 걸으려고 결심한 것은 아버지로부터 물려받은 피를 의식했기 때문이 아닐까?

히오카는 그렇게 생각했다.

얼마 후 길가에 안내 표지가 나타났다. 돗토리 형무소는 다음번 갈림길에서 왼쪽으로 가라고 되어 있었다.

안내 표지를 따라가니 강을 낀 도로 끝에 콘크리트 담장이 둘러쳐진 돗토리 형무소가 모습을 드러냈다. 주위는 온통 논밭이다.

형무소 뒤에는 수목이 울창한 산들이 있고, 담장 너머로는 감시탑이 보였다.

돗토리 형무소의 수용 분류 등급은 B. 범죄 성향이 강한 형기 10년 미만의 누범자들이 주로 수용된다. 어딘지 모르게 침울한 분위기가 느껴지는 것은 날씨가 흐린 탓도 있지만 그런 사실을 알고 있어서 더 그럴 것이다.

오후 3시. 예정보다 조금 일찍 도착했다.

주차장에 차를 세우고 출입문으로 걸어갔다. 오가미가 경비원에게 소속을 밝혔다. 미리 연락을 받았는지 경비원은 히로시마 현경 수첩을 확인하자 말없이 면회 배지를 주었다.

건물 안으로 들어가니 제복 차림의 남자가 맞아주었다. 다케다라고 자신을 소개한 그 남자는 간수장이었다.

"얘기는 들었습니다. 이쪽으로 오시죠."

다케다는 두 사람을 건물 안쪽 회의실로 안내했다.

규칙상 면회 장소에는 형무관이 입회하는데, 수사를 위한 면회이기 때문에 자리를 피해주었다.

작고 살풍경한 회의실에서 오다니를 기다렸다.

잠시 후 문이 열렸다. 다케다가 짧은 은발에 체구가 작은 남자를 데리고 나타났다.

─오다니 겐지다.

"오다니, 들어가."

다케다의 재촉을 받고 오다니가 여유 있는 걸음으로 방으로 들어왔다.

사진에서는 전통복 차림이라 몰랐는데 생각보다 키가 작았다. 작업복을 입고 있어서 더 왜소해 보이는지도 모른다. 그러나 꼿꼿한 자세와 풍상을 견뎌낸 고승 같은 풍모에서 예사롭지 않은 위엄이 풍겼다.

눈썹이 굵고 눈빛이 날카롭다. 깊이 팬 주름과 굳게 다문 입술에서 강인한 의지가 느껴졌다.

히오카들과 마주앉는 형태로 오다니가 회의실 안쪽 의자에 앉았다. 다케다는 오다니의 포승을 풀어준 다음 가볍게 고개를 숙이고 밖으로 나갔다.

문이 닫히자 오가미가 테이블에 손을 짚고 깊이 고개를 숙였다.

"두목님, 그동안 평안하셨습니까?"

야쿠자의 인사 같다.

오다니가 부드러운 눈빛으로 정중하게 인사를 받았다.

"오가미 씨도 잘 지내시죠? 모리타카를 보살펴주셔서 늘 고맙게 생각하고 있습니다."

온화한 말투와 몸짓에서는 그 옛날 다이너마이트를 허리에 두르고 적진에 뛰어든 남자의 처절함은 찾아볼 수 없었다.

"처음 뵙는 분이군요."

오다니의 눈길이 히오카를 향했다. 오가미는 이번에 자기 밑에 들어온 부하라고 소개했다.

"젊지만 믿을 만한 친굽니다."

오호, 하고 오다니가 눈을 가늘게 떴다.

"모리타카에게 들었는데 히로시마대학을 졸업한 학사시라고."

히오카는 당황해서 머리를 숙였다.

"처음 뵙겠습니다. 히오카 슈이치라고 합니다."

"슈이치?"

이름을 따라 말하더니 오다니가 한쪽 눈썹을 올렸다.

그리고 곧바로 과연, 하고 조용히 중얼거렸다.

"오가미 씨가 귀여워할 만하군요."

또다시 이름이다. 아무래도 이상하다. 이치노세도, 시노의 여주인 아키코도 히오카의 이름을 들었을 때 지금의 오다니와 같은 반응을 보였다. 혹시 자신의 이름이 오가미에게 특별한 의미를 갖는 걸까?

곁눈으로 오가미의 안색을 살폈다.

그러나 오가미는 시간이 없습니다, 하고 말하며 본론을 꺼냈다.

"바로 용건을 말씀드리겠습니다. 가코무라 건, 두목님도 들으셨죠?"

오다니가 고개를 끄덕였다. 어제 면회 온 이치노세에게 대략적인 이야기는 들었다고 했다.

"그래서 두목님은 뭐라고 하셨습니까?"

오다니가 조용히 대답했다.

"하고 싶은 대로 하라고 말했습니다."

"두목님……."

오가미는 안타깝다는 듯 미간을 찡그리며 강한 어조로 말했다.

"가코무라가 노리는 건 처음부터 모리타카입니다. 모리타카가 싸움에 나오기를 기다리고 있는 겁니다. 계속 오다니구미의 구역을 어지럽히고 못된 장난을 치는 것도 모리타카가 싸움에 응할 수밖에 없도록 만들기 위해섭니다. 지금 움직이면 가코무라, 아니, 그 뒤에 있는 이라코의 계략에 말려들게 됩니다."

가코무라구미는 독립된 조직처럼 보이지만 실제로는 이라코카이의 산하다. 가코무라구미를 앞세워 싸움을 걸어서 이치노세를 제거하는 것, 그것이 이라코의 계략이다. 항쟁 중에 벌어진 살인은 야쿠자 세계에서도 허용된다. 오다니가 형무소에 있는 지금 이치노세만 없어지면 구레하라를 완전히 장악할 수 있다는 꿍꿍이셈이다.

필사의 설득에도 오다니는 마음을 바꾸지 않았다.

"오가미 씨, 상대가 싸움을 걸어오면 피할 수 없는 것이 우리 업종입니다. 정당한 싸움이라면 더더욱 그렇습니다."

오가미는 물고 늘어졌다.

"그래도 모리타카를 표적으로 세울 순 없습니다. 모리타카는 나중에 히로시마 야쿠자를 통솔할 인물입니다."

공감한다는 듯이 오다니가 희미하게 웃었다. 그러나 이내 굳은 표정을 지으며 의연하게 말했다.

"이번 싸움에서 죽는다면 모리타카도 그 정도 그릇이란 거겠죠."

오다니는 젊은 시절의 자신과 이치노세를 동일시하는 듯했다.

오다니의 굳은 결의에 천하의 오가미도 말문이 막혔다.

침묵이 방 안을 지배했다.

오가미는 고개를 숙인 채 한숨을 내쉬며 말했다.

"알겠습니다. 두목님 생각이 그러시다면 더는 말씀드리지 않겠습니다. 하지만……."

오가미가 얼굴을 들고 오다니 쪽으로 몸을 내밀었다.

"저도 계획이 있으니 조금만 기다려달라고 전해주십시오."

오다니가 의아한 표정으로 턱을 문질렀다.

오가미는 어제 수사 회의에서 제안한 계획을 오다니에게 설명했다. 우에사와 실종 사건을 빌미로 두목을 비롯한 간부들을 모조리 체포해 가코무라구미를 괴멸로 몰아넣는 작전이다.

"무슨 수를 써서라도 녀석들을 형무소에 처넣을 겁니다."

오가미는 테이블에 양손을 짚으며 상체를 더 내밀었다.

"두목님이 나오시면 그때야말로 이라코카이와의 전쟁은 피할 수 없겠죠. 두목님도 아시겠지만 적은 가코무라가 아니라 이라코입니다. 이라코카이를 깨부수지 않는 한 구레하라에는 평화가 찾아오지 않을 겁니다. 모리타카가 등장할 때는 바로 그때입니다. 그 싸움에서 모리타카가 죽을지 살지 장담할 순 없겠죠. 하지만 저는 모리타카에게 승부를 걸었습니다."

잠자코 이야기를 듣고 있던 오다니가 눈을 감더니 마침내 조용히 고개를 끄덕였다.

"알겠습니다. 오가미 씨의 말을 믿고 기다리죠. 모리타카에게는 곧바로 비둘기를 날려 전하겠습니다."

비둘기란 통신수단을 가진 형무소 내부의 협력자를 말한다.

오가미의 몸에서 긴장이 풀리는 것을 옆에서도 느낄 수 있었다.

"감사합니다. 돌아가면 곧바로 모리타카를 만나겠습니다."

크게 안도의 숨을 내뱉고 오가미는 히오카에게 간수장을 부르라고 지시했다.

히오카는 회의실 밖에서 기다리는 다케다에게 조사가 끝났음을 알렸다.

고개를 끄덕이고 다케다가 회의실 안으로 들어왔다.

의자에서 일어난 오다니에게 포승이 묶여졌다.

방을 나가는 오다니의 등을 향해 오가미가 깊이 머리를 숙였다.

3

빗속에서 귀로를 서둘렀다. 대화다운 대화도 없이 차를 달려 구레하라에 도착한 것은 저녁 8시경이었다.

오다니구미 사무소 근처에서 히오카는 속도를 줄였다. 사무소 앞을 비추는 투광기 불빛 아래 낯선 경트럭이 서 있었다.

"손님이 있는 것 같은데요."

히오카의 말에 오가미는 말없이 전방을 응시했다. 흰색 경트럭을 보고 있었다.

근처 길가에 차를 세우고 대문 앞에 서자 머리를 짧게 깎은 조직원이 안에서 나왔다. 방범 카메라로 확인했을 것이다.

"기다리고 있었습니다."

오다니가 날린 비둘기로부터 오가미가 온다는 소식을 벌써 전해들은 모양이다. 비둘기의 속도에 놀랐다.

대문을 들어서면서 오가미가 짧은 머리에게 물었다.

"누가 왔어?"

앞서 걸어가던 짧은 머리가 뒤돌아보며 작은 목소리로 대답했다.

"노즈 씨가……."

오가미가 놀란 목소리로 물었다.

"두목님의 사제인 노즈 요시오 씨 말이야?"

예, 하고 짧은 머리가 고개를 숙였다.

오가미가 의아한 표정으로 물었다.

"노즈 씨는 이미 은퇴했잖아? 왜 온 거야?"

입조심을 시켰는지 아니면 정말로 이유를 모르는지 짧은 머리는 고개를 갸웃거리며 말없이 앞장서 걸었다. 습격에 대비해 건장한 남자들이 정원 여기저기에서 경계를 서고 있었다.

짧은 머리를 따라 사무소로 들어갔다.

응접실 소파에 이치노세가 간부인 비젠과 야지마를 양옆에 거느리고 앉아 있었다. 맞은편에는 머리가 희끗희끗한 남자가 등을 보이고 앉아 있다. 노즈일 것이다. 오다니구미의 면면은 하나같이 굳은 표정이었다. 부하들은 물리쳤는지 네 명밖에 없었다.

"오가미 씨가 오셨습니다."

짧은 머리가 이치노세에게 말했다.

네 사람의 시선이 일제히 입구를 향했다.

노즈는 60대 중반 정도로 보였다. 농부처럼 볕에 탄 얼굴에 주름이 깊이 패어 있다.

이치노세가 표정을 누그러뜨리며 손짓으로 불렀다.

"가미 씨, 기다리고 있었어요. 얘기는 두목님에게 들었어요."

비젠과 야지마가 자리에서 일어나 오가미와 히오카에게 자리를 양보했다.

오가미가 재촉해 히오카는 빈자리에 앉았다. 테이블을 사이에 두고 이치노세와 노즈가 마주 앉고, 두 사람의 비스듬히 맞은편에 오가미와 히오카가 앉았다.

짧은 머리가 사라지자 오가미가 노즈를 보며 말했다.

"오랜만입니다."

"오가미 씨, 그간 잘 지내셨어요?"

노즈가 고개를 숙였다.

오가미는 이치노세와 노즈의 얼굴을 번갈아 보았다.

"무슨 일이야? 왜 그렇게 답답한 표정을 하고 있어?"

아무도 입을 열지 않았다. 노즈가 히오카를 힐끔 쳐다보았다.

오가미가 일부러 밝은 표정을 지으며 노즈에게 말했다.

"제 수족 같은 친구입니다. 모리타카도 알고 있으니 걱정하지 마세요."

이치노세가 노즈를 보며 가볍게 고개를 끄덕였다.

노즈가 히오카를 향해 고개를 숙였다. 히오카도 고개인사로 답했다. 아무래도 노즈는 외부에 알려지면 곤란한 일 때문에 사무소를 찾은 듯했다.

또다시 침묵이 이어졌다.

참다못한 오가미가 입을 열었다.

"노즈 씨, 이미 은퇴하셨는데 여기는 웬일입니까?"

말하기 곤란한지 노즈는 입술을 깨물며 말없이 고개를 숙였다. 이치노세도 입을 꾹 다물고 있었다. 비젠이 옆에서 거들었다.

"이번 사태를 전해 듣고 걱정이 돼서 오셨답니다."

무난한 대답이다.

"하나같이 답답하긴⋯⋯."

오가미가 한숨을 쉬면서 말했다.

"모리타카, 나는 자네 편에 서기로 마음을 굳혔어. 그런 나한테도 못 할 말이 있어?"

"가미 씨."

이치노세가 무거운 입을 열었다.

"그런 게 아닙니다."

오가미가 눈을 가늘게 뜨고 이치노세를 노려보았다.

이치노세는 체념한 듯 한숨을 쉬며 비젠에게 말했다.

"자네가 설명해."

고개를 끄덕이고 비젠은 히오카도 이해할 수 있도록 이야기를 시작했다.

비젠의 설명에 따르면 노즈는 15년 전에 조직을 떠났으며, 지금은 고향인 히로시마 현 북부의 쓰구하라에서 낙농을 하고 있다고 한다.

신문 보도를 통해 이번 사태를 알게 된 노즈는 곧바로 예금을 전부 인출하고 소까지 팔아서 500만 엔을 마련했다. 이미 은퇴한 노인이니 조직을 위해 몸을 던져 싸울 수도 없다. 할 수 있는 일이라곤 항쟁에 필요한 자금을 얼마라도 보태는 정도다. 그래서 우선 수중에 있는 돈을 챙겨서 찾아왔다는 것이다.

테이블에는 보라색 보자기에 싼 벽돌 같은 것이 놓여 있었다.

비젠의 이야기가 끝나자 노즈가 불쑥 입을 열었다.

"그런데 아무리 사정해도 부두목이 받아주질 않습니다."

이치노세가 곧바로 끼어들었다.

"아무리 노즈 씨 부탁이라도 은퇴하신 분의 돈은 받을 수 없습니다."

말없이 듣고 있던 야지마가 초췌한 얼굴로 오가미를 보았다.

"벌써 한 시간째 이러고 계십니다."

오가미에게 나서서 해결해달라는 뜻이다.

무릎에 떨구고 있던 시선을 들어 노즈가 간절한 눈빛으로 이치노세를 보았다.

"부두목 말도 맞아. 나같이 은퇴한 사람에게 돈을 받으면 자네 면이 서지 않겠지. 하지만 나는 형님에게 평생 갚아도 갚지 못할 큰 은혜를 입었어. 내가 실수를 저지르고 은퇴할 때 형님은 말없이 300만 엔을 챙겨주셨지. 당시 도박장 운영이 어려워 조직이 빚에 허덕일 때였는데, 형님은 세간살이까지 전당포에 맡기고 돈을 마련해, 고향에 내려가서 소라도 키우라고 하면서 쥐어주셨어."

노즈는 옛 기억을 떠올리는지 먼 곳을 보았다. 눈가가 촉촉이 젖어 있었다.

"민간인에게 폐를 끼치지 말라고 형님은 늘 말씀하셨지. 하지만 민간인이 되었어도 지금 같은 때 은혜를 갚지 않으면 나는 짐승만도 못 한 인간이 돼. 죽어서도 눈을 감을 수 없을걸세."

노즈는 테이블에 양손을 짚고 뒤통수가 보일 정도로 깊이 고개를 숙였다.

"부두목, 부탁이야. 당장은 이것밖에 없지만 어떻게든 천이나 이천은 더 마련해보겠네. 아무 말 말고 받아주게."

이치노세는 한숨을 내쉬며 머리를 낮추어 노즈의 얼굴을 올려다보았다.

"노즈 씨……, 고개를 드세요. 마음은 잘 알겠습니다."

정말이야, 하고 반색을 하며 노즈가 얼른 머리를 들었다. 이치노세는 노즈의 눈을 보면서 타이르듯 말했다.

"마음만 고맙게 받겠습니다. 그러니 마음은 여기 두시고 돈은 가지고 돌아가세요. 두목님이 계셨어도 똑같은 말씀을 하셨을 겁니다."

노즈의 얼굴이 일그러졌다.

"부두목, 그런 말 말고⋯⋯."

금방이라도 울음을 터뜨릴 것 같은 표정이다.

비젠이 오가미에게 도움을 청하는 눈빛을 보냈다. 이 끝이 없는 승강이에 종지부를 찍어주기를 간절히 바라고 있을 것이다.

결국 오가미가 나섰다.

"모리타카, 입장을 바꿔놓고 생각해봐. 자네가 노즈 씨라면 한 번 내놓은 돈을 다시 집어넣을 수 있겠어?"

이치노세가 반박했다.

"그래도 가미 씨, 이 돈은 받을 수 없어요. 야쿠자에겐 야쿠자의 도리라는 게 있습니다."

양쪽 주장이 모두 옳다고 생각했을 것이다. 오가미는 난감한 표정으로 팔짱을 낀 채 소파 등받이에 기댔다.

또다시 침묵이 찾아왔다.

오가미가 천천히 상체를 일으키더니 고개를 숙이고 있는 노즈를 보았다.

"그럼 노즈 씨, 이 돈, 나한테 맡겨주세요."

자신도 모르게 숨을 삼켰다. 있을 수 없는 일이다. 완벽한 복무 규율 위반이다.

뜻밖의 제안에 노즈는 눈이 휘둥그레졌다. 이치노세도 비젠도 야지마도 마찬가지였다.

이치노세가 어이없다는 듯이 물었다.

"가미 씨, 맡기다니, 어쩌려고요?"

오가미가 대담하게 웃으며 이치노세에게 선언했다.

"이 돈으로 가코무라를 궁지에 몰아넣을 거야."

오가미는 노즈에게 눈길을 돌리고 안심시키듯이 말했다.

"이 돈을 절대로 죽은 돈이 되게 하지 않겠습니다."

죽은 돈……, 하고 노즈가 중얼거렸다. 이대로는 결판이 나지 않는다. 까닥하면 돈을 가지고 돌아가야 할 판이다. 그거야말로 죽은 돈이 되지 않으리란 보장이 없다. 그런 생각을 했을 것이다. 노즈는 굳은 표정으로 크게 고개를 끄덕였다.

"알겠습니다. 오가미 씨가 알아서 써주십시오."

오가미는 숨을 내뱉고 노즈의 눈을 똑바로 보았다.

"안심하세요. 이 돈으로 반드시 구레하라를 오다니의 천하로 만들겠습니다."

오가미는 테이블 위에 놓인, 보자기에 싼 돈뭉치를 집어 히오카에게 건넸다.

"귀한 돈이야. 잃어버리지 마."

"오가미 씨!"

억누르려고 애썼지만 날카로운 목소리였다.

"괜찮아."

그렇게 말하고 오가미는 일어나서 출구로 향했다.

조직원들의 배웅을 받으며 차로 돌아오자 히오카는 돈뭉치를 오가미에게 떠넘기며 벌컥 화를 냈다.

"오가미 씨, 그래도 이건 너무하잖아요."

오가미는 콧방귀를 뀌더니 히오카를 보면서 입꼬리를 올렸다.

"서장도 말했잖아? 항쟁을 미연에 방지하는 게 최우선 사항이라고. 이 돈은 말이지, 그 수사 비용이야."

어이가 없다. 500만 엔이나 되는 거금을 수사 비용으로 쓴단 말인가?

오가미가 송곳니를 드러내며 웃었다. 돈뭉치를 뒷좌석에 던져 두고 지시를 내렸다.

"시노로 가."

"시노, 라고요?"

큰돈을 손에 들고 술을 마실 리는 없다. 도대체 왜 시노에 가자는 걸까?

눈으로 물었다. 오가미는 머리 뒤로 깍지를 끼고 등받이에 몸을 기대며 대답했다.

"궁지에 몰아넣을 밑밥을 깔아야지."

말뜻을 이해하지 못하고 히오카는 오가미의 얼굴을 보았다.

6장

1988년 7월 1일.

오후 3시. 동부서에서 파친코 '히노마루'의 점원 스가와라 신지의 진술 청취. 2년 전 가코무라구미 조직원 요시다 시게루로부터 폭행과 협박을 당했다는 증언과 함께 피해 신고서 접수.

▬▬▬▬▬▬▬▬▬▬▬▬▬▬▬▬▬▬▬▬ (1행 삭제)

오후 11시 30분. '시노'에서 요시다 시게루를 만남.

▬▬▬▬▬▬▬▬▬▬▬▬▬▬▬▬▬▬▬▬▬▬▬▬

▬▬▬▬▬▬▬▬▬▬▬▬▬▬▬

▬▬▬▬▬▬▬▬▬▬▬▬▬▬▬▬▬▬▬▬▬ (3행 삭제)

1

약속한 11시에 시노에 도착하자 포렴은 이미 걷혀 있었다.

가게 옆으로 난 좁은 길로 들어가 뒷문을 노크했다. 기다리고 있었는지 곧바로 문이 열리고 문틈으로 아키코의 얼굴이 보였다.

아키코는 얼굴을 확인하고 재빨리 주변을 살핀 다음 히오카와 오가미를 안으로 들였다.

"귀찮게 해서 미안해."

오가미가 파나마모자에 오른손을 대고 가볍게 고개를 숙였다. 아키코는 작게 웃으며 고개를 저었다.

"서운하게 무슨 그런 소리를 해요? 자, 어서 일이나 하자고요."

아키코가 오가미의 등을 떠밀었다. 미리 의논한 대로 오가미는 2층 객실로 올라가고 히오카는 계단 뒤에 몸을 숨겼다. 아키코는 1층 카운터에 앉았다.

11시 반. 예정된 시각이다. 히오카는 손목시계를 확인하고 숨죽인 채 기다렸다.

잠시 후 출입문을 노크하는 소리가 들렸다. 아키코가 히오카에게 눈짓을 하고 카운터에서 일어났다. 나가요, 하고 요염한 목소리로 대답하고 미닫이문을 열었다. 히오카는 계단 뒤에서 가게 입구를 보았다.

안쪽에 걸어둔 포렴 사이로 남자가 히죽거리며 들어왔다. 30대 후반쯤 될까? 혼혈처럼 이목구비가 뚜렷하다. 왁스를 발라 올백으로 넘긴 머리에 화려한 셔츠를 입고 금목걸이를 두르고 있다. 기다리던 손님, 바로 가코무라구미의 요시다 시게루다.

아키코는 요시다의 가슴에 손을 얹으며 교태를 부렸다.

"미안해요, 요시다 씨. 밤늦게 불러내서."

요시다가 아키코의 어깨를 끌어당기며 숨결이 미칠 만큼 바싹 얼굴을 갖다 댔다.

"무슨 소리. 언제 마담이 내 마음을 받아주나 목을 빼고 기다렸는데."

아무것도 모르는 요시다는 도무지 곁을 주지 않던 아키코가 드디어 자기에게 넘어왔다고 생각하고 있다.

어젯밤 오가미와 히오카는 오다니구미 사무소를 나와서 곧장 시노로 향했다. 도중에 오가미가 공중전화로 연락을 했고, 아키코는 포렴을 걷고 두 사람을 기다리고 있었다.

오가미와 히오카가 카운터에 앉자 아키코는 유리잔 두 개를 놓고 맥주를 따랐다. 히오카는 고개인사를 한 다음 아키코의 잔에도 맥주를 따랐다.

"고마워요. 우리 건배할까요?"

잔을 부딪친 후 아키코는 맥주잔을 반쯤 비우고 입가를 닦았다.

"부탁이 있다더니, 뭐예요?"

오가미가 단번에 잔을 비우고 요란하게 트림을 했다.

"가코무라구미 녀석들 중에 마담한테 마음이 있는 녀석 없어?"

느닷없는 질문에 아키코는 미간을 찡그렸다.

"뭐, 좋다는 남자가 없진 않지만, 왜 그래요, 갑자기?"

"오다니와 가코무라 건, 당신도 알지?"

아키코가 고개를 끄덕였다.

"충격 사건 말이죠? 신문이나 텔레비전에서도 요란하게 떠들어대잖아요."

지역 방송사는 현경 수사 4과장의 회견을 저녁 뉴스로 내보내고, 신문은 일찌감치 폭력단 박멸 캠페인을 연재하고 있었다.

빨리 수습하지 않으면 시민이 항쟁에 말려들 수도 있는 절박한 상황이라고 오가미는 말했다.

"구레하라 금융에서 경리 일을 보던 우에사와라는 남자가 올 3월에 실종됐어. 가코무라의 소행이야. 나와시로들이 실행범이고. 증거도 있어."

오가미는 카운터에 팔꿈치를 짚고 눈앞을 노려보았다.

"동부서는 우에사와 실종 사건을 빌미로 가코무라구미 간부들을 일제히 체포할 계획이야. 간부들이 죄다 잡혀 들어가면 똘마니들은 냄비 속의 문어처럼 손발을 못쓰게 돼. 간부들은 감옥에서 푹 썩을 테고, 가코무라구미는 사실상 해산되는 거지."

그런데 말이야, 하고 말하며 오가미가 아키코를 보았다.

"나와시로를 비롯한 실행범들이 행방불명이야. 이번 사건에선 가코무라구미 녀석들이 유달리 입이 무거워. 정공법으로 공격해도 먹히질 않아."

오가미가 거기까지 말하자 아키코는 이해했다는 듯이 말했다.

"가코무라구미 조직원 중에 나한테 마음이 있는 남자를 꾀어내라는 거군요."

"눈치가 빠른데."

오가미가 입꼬리를 올렸다.

아키코는 잠깐 생각하더니 몇 명의 이름을 말했다. 오가미가 한 명을 골랐다.

"요시다 시게루가 좋겠어. 녀석은 파친코 히노마루의 경품 매입으로 돈을 벌고 있어. 히노마루에 빚이 있으니 적당해. 게다가 요시다는 구레하라 금융을 경영하는 노자키의 의동생이고 히노마루를 출입하는 나와시로와도 자주 어울리니까 우에사와 실종에 대해 뭔가 알고 있을 거야."

오가미는 아키코에게, 의논할 일이 있으니 내일 밤 11시 반에 시노로 와달라고 요시다에게 전화를 걸라고 했다.

"요시다가 오면 나머지는 우리가 알아서 할 거야. 마담은 요시다를 내가 있는 2층 객실로 올려 보내주기만 하면 돼."

잠자코 듣고 있던 히오카가 의문을 제기했다.

"왜 서에서 취조하지 않는 거죠? 핑계야 얼마든지 만들 수 있잖아요?"

오가미는 히오카를 흘겨보며 가볍게 혀를 찼다.

"멍청하기는. 경찰서 안에서 당당하게 법을 어길 순 없잖아?"

히오카는 놀라서 오가미를 보았다.

"설마 위법 수사를 하시려고요? 그런 말도 안 되는……."

히오카의 비난을 오가미가 강한 어조로 가로막았다.

"내가 확실하게 처리할 테니까 잠자코 보고 있어."

"하지만……."

그때 아키코가 의자에서 일어났다. 전화기 앞으로 가서 수화기를 들더니 주소록을 보면서 버튼을 눌렀다. 몇 초간 말없이 들고 있다가 수화기를 내려놓았다. 얼마 후 전화벨이 울렸다.

"네, 시노입니다."

아키코가 전화를 받았다. 고개를 돌려 오가미를 보면서 미소를 지었다.

"어머 요시다 씨. 밤늦게 미안해요. 바쁜 데 전화한 거 아니에요?"

히오카는 벌떡 일어날 뻔했다. 통화 상대는 요시다. 방금 아키코는 요시다의 무선호출기에 전화를 걸었던 것이다.

"응, 그래요. 좀 곤란한 일이 생겨서. 요시다 씨의 조언을 꼭 좀 듣고 싶어요."

아키코는 사람들에겐 알리고 싶지 않은 일이니 혼자 오라고 말했다.

"정말?"

아키코의 얼굴이 환해졌다.

"그럼 내일 11시 반에 기다릴게요."

혼자 오라고 거듭 당부하고 아키코는 전화를 끊었다. 카운터 너머로 오가미를 보면서 득의양양하게 웃었다.

"이러면 되죠?"

오가미가 흡족한 얼굴로 고개를 끄덕였다.

"훌륭해. 내일부터 요릿집 문 닫고 여배우로 나가도 되겠어."

일은 이미 시작되었다. 돌이킬 수 없다.

오가미는 카운터에 놓아둔 보자기에 싼 돈뭉치를 들어, 석연치 않은 표정으로 고개를 숙이고 있는 히오카에게 들이밀었다.

"무슨 수를 써서라도 가코무라 녀석을 궁지에 몰아넣을 거야. 요시다 시게루가 피를 보는 일이 생기더라도 말이지."

히오카는 고개를 들어 오가미를 보았다.

도대체 오가미는 무슨 생각을 하고 있을까?

히오카가 눈으로 묻자 오가미는 말없이 대담하게 웃어 보였다.

2

"기다리고 있었어요. 미안해요, 늦은 시간에."

아키코가 달콤한 목소리로 말했다. 덫에 걸려든 줄도 모르고 요시다는 좋아서 입을 다물지 못했다.

"마담 부탁인데 안 들어줄 수가 없지. 무슨 얘긴데 그래?"

아키코는 어깨에 둘러진 요시다의 팔을 풀고 출입문을 잠갔다.

"다른 사람이 들으면 싫어요. 2층에서 단둘이 얘기해요."

계획대로 아키코는 요시다를 2층으로 데려갔다. 요시다는 아무런 의심 없이 가벼운 발걸음으로 계단을 올라갔다.

2층 객실의 장지문 여는 소리에 이어 요시다의 놀란 목소리가 들렸다.

"이게 누구야? 가미 씨가 왜 여기 있어요?"

히오카는 계단 뒤에서 튀어나와 2층으로 뛰어 올라갔다. 요시다가 도망치지 못하도록 장지문을 닫고 퇴로를 막았다.

요시다가 뒤돌아보았다. 히오카와 아키코의 얼굴을 번갈아 보더니 체념한 듯 어깨를 움츠렸다.

"뭐야, 얘기가 있다더니 가미 씨였어요?"

파나마모자를 쓴 오가미가 입구를 등지고 앉아서 담배를 피우고 있었다. 돌아보지도 않고 천장을 향해 길게 연기를 내뿜었다.

"시게루, 불러내서 미안해. 앉아."

오가미는 담배 끝으로 안쪽 자리를 가리켰다. 경찰 조사실에서도 그렇지만 일반적으로 피의자는 도망치기 어려운 안쪽 자리에 앉힌다. 어젯밤에 말한 대로 창에는 덧문을 내리고 자물쇠까지 채워두었다.

달아날 수 없다고 판단했는지 요시다는 마지못해 테이블 맞은 편에 앉았다. 반항적인 말투로 입을 열었다.

"마담까지 동원해서 불러내다니 도대체 무슨 용건입니까? 물어볼 게 있으면 이렇게 힘들게 불러내지 말고 조직 사무소로 오든가 서로 부르면 되잖아요?"

아키코는 객실 기둥에 기대서서, 새침한 표정으로 가슴 앞에서 손을 모아 깍지를 끼고 있었다.

오가미가 입꼬리를 올리며 테이블에 놓인 술병을 들었다.

"미안하게 됐어. 내놓고 하기 힘든 얘기여서 그래."

심상치 않은 분위기를 감지했는지 요시다의 표정이 험악해졌다.

술을 따르더니 단숨에 잔을 비우고 오가미가 운을 뗐다.

"시게루, 자네 2년 전에 경품 구입 문제로 다투다가 히노마루의 점원을 때린 적 있지?"

생각지도 못한 이야기였을 것이다. 요시다는 그렇지 않아도 큰 눈을 더 크게 떴다.

"그런 고릿적 얘기를 어떻게 기억해요? 그게 어쨌다는 겁니까?"

"피해 신고서가 접수됐어."

오가미는 양복 안주머니에서 피해 신고서를 꺼내 요시다 앞으로 들이밀었다. 오늘 오후에 파친코 점원인 스가와라 신지에게 협박하다시피 해서 받아낸 것이다. 오가미는 평소에 조직원들에 관한 정보를 머릿속에 저장해두는 듯했다. 이번 협박, 폭행 용의도 2년 전에 입수한 정보라고 한다.

"폭행, 협박, 위력 업무방해."

오가미의 목소리가 날카로워졌다.

"히오카, 다 합하면 몇 년이지?"

예전에 파친코점 '히노마루'의 주차장에서 나와시로를 협박할 때와 같다. 히오카는 허공을 노려보면서 형량을 계산했다.

"징역인 경우 폭행의 법정형은 2년 이하, 협박죄도 2년. 위력 업무방해는 3년 이하. 다 합하면 상한은 7년입니다."

오가미가 크게 고개를 끄덕였다.

"반만 잡아도 3년 반이야. 적지 않은 형량이지."

애가 타는지 요시다가 목소리를 높였다.

"가미 씨, 다 지난 얘기를 끄집어내서 뭘 하자는 겁니까?"

오가미는 술잔을 테이블에 내려놓고 요시다를 노려보았다.

"그러니까 시게루, 구레하라 금융의 우에사와는 왜 납치했어?"

요시다의 안색이 변했다.

"무, 무슨 얘깁니까?"

"히로시마 나가레 거리의 여관에서 우에사와가 납치됐어. 납치한 사람은 자네 조직의 나와시로야. 증거는 확보했어."

오가미가 피해 신고서를 다시 요시다에게 들이밀었다.

"자, 아는 걸 모조리 불어. 그러면 이 피해 신고서는 없애주지."

요시다의 이마에 땀이 맺혔다. 눈빛이 흔들리고, 요시다가 고개를 홱 돌렸다.

"난 아무것도 몰라요. 설령 안다고 해도 동료를 경찰에 팔아넘길 순 없잖아요."

오가미가 오호, 하고 감탄하더니 송곳니를 드러내며 웃었다.

"역시 상남자야. 하지만 무슨 수를 써서라도 실토하게 만들겠어. 폭력을 써서라도 말이지."

여유를 되찾았는지 요시다가 코웃음을 쳤다.

"경찰관이 폭력을 쓰겠다고? 어이가 없군. 그만 돌아가겠어요. 보아하니 체포 영장도 없는 거 같은데, 부당 수사잖아? 변호사에게 말해서 공안위원회에 민원을 넣어주지."

이번에는 오가미가 코웃음을 쳤다.

"공안위원회 같은 소리 하고 있네. 세금 한 푼 안 내는 야쿠자 주제에 어디 민간인 흉내를 내고 있어?"

"그 야쿠자의 삥을 뜯는 게 누구지? 야쿠자를 등에 업고 호가호위하는 인간이 더 나빠!"

오가미가 술잔을 거칠게 내려놓으며 고함을 질렀다.

"점잖게 대해주니까 감히 기어올라! 히오카!"

"예, 예!"

갑자기 부르는 바람에 몸이 경직되었다.

"이 녀석에게 수갑을 채워!"

히오카는 망설였다. 요시다 앞으로 피해 신고서가 들어와 있는 것은 사실이다. 하지만 옛날 일을 들춰내어 억지로 받아낸 것이다. 게다가 요시다가 폭력으로 저항하고 있는 상황도 아니다. 수갑은 지나치다.

"오가미 씨, 하지만 그건……."

지나치다고 말하려는데 요시다가 갑자기 튀어 일어났다. 객실 밖으로 도망치려는 요시다에게 히오카는 반사적으로 달려들었다. 방바닥에 때려눕히고 등 뒤로 수갑을 채웠다.

오가미는 버둥대는 요시다를 기둥에 밀어붙이더니 얼굴을 들이

대고 조롱하듯 쳐다보았다.

"이봐, 시게루. 나는 한번 뱉은 말은 주워 담지 않아. 피를 보는 한이 있더라도 실토하게 만들어주지."

요시다가 오가미의 얼굴에 침을 뱉었다.

"어디, 할 수 있으면 해봐!"

오가미는 표정 하나 변함 없이 뺨에 묻은 침을 손등으로 닦았다.

"각오 한번 대단하군."

오가미는 요시다를 노려보면서 외쳤다.

"히오카, 아래층에서 식칼 가져와!"

수갑 다음은 흉기인가? 제정신이 아니다. 수사의 한계선을 완전히 넘고 있다.

히오카가 주춤거리자 지켜보던 아키코가 나섰다.

"내가 가져올게요."

히오카는 놀라서 아키코를 보았다. 아키코는 평소와 다름없는 표정으로 객실을 나가더니 계단을 뛰어 내려갔다. 잠시 후 아키코는 칼날의 길이가 20센티미터쯤 되는 식칼을 들고 나타났다. 숨을 헐떡이며 말했다.

"이거면 될까요?"

식칼을 받아 들고 오가미가 흡족하게 웃었다.

"으응, 충분해."

방바닥에 다리를 내뻗고 앉아 있는 요시다에게 오가미가 식칼을 보여주었다.

"시게루, 내 진심이 뭔지 지금부터 보여주지."

오가미의 얼굴은 이미 경찰의 얼굴이 아니었다. 흉악범의 얼굴이었다. 요시다의 뺨에 경련이 일어났다. 이마에 진땀이 맺힌다.

보다 못한 히오카가 오가미와 요시다 사이에 끼어들었다.

"그만두세요! 더 이상은……."

"슈이치 씨!"

아키코가 소리쳤다. 한 번도 본 적 없는 무서운 얼굴로 히오카를 바라보았다.

"아무 말 말고 그냥 지켜봐요."

단호한 말투였다.

아키코의 기백에 눌려 히오카는 물러섰다. 오가미가 천천히 돌아보았다.

"히오카, 걱정 마. 자네는 이 자리에 없는 거야. 아무것도 보지 않았어. 알겠지?"

모든 것이 오가미의 독단전행. 히오카는 아무것도 몰랐다. 그렇게 정리된단 말인가?

경찰관으로서 협박 행위는 결코 용납될 수 없다. 그러나 여기까지 온 이상 돌이킬 수 없다. 사태의 추이를 지켜보다가 여차하면 몸을 던져서라도 오가미를 막는다. 히오카는 그렇게 마음을 정하고 입을 다물었다.

오가미가 식칼 날로 요시다의 뺨을 찰싹찰싹 때렸다.

"이봐, 시게루. 오다니와 가코무라가 전쟁을 벌이면 너 같은 졸병만 피를 보게 돼. 죽거나 형무소에서 썩거나 둘 중 하나야. 내 말만 잘 들으면 손해 볼 일 없어. 어서 결심해."

요시다는 오가미의 설득에 넘어갈 마음이 없는 듯했다. 벌벌 떨면서도 고개를 내저었다.

"이래 봬도 명색이 야쿠자야. 조직을 배신할 순 없어."

오가미가 비웃듯이 입꼬리를 올리며 말했다.

"조폭 주제에 입만 살아가지고. 언제까지 나불댈 수 있는지 보자고."

그래도 요시다는 완강하게 버텼다. 아키코 앞이어서 더 그랬을 것이다. 설마 경찰관이 칼을 휘두르겠냐고 만만하게 보았을지도 모른다.

오가미를 노려보며 약을 올렸다.

"홍, 경찰이 뭘 하겠어? 할 수 있으면 해봐!"

오가미의 입가가 일그러졌다. 다음 순간 식칼이 섬광을 일으키며 요시다의 뺨을 스쳤다. 말릴 틈이 없었다. 순식간에 뺨에서 피가 뿜어져 나왔다.

"오가미 씨!"

히오카의 외침은 요시다의 포효에 지워졌다.

"으악!"

등 뒤로 수갑을 찬 채 요시다는 방바닥을 뒹굴었다.

"요시다!"

히오카가 달려갔다. 진정시키려 해도 흥분한 요시다는 혼신의 힘을 다해 몸부림쳤다.

"마담."

오가미가 차분한 목소리로 아키코를 불렀다.

"손수건 같은 걸로 지혈해줘."

아키코가 고개를 끄덕이더니 기모노 소매에서 손수건을 꺼냈다. 버둥거리는 요시다에게 다가가 뺨에 손수건을 댔다.

"괜찮아요. 큰 상처는 아니에요."

여자가 남자보다 피를 덜 무서워한다는 말을 들은 적이 있다. 아키코는 피를 보고도 침착했다. 뺨의 상처가 덮이도록 턱에서 머리로 재빨리 손수건을 둘러 묶었다.

조금 진정되었는지 요시다가 일어나 앉아서 씩씩대며 오가미를 노려보았다.

"당신, 미쳤어……."

입술이 덜덜 떨렸다.

오가미가 웅크리고 앉으며 요시다의 얼굴을 보았다.

"맞아, 난 미쳤어. 수사를 위해서라면 악마에게 영혼이라도 팔 거야. 네가 불지 않더라도 나중에 가코무라에게 네가 밀고했다고 일러바칠 수도 있어."

요시다의 안면 근육이 다시 경련을 일으켰다.

오가미가 얼굴을 들이대며 조용히 요시다에게 말했다.

"이봐, 시게루."

좀 전과는 전혀 다른 친근한 말투다.

"자네가 불었다는 말을 들으면 가코무라는 가만있지 않겠지. 형무소로 도망쳐도 살아남지 못할걸. 자네, 그게 무섭지?"

요시다가 눈을 치뜨고 오가미를 노려보았다. 그러나 갑자기 표정을 무너뜨리며 고개를 숙였다. 어깨가 들썩대고 오열이 터져 나왔다.

오가미가 다그치듯이 말을 계속했다.

"이대로 조직에 있어도 지옥, 감옥으로 도망쳐도 지옥이야."

요시다가 고개를 치켜들고 눈물범벅이 된 얼굴로 오가미를 보았다.

"가미 씨, 나 어떡하면……."

오가미가 요시다의 어깨에 살며시 손을 얹었다.

"전부 실토하고 피신해. 오키나와든 홋카이도든 모르는 곳으로 도망쳐서 잠잠해질 때까지 돌아오지 마. 결국 가코무라들은 일망타진될 거야. 조직은 해체될 운명이라고."

요시다는 고개를 떨구고 맥없이 고개를 저었다. 낯선 고장에서 어떻게 살아야 할지 막막할 것이다.

오가미는 객실 구석에 놓아둔 가방에서 보자기에 싼 돈뭉치를 가져와 요시다 앞에 놓았다.

"500만 엔이야. 이 돈이면 당분간 타지에서 고생은 하지 않을 거야."

오가미가 보자기를 풀었다. 돈다발을 보자 요시다의 눈이 커졌다. 오가미는 돈다발을 보자기째 요시다 앞으로 밀었다.

요시다는 숨을 삼키고 종이 띠를 두른 100만 엔 다발들과 오가미의 얼굴을 번갈아 보았다.

오가미가 요시다의 눈을 들여다보았다.

"전부 불어. 그리고 이걸 갖고 당장 여길 떠나. 그게 자네가 할 수 있는 최선의 선택이야."

요시다의 눈에서 다시 눈물이 솟구쳤다. 어깨를 들먹이면서도 요시다는 결심을 굳혔는지 우에사와 실종 사건의 전말을 털어놓았다.

요시다의 말에 따르면 우에사와는 가코무라구미 조직원들의 희생양이 되었다고 한다.

나와시로와 요시다를 비롯한 가코무라구미 조직원들은 구레하라 금융에서 경리로 일하는 우에사와로부터 종종 소액 대출 명목으로 5만 엔씩, 10만 엔씩 받아내어 유흥비로 썼다. 나중에 갚겠다고 말은 했지만, 마음 약한 우에사와가 어쩌지 못할 것을 알고 아무도 돈을 갚지 않았다.

그렇게 회사 돈을 빼내 쓰는 것이 당연한 일처럼 되었을 때 갑자기 가코무라가 자금 운용을 위해 금고를 확인하겠다고 말했다.

조직원들은 당황했다. 이미 야금야금 빼내 쓴 돈이 1000만 엔 가까이 되었던 것이다. 당장 그런 거금을 마련할 방도도 없었다.

두목에게 들키면 어떤 제재를 받을지 모른다. 겁에 질린 조직원들은 우에사와에게 모든 죄를 뒤집어씌웠다. 우에사와가 회사 돈을 빼돌렸다고 거짓 보고를 한 것이다.

가코무라는 불같이 화를 냈다. 길길이 날뛰면서 당장 우에사와를 데려오라고 부하들에게 명령했다.

우에사와가 붙잡히면 자신들이 한 짓이 들통난다. 일단 우에사와를 도망치게 하는 것이 상책이다. 그렇게 생각한 나와시로들은 우에사와에게 구레하라를 떠나라고 회유하고 협박했다. 결국 우에사와는 바로 그날로 구레하라에서 행방을 감추었다.

그러나 일은 거기서 끝나지 않았다. 우에사와가 도망쳤다는 보고를 받은 가코무라는 격노했다. 돈과 우에사와를 모두 찾아오라고, 만에 하나 돈이 무리라면 우에사와의 신병만이라도 확보하라고 명령했다.

그러나 살아 있는 우에사와를 가코무라 앞에 데려갈 수는 없다. 나와시로들은 우에사와를 찾아내어 죽이기로 계획을 세웠다. 가코무라에게는 우에사와를 붙잡아 돈의 행방을 알아내려고 고문하다가 실수로 죽였다고 보고하기로 말을 맞추었다.

우에사와의 행방을 쫓던 조직원들은 나와시로가 관리하던 구역 내 매춘 여성으로부터 우에사와가 히로시마에 있다는 정보를 알아냈다. 우에사와는 그 여성의 단골인데, 이틀 전에 연락을 받고 히로시마의 여관으로 갔다고 했다.

나와시로들은 투숙 중인 여관으로 찾아가 우에사와를 납치했다.

"그다음은 어떻게 됐어?"

미간에 주름을 잡으며 오가미가 물었다. 요시다는 차마 입이 떨어지지 않는지 침묵하다가 작은 목소리로 대답했다.

"다지마 항의 창고로 끌고 가서 고문하다가 죽였습니다."

그냥 죽이면 되는데 왜 고문을 했을까?

돈은 자기들이 썼지 우에사와가 들고 튄 것이 아니다. 애초에 고문할 이유가 없다.

히오카의 궁금증을 요시다가 풀어주었다.

가코무라에게 시체를 보여줘야 했기 때문에 고문했다는 것이다. 그러나 우에사와가 죽었다는 보고를 받은 가코무라는 머리를 잘라서 갖고 오라고 명령했다.

"머리만?"

오가미가 미간을 찡그린다.

"예. 그게 간편하다면서."

요시다가 쓴 약이라도 삼키듯이 말했다. 아키코를 보니 아무 일 없다는 듯 태연한 얼굴이다. 저 평정심은 도대체 어디서 오는 것일까?

조직원들은 삽으로 우에사와의 머리를 잘라서 볼링 가방에 넣어 가코무라에게 헌상했다.

가코무라는 머리를 확인하자 가볍게 혀를 차고 부하들에게 처분을 명했다.

"우에사와의 시체는 어디 있어?"

오가미가 다시 물었다. 요시다의 자백은 공식적인 진술이 아니다. 조서를 작성할 수 없기 때문에 살해의 증거인 우에사와의 시체가 발견되지 않으면 가코무라구미 간부들을 체포할 수 없다.

그러나 요시다는 모른다고 대답했다.

시체는 나와시로의 주도로 처리되었다. 해안의 어떤 장소에 묻었다는 이야기를 들었지만 자세한 장소는 모른다고 했다.

"정말이야?"

오가미가 위협적인 목소리로 물었다. 요시다는 기대고 있던 기둥에서 상체를 일으키며 말했다.

"정말입니다! 알고 있는 사실은 다 말했어요. 믿어주세요."

눈두덩이 퉁퉁 부은 요시다의 눈에는 거짓의 기색이 없었다.

매서운 눈으로 요시다를 노려보던 오가미가 천천히 일어서며 히오카에게 말했다.

"수갑을 풀어줘."

3

500만 엔이 든 보퉁이를 끌어안고 요시다는 오가미에게 머리를 조아리며 밤의 어둠 속으로 사라졌다.

아키코가 오가미와 히오카를 1층 카운터에 앉히고 술병과 술잔 두 개를 놓았다.

히오카는 따라준 술을 단숨에 들이켰다. 빈 잔에 아키코가 다시 술을 따랐다. 곧바로 술잔을 비웠다.

가슴속에 분노가 소용돌이치고 있었다.

결과만 놓고 보면 오가미는 우에사와 납치 사건의 진상을 밝힐 중요한 진술을 끌어냈다. 그러나 방식 면에서 너무 무모하다. 말을 듣게 하려고 칼로 협박하고 상처까지 입히다니 야쿠자의 수법과 뭐가 다른가? 도저히 경찰관으로서 할 일이 아니다.

빈속에 마신 탓인지 다섯 번째 잔을 비우고 나니 제법 취기가 돌았다.

옆에서 맥주를 마시고 있던 아키코가 걱정스러운 눈으로 히오카를 보았다.

"슈짱, 천천히 마셔요."

이성보다 감정이 앞섰다. 히오카는 아키코의 충고를 무시하고 말없이 자작으로 술을 마셨다.

오가미는 자기 페이스대로 홀짝홀짝 술잔을 기울이고 있었다.

복무규율을 위반하고도 태연한 얼굴로 술을 마시고 있는 오가미에게 마침내 분통을 터뜨렸다.

"도대체 오가미 씨의 정의는 뭔가요?"

혀 꼬인 소리로 따졌다.

"슈짱."

아키코가 부드러운 목소리로 나무랐다. 그러나 히오카는 그만두지 않았다. 오가미 쪽으로 돌아앉으며 술기운을 빌려 대들었다.

"오가미 씨는 말도 안 되는 짓을 하고 있어요! 정의를 수호하는 경찰관이 어떻게 그럴 수 있어요?"

오가미는 카운터에 놓인 담배를 입에 물고 불을 붙였다.

"정의라고? 내게 그런 건 없어."

천장을 향해 길게 연기를 내뿜었다.

히오카는 따지고 들었다.

"그럼 오가미 씨가 경찰관을 계속하는 이유는 뭔가요? 돈입니까, 권력입니까?"

"슈짱, 그만해요!"

강한 어조로 아키코가 다시 말렸다. 오가미가 손으로 아키코를 제지했다.

"히오카, 자네는 2과 형사의 임무가 뭐라고 생각하나?"

오가미의 질문에 히오카는 즉답했다.

"폭력단을 괴멸시키는 겁니다."

쿡쿡하고 오가미가 웃었다.

"자신의 밥줄을 완전히 끊어버리겠다고? 폭력단이 사라지면 우리 밥줄도 끊겨."

억지 논리다. 히오카는 입술을 깨물었다.

오가미는 담배를 피우면서 말을 이었다.

"폭력단은 세상에서 사라지지 않아. 인간은 말이지, 밥을 먹으면 똥을 눠야 해. 밑을 닦을 휴지가 필요하다는 말이지. 그러니까 폭력단은 화장실 휴지 같은 거야."

히오카는 할 말을 잃었다. 기껏 진지한 이야기를 하고 있는데 저급한 농담 따위 듣고 싶지 않았다.

오가미가 술병을 들어 히오카의 잔을 채웠다.

"우리의 임무는 야쿠자가 민간인에게 피해를 주지 않도록 감시하는 일이야. 나머지는 도를 넘는 녀석들을 없애기만 하면 돼."

히오카는 카운터 위에서 주먹을 불끈 쥐었다.

오가미는 폭력단을 자의적으로 선별해 마음에 드는 야쿠자는 그냥 두고 마음에 들지 않는 야쿠자는 없애려고 하고 있다.

─나는 자네 편에 서기로 마음을 굳혔어.

오다니구미 사무소에서 오가미가 이치노세를 향해 선언한 말이 떠올랐다.

지금의 오가미는 경찰 조직이 아니라 오다니구미에 충성하고 있다고 해도 과언이 아니다. 경찰관으로서 용납될 수 없는 일이다.

히오카는 오가미가 따라준 술을 들이켜고 나서 조용한 어조로 물었다.

"오가미 씨도 경찰학교에 입학해서 경찰관의 복무 선서를 낭독했겠죠?"

엉뚱한 질문에 오가미가 미간을 찡그렸다. 무슨 말이 하고 싶으냐는 얼굴이다.

히오카는 등을 펴고 자세를 바로잡으며 목소리를 높였다.

"나는 일본국 헌법과 법률을 성실히 수호하고, 명령을 준수하고, 경찰 직무에 우선해 그 규율을 따르도록 요구하는 조직이나 단체에 가입하지 않고, 어떤 것에도 얽매이지 않고 어떤 것도 두려워하거나 미워하지 않고, 양심에 따라 불편부당하고 공명정대하게 경찰 직무를 수행할 것을 굳게 맹세합니다."

오가미는 복무 선서를 암송함으로써 에둘러 자신을 비난하는 히오카를 노려보았다.

"내가 선서를 위반했다고 말하고 싶은 거야?"

히오카는 고개를 숙이고 눈앞의 술잔을 보았다. 그렇다는 무언의 대답이다.

오가미는 작게 한숨을 내뱉고 히오카로부터 시선을 거두었다.

"폭력단이라고 다 같은 폭력단이 아니야. 언젠가 자네도 알게 될 거야."

그렇게 말하고 오가미는 양팔을 들고 기지개를 켰다.

"아아, 고단해. 오늘은 여자라도 만나고 집에 가야겠어."

오가미는 혼잣말처럼 중얼거리고 가게를 나갔다. 계산은 언제나 외상이다.

아키코가 따끈하게 데운 정종 병을 들고 히오카 옆에 앉았다.

"가미 씨는 표현이 서툴러요. 자기 마음을 제대로 전달할 줄 몰라. 머잖아 슈짱도 가미 씨의 마음을 이해하게 될 거예요."

"아키코 씨는 이해하세요?"

아키코는 웃으면서 히오카의 잔에 술을 따랐다.

"알고 지낸 세월이 얼만데."

취기가 올라선지 '알고 지낸 세월'이라는 말이 남녀 관계를 의미하는 것처럼 들렸다. 그렇다면 오가미는 자신의 여자 앞에서 다른 여자를 만나러 간다고 말한 셈이다.

"왜죠?"

히오카가 물었다.

"응?"

아키코가 히오카의 얼굴을 보았다. 히오카는 아키코의 눈을 똑바로 쳐다보았다.

"오가미 씨가 여자를 만나러 간다는데 아키코 씨는 왜 태연한 거죠?"

아키코는 놀랐는지 눈을 동그랗게 뜨더니 손으로 입을 가리면서 웃음을 터뜨렸다.

"어머, 슈짱, 뭔가 잘못 알고 있나 보네."

잘못 알고 있다고? 남녀 관계라고 생각한 것은 천박한 억측이란 말인가?

아키코는 한바탕 웃고 나서 자작으로 잔을 채우고 단숨에 들이켰다.

"나와 가미 씨는 그런 사이가 아니에요. 그랬으면 좋겠지만 받아주질 않아요."

개인적인 영역을 침범한 것 같아서 히오카는 황급히 고개를 돌렸다.

아키코는 길게 한숨을 내쉬며 농담처럼 말했다.

"여자 인물은 어지간히 밝히면서, 난 취향이 아닌가 봐."

아키코 같은 미인을 마다하다니 말도 안 된다. 오가미도 양심은 있어서 그런 게 아닐까?

"슈짱."

아키코가 진지한 목소리로 말한다.

"그 사람, 미워하지 말아요. 무뚝뚝하고 거칠지만 정말로 좋은 사람이에요."

히오카는 대답 대신 아키코의 잔에 술을 따랐다.

"가미 씨는요, 당신을 아들처럼 생각해요. 나는 알아요."

히오카는 평소부터 궁금했던 자신의 이름에 대한 의문을 털어놓았다.

"오가미 씨에게 슈이치란 이름은 어떤 의미가 있나요?"

아키코는 작게 한숨을 흘리며 허공을 바라보았다.

"가미 씨의 부인과 아이가 사고로 죽은 건 알아요?"

히오카는 고개를 끄덕였다.

"사고로 죽은 아들 이름이 슈이치였어요. 한자도 똑같아요."

역시……. 어렴풋이 짐작은 하고 있었다. 오가미도 이치노세도 아키코도 오다니도 처음 히오카의 이름을 들었을 때 특이한 반응을 보였다. 한 살 때 죽은 오가미의 아들과 같은 이름이라면 납득이 간다.

"나도 가족을 잃은 몸이라 가미 씨의 외로움은 잘 알아요."

히오카는 놀라서 아키코를 보았다. 평소의 밝은 아키코의 모습에서는 전혀 그런 기색을 찾아볼 수 없었다.

아키코는 시선을 떨구고 손가락으로 술잔 가장자리를 만졌다.

"14년 전에 남편을 잃었어요. 그때 가미 씨 신세를 아주 많이 졌어요."

그렇다면 오가미는 아키코의 남편을 알고 있었다는 말인가? 혹시 같은 경찰일까, 아니면 그 반대일까?

"어떤 분이셨어요?"

히오카는 술기운을 빌려 물었다. 아키코는 옛 기억을 떠올리며 후훗 하고 작게 웃었다.

"슈짱 입장에서 보면 적이에요. 야쿠자였어요."

아까 아키코가 2층에서 보여준 당찬 태도와 평정심을 생각하면 야쿠자의 아내였다는 말이 놀랍지 않았다. 오히려 수긍이 갔다.

먼 곳을 바라보는 아키코의 얼굴에 자부심이 어렸다.

"야쿠자이긴 했지만 조무래기가 아니라 오다니구미의 부두목이었어요."

오다니구미의 부두목이었다니, 놀라웠다.

히오카는 재빨리 머릿속에서 오다니구미의 수사 자료를 펼쳤다. 이치노세 모리타카가 부두목이 되기 전에는 사이모토 도모야스라는 남자가 부두목이었던 걸로 기억한다.

히오카가 사이모토의 이름을 말하자 아키코가 작게 고개를 끄덕였다.

지금으로부터 14년 전인 1974년에 사이모토는 이라코카이 조직원인 다카기 고스케에게 사살되었다. 술집에서 사이모토에게 얼굴을 얻어맞고 발끈해서 범행을 저질렀다고 다카기는 진술했지만, 그 말을 믿는 폭력단 관계자는 없었다. 당시 오다니구미와 이라코카이 간에는 세력권을 둘러싼 일촉즉발의 공기가 감돌고 있었기 때문이다. 이라코카이가 선제공격으로 적의 사령탑을 노린 것이 분명했다.

그로부터 3개월 후 당시 이라코카이의 부두목이었던 가네무라 야스노리가 칼에 찔려 죽었다. 시체는 히로시마 시내의 묘지에서 발견되었다. 흉부를 예리한 칼에 찔려 과다 출혈로 사망한 것이다.

전날 밤 가네무라는 보디가드도 없이 혼자 히로시마 시내로 외출했다. 부하를 데려가지 않은 이유는 알 수 없지만, 조직원의 말에 따르면 누군가가 불러낸 듯하다.

당연히 경찰은 가네무라의 살해범으로 오다니구미 관계자를 주목했다. 살해당한 부두목에 대한 보복으로 오다니구미의 누군가가 가네무라를 죽였다고 추측한 것이다.

유력한 용의자는 당시 19세이던 이치노세 모리타카였다. 형님처럼 따르던 사이모토의 복수를 위해 자진해서 암살자가 되었을 거라고 경찰은 생각했다. 무엇보다도 이치노세는 10대의 나이라고는 믿어지지 않을 만큼 대담했다.

이치노세는 알리바이도 불분명했다. 술에 취해 거리의 매춘부와 여관에서 잤다는데 여자의 이름도 모르고 어느 여관인지도 기억나지 않는다고 했다. 경찰은 이치노세가 거짓말을 하고 있다고 믿어 의심치 않았다.

그러나 오가미는 달랐다. 독자적인 수사 끝에 가네무라가 살해당한 날 밤에 이치노세와 함께 있었던 매춘부를 찾아내고 여관도 알아내어 이치노세의 무죄를 증명했다. 그 후 유력한 피의자가 나타나지 않은 채 시효 직전인 지금까지 사건은 미결로 남아 있다.

히오카는 머릿속에서 수사 자료를 덮고 길게 숨을 내뱉었다.

"아키코 씨는 사이모토의 부인이셨군요."

아키코는 묵은 기억을 더듬듯이 먼 곳을 보았다.

"가미 씨에게는 큰 신세를 졌어요. 평생 갚아도 다 못 갚을 만큼 은혜를 입었어요."

아키코가 간절한 눈빛으로 히오카를 보았다.

"제발 가미 씨를 미워하지 말아요. 이렇게 부탁해요."

아키코가 깊이 머리를 숙였다.

"이러지 마세요."

히오카는 가만히 아키코의 어깨를 잡고 머리를 들게 했다.

"미워하지 않을 거죠? 가미 씨의 힘이 되어줄 거죠?"

아키코의 간절한 애원을 차마 뿌리칠 수 없었다. 마지못해 고개를 끄덕였다.

아키코의 얼굴이 금세 밝아졌다.

"고마워요, 슈짱. 정말 고마워요."

아키코가 의자에서 일어나더니 카운터 안쪽 선반에서 한 되들이 술병을 가져왔다.

"우고노쓰키 다이긴조*, 우리 집에서 가장 좋은 술이에요. 마음껏 마셔요."

---

*　도정률 50퍼센트 이하의 백미로 담근 청주.

뚜껑을 열고 잔에 가득 따랐다.

"한 잔 죽 마셔요."

아키코가 권했다.

이미 돌이킬 수도 없고, 히오카는 반쯤 자포자기한 심정으로 잔을 비웠다.

ㅡ이제 갈 데까지 가보는 수밖에 없어.

아키코가 흐뭇한 얼굴로 다시 잔을 채웠다.

7장

일지

1988년 7월 6일.

오전 10시. 오가미 반 수사 회의. 탐문 내용 보고.

오후 1시. 어협과 바다의 집* 등 계속해서 연안부 탐문 수사.

오후 6시. 히로시마 다키이구미 사무소. 가코무라구미의 각성제 밀수에 관여한 어선 정보 입수.

오후 9시. '시노'. 아키신문 기자 고사카 다카후미로부터 취재.

━━━━━━ ▇▇▇▇▇▇▇▇▇▇▇▇

━━━━━━ ▇▇▇▇ (2행 삭제)

---

*   해수욕을 하러 온 사람들에게 다양한 서비스를 제공하는 시설.

덥다……

이마에서 쉴 새 없이 흘러내리는 땀을 히오카는 손등으로 닦았다. 옆에서 걸어가는 오가미는 트레이드마크인 파나마모자로 연신 얼굴에 부채질을 하고 있다.

히오카는 오가미와 함께 다지마 항에 와 있다. 다지마는 구레하라 시에서 세토 내해內海로 돌출된 다카우라 반도의 끝에 있다. 조선업이 발달해 자동차나 공업 제품을 실은 대형 선박이 빈번히 출입하는 구레하라 항과는 달리, 작은 섬들에 둘러싸인 다지마 항은 정치망어업이나 근해어업 같은 어로가 중심이다. 어선이 주로 출입하며, 큰 배라고 해봐야 가끔 사고 때문에 중유를 보충하려고 들르는 트롤선 정도였다.

괭이갈매기가 울어대는 부두를 걸으면서 히오카는 바다를 바라보았다. 만 바깥에 어선들이 보였다.

외해에 면한 항구라면 시원한 바닷바람이 불 텐데 내해 쪽 항구에는, 특히 이 계절에는 바람이 거의 불지 않는다. 호수처럼 잔잔한 바다가 히오카는 원망스러웠다.

히오카와 오가미가 다지마 항 근처에서 탐문을 시작한 지 오늘로 사흘째다. 평소 오가미는 점심때나 되어야 일어나 움직이지만, 일단 수사 일정이 잡히자 새벽부터 늦은 밤까지 쉴 새 없이 뛰어다녔다. 식사 때는 한숨을 돌렸지만 음식 맛을 음미할 여유 따위 없었다. 메밀국수나 덮밥을 허겁지겁 먹어치우고 곧바로 탐문을 재개했다. 수사에 대한 오가미의 열정 앞에서는 머리가 숙여지지만, 그 모습은 마치 먹이를 찾아 헤매는 굶주린 늑대 같았다.

시노에서 요시다를 심문한 다음 날 아침, 오가미는 수사 회의에 참석해 우에사와 실종 사건의 진상을 보고했다. 물론 정보원은 비공개였다.

우에사와를 다지마 항의 창고로 끌고 가서 고문 끝에 살해하고 삽으로 머리를 절단했다는 대목에서는 간부를 비롯한 수사관들의 입에서 무거운 한숨이 새어나왔다.

"가코무라구미 녀석들은 아직 정보가 새어나간 걸 모릅니다. 현장에 혈흔과 지문이 남아 있을 겁니다."

오가미는 테이블에 양손을 짚고 몸을 내밀며 상석의 간부들을 향해 강한 어조로 말했다.

"즉시 부두의 창고를 수색해야 합니다."

우에사와가 살해당한 것은 명백해졌다. 살해 현장의 정보를 입수한 이상 즉시 가택수색에 나서는 것이 수사의 상도다. 하지만 수사본부를 지휘하는 간바라 부서장은 팔짱을 낀 채 못마땅한 얼굴로 오가미를 노려보았다.

"정보의 출처가 어디야?"

주의해서 보아야 알 수 있을 만큼 미세하게 오가미가 입술을 비틀었다. 혀 차는 소리도 아주 작게 들렸다.

"사건 관계자입니다."

무성의한 대답에 간바라의 목소리가 험악해졌다.

"솔직하게 말해. 회사 돈을 빼내 쓰고 우에사와에게 덤터기를 씌웠다는 걸 아는 사람은 내부자밖에 없어. 필시 가코무라구미의 누군가를 족쳐서 입을 열게 했겠지."

ㅡ야쿠자와 다를 바 없는 네 수법을 모를 거 같아?

그렇게 비난하고 싶은 간바라의 본심이 빤히 보이는 말투였다.

오가미는 파나마모자로 얼굴에 부채질을 하면서 허공을 노려보고 있었다. 상사의 질책 따윈 개의치 않겠다는 태도다.

회의실 공기가 무겁게 가라앉았다. 수사관들은 모두 고개를 숙이고 있었다.

간바라는 크게 숨을 내뱉더니 아무튼, 하고 말하며 싸움을 중단했다.

"영장을 받아서 창고를 수색해."

지금은 정보 출처를 따지기보다 사건 해결이 먼저라고 판단한 것이리라. 간바라는 이쓰키에게 가택수색 영장을 청구하라고 지시했다.

영장이 떨어지자 오가미 반은 감식관을 동반하고 곧바로 다지마 항으로 향했다.

부두에 도착한 수사관들은 일순 수색해야 할 창고 수에 기가 질렸다.

그리 크지 않은 어항인데도 창고는 현재 사용되지 않는 곳까지 포함하면 열 군데 가까이 되었다. 바닥과 벽에 부착된 얼룩이 창고에서 사용되는 기재 오일인지, 생선을 처리할 때 묻은 자국인지, 아니면 인간의 혈흔인지, 하나하나 조사하려면 상당한 시간이 필요하다.

오가미는 가이난 상사 소유의 창고부터 수색하라고 지시했다. 특히 현재 사용되지 않는 창고가 최우선이다.

가이난 상사는 가코무라구미 부두목인 노자키 고스케가 대표로 있는 회사다. 부동산부터 어항 창고까지 돈 될 만한 것이라면 무조건 머리를 들이민다. 조직 부두목 소유의 창고라면 눈에 띌 염려가 없다. 그리고 현재 사용되지 않는 창고라면 감금하기엔 안성맞춤이다.

가이난 상사의 간판을 내건 창고는 전부 세 군데였다. 그중 두 군데는 외관만 보아도 오랫동안 방치되었음을 알 수 있었다. 아마 대출 담보로 잡은 창고일 것이다. 그러나 창고업이 생각만큼 돈이 되지 않았던지 그냥 버려두고 있는 것 같았다.

어협 이사장을 입회인으로 세우고 수색을 개시했다.

"루미놀 반응이 나왔습니다!"

수사 시작 두 시간 만에 가이난 상사의 제3창고에서 수사관의 목소리가 울려 퍼졌다.

창고 주변을 조사하던 오가미와 히오카는 제3창고로 달려갔다.

"여깁니다."

바닥에 앉아 있던 작업복 차림의 수사관이 녹슨 컨베이어 벨트 주변을 가리켰다. 갈색 얼룩이 묻어 있는 바닥 일부가 형광색으로 빛나고 있었다. 그 옆에 내던져진 삽도 마찬가지였다. 루미놀 반응이란 루미놀과 수산화나트륨, 과산화수소수를 섞은 용액을 혈액에 뿌리면 형광색으로 발광하는 화학 현상이다.

오가미는 형광색으로 빛나는 바닥을 노려보았다.

"아마 이곳이 현장일 거야."

오가미가 현장이라고 추정한 이유는, 루미놀 반응이 나왔다고 해서 반드시 혈흔이라고 단정할 수 없기 때문이다. 루미놀 반응은 산화 반응이다. 철이나 구리 같은 과산화수소를 분해하는 물질에도 반응하기 때문에 어디까지나 예비 시험에 그친다.

오가미는 수사관에게 루미놀 반응이 나온 바닥의 부착물과 삽을 즉시 현경 과학수사연구소에 보내 감정을 의뢰하라고 지시했다.

그날 저녁 수사 회의에서 오가미는 부두의 제3창고에서 루미놀 반응이 나왔다고 보고했다.

"과수연의 감정 결과는 이삼일이면 나온답니다. 삽에서도 루미놀 반응이 나왔어요. 그곳이 현장이라고 봐도 아마 틀림없을 겁니다."

오가미의 추론에 이의를 제기하는 사람은 없었다. 사이가 좋지 않은 도이마저 고개를 끄덕였다.

수사 보고를 받은 간바라는 이쓰키를 보았다.

"일단 감정을 기다려봐야겠군."

이쓰키가 메모를 하면서 대답했다.

"예. 우에사와의 혈액형은 A형입니다. 삽에 묻은 지문도 대조해서 양쪽이 일치하면 다시 한번 나와시로들을 지명수배 하겠습니다."

"결과가 나올 때까지 이삼일이라……."

신음하듯 말하고, 간바라는 그동안 6월 27일에 발생한 발포 사건의 실행범을 가코무라구미와 오다니구미, 양쪽에서 찾아내라고 지시했다.

"우에사와 살해 사건은 가코무라구미 단독이지만 발포 사건은 두 조직이 관련되어 있어. 준조직원이 살해당한 오다니구미 입장에서는 자신들이 피해자라고 주장하겠지만, 관할구역에서 발생한 발포 사건을 간과할 순 없어. 두 사건을 구분해서 철저히 수사해야 해."

간바라가 오가미에게 시선을 던졌다. 노려보듯 매서운 눈빛이다.

"알겠지, 가미?"

평소 오다니구미와 친분이 있으니 실행범을 설득해 출두시킬 수 있겠지, 하고 눈이 말하고 있었다. 오다니구미의 실행범이 공술한다면 총격 상대방인 가코무라구미의 피의자도 실토하게 될 거라는 계산이다.

오가미는 턱을 살짝 당겨서 알았다는 의사를 전했다.

"그리고 도이."

간바라가 시선을 옮겼다.

"야나기다 살해 사건은 어떻게 돼가고 있어?"

동부서 수사 1과와, 2과의 도이 반은 야나기다 살해 사건을 수사하고 있었다. 스탠드바 '리코'의 여주인 다카기 리카코로부터 가코무라구미의 소료 다쿠야와 기지마 요스케가 가게에서 폭언을 내뱉고 비품 등을 파손했다는 증언을 확보해 소료와 기지마를 위력 업무방해 및 기물 손괴 용의로 어제 체포했다.

도이가 의자에서 반쯤 일어나서 보고했다.

"별건으로 두 사람을 체포했는데, 본건인 야나기다 살해 사건에 관해서는 좀처럼 입을 열지 않습니다. 계속해서 조사하고 있습니다."

간바라는 빨리 자백을 받아내라고 도이를 재촉하고, 다른 수사관들에게는 계속해서 나와시로들을 추적하고 다지마 항 주변을 탐문하라고 지시한 후 회의를 마쳤다.

다음 날 오가미와 히오카는 오다니구미 사무소를 방문했다.

발포 사건에 연루된 조직원을 동부서에 출두시키라는 오가미의 말에 이치노세는 입술을 깨물었다. 소파에 앉아서 몸을 앞으로 내민 채 손끝으로 테이블을 튕기는 모습에서 불복의 기운이 느껴졌다. 동석한 오다니구미 간부인 비젠과 야지마도 입을 굳게 다물고 있었다. 간바라의 추측대로 자신들은 피해자다, 잘못이 없다고 주장하고 싶을 것이다.

오가미는 설득에 나섰다.

발포 사건이 오다니구미와 가코무라구미의 충돌 때문이라는 사실은 언론 보도를 통해 이미 세상이 다 알고 있다. 준조직원이 살해당한 이치노세 입장에서는 병사를 더 잃어야 하는 상황을 받아들이기 어려울 것이다. 그러나 세상은 어느 조직의 야쿠자가 살해당했는지는 관심이 없다. 발포 사건이 있었다는 사실만이 중요하다. 총기 사용이라는 중대 범죄가 발생한 이상 세상 사람들이 바라는 것은 조속한 범인 검거다.

오가미는 이치노세에게 타이르듯이 말했다.

"자네 마음은 잘 알아. 하지만 지금은 참아야 해. 앞으로 가코무라구미는 우에사와 건으로 줄줄이 사탕처럼 잡혀 들어갈 거야. 그런데 이번 발포 사건에서 오다니구미는 무사하고 가코무라구미만 처벌받는다면 사람들이 납득하겠어? 오다니구미에 대한 민심만 나빠질 거야."

말을 끊고 오가미가 담배를 입에 물었다. 옆에 앉은 히오카는 재빨리 100엔짜리 라이터를 꺼냈다. 그러나 아무리 부싯돌을 문질러도 불이 붙지 않았다. 오가미가 짜증을 내며 라이터를 빼앗아 불을 붙이고 깊이 연기를 빨아들였다.

히오카는 머리를 숙이고 테이블에 놓인 라이터를 바지 주머니에 넣었다.

오가미가 연기를 뱉으면서 이치노세를 보았다.

"하루 이틀 안에 가코무라구미 녀석들이 우에사와를 죽였다는 증거가 나올 거야. 그리고 야나기다 건으로 체포된 소료와 기지마도 오래 버티진 못해. 도이는 자라 같은 녀석이거든. 한번 물면 놓치지 않아. 녀석들이 입을 여는 건 시간문제라고. 우에사와의 시체만 발견되면 만사 해결이지. 발포 사건, 야나기다 살해 사건, 우에사와 살해 사건으로 가코무라구미에선 이미 열 명 가까이 체포되거나 지명수배를 당했어."

오가미는 몸을 내밀며 목소리에 힘을 주었다.

"전에도 말했지만 우에사와 건으로 가코무라구미 간부들을 모조리 잡아넣을 거야. 세상눈도 있고 나중 일을 생각한다면 이번에는 확실하게 책임지는 모습을 보이는 게 좋아."

오가미의 주장을 이해한 것일까?

이치노세 옆에서 아무 말 없이 고개를 숙이고 있던 비젠이 입을 열었다.

"제가 가겠습니다."

오가미와 이치노세, 야지마 그리고 조금 떨어진 곳에서 상황을 지켜보고 있던 조직원 네 명이 일제히 비젠을 보았다.

"균형을 맞춰야 하니까 병사 두세 명 내보내서 어물쩍 넘길 순 없겠죠."

비젠은 병사라고 말하면서 턱으로 조직원들을 가리켰다. 오가미를 보면서 말했다.

"제가 출두하는 선에서 해결을 보죠."

비젠이 출두하겠다고 나서자 야지마가 이의를 제기했다. 얇게 민 눈썹을 곤충의 더듬이처럼 치켜 올리며 비젠을 보았다.

"기다려주십시오."

비젠이 조직 경력도 길고 나이도 세 살 많기 때문에 같은 간부임에도 야지마는 존댓말을 했다.

"뭐야? 불만 있어?"

비젠이 으름장을 놓았다.

"불만, 아주 많습니다."

야지마는 물러서지 않았다.

"오다니의 금배지는 형님만 달고 있는 게 아닙니다. 저도 간부입니다. 앞일을 생각해서 비젠 형님은 조직에 남아야 합니다. 제가 가겠습니다."

비젠이 야지마를 노려보며 말했다.

"애초에 내가 운영하는 클럽에서 생긴 문제야. 내가 가는 게 맞아."

두 사람은 서로 출두하겠다고 고집을 부렸다.

비젠도 야지마도 조직에 꼭 필요한 간부다. 이치노세 입장에서는 둘 다 잃기 싫을 것이다. 그러나 아무 말도 못 하고 상황만 지켜보고 있었다.

보다 못한 오가미가 나섰다.

"비젠, 자네는 모리타카의 오른팔이잖아? 자네까지 나설 필요는 없어."

야지마가 우쭐해서 몸을 앞으로 내밀었다.

"그럼 제가……."

야지마의 말을 오가미가 눈으로 제지했다.

"야지마, 자넨 출소한 지 이제 겨우 2년 됐어. 이번에 들어가면 지난번의 남은 형기까지 합해서 10년은 썩어야 할지도 몰라."

야지마는 살인죄로 징역 12년형을 선고받아 형기를 2년 남기고 가석방되었다. 가석방 중에 죄를 지으면 단축된 형기가 가산된다.

야지마는 오가미를 노려보았다.

"조직을 위해서라면 저는 10년이든 20년이든 콩밥 먹을 각오가 돼 있습니다."

"멍청한 녀석!"

오가미의 목소리가 쩌렁쩌렁 울렸다.

"하나같이 폼만 잡고, 한심하기 짝이 없군. 감방에 들어가면 자네들 속이야 편하겠지만 조직은 어떻게 되겠어? 모리타카가 곤경에 처해 있는데 오른팔과 왼팔이 10년씩 감방에서 썩으면 조직이 제대로 굴러갈 거 같아? 만에 하나 변고라도 생기면 오다니 두목님의 얼굴을 어떻게 뵐 수 있겠어!"

비젠도 야지마도 고개를 숙이고 어깨를 움츠렸다.

"그럼 어쩌란 말입니까?"

야지마가 답답하다는 듯이 눈을 치뜨며 물었다.

오가미가 사무소 한쪽에서 대기 중인 조직원들을 둘러보았다.

"발포 사건이 일어났던 날 밤에 누가 비젠과 함께 있었지?"

네 명 중에서 가장 키가 작은 청년이 한 걸음 앞으로 나왔다.

"접니다."

나이는 히오카와 비슷해 보이지만 관록이 느껴지는 다부진 인

233

상이었다. 이름은 사사모토. 배지를 받은 지 5년째라고 한다.

"또 누가 있었어? 그런 자리에 혼자서 수행하진 않았을 테고."

사사모토가 대답하기 전에 비젠이 입을 열었다.

"세키야라고, 제가 데리고 있는 젊은 친구인데 지금 구역 순찰 중입니다."

"그런데 발포는 누가 했어?"

비젠이 엄지를 들어 자신을 가리켰다.

"저와 사사모토입니다. 세키야는 아직 병아리여서 연장은 지급하지 않았습니다."

오가미가 고개를 끄덕이며 이치노세를 보았다.

"사사모토와 세키야를 내놔."

비젠이 떨떠름한 표정을 지었다. 두목이나 간부를 대신해 부하가 경찰에 출두하는 일은 드물지 않다. 그래도 부하에게 자신의 밑을 닦게 한다는 것이 내키진 않을 것이다.

오가미가 이치노세와 비젠, 야지마를 차례차례 보았다.

"사사모토와 세키야는 아직 젊어. 게다가 초범이고. 또 상대가 먼저 발포했으니 형이 가벼워질 가능성도 높아. 출소했을 때 충분히 보상해주면 돼. 두 사람에게도 나쁘지 않은 얘기야."

오가미가 사사모토를 보며 그렇지, 하고 물었다.

사사모토는 크게 고개를 끄덕이고 들뜬 목소리로 대답했다.

"부두목님, 제가 출두하겠습니다. 분명 세키야도 기꺼이 갈 겁니다. 조직을 위해서라면 뭐든 하겠다고 입버릇처럼 말하던 녀석입니다."

오가미가 허벅지를 탁 쳤다.

"좋아, 결정됐어. 사사모토라고 했지? 즉시 세키야와 말을 맞춰서 오늘 중으로 권총을 소지하고 동부서에 출두해. 그리고 담당 형사에게 가코무라구미의 와야마들이 먼저 발포했다고 말해. 자네들의 공술을 토대로 체포 영장을 받아서 와야마들을 연행할 거야."

오가미는 이치노세들을 둘러보며 낮은 목소리로 말했다.

"우에사와 약취유괴 사건 실행범으로 나와시로 등 4명. 위력 업무방해 및 기물 손괴 용의로 이미 체포한 소료와 기지마 2명. 그리고 발포 사건 범인으로 와야마 등 3명. 이것만으로도 9명의 체포는 확실해. 거기에다 우에사와의 시체가 발견되면 살인의 공범 용의로 부두목 노자키 등 간부도 구류를 살게 할 수 있어. 살해에 관여하지 않았더라도, 구속만 한다고 해도 우리가 이기는 거야. 총검법 위반, 약물 소지, 공갈과 상해, 녀석들을 엮어 넣을 재료는 수두룩하다고."

비젠 옆에서 야지마가 중얼거렸다.

"전력이 열 명 이상 떨어져나가면 가코무라구미의 실전 부대는 30명 정도 돼. 반면 우리 전력은 사사모토와 세키야가 빠져도 50명은 남는 거고."

비젠이 곁눈으로 야지마를 보았다.

"우리가 우세해."

사무소 안에 있는 모든 사람의 눈이 이치노세에게 쏠렸다. 부두목의 결단을 기다리는 것이다.

팔짱을 낀 채 눈을 감고 있던 이치노세가 마침내 결심이 섰는지 팔짱을 풀며 사사모토를 향해 큰 소리로 말했다.

"사사모토. 세키야와 함께 사내가 돼서 돌아와."

사사모토는 만면에 희색을 띠며 머리를 무릎에 닿을 만큼 깊이 숙였다.

오가미도 흐뭇하게 웃고 있었다. 그러나 히오카는 수치심에 주먹을 불끈 쥐었다. 총기 사용 실행범인 비젠을 눈감아주는 것은 명백한 범인 은닉이다.

ー오가미는 얼마나 더 위법행위를 해야 직성이 풀릴까?

2

이튿날, 사태는 단번에 움직였다.

과수연에 보냈던, 부두 창고에서 발견된 부착물의 감정 결과가 나왔다.

바닥과 삽의 부착물은 예상대로 혈흔이었다. 혈액형은 A형. 우에사와의 혈액형과 같았다. 삽자루에 남아 있던 지문도 나와시로 등 약취 실행범의 지문과 일치. 삽 머리에 붙어 있던 살점과 모발은 성인 남성의 것으로 추정되었다. 현경은 즉시 나와시로 등 약취 실행범에게 상해 용의를 추가해 전국 경찰에 지명수배를 내렸다.

같은 날 스탠드바 '리코'에서 난동을 부려 위력 업무방해와 기물 손괴 용의로 체포된 소료가 도이의 집요한 취조에 손을 들고 마침내 야나기다 다카시 살해 사실을 자백했다. 흉기인 칼은 소료의 공술대로 범행 현장으로부터 500미터 떨어진 강변 풀숲에서 발견되었다. 소료는 상해치사 용의로 다시 체포되었다.

또한 오가미의 말대로 전날 저녁에 출두한 사사모토와 세키야의 공술을 토대로 가코무라구미 간부인 와야마 야스시 등 3명에게 총검법 위반 용의로 체포 영장이 떨어졌다. 이들은 용의를 부인하고 있지만 항복은 시간문제다.

여기까지는 오가미의 계획대로였다.

과수연의 감정 결과를 근거로 우에사와는 이미 살해당했다는 상정하에 시체 발견에 전력을 기울이라는 간바라의 지시가 떨어졌다.

오가미 반은 우에사와의 시체를 찾기 위해 혈흔이 발견된 연안부에서 탐문에 주력했다.

부두를 드나드는 어선 관계자와 어업조합원, 항구 근처 주민들을 대상으로 우에사와나 나와시로들의 목격 정보를 수집했다. 성인 남자가 감금되고 살해당했다. 쉽게 목격 정보를 입수해 시체 발견에 이를 것이라는 예상과 달리 수사는 난항했다.

항구에는 근해 어선과 원양 선박이 출입한다. 뜨내기 선원이나 어업 관계자도 많다. 낯선 사람들을 심심치 않게 보기 때문에 창고에 몸을 숨기고 있던 나와시로들을 기억하는 사람은 쉽게 나타나지 않았다.

　히오카는 바람 한 점 없는 바다에서 육지로 시선을 옮겼다.

　괭이갈매기들이 안벽에 내려앉아 열심히 바닥을 쪼고 있다. 그
물에서 떨어진 잔 생선을 먹고 있는 것이리라.

　더위에 지쳐 몽롱한 상태로 걸어가다가 뭔가에 부딪혔다.

　놀라서 고개를 들었다. 눈앞에 흰색 셔츠를 입은 오가미의 등이
있었다. 정신이 혼미해서 오가미가 멈춰 선 줄도 몰랐던 것이다.

　오가미가 어깨 너머로 돌아보며 미간을 찡그렸다.

　"어디다 얼을 빼놓고 다녀? 이 정도 더위에 흐물거리면 형사 노
릇을 어떻게 해? 정신 바짝 차려."

　머리를 숙이자 이마에 맺혀 있던 땀방울이 땅에 떨어졌다.

　히오카에게는 그렇게 말했지만 오가미도 더위가 견디기 힘든
모양이었다. 그 증거로 보통 때보다 담배를 많이 피웠다.

　오가미는 오늘 들어 몇 대째인지 모를 담배를 안주머니에서 꺼
냈다. 여느 때처럼 호주머니에서 100엔짜리 라이터를 꺼내서 켰
다. 불이 붙지 않는다. 조바심을 내며 몇 번이고 부싯돌을 문지르
지만 불꽃만 튀고 불은 붙지 않았다.

　히오카가 라이터 때문에 애먹는 것은 어제오늘 일이 아니다. 그
때마다 오가미는 혀를 차면서 라이터를 뺏어 직접 불을 붙였다.
그래도 안 되면 자신의 성냥으로 불을 붙였다. 오늘도 그랬다. 하
나 다른 점이 있다면 혀만 차지 않고 땅에 침도 뱉었다는 것이다.

오가미가 초조해하는 이유가 또 하나 있다는 것을 히오카는 알고 있었다.

이치노세와의 약속 때문이다.

오다니구미와 가코무라구미의 항쟁을 막기 위해 오가미는 이치노세에게 시간을 달라고 말했다. 이치노세가 제시한 사흘 안에 사태를 해결하지 못하고 돗토리 형무소로 오다니 겐지를 찾아가서 시간의 유예를 얻었다. 이제 우에사와의 시체만 발견되면 계획한 대로 그림이 완성되는데 그 마지막 붓질을 위한 재료가 발견되지 않는 것이다.

방식은 엉터리지만 목적은 반드시 완수한다. 이치노세에게 명분이 서도록 해줄 테니 시간을 달라고 말한 이상 오가미는 하루라도 빨리 그 약속을 지키고 싶을 것이다. 이대로는 위신이 서지 않는다. 그래서 조바심을 내고 있다는 것을 옆에서 보아도 알 수 있었다.

한숨과 함께 담배 연기를 길게 내뿜었을 때 오가미의 셔츠 주머니에서 무선호출기가 울렸다.

무선호출기에 찍힌 번호를 본 순간 오가미의 표정이 환해졌다.

"짱긴이야."

오가미가 근처 공중전화로 달려갔다. 다키이 긴지에게 전화를 거는 것이리라. 짧은 통화를 마치고 돌아와서 오가미는 히오카에게 지금 바로 다키이구미 사무소로 가자고 말했다.

"그 전에……."

부두 입구에 세워둔 차에 타자 오가미가 조수석 등받이에 기대며 말했다.

"어디든 괜찮아. 담배 가게가 보이면 차를 세워."

좀 전에 피운 담배가 마지막이었던 모양이다. 골초인 오가미가 다지마에서 히로시마 시에 도착할 때까지 한 시간 동안 담배 없이 견디기는 힘들다. 도중에 담배를 조달하려는 것이다.

"알겠습니다."

히오카는 시동을 걸고 차를 출발시켰다.

부두를 나서서 10분쯤 달렸을 때 가게가 나타났다. 간판에 '담배 · CIGARETTE'이라고 적혀 있었다.

오가미도 보았는지 저 앞에 차를 대, 하고 말했다.

가게 주인이 서양 영화를 좋아하는지 작은 목조 점포 안에는 〈황야의 7인〉, 〈에덴의 동쪽〉 같은 오래된 영화의 포스터들이 잔뜩 붙어 있었다.

오가미는 영화에는 관심을 보이지 않고 유리 진열장 안을 유심히 들여다보고 있었다.

바닥에서 천장까지 닿는 붙박이 진열장 안에는 라이터들이 들어 있었다. 모두 지포였다. 담배를 피우지 않는 히오카는 잘 모르지만 오가미의 호기심 가득한 표정을 보면, 쉽게 구할 수 없는 귀중한 라이터도 있는 듯했다.

히오카가 오가미 옆에서 진열장 안을 들여다보고 있을 때 가게 안쪽에서 주인으로 보이는 남자가 나왔다. 머리도 콧수염도 하얀다. 붉은 체크 셔츠에 실버 코인이 달린 끈 넥타이를 매고 있었다.

"영감이 주인이오? 꽤 많이 모았군."

노인 취급을 당한 것이 못마땅한지 주인이 긴 속눈썹을 치켜 올렸다.

"사지 않을 거면 그냥 가게."

주인 말을 무시하고 오가미는 진열장 안을 뚫어져라 쳐다보면서 물었다.

"이거 얼마요?"

오가미의 시선 끝에 늑대가 새겨진 은색 지포가 있었다. 늑대는 네다리로 버티고 서서 달이라도 올려다보는지 목을 길게 빼고 먼 곳을 바라보고 있었다.

잠시 틈을 두었다가 주인이 말했다.

"8000엔."

"턱없이 비싸구먼."

놀랐는지 오가미의 목소리 톤이 올라갔다.

"이건 특별히 주문 제작한 거야. 손으로 직접 늑대를 새겨 넣은 거라고."

흐응, 하고 오가미는 시큰둥한 반응을 보였다. 한동안 진열장 안을 들여다보던 오가미가 허리를 펴고 뒤에 있는 주인을 돌아보았다.

"이 녀석으로 하지."

주인이 살짝 입술을 빼물었다. 몰래 감춰둔 소중한 보물을 들킨 것 같은 얼굴이다. 주인은 마뜩지 않은 표정으로 자물쇠를 벗기고 진열장 안에서 늑대가 새겨진 라이터를 꺼냈다.

계산을 마치고 주인이 서비스로 기름을 넣어주자 오가미는 흐뭇한 얼굴로 고개를 끄덕였다. 가게를 나오자마자 장난감을 선물받은 아이처럼 새로 산 라이터를 요모조모 뜯어보고 뚜껑을 열었다 닫았다 했다.

부싯돌을 문지르자 단번에 불이 붙었다.

새로 산 라이터로 불을 붙이고 오가미는 담배를 맛있게 피웠다.

"마음에 드는 라이터로 불을 붙였더니 담배 맛이 각별하군."

차에 오른 후 오가미가 히오카를 보면서 싱긋 웃었다.

"우연히 들른 가게에서 좋은 걸 발견했어, 그렇지?"

라이터를 산 것은 오가미다. 왜 히오카에게 동의를 구하는지 모르겠다. 뭐라고 대답해야 좋을지 몰라서 히오카는 애매하게 고개를 끄덕였다.

꽤나 기분이 좋은지 오가미가 콧노래를 흥얼거리며 조수석 등받이에 기댔다.

"오늘은 좋은 일이 있을 것 같군."

다키이구미 사무소 앞에 차를 대자 기다리고 있던 조직원이 맞아주었다.

다키이가 사무소 소파에 앉아서 만면에 웃음을 띠고 두 사람을 환영했다.

"어서 와, 쇼짱. 일전에는 정말 고마웠어."

부부싸움을 해결해준 인사를 하는 것이다. 다키이의 밝은 표정을 보니 그 후로 잘 지내고 있는 듯했다.

다키이는 두 사람에게 맞은편 소파를 권했다.

"멀리까지 오라고 해서 미안해. 전화로 해도 되는 얘기지만 쇼짱 얼굴도 보고 싶고 해서 불렀어."

오가미가 쓸쓸하게 웃었다.

"나 같은 악당 면상을 봐서 뭐 하게?"

오가미가 받아치자 다키이가 껄껄 웃었다.

그런데, 하고 말하며 오가미가 상체를 내밀었다.

"예의 건 때문에 부른 거지? 뭘 좀 알아냈어?"

예의 건이 대체 뭔지 히오카는 궁금했다.

다키이는 우쭐거리며 고개를 끄덕이더니 너희들은 나가 있어, 하고 주위를 물리쳤다.

사무소에 세 명만 남자 다키이는 오가미와 히오카를 번갈아 보며 말했다.

"신젠마루……."

빙그레 웃으면서 다키이는 그렇게만 말했다.

오가미가 미간을 찡그렸다.

"뭐야 그게? 배 이름이야?"

"맞아."

다키이의 설명에 따르면 신젠마루는 우에사와가 감금된 창고가 있는 다지마 항에서 근해어업을 하는 소형 어선이라고 한다.

"선장은 젠다 신스케, 55세. 이혼남. 선원은 두 명인데, 기무라 가오루와 나카이 도모야라는 청년이야."

"그 배가 어쨌다는 건데?"

오가미가 다그쳤다. 다키이는 거드름을 피우며 담뱃불을 붙이고 한 모금 피웠다.

"선장인 젠다가 말이지, 나처럼 이걸 밝히거든. 전처와도 그래서 헤어진 모양이야."

이걸 밝힌다고 말할 때 다키이는 오른손 새끼손가락을 세웠다.

"젠다가 만나는 여자들이 하나같이 인물이 반반해서 꽤나 갖다 바치는 모양이야. 우리 애들 말로는 고기만 잡아서는 도저히 감당이 안 될 정도래."

"그 돈의 출처가 우에사와 사건과 관계가 있어?"

그렇게 묻는 오가미의 눈을 다키이가 의미심장하게 보았다.

"가코무라가 판매하는 샤부, 어디서 들여오는지 쇼짱도 알지?"

깜짝 놀랐는지 오가미의 눈이 휘둥그레졌다.

"북한에서 밀수하는 거야?"

무슨 이야기인지 몰라 당황하는 히오카에게 오가미가 설명했다.

가코무라구미는 주로 북한에서 샤부를 구입하며 거래는 동해상에서 이루어진다는 것이다.

"그 거래를 젠다가 돈을 받고 돕고 있단 말이야?"

"신젠마루가 고기도 잡지 않는 심야에 출항하는 걸 본 사람이 많다는 얘기야."

명확한 대답은 피했지만 다키이는 젠다가 밀수를 거들고 있다고 암시하고 있었다.

그렇군, 하고 말하며 오가미는 손으로 턱을 문질렀다.

"어디서 정보가 샐지 모르기 때문에 어떤 조직이든 위험한 일에 동원하는 녀석은 정해져 있지. 밀수에 관여하고 있는 젠다가 우에사와의 시체 유기에도 관여했을 가능성은 충분해."

오가미가 다키이를 보면서 흡족하게 웃었다.

"좋은 정보야. 고마워."

다키이는 어깨를 움츠리며 익살스러운 표정을 지어 보였다.

"쇼짱한테는 수도 없이 신세를 졌는데, 뭐."

"아니, 최근에는 내가 더 도움을 많이 받아. 고마워."

오가미가 흔치 않게 진지한 얼굴로 감사 인사를 했다.

다키이는 쑥스러운지 입꼬리를 올렸다.

"새삼스럽게 왜 그래?"

오가미가 싱긋 웃었다.

"그렇지, 우린 옛날부터 소똥 냄새 풍기는 고약한 사이지."

소똥밭에서 치고받고 싸우던 학창 시절을 떠올렸는지 두 사람은 웃음을 터뜨렸다.

잠시 후 다키이가 진지한 얼굴로 돌아와 목소리를 낮추었다.

"그런데 쇼짱, 최근에 신문기자와 별일 없었어?"

오가미가 눈썹을 찡그렸다.

"녀석들과는 좋든 싫든 항상 별일이 있지. 왜 그래? 변죽만 울리지 말고 분명하게 말해."

다키이는 히오카를 흘깃 보고, 오가미 쪽으로 얼굴을 내밀며 목소리를 더 낮추었다.

"14년 전 가네무라 사건 말인데, 신문기자가 냄새를 맡고 다니는 모양이야."

오가미가 눈을 크게 떴다.

"가네무라 사건을?"

히오카도 내심 놀랐지만 간신히 억눌렀다.

며칠 전 아키코에게 사이모토 이야기를 들었다. 현경 수사 자료를 바탕으로 사이모토 살해 사건과 가네무라 살해 사건의 관련성을 나름대로 정리하던 참이었다. 시효 소멸 직전인 가네무라 살해 사건 이야기를 이곳에서 다시 듣게 될 줄은 몰랐다.

다키이가 고개를 끄덕였다.

"이라코의 여자가 운영하는 나가레 거리의 바에 찾아와서 마담에게 이것저것 물어보더래. 우리 애가 바텐더에게 들은 얘긴데, 이제 와서 그런 옛날 사건을 왜 조사하는지 모르겠다면서 고개를 갸웃거렸다더군. 쇼짱 이름이 나와서 신경이 쓰였나 봐."

"내 이름이?"

오가미가 눈을 가늘게 떴다.

다키이가 진지한 얼굴로 고개를 끄덕였다.

"조심해."

조심하라니, 무슨 뜻일까? 14년 전에 일어난 사건과 오가미가 관련이 있다는 말일까?

오가미는 생각에 잠겨 말없이 허공을 응시하고 있었다. 잠시 후 옆에 놓아둔 파나마모자를 집어 들고 소파에서 일어나면서 혼잣말처럼 중얼거렸다.

"오늘은 좋은 일만 있을 줄 알았는데, 아니군."

일주일의 절반은 시노에서 술을 마시는 것이 오가미의 일상이다. 오늘밤도 그랬다.

다키이의 사무소가 있는 히로시마 시에서 구레하라로 돌아와서 서에 차를 세워두고 히오카는 오가미와 함께 시노로 향했다.

아키코는 여느 때처럼 밝은 웃음으로 두 사람을 맞았다.

가게에는 직장인 손님 두 명이 있었다. 얼마 후 그들도 적당히 취해서 돌아가고, 히오카와 오가미만 남았다.

오늘 안주는 잔 정어리 회와 히로시마나* 절임이었다. 오가미는 맛있게 먹었다. 히오카가 젓가락을 들자 아키코가 히오카 앞에 큼직한 밥그릇을 놓았다.

"슈짱은 이게 더 좋죠?"

문어밥이었다.

밥그릇을 들여다보며 오가미가 입술을 비죽이 내밀었다.

---

* 유채과에 속하는 채소로 배추의 일종.

"맛있을 거 같긴 한데 밥은 술안주가 아냐."

아키코가 오가미를 살짝 흘겨보았다.

"젊은 친구들은 늘 배가 고파요. 가미 씨도 옛날 생각을 좀 해봐요."

젊은 시절을 떠올렸는지 오가미는 어깨를 으쓱하더니 술잔을 입으로 가져갔다. 히오카는 마음속으로 아키코에게 감사했다. 오가미는 술만 있으면 배고파도 괜찮았지만, 점심에 카레밥 한 그릇 먹은 후로 아무것도 먹지 않은 히오카는 배를 채울 만한 것이 아쉬웠다.

문어 맛이 진하게 우러난 밥을 먹고 있는데 가게 문이 드르륵 열렸다.

입구에 눈길을 주자 포렴 사이로 중년 남자가 얼굴을 내밀고 있었다. 노타이 차림에 낡고 후줄근한 재킷을 걸치고 있었다. 며칠 면도를 하지 않았는지 턱에서 관자놀이 언저리까지 수염이 거뭇거뭇했다. 야쿠자처럼 보이진 않지만 민간인 같지도 않은 수상쩍은 남자였다.

남자는 카운터에 앉아 있는 오가미를 발견하자 처진 눈꼬리를 더 내려뜨리며 기분 나쁜 웃음을 지었다.

"하하, 역시 여기였군."

남자의 목소리에 오가미가 어깨를 움찔했다. 입으로 가져가던 술잔을 내려놓고 어깨 너머로 목소리의 주인을 보았다. 입가가 일그러졌다. 만나고 싶지 않은 사람인 모양이다.

노골적으로 불쾌감을 드러내는 오가미와 달리, 남자는 카운터로 다가와서 친근하게 오가미의 등을 두드리고 옆에 앉았다.

"가미 씨는 예전부터 이곳을 좋아했지. 마치 한 남자에게 절개를 지키는 열녀처럼."

남자가 카운터 너머의 아키코를 혀로 핥는 듯한 눈길로 바라보며 말을 이었다.

"하긴 여기는 술도 음식도 그리고 여주인까지도 훌륭하지. 뻔질나게 드나드는 가미 씨의 심정도 모르진 않아."

오가미는 카운터를 보면서 될 대로 되라는 듯이 술잔을 비웠다.

"당신, 시마네의 오키로 좌천된 거 아니었어?"

아키코에게 생맥주를 주문하고 남자는 자조 섞인 웃음을 지었다.

"그야 뭐, 3년쯤 유배 생활을 했지. 올 4월에 돌아왔어."

남자는 생맥주 잔을 받아서 단숨에 절반을 비웠다. 길게 숨을 내쉬고 히오카를 보면서 물었다.

"옆에 앉은 젊은 친구는 새 파트너야?"

"뭐, 그렇지."

오가미가 퉁명스럽게 대답했다.

이 남자는 대체 누구일까? 그런 생각을 하고 있는데 남자가 재킷 안주머니에서 명함을 꺼내 히오카에게 내밀었다.

명함에는 '아키신문사 보도부 차장 고사카 다카후미'라고 적혀 있었다.

히오카는 자신의 명함은 건네지 않고 고개인사만으로 끝냈다.

고사카가 비굴한 웃음을 지으면서 말했다.

"내 입으로 말하긴 민망하지만 이래 봬도 한때는 특종 기자로 이름을 날렸죠. 지금은 낙종 기자라는 말을 듣지만."

고사카는 의미심장한 눈으로 오가미의 옆얼굴을 보더니 말을 계속했다.

"히로시마 현경의 비자금 문제를 취재하다가 난데없이 시마네 촌구석으로 좌천당했어요. 직함만 지국장이었지 직원이라곤 나비 한 마리, 파리 한 마리 없이 달랑 나 혼자였죠."

시답잖은 신세 한탄을 마치고 고사카는 남은 맥주를 들이켰다.

"비자금 문제를 폭로하면 경찰에 밉보여 앞으로 불이익을 당할 수도 있다. 그렇게 생각한 신문사 윗분들이 시끄럽게 정보를 캐고 다니던 나를 멀리 쫓아버린 거죠. 아무것도 없는 촌구석에서 유일한 낙은 술뿐이었어요. 덕분에 3년 만에 배가 이 모양이 됐지만."

고사카가 튀어나온 배를 두드렸다.

"사실, 내가 사라져서 한시름 놓은 건 어쩌면 경찰이었겠죠. 특히……."

고사카가 상체를 비틀어 오가미를 보았다.

"지역 야쿠자들과 친분이 두터운 형사는 더 그랬을 테고."

"이봐요, 손님."

카운터 안에서 아키코가 고사카를 노려보았다.

"우리 가게는 술버릇 나쁜 손님은 사절이에요. 돈은 필요 없으니 나가주세요."

아키코를 손으로 제지하고 오가미가 고사카를 보면서 물었다.

"대체 나한테 무슨 용건이지? 옛 보금자리에 돌아온 인사는 아닌 것 같은데."

고사카는 아키코에게 청주를 주문하고, 카운터에 팔꿈치를 올리며 오가미 쪽으로 몸을 기울였다.

"가코무라구미 사무소가 외지인들로 북적이더군. 규슈와 야마구치에서 온 지원군 같던데 몇 명쯤 왔어?"

과거 민완 기자였다는 고사카의 자랑이 거짓말은 아닌 듯했다.

가코무라구미는 조직의 병력이 줄어들어 오다니구미와의 힘의 균형이 깨질 것을 우려해 전국의 우의 단체에 지원을 요청했다. 규슈의 치쿠유 연합회, 야마구치의 가고이 일가에서 10명씩 지원군을 파견했다는 정보가 들어와 있다. 그러나 그것은 경찰 내부 정보다. 비밀 유지는 형사가 지켜야 할 중요한 덕목으로, 서에서는 정보가 새어나가지 않도록 함구령이 내려져 있었다. 고사카가 그런 정보를 입수했다는 것은 정확도 높은 독자적인 루트를 갖고 있다는 뜻이다.

고사카의 질문에 오가미는 당연히 대답하지 않았다. 말없이 술잔을 입으로 가져갔다.

아키코가 거칠게 청주 병을 건넸다. 고사카는 자작으로 술을 마시면서 이야기를 계속했다.

"이번 전쟁, 가코무라구미 단독으로는 처음부터 불리해. 게다가 3개월 후면 오다니구미의 두목이 출소하고, 그렇게 되면 아카시구미도 개입하겠지. 가코무라 뒤에 있는 이라코카이로서는 오다니 겐지가 출소하기 전에 오다니구미를 뭉개버리려고 싶을 테지. 말하자면 이라코카이는 최고 통수부 같은 거야. 가코무라를 전선 부대로 내세워 오다니와 전쟁을 시키는 거지. 자기 손은 더럽히지 않고 구레하라를 수중에 넣으려는 속셈이야."

무릎 위에 놓인 히오카의 손에 땀이 배어났다. 고사카는 히로시마 야쿠자의 조직망에도 정통하다. 경찰보다 한발 앞선 정보를 갖고 있을 가능성도 있다. 그런 고사카가 일부러 오가미를 찾아온 이유가 뭘까? 대체 어떤 정보를 갖고 있을까?

오가미도 같은 생각을 했을 것이다. 고사카의 의도를 떠보려는 심산인지 이야기에 응했다.

"그래서 어쨌다는 건데?"

고사카는 얼굴을 바싹 붙이며 오가미의 눈을 들여다보았다.

"첫 번째 표적은 당신이 아끼는 이치노세겠지. 아무리 오다니구미가 소수 정예라고 해도 머리가 먹히면 뱀은 죽어."

고사카의 상상을 오가미는 코웃음으로 날려버렸다.

"이치노세를 죽이는 건 쉽지 않을걸. 보디가드도 여러 명 두고 있고, 오다니구미의 경계도 삼엄해. 경찰도 24시간 사무소를 지키고 있어."

고사카는 몸을 뒤로 빼면서 그렇겠군, 하고 건성으로 맞장구를 쳤다.

"이치노세를 죽일 수 없다면 가코무라가 아니, 이라코가 다음으로 노리는 건 이치노세의 후원자겠지. 이를테면…….”

고사카가 매서운 눈으로 오가미를 보았다.

“오가미 씨, 당신 말이야.”

술잔을 들고 있던 오가미의 손이 멈추었다. 천천히 고개를 돌려 미간을 찡그리며 고사카를 노려보았다.

고사카는 눈을 피하지 않았다. 오가미의 시선을 정면으로 받으며 말을 계속했다.

“실은 사흘 전에, 14년 전 가네무라 살해 사건에 관한 익명의 제보를 받았어.”

고개를 숙인 채 음식을 만들고 있던 아키코가 어깨를 움찔했다.

히오카는 숨을 삼켰다. 다키이가 말하던, 14년 전 사건을 캐고 다닌다는 신문기자가 고사카일까?

오가미가 관심 없다는 투로 말했다.

“오호, 지금 와서 말이야?”

“그 익명의 제보자에 따르면 가네무라의 시체를 발견했다는 신고 전화는 110번이 아니라 근처 파출소로 걸려왔다는군. 확인해 보니 틀림없었어. 신고 전화는 시체 발견 현장인 묘지를 관할하는 오우기 초 파출소로 걸려왔어. 한데 일반 시민들은 파출소 전화번호를 잘 몰라. 신고한다면 110번이지. 그건 애들도 알거든. 요컨대 신고한 사람은 110번에 전화를 걸고 싶지 않았던 거야.”

오가미는 자작으로 잔을 채웠다.

“그게 나와 무슨 상관이야?”

고사카는 과장되게 놀라는 시늉을 했다.

"상관이 없는 건 아니지. 오우기 초 파출소라면 오가미 씨가 경찰이 돼서 처음 근무한 곳이잖아?"

고사카는 다시 오가미 쪽으로 몸을 기울였다.

"신고자는 오우기 초 파출소 전화번호를 알고 있으며 110번 신고가 항상 녹음된다는 사실을 아는 사람이라는 거지. 요컨대 신원이 밝혀지면 곤란한 인물. 그러니까 경찰 관계자가 아니겠느냐는 게 제보자의 주장이야."

계속 에둘러 말하는 고사카에게 짜증이 났는지 오가미가 쏘아붙였다.

"무슨 말을 하고 싶은 거야? 빙빙 돌리지 말고 분명하게 말해."

고사카가 한쪽 입꼬리를 올리며 느긋한 어조로 말했다.

"그 익명의 투서에는 가네무라를 죽인 범인의 이름이 적혀 있었어."

아키코가 숨을 삼키는 기척이 났다. 식칼을 손에 들고 얼어붙은 것처럼 꼼짝하지 않았다.

오가미가 술잔을 입으로 가져가며 물었다.

"궁금하군. 그래, 누구야?"

고사카가 다리를 꼬며 오가미 쪽으로 돌아앉았다.

"투서에 적혀 있는 건 오가미, 당신 이름이야."

카운터 너머에서 물건 떨어지는 소리가 들렸다. 히오카는 아키코를 보았다.

도마 위에 식칼이 떨어져 있고, 아키코가 양손으로 입을 가린 채 경악한 표정을 짓고 있었다.

히오카도 아키코만큼이나 아니, 그 이상으로 동요하고 있었다.

오가미는 수사를 위해서라면 수단과 방법을 가리지 않는다. 일전에도 시노 2층에서 요시다의 뺨을 식칼로 그었다. 복무규율 위반, 위법행위, 부당 수사는 일상다반사였다. 하지만 살인까지 저지르진 않았을 것이다.

히오카는 고개를 숙인 채 오가미의 옆얼굴을 보았다.

입술을 비틀며 치아를 드러내고 있었다. 웃고 있는 걸까?

오가미가 천천히 고개를 들고 고사카를 보았다. 차갑게 번득이는 눈이다. 특유의 걸걸한 목소리로 말했다.

"이봐 고사카, 못 본 사이에 농담이 많이 늘었군."

고사카는 자신의 술병으로 오가미의 잔을 채웠다. 웃고 있지만 눈빛은 싸늘했다.

"농담이라면, 다행이지만……."

속삭이는 듯한 목소리였다.

오가미가 술잔에 손을 댄 채 고사카를 응시했다.

정신을 차린 아키코가 고사카에게 말했다.

"손님, 영업 끝났어요."

지금까지 들어본 적 없는, 얼음처럼 차가운 목소리였다.

8장

1988년 7월 11일.

오전 8시. 구레하라 시 가이진 초 아카마쓰 섬에서 우에사와 지로의 시체 수색 개시.

오전 9시. 섬 정상의 소나무 앞쪽 땅속에서 두부가 절단된 성인 남성의 시체 발견.

오전 9시 30분. 소나무 뒤쪽 땅속에서 우에사와의 두부 발견.

같은 시각. 시체 유기의 공범 용의로 기무라 가오루 체포.

오후 1시. 동부서에 '구레하라 시 금융회사 직원 두부 절단 살해 사건' 특별수사본부 설치.

오후 5시. 가코무라구미 조직원 나와시로 히로유키 등 4명을 약취유괴, 살인, 시체 손괴, 시체 유기 등의 용의로 전국에 지명수배.

오후 8시. 오가미 반 회식.

(2행 삭제)

히오카를 비롯한 오가미 반은 경찰 선박인 호나미정을 타고 아카마쓰 섬으로 향하고 있었다.

바람을 가르며 나아가는 선박 갑판에서 오가미는 입을 꾹 다문 채 미간에 주름을 잡고 있었다. 앞으로 전개될 무인도에서의 시체 수색이 우에사와 사건 해결의 고비라고 생각하고 있을 것이다. 아침 바다는 어선 한 척 없이 고요하고, 파도를 가르는 항적이 꼬리를 끌며 멀리 이어지고 있다.

5일 전 다키이로부터 신젠마루의 정보를 입수한 오가미는 이튿날부터 신젠마루 선원에 대한 내탐 조사를 시작했다. 조사 과정에서 선원인 기무라 가오루가 나와시로와 초등학교 동창이라는 사실이 밝혀졌다.

두 사람은 5월 초에 함께 술을 마셨다. 탐문 과정에서 귀중한 정보를 제공한 사람은 두 사람의 1년 후배인 쓰치다라는 남자다. 양조장집 아들로 시내 업소에 술을 공급하는 쓰치다는 배달 나간 술집에서 우연히 나와시로와 기무라를 보았다고 한다.

"어느 술집입니까?"

히오카는 조바심을 누르면서 물었다. 스스로 느끼기에도 상기된 목소리였다.

최근 며칠간 오가미는 히오카에게 탐문을 맡겼다. 훈련을 시키려고 그러는지 야쿠자 외에는 히오카에게 탐문하라는 지시였다.

쓰치다는 트럭 짐칸에 맥주 박스를 실으면서 기억을 더듬듯 허공을 보았다.

"고하마예요."

다지마 항 근처의 작은 술집인데, 두 사람은 안쪽 테이블에 앉아서 얼굴을 바짝 붙이고 술을 마시고 있었다고 한다.

"심각한 얼굴로 얘기를 나누고 있길래 방해하면 안 되겠다 싶어서 그냥 모른 척했어요."

"그게 언제쯤이죠?"

메모를 하는 손에 힘이 들어갔다.

"골든 위크*가 끝나고 바로니까……."

"혹시 며칠인지 기억나세요?"

오가미가 옆에서 끼어들었다.

쓰치다는 잠시 생각하다가 뭔가 기억났는지 표정이 밝아졌다. 그날은 두 시간짜리 드라마 스페셜이 방송된 날이었다. 좋아하는 여배우가 출연해서 얼른 일을 마치고 귀가할 생각이었기에 정확히 기억한다고 했다.

오가미의 지시로 암행순찰차에서 무전을 넣어 확인했더니 쓰치다가 말한 드라마는 5월 6일에 방송되었다고 한다.

조사를 계속하자 다지마 항에서 낚싯배 대여점을 하는 남자로부터, 두 사람이 술집에서 만난 다음 날, 그러니까 5월 7일에 기

---

* 일본에서 4월 말부터 5월 초까지 공휴일이 이어지는 일주일.

무라가 배를 빌리러 왔다는 정보를 입수했다.

선구를 넣어두는 허름한 창고에서 낚싯배 대여점 주인 히라이데는 의자에 앉아 대여 장부를 보면서 거뭇거뭇한 턱수염을 쓱쓱 문질렀다.

"밤 9시부터 다음 날 오전까지 빌려준 걸로 돼 있네요. 밤낚시라도 가느냐고 물었더니 그렇다면서 고개를 끄덕이더군요. 뭐, 거짓말이겠지만."

어째서 거짓말이냐고 물었더니 히라이데는 백탁한 눈으로 히오카를 보았다.

"자기 외삼촌 배를 빌리면 공짜잖아요?"

히오카는 기무라가 신젠마루 선장 젠다의 조카라는 사실을 기억해냈다.

"뭔가 사정이 있어서 외삼촌에게 배를 빌릴 수 없으니까 우리 가게에 왔겠죠. 뭐, 나야 배를 빌려주고 돈만 받으면 그만이지만."

"그 배, 지금 볼 수 있을까요?"

히오카가 묻자 히라이데는 목재 창틀 밖을 턱으로 가리켰다.

"저기 안벽에 묶어둔 쇼신마루예요."

길이 12미터, 무게 4톤, 최대 승선 인원 12명의 소형 어선이라고 히라이데가 설명한다.

오가미와 히오카는 안벽으로 나가서 배를 살펴보았다. 여기저기 상처가 많은 낡은 배로, 녹인지 생선 피인지 모를 검붉은 얼룩이 묻어 있다. 파도에 흔들리는 배를 보면서 오가미가 중얼거렸다.

"이 정도 크기면 너덧 명이 시신을 옮기는 덴 문제없겠군."

오가미는 히라이데에게 당분간 쇼신마루를 빌려주지 말라고 부탁했다.

히라이데가 떨떠름한 표정을 지었다.

"봐주세요. 지금은 한창 벌어야 할 때라고요."

오가미가 안주머니에서 만 엔 지폐 석 장을 꺼내 히라이데 손에 쥐어주었다. 오가미가 정보 제공자에게 사례를 건네는 장면을 여러 번 목격했지만 이것도 수사비에서 나가는 돈은 아닐 것이다. 야쿠자에게 받은 돈을 수사비의 일부로 사용하고 있는 것이 분명하다.

"그리 오래 걸리진 않을 겁니다. 길어야 이삼일이지."

오가미가 파나마모자의 차양을 들어 올리며 말했다. 꿍꿍이가 있는 얼굴이다.

성수기라고 해도 모든 배를 풀 회전하는 것은 아닐 것이다. 휴업 보상금으로 하루에 만 엔이면 적당한 금액일지 모른다. 히라이데는 마지못해 승낙했지만 기쁨을 감추지 못하고 입꼬리가 올라갔다.

낚싯배 대여점을 나서자 오가미가 싱긋 웃었다.

"지금부터 감식에 들어가서 사건에 사용된 배로 밝혀지면, 사흘 안에 대여 금지가 풀리진 않을걸. 저 주인도 운이 나빠."

쇼신마루가 시체 운반에 사용되었다고 확신하는 말투다.

오가미는 히오카를 보면서 입꼬리를 올렸다.

"형사 짬밥 20년이면 이 정도 감은 생겨. 사건에 사용된 배가 틀림없어."

아무런 증거도 나오지 않았지만 오가미가 말하자 그런 것 같다.

"그렇다면 젠다는 시체 유기 사건과 무관한 걸까요?"

오가미가 고개를 끄덕이며 안주머니에서 담배를 꺼냈다. 히오카가 재빨리 불을 붙였다.

오가미가 바다를 향해 길게 연기를 내뿜었다.

"젠다가 연루되었다면 자기 배를 사용했겠지. 뭐, 뱃사람은 미신에 약하니까 자기 배로 시체를 운반하는 걸 싫어했을지도 모르지만. 아마도 기무라 단독일 거야. 젠다에겐 알리지 않고 혼자 배를 움직였을 거야."

"그것도 형사의 감인가요?"

히오카가 진지한 얼굴로 물었다. 그렇게 특정할 만한 근거가 없었기 때문이다.

오가미가 히오카의 얼굴을 빤히 보았다.

"히로시마대학을 나왔으면서 그런 것도 몰라?"

어이없다는 말투다.

예, 하고 히오카는 선선히 고개를 끄덕였다.

"배는 혼자서도 움직일 수 있어. 시체 유기의 공동 정범은 상한이⋯⋯, 몇 년이지?"

자신 없는 목소리로 물었다. 히오카는 즉시 대답했다.

"징역 3년입니다."

"맞아. 우에사와는 참혹하게 살해당했으니까 감형은 힘들어. 판사도 상한을 때릴 거야. 그런 위험한 다리를 건너는 건 혼자면 충분하겠지."

그러니까 기무라는 외삼촌을 끌어들이지 않으려고 단독으로 행동했다는 말인가?

게다가, 하고 오가미는 말을 계속했다.

"기무라와 나와시로는 직접 연결되어 있어. 만약 돈을 받고 일을 도왔다면 나눠 먹기 싫었겠지."

논리적인 추론이다. 히오카는 얼굴을 붉히며 고개를 끄덕였다.

낚싯배 대여점 앞에 세워둔 암행순찰차에 타자 오가미가 기무라의 집으로 가자고 말했다.

기무라는 항구 근처의 아파트에 살고 있다. 예비 조사는 마친 상태였다. 아파트 이름은 '아사가오 장'. 목조 2층 건물로 상당히 낡았다. 여덟 가구가 들어 있는데, 방 하나에 부엌이 딸린 좁은 아파트여서 가족이 살기엔 불편하다. 기무라는 30대 초반이지만 아직 독신이기 때문에 혼자 살기엔 크게 불편하지 않을 것이다.

기무라의 아파트에 도착한 것은 오후 2시경이었다. 새벽 작업에서 돌아온 기무라가 잠들어 있을 시간이다.

현관문을 노크했다. 반응이 없다. 다시 노크하려는 순간 안에서 응답이 들려왔다.

오가미가 히오카의 어깨를 두드리며 문 앞으로 나섰다. 자기에게 맡기라는 뜻이다.

"누구야?"

잠이 덜 깬 얼굴로 문을 연 기무라는 오가미를 보자마자 잠이 확 달아난 것 같았다. 오가미의 날카로운 눈빛을 보고 조폭이나 경찰 관계자라고 직감했을 것이다.

"지금 좀 바쁜데요."

눈에 빤히 보이는 거짓말을 하고 기무라는 얼른 문을 닫으려 했다. 오가미가 재빨리 문틈으로 발을 끼워 넣었다. 경찰수첩을 보여주면서 낮은 목소리로 말했다.

"동부서 형사인데 좀 물어볼 게 있으니 서까지 동행하지."

기무라는 말이 제대로 나오지 않는지 얼빠진 표정으로 금붕어처럼 입만 뻐끔거렸다.

"당신, 가코무라구미의 나와시로와 초등학교 동창이지?"

기무라는 침을 꿀꺽 삼키고 더듬거리며 말했다.

"그게, 어쨌다는, 겁니까?"

"5월 6일에 고하마라는 술집에서 만났다면서? 그다음 날 히라이데 씨 가게에서 쇼신마루라는 낚싯배를 빌렸고. 그렇지?"

오가미가 연거푸 질문했다.

기무라의 볕에 탄 얼굴에서 핏기가 가셨다. 두리번거리는 눈동자에 공포가 서렸다.

오가미가 입꼬리를 올리며 으름장을 놓았다.

"임의 동행을 거부한다면 시체 유기 공범 용의로 즉시 체포 영

263

장을 받아 와도 되고."

오가미식 허풍이다. 쇼신마루로 시체를 운반했다는 증거가 나올 때까지 체포 영장은 받을 수 없다. 무엇보다도 감식에서 증거가 나온다는 보장도 없다.

오가미는 입꼬리를 올리며 현관문을 활짝 열었다. 한쪽으로 비켜서면서 기무라에게 밖으로 나오라고 재촉했다.

아무리 발버둥 쳐도 도망칠 수 없다고 판단했는지 기무라는 반쯤 정신 나간 사람처럼 슬리퍼를 신은 채 현관을 나섰다.

암행순찰차를 향해 몽유병자처럼 걸어가는 기무라를 보면서 오가미의 취조에 저항할 만한 근성은 없을 거라고 생각했다. 그러나 쉽게 입을 열 거란 판단이 틀렸음을 깨달은 것은 동부서에서의 진술 청취가 두 시간을 넘겼을 무렵이었다.

기무라는 5월 7일에 낚싯배 대여점에서 쇼신마루를 빌린 사실을 인정했지만, 시체 유기 사건에 대해서는 모르쇠로 일관했다. 나와시로는 그저 초등학교 동창일 뿐이며, 조직과의 연관성은 완강히 부인했다.

나와시로를 만나서 무슨 이야기를 했느냐? 무슨 목적으로 낚싯배를 빌렸느냐? 동승한 사람은 있었느냐? 있었다면 누구였느냐? 오가미의 잇따른 질문에 기무라는 기억이 없다고만 대답했다. 오가미는 온갖 방법으로 몰아붙였지만 똑같은 대답만 되풀이했다. 임의 조사라면 결국 풀려난다. 진술 청취 과정에서 증거나 나오지 않는 한 그리 쉽게 체포 영장이 떨어지지 않는다는 사실을 알고 있는 것이다. 냉정을 되찾은 기무라의 얼굴에서는 서까지 오는 동안 보였던 공포의 기색은 사라지고 여유마저 엿보였다.

오후 3시부터 시작된 진술 청취는 휴식 시간을 끼고 여섯 시간 동안 계속되었다. 임의 동행이기 때문에 구류는 불가능하다. 후일 다시 진술 청취를 하겠다는 취지를 전하고 일단 기무라를 집으로 돌려보내기로 했다.

기무라가 도망치지 못하도록 오가미 반에서 분담해서 감시하기로 했다. 지금 기무라를 놓치면 우에사와 사건 수사는 벽에 부딪히고 만다.

기무라를 아파트에 데려다주고 감시를 위한 잠복 차량이 배치된 것을 확인한 후 히오카는 서로 돌아왔다.

2과 형사실 문을 열었다. 텅 빈 방 안에서 오가미가 자신의 자리에 앉아 담배를 피우고 있었다. 등받이에 기댄 채 의자를 이리저리 흔들고 있었다. 조용한 실내에 의자가 삐걱거리는 규칙적인 소리만 울려 퍼졌다.

잠복 차량을 확인했다고 보고하자 오가미는 천장을 올려다보면서 중얼거리듯 말했다.

"그 녀석 눈, 봤어?"

아파트 현관에서 보았던 공포로 가득한 기무라의 눈. 고개를 끄덕였다.

"처음에는 겁에 질려 있었어. 하지만 그건 우리 경찰에 대한 공포가 아냐."

그렇다면 대답은 하나다. 히오카의 추측을 오가미가 대신 말했다.

"가코무라구미에 대한 공포지. 구보 추나 요시다 시게루와 마찬가지야."

각성제 단속법 위반 현행범으로 체포된 구보 추도, 우에사와 사건의 전말을 실토한 요시다 시게루도 조직에 대한 공포심 때문에 조개처럼 입을 다물었다. 구보는 지금까지도 우에사와 사건에 관해서는 함구하고 있다.

발설하면 목숨이 위태롭다. 그래서 장시간에 걸친 호된 심문에서도 기무라는 완강히 관여를 부인한 것이다. 그렇다면 기무라를 안심시켜야 한다.

"경찰이 신병을 보호해줄 테니 사실을 털어놓으라고 설득하면 어떨까요?"

오가미는 히오카의 제안에 콧방귀를 뀌었다.

"녀석은 나와시로의 동창생이야. 샤부 밀수에도 개입되어 있어. 야쿠자를 가까이에서 보아온 기무라가 그런 말을 믿을 거 같아?"

히오카는 대답할 말이 없었다. 실제로 사건 목격자나 중요 참고인의 협력을 얻기 위해 신변 안전을 약속해놓고 경찰이 폭력단의 보복을 막지 못한 경우는 얼마든지 있다.

"그럼 어떻게 하면 좋을까요?"

히오카가 자신 없는 목소리로 물었다.

오가미는 상체를 일으키더니 필터만 남은 담배를 재떨이에 비벼 껐다.

"젠다를 만나봐야지."

"젠다를요?"

자신도 모르게 말꼬리가 올라갔다.

젠다는 기무라의 외삼촌으로 신젠마루의 선장이다. 상사인 동시에 친척이다. 하지만 젠다는 시체 유기 사건에 관여하지 않았다. 오가미가 직접 그렇게 말하지 않았던가?

오가미가 히오카를 보면서 입술 끝을 살짝 비틀었다. 웃음을 지은 걸까?

"나한테 다 생각이 있어."

보통 오가미가 이렇게 말할 때는 위법 수사를 염두에 두고 있다는 뜻이다.

히오카는 고개를 숙이고 몰래 입술을 깨물었다.

히오카의 마음을 아는지 모르는지 오가미는 기지개를 켜며 의자에서 일어났다.

"내일 정오에 젠다의 집으로 갈 거야. 그 시간이면 작업을 마치고 돌아와 있겠지. 11시 반에 차를 가지고 코스모스로 와."

퇴근하려는 오가미를 히오카는 차로 바래다주려고 했다. 그러나 오가미는 근처에서 한잔할 거라는 말을 남기고, 돌아선 채 한 손을 흔들며 방을 나갔다. 여자라도 만나러 가려는 것이리라.

이튿날 11시 반 코스모스에 도착했을 때 오가미는 식후 커피를 마시고 있었다.

히오카를 보자 파나마모자를 쓰더니, 평소처럼 티켓으로 지불을 마치고 가게를 나섰다.

젠다의 집은 기무라의 아파트에서 반도를 2킬로미터쯤 북쪽으로 올라간 해안에 있었다. 3층짜리 분양 맨션인데, 바닷바람에 외벽이 손상되었지만 건축 연수는 그리 오래되지 않았다. 아마 지은 지 5년쯤 될 것이다. 젠다의 집은 2층 203호로, 이혼한 후로 이곳에 살고 있다.

오가미의 추측대로 젠다는 집에 있었다. 초인종을 누르자 잠시 후 인터폰이 응답했다.

"누구야?"

잡상인이라고 생각했는지 경계하는 기색은 없지만 언짢은 목소리였다.

오가미는 온화한 목소리로 대답했다.

"구레하라 동부서에서 나왔습니다. 이웃에 빈집털이범 피해 신고가 들어왔는데 잠깐 얘기 좀 나눌 수 있을까요?"

오가미는 아무렇지도 않게 거짓말을 했다. 처음부터 위법 수사다.

잠시 후 문이 열리고 남자가 미심쩍은 표정으로 얼굴을 내밀었다. 대머리에 얼굴은 볕에 타서 불그레했다. 50대 중반이지만 40대라고 해도 믿을 만큼 피부가 반질반질했다.

방금 욕실에서 나왔는지 젠다는 흰 티셔츠에 속옷 차림이었다. 이마에 땀방울이 맺혀 있고, 목에는 수건을 두르고 있었다.

"빈집털이라니, 어느 집인데?"

손잡이를 잡은 채 현관 앞에서 기선을 제압하듯 젠다가 물었다.

오가미는 경찰수첩을 내보이며 방금 전과는 달리 험악한 목소리로 말했다.

"젠다 씨, 2과의 오가미라고 하는데, 가코무라에게 이름 정도는 들었을 테지."

젠다가 미간에 주름을 잡았다. 오가미가 재빨리 문틈으로 몸을 반쯤 밀어 넣었다.

젠다는 동요하는 기색 없이 인상을 쓰며 비아냥거렸다.

"2과 형사님이 빈집털이 수사를 한다고? 거짓말쟁이가 도둑이 된다더니, 도둑이 아니라 경찰이 되는 모양이군."

오가미가 껄껄껄 웃었다.

"이런, 한 방 먹었는걸."

젠다가 입꼬리를 올리며 오가미를 똑바로 쳐다보았다. 도전적인 얼굴이다.

널빤지 한 장 밑은 지옥이라는 뱃사람 생활을 오래 해온 만큼 내공이 대단했다. 히오카는 젠다의 담력에 내심 감탄했다.

"까놓고 말하지. 당신한테 부탁이 있어서 왔어."

오가미는 그렇게 말하고 우에사와 시체 유기 사건의 전말을 수사에 지장이 없는 범위 내에서 설명했다.

"그래서 말이지, 당신의 조카를 설득해줬으면 좋겠어."

잠자코 듣고 있던 젠다가 목을 이리저리 돌리면서 뿌리치듯 말했다.

"가오루는 모른다고 하잖아? 난 가오루의 말을 믿어. 그만 돌아가."

문을 닫으려는 젠다를 오가미가 손으로 제지했다. 오가미가 위협적인 목소리로 말했다.

"당신이 그렇게 말하면 순순히 물러나겠어? 내가 심부름이나 하는 꼬마로 보여?"

오가미는 히죽 웃더니 말을 계속했다.

"가코무라구미의 보복이 두려워서 그러지? 지금이니까 말해주는데, 머잖아 가코무라는 끝장날 거야. 조직은 곧 사라질 운명이라고. 그러니까 조카에게 안심하라고 전해. 기무라가 솔직하게 털어놓으면 불기소로 끝나도록 내가 손을 써주지."

오가미의 목소리는 진지했다. 젠다는 잠시 오가미의 얼굴을 응시하더니 흥, 하고 콧방귀를 뀌면서 고개를 돌렸다.

"거짓말쟁이 경찰 말을 어떻게 믿어?"

오가미가 젠다에게 다가서더니 껄껄 웃으면서 어깨에 팔을 둘렀다. 좋게 말해서 팔을 두른 것이지 사실은 반쯤 목을 조르는 자세였다.

오가미가 젠다의 귀에 대고 속삭였다.

"젠다 씨. 당신, 각성제 밀수가 몇 년 형인지 알아?"

젠다가 고통스러운지 목을 비틀었다. 오가미는 팔에 힘을 주면서 턱을 감았다. 젠다의 입에서 신음이 새어나왔다.

"무기까지 간다고. 가코무라구미가 북한에서 각성제를 들여오는 걸 당신이 돕고 있다는 사실을 알아. 뭣하면 당신도 무기를 받게 해줄 수 있는데."

마지막에는 목소리가 떨렸다. 젠다의 턱을 감은 팔에 온몸의 힘을 싣고 있는 듯했다. 아무리 각성제 밀수를 도운 피의자라고 해도 젠다는 조직원이 아니다. 도가 지나치다.

"오가미 씨, 그만두세요!"

히오카가 참다못해 소리를 질렀다. 오가미의 팔을 잡고서 제지했다.

정신이 돌아왔는지 오가미는 싱겁게 팔을 풀었다.

젠다가 헐떡이며 가쁜 숨을 몰아쉬었다. 턱이 아니라 목을 졸랐는지도 모른다.

오가미는 입을 앙다물고 어깨를 들썩대고 있다.

아무도 입을 열지 않았다. 좁은 현관에서 세 사람의 숨소리만 들렸다.

냉정을 되찾았는지 오가미가 침착한 어조로 입을 열었다.

"젠다, 각성제 건은 뭉개고 넘어가주지. 아무 말 말고 협력해."

젠다는 숨을 토하며 낮은 목소리로 물었다.

"믿어도 돼?"

오가미가 젠다의 눈을 보았다.

"난 약속은 지키는 사람이야. 내 표적은 야쿠자뿐이야. 당신이 기무라를 설득해준다면 각성제 밀수도 눈감아주고, 시체 유기 건

271

도 불기소로 끝나도록 손을 써주지."

불법 수사와 복무규율 위반의 온퍼레이드다. 이 사실이 알려지면 징계면직 정도로는 끝나지 않을 것이다. 히오카가 알고 있는 사실만으로도, 지금까지의 소행을 감안하면 오가미의 실형은 확정적이다.

젠다가 길게 한숨을 내쉬고 고개를 숙였다. 쥐어짜듯이 말했다.

"알았어. 가오루를 설득하지. 대신 가코무라구미는 정말로 없애줘야 해."

오가미가 크게 고개를 끄덕였다.

"당신도 이번 참에 위험한 사업에서 손 떼."

맨션을 나와서 히오카는 옷을 갈아입은 젠다를 차에 태우고 오가미와 셋이서 기무라의 아파트로 향했다. 도중에 무선으로 잠복 감시 중인 시바우라와 연락을 취했다. 기무라는 아파트에 있다고 했다.

오가미의 지시로 젠다가 현관문 앞에서 기무라를 불렀다. 문을 연 기무라는 젠다와 함께 있는 오가미와 히오카를 보고 현관 앞에서 얼어붙었다.

젠다가 오가미를 돌아보며 말했다.

"이 녀석하고 방에서 얘기하고 나올 테니 잠깐 기다려줘."

"알았어."

오가미는 그렇게 대답하며 젠다의 등을 떠밀고는 현관문을 닫았다.

"괜찮을까요?"

"여기까지 와서 도망치진 않겠지. 혹시 모르니까 시바우라와 세우치한테 가서 창 쪽을 감시하라고 해."

히오카가 지시를 전하고 돌아오자, 오가미는 난간에 기댄 채 파나마모자로 얼굴에 부채질을 하고 있었다. 오늘도 한낮 기온이 30도를 넘는 무더위다. 히오카는 손수건을 꺼내 목을 타고 흐르는 땀을 닦았다.

오가미가 세 대째 담배를 피우고 있을 때 현관문이 열렸다. 손목시계를 보았다. 젠다가 집 안으로 들어간 후 20분이 경과했다.

젠다가 어깨를 안듯이 해서 기무라를 문밖으로 데리고 나왔다. 충혈된 눈으로 고개를 숙이고 있었지만 각오가 선 표정이었다.

"결심은, 섰어?"

기무라는 고개를 끄덕이고 얼굴을 들더니 다그치듯 확인을 요구했다.

"정말로 난 감옥에 안 가도 되죠? 가코무라구미는 없어질 거고 보복 걱정은 안 해도 되는 거죠? 샤부 밀수 건도 정말로 눈감아주는 거죠?"

오가미는 몇 번이고 고개를 끄덕였다.

"나한테 다 맡겨. 약속할게."

오가미를 올려다보는 충혈된 눈에 어느새 물기가 고였다.

기무라는 코를 훌쩍거리며, 5월 8일 새벽 나와시로의 부탁을 받고 가코무라구미 조직원 네 명을 낚싯배에 태운 사실을 인정했다.

히오카는 수첩을 꺼내어 받아 적을 준비를 했다.

"가코무라구미 녀석들만 태운 건 아니지?"

오가미가 재촉하듯 물었다.

기무라는 한순간 허공을 보았으나 천천히 고개를 끄덕였다.

"이불 가방 하나와 삽 몇 자루."

"이불 가방……."

오가미의 목소리가 날카로워졌다.

"그 이불 가방 안에는 뭐가 들어 있었어?"

기무라가 머뭇거리며 대답했다.

"보기엔……, 딱딱한 마네킹 같은 게 들어 있었어요. 그리고 축구공처럼 둥근 것도."

내용물은 머리가 절단된 상태로 사후경직 된 우에사와의 시체가 틀림없을 것이다.

"배의 목적지는 어디였어?"

천하의 오가미도 상기된 목소리였다. 사건 해결의 최대 고비이니 무리도 아니다.

숨을 크게 들이마시더니 기무라가 숨을 전부 내뱉듯이 말했다.

"……아카마쓰 섬입니다."

히오카는 숨을 삼켰다. 펜을 쥔 손이 멈추었다.

아카마쓰 섬은 다지마 항에서 남동쪽으로 20킬로미터 떨어진 무인도다. 사방 500미터도 안 되는 작은 섬인데, 섬 정상부에 큰 소나무가 우뚝 서 있어서 운항하는 선박들의 이정표 노릇을 한다.

시체 은닉 장소가 섬이었으니 연안부를 아무리 수색해도 허탕만 쳤을 것이다.

오가미의 눈짓을 받고 히오카는 메모를 계속했다.

"섬에 도착하자 나와시로들은 이불 가방과 삽을 짊어지고 배에서 내렸어요."

"자네는 안 따라갔어?"

기무라는 고개를 끄덕이고 티셔츠 자락을 당겨 이마의 땀을 닦았다.

"나와시로가 배에서 기다리라고 했고, 왠지 자꾸만 무서워져서……."

기무라는 처음부터 알고 있었던 것이다. 이불 가방의 내용물이 무엇인지를. 날도 밝기 전에 폭력단원들이 이불 가방을 들고 와서 무인도에 가자고 했다면 알아차리지 못하는 것이 더 이상하다.

기무라는 무릎에 손을 짚고 파랗게 질린 얼굴로 으흑으흑 하고 오열을 삼켰다. 기무라의 떨리는 어깨에 오가미가 손을 얹었다.

"자네는 이불 가방 안에 뭐가 들어 있는지 몰랐어. 그렇지?"

기무라가 천천히 고개를 들고 어리둥절한 표정으로 오가미를 보았다.

오가미가 강한 어조로 다짐을 놓았다.

"자네는 이불 안에 뭐가 들어 있는지 몰랐잖아?"

기무라는 튕기듯 몸을 일으키더니 오가미의 셔츠 소매를 붙잡고 크게 고개를 끄덕였다.

"맞아요. 나는 가방 안에 뭐가 들어 있는지 몰랐어요. 아무것도 몰랐어요!"

오가미가 입꼬리를 올리며 기무라의 어깨를 가볍게 두드렸다.

"좋아, 그렇게 하면 돼. 조사 때도 그렇게 우겨."

동부서에서 정식으로 조서를 받고 기무라의 공술을 정리한 오가미는 저녁 수사 회의에서 아카마쓰 섬 수색을 진언했다.

보고를 들은 간바라 부서장은 그 자리에서 현경 본부와 연락을 취해 지원을 요청했다. 본부와 협의한 결과 이튿날인 11일 아침 8시에 수색을 시작하기로 결정되었다.

섬에는 오가미 반 6명, 현경 1과 및 감식관 10명, 동부서 지원 인력인 지역과 8명의 총 24명이 상륙할 예정이었다. 그리고 경찰견 두 마리도 동원되었다.

섬에 내린 후 나와시로들이 정상의 큰 소나무 쪽으로 올라갔다는 기무라의 공술을 근거로, 우에사와의 시체가 소나무 부근에 묻혀 있을 가능성이 높다고 판단했다. 그러나 주변 일대를 다 파헤치려면 시간도 오래 걸리고 인력도 많이 필요하다. 그래서 경찰견을 동원해 수색하자는 의견이 나왔고, 경찰견을 관할하는 현경 감식과의 지원을 받게 되었다.

오가미 반과 현경 감식과, 경찰견 두 마리는 본부 소속 경찰 선박인 호나미정에 타고, 구레하라 동부서 지역과 직원들은 동부서 소유의 경찰 선박인 하야키지정에 승선해 섬으로 향하기로 했다.

2

배에 오른 후 필요한 말 외에는 아무 말도 하지 않는 히오카를 보고 평소와 다르다고 느꼈을 것이다. 뱃머리에서 전방을 바라보고 있던 오가미가 옆에 서 있는 히오카를 이상하다는 듯이 쳐다보았다.

"왜 그렇게 기운이 없어? 뱃멀미해?"

히오카는 당황해서 얼버무렸다.

"아니, 아무것도 아닙니다."

그렇게 말하면서 히오카는 배 뒤쪽을 흘낏 보았다.

배 뒤쪽 갑판에 경찰견 두 마리가 담당 수사관의 발밑에 엎드려 있었다.

히오카는 개가 무서웠다. 어릴 때 개에게 물린 적이 있는데 그때의 공포가 어른이 된 지금까지 뿌리 깊게 남아 있었다.

작은 반려견이라면 몰라도 한배에 타고 있는 개는 2차 대전 당시 군용견으로 활약하던 셰퍼드였다. 녀석들이 작정하고 덤비면 어릴 때처럼 허벅지를 여덟 바늘 꿰매는 정도로는 끝나지 않을 것이다.

히오카가 개를 무서워하는 것을 알아차리고 오가미가 놀리듯 말했다.

"뭐야, 개가 무서워서 그래?"

히오카의 얼굴이 빨개졌다. 초등학생도 아니고 개를 무서워한다는 것이 창피했다. 히오카는 짤막하게 어릴 적 공포 체험을 이야기했다.

"그 후로 개만 보면……."

오가미가 어깨 너머로 경찰견을 돌아보면서 말했다.

"저렇게 맛있는 녀석을 무서워하다니 자네도 참 불쌍해."

오가미는 2차 대전이 끝나고 식량난을 겪던 시절에는 개고기가 별미였다고 말했다.

"고기는 질기지만 배고플 때 먹으면 그렇게 맛있을 수가 없었지."

오가미는 경찰견 두 마리를 보면서 입꼬리를 올렸다.

"저 녀석들은 평소에 훈련을 많이 해서 육질이 단단할 거야. 누렁이 같진 않겠지만 먹을 수야 있겠지."

개는 후각뿐만 아니라 청각도 뛰어나다. 오가미의 말을 알아들은 것처럼 개들이 송곳니를 드러내고 으르렁거렸다. 히오카는 자신도 모르게 목을 움츠렸다.

"농담이야, 농담."

오가미가 개들을 향해 요란하게 손을 내저었다.

히오카는 다시 전방을 향하며 곁눈으로 오가미의 얼굴을 훔쳐보았다.

5일 전 시노에서, 아키신문 기자인 고사카로부터 14년 전 미결 살인 사건의 범인으로 오가미를 지목한 제보를 받았다는 말을 들었다. 오가미의 이름이 나온 순간 아키코가 바로 가게 문을 닫았기 때문에 이야기는 거기서 끝났다. 이틀 전에도 오가미와 시노에 갔는데 두 사람은 고사카의 이야기 따윈 없었던 것처럼 평소처럼 대했다.

14년이나 지난 사건이 왜 지금 와서 움직이기 시작한 걸까? 오가미가 범인이라고 투서한 사람은 누구일까? 앞으로 고사카는 어떤 식으로 나올까?

의문은 끊이지 않았다. 무엇보다도 진실을 알고 싶었다.

오가미에게 물어보고 싶은 것이 산더미처럼 많았다. 그러나 고사카에 대한 언급을 피하는 오가미와 아키코를 보고 있으면 의문을 입 밖에 냈다가는 파국을 불러올 것만 같아서 아무 말도 할 수 없었다.

시효가 얼마 남지 않은 살인 사건의 범인이라는 말을 듣고 오가미는 어떤 심경일까?

히오카의 시선을 알아차렸는지 오가미는 안심시키려는 듯 웃어 보였다.

"걱정하지 마. 목줄을 매놓았으니 덤벼들진 않아. 뭐, 만에 하나 녀석들이 덤벼들더라도 자네의 돌려차기 한 방이면 게임 끝이야."

히오카는 어색하게 웃으며 전부터 궁금하던 것을 물어보았다.

"그런데 왜 나와시로들은 시체를 섬에 묻었을까요?"

눈앞에 나타난 아카마쓰 섬의 그림자를 응시하면서 오가미가 무뚝뚝하게 말했다.

"드럼통에 시체를 넣고 콘크리트를 채우면 몇 킬로그램쯤 되는지 알아? 200킬로그램은 가뿐하게 넘어. 성인 남자 두세 명이 달라붙어도 쩔쩔맬 만한 무게지. 그걸 배에 실으려고만 해도 녹초가 돼. 까딱 잘못하면 바다에 투기하려다가 배가 뒤집힐 수도 있어."

히오카는 부두에서 굴려서 바다에 빠뜨리면 간단하지 않느냐고 물었다.

"부두 근처는 데이트족의 메카야. 차를 세워놓고 열심히 볼일을 보는 커플들 천지라고."

손바닥으로 바람을 막으며 담뱃불을 붙이고 나서 오가미는 말을 계속했다.

"콘크리트를 채운 드럼통을 바다에 빠뜨릴 때 나는 엄청난 소리 때문에 목격될 우려도 있어. 블록을 매달아서 바다에 빠뜨려도 끈이나 사슬이 벗겨져서 시체가 떠오를 수도 있고, 어선의 그물에 걸리기도 하지. 가장 좋은 건……."

오가미가 불쾌한 얼굴로 바닥에 침을 뱉었다.

"갈아서 바다에 뿌려 물고기 밥이 되게 하는 거야. 아마 고기 가는 기계를 못 구한 거겠지."

다지마 항을 출발한 지 20분 만에 아카마쓰 섬에 도착했다.

선착장이 없어서 섬에 배를 대기 어렵기 때문에 경찰 선박에 적재된 고무보트를 나눠 타고 상륙했다.

기무라 가오루의 공술에 따라 나와시로들이 향했다는 섬 정상부의 큰 소나무 부근을 중점적으로 수색할 방침이었다.

우거진 갯방풍을 수색봉으로 헤치며 수사관들은 섬 비탈면을 올라갔다.

정상부에 도착해 큰 소나무 근처에서 수색을 시작했다. 얼마 지나지 않아 경찰견 한 마리가 사납게 짖어댔다. 소나무에서 서쪽으로 3미터쯤 떨어진 땅바닥을 경찰견이 맹렬히 파헤치고 있었다.

개가 강한 관심을 보인 곳을 지원 나온 지역과 직원들이 삽으로 파기 시작했다. 흥분한 개가 감식관 옆에서 낮게 으르렁거렸다.

함께 삽질을 하던 히오카는 30센티미터 정도 파 내려간 부근에서 악취를 느끼고 얼굴을 찡그렸다.

한여름 땡볕 아래에 며칠간 방치한 고기에서 나는 그런 악취였다. 차에 치인 산토끼 사체를 본 적이 있다. 그때 맡았던 썩은 고기 냄새, 틀림없는 시취였다.

구덩이가 깊어질수록 냄새는 더욱 강렬해졌다. 어디서 모여들었는지 무수히 많은 쉬파리들이 주변을 날아다녔다. 주위의 긴박한 분위기에서, 이곳의 모든 사람들이 구덩이 안에 처참한 무언가가 묻혀 있다고 확신하고 있음을 느꼈다.

입을 여는 사람은 아무도 없었다. 귀에 들리는 것은 머리 위를 날아다니는 괭이갈매기 울음소리와 삽질하는 수사관들의 거친 숨소리, 흙을 퍼 올리는 소리뿐이었다.

50센티미터 정도 구덩이를 팠을 때 한 수사관이 삽질을 멈추었다. 삽 끝에 뭔가 닿는 느낌이 든 모양이다. 뒤돌아보고 오가미에게 눈짓을 했다. 히오카도 삽 끝에 뭔가 걸리는 느낌을 받고 삽질을 멈추었다.

오가미가 작업을 계속하라고 눈으로 재촉했다.

수사관들은 시선을 주고받으며 고개를 끄덕였다. 삽질 속도를 늦추고 공동 작업으로 신중하게 파 내려갔다. 구덩이 속 이물을 덮은 마지막 흙을 걷어냈을 때 강렬한 시취와 함께 엄청난 수의 구더기가 뿜어져 나왔다. 수사관들이 소리를 지르며 일제히 구덩이에서 물러났다. 히오카도 거의 기다시피 구덩이에서 나왔다.

땅에 양손을 짚고 주저앉은 히오카 옆을 지나쳐 오가미가 구덩이로 다가갔다. 파나마모자로 쉬파리 떼를 쫓으면서 그 자리에 웅크리고 앉았다.

히오카는 몸을 일으켜 오가미의 뒤에서 구덩이 안을 보았다. 의복은 찢기고 가스로 빵빵하게 부풀어 오른 시체에서 구더기들이 끝없이 뿜어져 나오고 있었다. 발끝으로 보이는 부분에서는 살점이 들러붙은 흰 뼈가 튀어나와 있었다. 맨발로 묻힌 모양이다. 머리가 잘려나간 목 부분은 살이 문드러지고, 허연 구더기들이 우글거리고 있었다.

참으려고 해도 구역질이 치밀었다. 침을 계속 삼켰다.

지역과 직원 몇 명이 멀찌감치 떨어져서 등을 돌린 채 토하는 모습이 보였다. 아마도 처음 목격하는 인간의 시체, 그것도 썩어 문드러진 머리 없는 시체였을 테니 무리는 아니다.

옷에 밴 시취는 아무리 빨아도 가시지 않는다고 한다. 선배 형사의 허풍인 줄 알았는데, 이 강렬한 송장 썩는 냄새 앞에서는 히오카도 동의할 수밖에 없었다. 지금 입고 있는 옷은 속옷까지 모조리 버려야 할 것 같다.

히오카 뒤에 있던 지역과 직원이 갑자기 구토를 했다. 따라서 토할 것 같아서 바지 뒷주머니에서 손수건을 꺼내 입을 틀어막고 열심히 참았다.

오가미는 구덩이를 들여다보면서 입술을 살짝 비틀었다. 인상을 찡그리려고 했을 테지만 히오카의 눈에는 웃는 것처럼 보였다.

"마침내 나왔어. 이제 가코무라를 끝장낼 수 있겠군."

혼잣말처럼 했지만 목소리에서 흥분이 느껴졌다. 역시 웃고 있었던 것이다.

감식관이 카메라를 들고 다가왔다. 수사 기록을 남기기 위해 여러 각도에서 사진을 찍었다.

현장 촬영이 끝나자 시체를 담요에 싸서 구덩이 밖에 깔아둔 비닐 시트 위로 옮겼다. 담요를 펼쳐 시체를 드러나게 한 다음 감식관들이 솔로 흙과 구더기를 털어냈다. 여기서도 몇 장 더 사진을 찍었다.

그동안 오가미가 준비해 온 향에 불을 붙이고, 다 함께 손을 모았다.

합장이 끝나자 오가미가 경찰견 담당자에게 말했다.

"나와시로들이 운반한 이불 가방 속에는 축구공 같은 게 들어 있었어. 여기 몸체를 묻었으니 근처에 머리를 묻었을 가능성이 높

아. 개를 풀어서 소나무 근처를 다시 한번 수색해줘."

담당자는 고개를 끄덕이고 엎드린 채 대기 중이던 경찰견을 일으켜 세웠다.

수색을 재개한 지 10분 만에 이번에는 소나무로부터 북쪽으로 5미터쯤 떨어진 곳에서 개가 으르렁거렸다. 땅을 파보니 70센티미터 깊이에서 인간의 두부로 짐작되는 것이 나왔다. 얼굴로 보이는 부분은 피부가 심하게 부패되었고, 머리카락이 난 부분은 이미 두개골 일부가 드러나 있었다. 아직 성충이 되지 않은 구더기들이 썩은 살을 파먹으면서 들끓고 있었다.

"이제 고인도 눈을 감겠군."

오가미가 혼잣말처럼 중얼거렸다.

현장 촬영이 끝나자, 신중하게 파낸 두부를 수사관이 작은 담요에 싸서 비닐 시트 위에 올려놓았다. 이번에도 감식관이 솔로 흙과 구더기를 털어냈다. 작업을 지켜보면서 히오카가 오가미에게 물었다.

"머리를 자른 이유는 두목인 가코무라에게 보이기 위해서였다고 해도, 왜 두부와 몸통을 따로 묻었을까요? 구덩이를 한 군데만 파면 시간도 수고도 덜 들었을 텐데요."

오가미는 섬 정상부 끝에서 멀리 수평선을 바라보면서 담배를 피웠다.

"만에 하나 백골이 된 몸통이 발견되더라도 머리가 없으면 신원을 밝힐 수 없을 거라고 생각했겠지."

인골의 신원을 특정하려면 치형齒形 조회 외에는 달리 방법이 없다. 구미에 이어 일본에서도 유전자에 의한 DNA형 감정이 범죄 수사에 적용되고 있지만 아직 초기 단계였다.

그런데 말이지, 하고 말하며 오가미가 재미있다는 듯이 웃었다.

"전에도 범인이 시신의 목을 잘라서 몸통과 따로 묻은 사건이 있었어. 왜 그랬냐고 물었더니 함께 묻으면 머리와 몸통이 붙어 되살아날 것 같아서 따로 묻었다는 거야. 살인자는 의외로 미신에 약해."

삼류 호러 영화도 아니고 목이 잘린 시체가 어떻게 되살아난단 말인가? 그런 생각을 하면서도 왠지 살인자의 심리를 이해할 수 있을 것 같았다.

"오가미 반장님, 결과가 나왔습니다!"

두부를 조사하던 감식관이 고개를 돌려 외쳤다. 발견된 두부의 구강과 우에사와의 치형을 감정한 수사관이다.

오가미는 담배를 내던지고 감식관에게 달려갔다.

"어때?"

오가미가 물었다. 감식관은 흥분을 억누르듯 목소리를 낮췄다.

"사전에 입수한 우에사와 치형과 땅속에서 발견된 두부의 치형이 일치합니다. 이 두부는 우에사와 본인의 것이라고 거의 단정할 수 있습니다."

"좋아!"

그렇게 외치고 오가미는 옆에 있던 수사관에게 지시를 내렸다.

"본부에 바로 연락을 넣어. 우에사와의 시신이 나왔다고."

명령을 받은 수사관이 곧바로 섬 비탈면을 뛰어 내려갔다.

경찰 무선으로 우에사와의 시체 발견 보고를 받은 현경 형사부장은 구레하라 동부서에 현경 수사 1과와 합동으로 '구레하라 시 금융회사 직원 두부 절단 살해 사건' 특별수사본부를 설치하라고 지시했다.

"수사관들이 서로 돌아오는 대로 합동 수사 회의를 열겠답니다."

보고를 받은 오가미는 썩어 문드러진 두부를 보면서 선언하듯 말했다.

"자네 머리로 반드시 가코무라의 머리를 잘라주지. 성불하게나, 우에사와."

3

아카마쓰 섬에서 시체를 수습해 다지마 항에 도착한 것은 오후 3시경이었다. 선내에서 도시락을 나누어주었지만 지독한 시취 때문에 아무도 젓가락을 들지 않았다.

오가미 반은 곧바로 동부서로 돌아가서 우에사와 살해 사건 합동 수사 회의에 참석했다.

살인 사건이라도 통상 피의자 특정이 용이한 사건의 경우는 수사본부를 설치하지 않는다. 그러나 이번 사건은 죄 없는 시민이 폭력단에 납치되어 린치를 당하고 참혹하게 살해된 끔찍한 사건이다. 경찰청과 현경 본부가 사회적 영향이 크다고 보았기 때문에 특별수사본부가 꾸려진 것이다.

우에사와 살해 사건의 수사 지휘를 맡게 된 현경 수사 1과장 진나이 히로유키는 약취유괴 및 상해 용의로 이미 지명수배 된 나와시로 등 4명에 대해 살인과 시체 손괴, 유기의 용의를 추가해 즉시 전국에 특별 지명수배를 내린다는 방침을 발표했다.

"한시라도 빨리 피의자를 체포해야 한다. 현경은 앞으로 가코무라구미 두목인 가코무라 다케시에 대해 신중하게 수사를 전개해 살인 및 시체 손괴, 유기의 공모 공동 정범 용의로 체포할 방침이다. 다들 그렇게 알고 수사에 임해주기 바란다."

진나이는 회의실에 모인 수사관들에게 그렇게 말하고 첫 회의를 마쳤다.

오가미 반은 동부서 샤워실에서 샤워를 한 후 옷을 갈아입고 '후미'로 향했다. 동부서 2과 형사들은 비상사태에 대비해 사물함에 여벌의 옷을 준비해둔다.

후미는 2과의 단골 이자카야다. 시체 발견에 이르기까지 고생한 반원들의 노고를 치하하는 의미에서 오가미가 급거 회식 자리를 마련한 것이다.

한낮의 뙤약볕 아래에서 이루어진 수색 작업의 피로와 비누로도 가시지 않는 몸에 밴 시취 때문이었을 것이다. 네 평쯤 되는 2

층 객실에서 시작된 회식 자리에서는 다들 음식에 손을 대지 않고 맥주만 마셨다.

분위기가 고조되기 시작한 것은 술이 맥주에서 청주로 바뀌면서부터였다. 차가운 청주가 담긴 2홉들이 청주 대여섯 병이 테이블에 놓였다.

취기로 얼굴이 달아오른 시바우라가 옆자리의 오가미에게 술을 따르면서 말했다.

"나와시로들이 체포되어 사건이 해결되면 본부장 표창 정도가 아니라 장관상까지 받을 수 있지 않을까요?"

테이블 맞은편에서 세우치가 상체를 내밀었다.

"맞아, 맞아. 이번 사건은 반장님 공이 절반 이상이니까 장관상도 헛된 꿈만은 아니야."

오가미는 마른오징어를 씹으면서 흐뭇한 표정으로 부하들을 둘러보았다.

"이번 건은 반 전체의 공이 커. 표창을 받는다면 다 같이 받아야지."

중요도에 따라서 다르지만 경찰 표창의 종류와 수는 기본급의 호봉에 영향을 미친다. 나이와 계급이 같아도 표창 건수가 많으면 월급도 많아진다. 상금도 지급되는데 본부장 표창은 1000엔, 경찰청장관 표창은 만 엔이다. 히오카는 파출소에 근무할 때 빈집털이범을 긴급 체포해 본부장 표창을 받은 적이 있다. 그때 1000엔 지폐 한 장과 표창장을 받았다.

오가미가 안주머니에서 담배를 꺼냈다. 히오카가 라이터를 꺼내기 전에 시바우라가 재빨리 성냥으로 불을 붙였다.

오가미는 깊이 빨아들이고 호쾌하게 연기를 내뿜었다.

"사건이 사건이니 만큼 이번 우에사와 건은 수사비도 국비 지원을 받게 돼. 만날 벌레 씹은 얼굴을 하고 다니는 와카도 기분이 좀 풀리겠지."

와카는 동부서 서장인 모리 가쓰시의 별명이다. 커리어 출신의 총경으로, 30대 중반의 젊은 나이다. 과거에 아키*를 다스리던 모리 가문과는 아무런 관계도 없다지만, 성이 같기 때문에 취임 후 직원들은 서장을 몰래 와카토노若殿**라고 불렀다. 지금은 줄여서 와카라고 부른다. 최근 동부서 관내에서 연이어 발생한 사건으로 수사비 지출이 늘어난 것 때문에 모리는 골머리를 앓고 있었다.

일반적으로 수사비는 지방자치단체의 경찰 예산에서 나온다. 그러나 중대 안건인 경우 국비가 지원되기도 한다. 왕실과 정치인 관련이나 여러 지자체에 걸친 흉악 범죄 등이 해당되는데, 이번 우에사와 사건은 즉시 특별수사본부가 설치될 정도로 중대하고 심각한 사안이다. 피의자인 폭력단원 4명은 도피 중이며 궁지에 몰리면 무슨 짓을 저지를지 모른다. 특별수사본부가 설치되면 국비 수사로 전환된다.

---

*   지금의 히로시마 현 서부.
** '젊은 주군'이라는 뜻.

따라서 모리는 예산 걱정을 하지 않아도 된다. 관행적으로 수사비의 일부는 비자금으로 빼돌려져 간부들의 회식이나 접대비, 송별금 등으로 쓰인다. 한정된 수사비 예산은 더욱더 빠듯해지고, 수사를 위한 교통비를 개인 돈으로 내는 형사도 적지 않았다. 그러다 보니 거액의 수사비를 자비로 충당하는 오가미의 통 큰 씀씀이에 다들 눈이 휘둥그레지는 것이다.

오가미와 폭력단의 유착 문제가 언론에 알려지면 현경으로서는 큰 폭탄을 안게 된다. 소문에 따르면 오가미는 야쿠자를 통해 상관들의 추문 정보를 입수해 마음에 들지 않는 지시나 명령을 내리면 슬그머니 그런 사실을 암시한다고 한다. 아키코에게 들은 이야기다.

—그래서 윗분들도 가미 씨에게 함부로 못 하는 거예요.

그런데, 하고 다카쓰카가 술을 마시려다 말고 말했다.

"신문기자가 반장님 건으로 와카에게 인터뷰를 요청했다는 얘기, 들으셨어요?"

오가미의 눈썹이 움찔했다.

세우치가 놀란 표정으로 다카쓰카에게 물었다.

"자네, 소식 한번 빠르군. 어느 신문 기자야?"

"아키신문의 차장이라던데요. 표창 받을 만한 일을 했으니 필시 기사가 크게 실릴 거라고 홍보과 여직원이 말하는 걸 들었어요."

아키신문 차장이라면 얼마 전 시노에서 만난 고사카다. 히오카의 마음속에 불길한 예감이 번졌다.

"그거 축하할 일이군. 건배하자고, 건배."

세우치가 들뜬 목소리로 말했을 때 평소처럼 도모타케가 뒤늦게 도착했다.

객실 장지문을 열고 들어서는 도모타케의 험악한 표정에 부하들은 일제히 입을 다물었다. 미간을 찌푸리고 쓴 약이라도 삼킨 것처럼 입술을 일그러뜨리고 있었다.

부하가 사건 해결에 공을 세웠는데 기뻐해주진 못할망정 기분 나빠하는 이유를 알 수 없었다. 그 자리에 있는 모두가 히오카와 같은 마음인지 이해할 수 없다는 표정으로 도모타케를 바라보았다.

도모타케는 성큼성큼 상석으로 걸어가더니 무릎을 굽히고 오가미에게 귓속말을 했다. 옆에 앉은 히오카에게 간신히 들릴 만큼 작은 소리였다.

"와카가 부르시네. 내일 아침 일찍 서장실로 가봐."

그 말만 하고 도모타케는 들어올 때 표정 그대로 객실을 나갔다.

다들 어리둥절한 표정으로 도모타케가 사라진 장지문을 바라보았다.

좋은 이야기라면 다 들을 수 있도록 크게 말했을 것이다. 귓속말을 했다는 것은 그 반대, 오가미에게 좋지 않은 이야기다.

분위기가 단번에 가라앉았다.

시바우라가 오가미의 안색을 살피면서 조심스럽게 물었다.

"무슨 일, 있습니까? 계장이 뭐라고 하던가요?"

오가미는 테이블에 놓인 담뱃갑에서 담배를 꺼냈다. 이번에는 시바우라에게 지지 않으려고 재빨리 불을 붙였다.

오가미가 연기를 내뱉으며 허공을 보았다.

"오늘 고생 많았다고, 그런 말이었어."

거짓말이라는 것은 다들 알고 있었다. 노고를 치하하는 말이라면 굳이 귓속말로 할 필요가 없다.

말하고 싶지 않은 이야기, 아니 말할 수 없는 이야기라고 짐작한 것이리라. 반원들은 그 이상 아무것도 묻지 않고 말없이 술잔을 기울였다.

코끝에 문득 우에사와의 시취가 되살아났다. 몸에 밴 시취. 아무리 씻어도 가시지 않는 죽음의 냄새.

냄새를 털어내려는 듯이 히오카는 눈을 감고 단숨에 술잔을 비웠다.

9장

1988년 7월 15일.

오전 2시. 이라코카이 간부 요시와라 게이스케, 아카이시 거리에서 피격. 이라코카이 조직원이 가미오 병원으로 옮겼지만 의식불명의 중태.

오전 4시. 구레하라 동부서, 사건 인지.

오전 4시 30분. 도모타케 계장으로부터 즉시 가미오 병원으로 가라는 지시.

오전 5시. 현장에 있었던 이라코카이 조직원으로부터 진술 청취.

오전 8시. 총격과 관련해 '구레하라 시 폭력단 특별수사본부' 수사 회의.

오후 4시. 법원으로부터 오다니구미 관련 시설에 대한 수색 영장 발부. 2과, 일제 수색을 위한 회의.

오후 6시. 자택 근신 중인 오가미 반장과의 면담.

▬▬▬▬▬▬

▬▬▬▬▬▬▬▬▬▬▬▬▬

▬▬▬▬▬▬▬ (3행 삭제)

1

날이 밝지 않은 국도를 히오카는 전력으로 질주했다.

하늘이 부예지기 시작했다. 도시는 아직 밤의 정적에 잠겨 있다. 국도에는 지나가는 차 한 대 없고, 집들은 조용히 잠들어 있었다.

아스팔트를 차는 히오카의 발은 이미 한계에 가까웠다. 종아리 근육이 경련을 일으킬 것 같다. 온몸에 땀이 솟구친다. 숨이 차오르고 목구멍에서 피 맛이 났다.

이렇게 전력 질주한 것은 파출소 시절 소매치기를 잡았을 때 이후로 처음이었다. 그때는 기껏해야 100미터 전력 질주였다.

그러나 이번에는 목적지까지 1킬로미터의 거리다. 집을 나와서 겨우 절반을 뛰었을 뿐이다. 체력은 자신 있지만 남은 500미터를 지금의 페이스로 달리는 것은 무리다. 속도를 약간 늦추고 호흡을 조절했다.

가르쳐준 대로 레스토랑을 끼고 돌자 급경사 비탈길이 나타났다. 비탈길 위에 목적지인 가미오 병원이 있다. 다이쇼* 초기에 개업한 개인 병원인데 지금의 원장은 4대째라고 들었다.

뾰족한 삼각지붕 끝에 매달린 수탉 모양의 풍향계가 언덕 위로 모습을 드러냈다. 바닷바람을 받아 살랑살랑 꼬리를 흔들고 있다.

---

* 1912~1926년, 일본에서 다이쇼 천황이 다스리던 시기.

풍향계 뒤로 산들이 보였다. 구레하라 시 동쪽 끝을 감싸듯이 솟아오른 도묘산이다. 산허리는 부연 잿빛이지만, 정상 부근은 아련한 붉은색으로 물들어 있었다.

히오카는 남은 체력을 짜내어 언덕을 뛰어 올라갔다. 발은 납덩이처럼 무겁고 심장은 터질 것 같다. 심장인지 폐인지, 아니면 둘 다인지 장기가 비명을 내지른다.

손목시계에 눈길을 주었다. 새벽 5시, 이제 곧 동이 틀 것이다. 도모타케 계장의 전화를 받고 잠에서 깬 것은 4시 반쯤이었다.

이불 속에서 손을 뻗어 전화를 받자 도모타케의 절박한 목소리가 들려왔다.

"이라코의 요시와라가 총에 맞았어."

눈이 번쩍 뜨였다.

이라코의 요시와라는 이라코카이의 간부 요시와라 게이스케를 말한다. 동부서에 보고가 들어온 것은 30분쯤 전인 듯했다. 요시와라는 현장에서 가까운 가미오 병원으로 조직원에 의해 옮겨졌다. 자세한 용태는 모르지만 현재 의식불명의 중태로, 이라코카이 관계자들이 병원으로 몰려들어 험악한 분위기라고 했다.

"반원들에겐 이미 연락했어. 자네도 즉시 가미오 병원으로 가."

전화를 끊으려는 도모타케를 히오카가 허둥대며 붙잡았다.

"저기……."

도모타케가 언짢은 목소리로 대답했다.

"뭐야?"

이렇게 바쁠 때 무슨 용건이냐고 말하고 싶을 것이다. 히오카는 목구멍까지 올라온 말을 꿀꺽 삼켰다.

"아닙니다. 즉시 가미오 병원으로 가겠습니다."

"서둘러. 이라코카이 녀석들, 열이 잔뜩 뻗쳤어. 더 이상 소동이 커지지 않도록 저지해."

전화를 끊으려는데 도모타케의 투덜거리는 소리가 들렸다.

"하필 이런 때……."

전화가 끊어지고 수화기에서 삐, 삐 하는 소리가 들렸다.

도모타케가 말한 '하필 이런 때'에는 두 가지 의미가 있다. 우에사와 사건을 해결해 가코무라구미를 와해시키려는 계획이 착착 진행되고 있는데 새로운 항쟁 사건의 불씨가 촉발된 것. 또 하나는 오가미의 부재다.

아카마쓰 섬에서 우에사와의 시체가 발견되고 오가미 반이 회식을 한 다음 날인 7월 12일, 2과는 충격에 휩싸였다. 서장이 오가미에게 자택 대기 명령을 내린 것이다.

서장실에서 돌아온 오가미를 둘러싸고 반원들이 무슨 말을 하더냐고 묻자 오가미는 자택 대기야, 하고 중얼거리듯 말했다.

자택 대기, 사실상 근신이다.

어제 오가미의 독자 수사로 우에사와 납치 살해 사건은 해결을 향해 크게 전진했다. 그런데 가장 큰 공로자를 근신에 처하다니 말도 안 된다.

반원들이 이유를 물었지만 오가미는 대답하지 않았다. 미간에 깊은 주름을 잡았을 뿐이다. 반원들의 시선이 이쓰키 과장을 향했다. 이쓰키라면 오가미의 근신 이유를 알고 있을 것이다. 반원들이 눈으로 물었다. 그러나 이쓰키는 무시했다. 말할 수 없는 사정이 있는 것이리라. 코끝에 안경을 걸치고 말없이 조간신문을 보고 있었다.

어지간히 납득할 수 없었던지 가라쓰가 이쓰키의 책상에 양손을 짚고 몸을 내밀었다.

"도대체 무슨 일입니까? 표창을 줘도 모자란데 어째서 우리 반장님이 이런 처사를 당해야 합니까!"

가라쓰가 대들었지만 이쓰키는 개의치 않고 오른손 새끼손가락으로 귀를 후비며 말했다.

"가미는 너무 바빠. 건강을 해치기 전에 좀 쉬게 하자는 상부의 판단이야."

"그런 빤한 거짓말을 믿으란 말입니까? 반장님의 근신 이유를 분명하게 설명해주십시오!"

"그만둬!"

오가미의 노성이 울려 퍼졌다. 방 안이 조용해졌다.

"하지만 가미 씨……."

들어 올린 주먹을 내려놓을 곳을 잃은 가라쓰가 곤혹스러운 얼굴로 오가미를 보았다.

오가미는 책상에 놓아둔 파나마모자를 집어 들어 비스듬하게 썼다.

"소란 피우지 마. 내가 없는 동안 반의 지휘는 계장님이 맡는다. 계장님의 지시를 따라."

이야기는 이걸로 끝이야. 오가미의 단호한 목소리가 그렇게 말하고 있었다.

오가미는 못을 박듯이 한 명 한 명 반원들의 얼굴을 쳐다보고 나서 말없이 방을 나갔다.

가라쓰는 혀를 차며 못 해먹겠어, 하고 내뱉더니 난폭하게 의자에 앉았다.

그날 저녁, 히오카는 일을 마치고 시노로 갔다.

포렴 사이로 미닫이문을 열자 평소와 다름없는 아키코의 목소리가 맞아주었다.

"어서 오세요."

카운터의 늘 앉는 자리에 오가미가 앉아 있었다. 히오카를 보면서 가볍게 손을 들었다.

"불러내서 미안해."

말은 그렇게 하지만 미안한 얼굴이 아니다. 근신 처분을 받았지만 털끝만큼도 상심한 기색은 없었다. 마치 지금부터 못된 장난을 치려고 궁리하는 골목대장 같은 표정이다.

7시경에 아키코가 2과로 전화를 걸어왔다. 전화를 받은 사람은 막내인 히오카였다.

"슈쨍이 받을 줄 알았어요."

아키코는 기분 좋은 목소리로 그렇게 말하고 재빨리 용건을 전했다.

"가미 씨가 오늘 일 끝나면 혼자 가게로 오래요."

혼자라는 말은 아무도 모르게 오라는 뜻이다. 히오카는 주변을 둘러보면서 알겠습니다, 하고 대답하고 전화를 끊었다.

개인적인 전화라는 걸 눈치챘는지 도이가 새끼손가락을 들어 보이면서 여자 전화냐고 물었다. 히오카는 예, 뭐, 하고 애매하게 대답하고는 낚싯배 대여점 주인 히라이데의 공술서 정리 작업을 계속했다. 서류 업무를 대충 마치고 서를 나온 것은 8시가 지나서였다.

"늦어서 죄송합니다."

옆자리에 앉으면서 히오카가 사과했다.

오후 8시 반. 전화를 받고 나서 한 시간 반이 지났다.

히오카에게 술잔을 주라고 오가미가 아키코에게 말했다. 맥주가 아니라 곧바로 청주. 전채를 즐길 시간이 없으니 곧장 주요리를 내라는 뜻인가?

아키코가 카운터 너머로 히오카 앞에 술잔을 놓았다. 오가미는 카운터에 있던 술병을 들어 히오카의 잔을 채우고 자신의 잔에도 술을 더했다.

"오늘 내 처분에 대해 어떻게 생각해?"

예상대로 오가미는 전제 없이 본론으로 들어갔다.

근신 처분을 받은 이유를 모르는 히오카는 대답이 궁했다.

오가미는 담배 연기를 길게 내뱉고 중얼거렸다.

"근신 이유는 예의 500만 엔이야."

히오카는 흠칫 놀라며 오가미를 보았다.

예의 500만 엔이라면 오다니구미에서 은퇴한 노즈가 조직 운영 자금으로 쓰라고 이치노세에게 주려고 했던 돈이다. 두목의 사제라고 해도 은퇴한 민간인에겐 돈을 받을 수 없다고 고집을 부리는 이치노세와 사형에게 입은 은혜를 갚게 해달라고 고집을 부리는 노즈 사이에서 공중에 붕 떠버린 돈을 오가미가 맡았다. 그 500만 엔으로 오가미는 가코무라구미의 요시다를 회유해 우에사와 납치 사건의 전말을 실토하게 만들었다. 설마 그 일련의 경위가 경찰 상부의 귀에 들어갔다는 말인가?

히오카의 심중을 꿰뚫어보고 오가미가 고개를 끄덕였다.

"500만 엔 건을 고사카에게 꼰지른 녀석이 있어."

서장에게 일러바친 사람은 아키신문의 고사카다. 모리 서장에게 인터뷰를 요청한 이유는 오가미에 관한 의혹을 제기하기 위해서였을까?

─와카가 부르시네. 내일 아침 일찍 서장실로 가봐.

도모타케의 귓속말이 뇌리에 되살아났다.

"누가 뒤에서 고사카를 꼬드기고 있어. 500만 엔 건 말고도 짱긴네 도박장 매출이다 뭐다 잔뜩 얘기한 모양인데, 모리도 증거가 없으니 우선은 자택 대기 명령을 내린 거지. 하지만 이대로 내버려두면 감찰이 움직일 거야."

감찰⋯⋯.

히오카는 숨을 삼켰다. 들고 있던 술잔의 술을 단숨에 털어 넣었다. 술이 기도로 넘어가는 바람에 사레가 들려 캑캑거리자 아키코가 얼른 물수건을 내밀었다.

500만 엔 건을 알고 있는 사람은 여기 있는 세 명을 빼면 돈을 받은 요시다와 현장에 있었던 오다니구미 관계자들뿐이다.

오가미 본인은 물론이고 돈을 받은 요시다가 밀고했을 리는 없다. 아키코도 마찬가지다. 남은 것은 오다니구미 관계자인데, 가족이나 마찬가지인 오가미에게 불리한 정보를 신문기자에게 흘렸다고 보기는 어렵다.

그렇다면 도대체 누가⋯⋯?

"히오카."

히오카는 퍼뜩 정신을 차렸다. 오가미가 정면을 응시한 채 말했다.

"이런 상황에선 나도 움직이기 힘들어. 자네가 알아봐."

지시를 받았지만 어디서부터 조사하면 좋을지 판단이 서지 않는다.

침을 삼키는 히오카를 보고 오가미가 고사카를 조사해보라고 말했다.

"어느 입에서 샜는지 알고 있는 건 녀석이야. 거기부터 공격하는 게 맞겠지."

일주일쯤 전 이 카운터에서 오가미 옆자리에 앉아 있던 고사카를 떠올렸다. 오가미와 정면으로 대치할 수 있는 사내다. 누가 밀고했느냐고 물어봐도 선선히 대답할 리 없다. 하지만 달리 정보 출처를 알아낼 방법이 없는 지금, 오가미의 지시에 따를 수밖에 없다.

히오카는 알겠습니다, 하고 대답하고 오가미가 따라준 술을 마셨다.

그러나 조사는 아무런 진전이 없었다. 비밀리에 알아봐야 하기 때문에 근무 중에는 움직일 수 없다. 퇴근 후에야 시간이 나는데 도무지 고사카를 만날 수가 없었다. 히로시마 시내의 집에는 돌아가지 않은 것 같고, 구레하라의 활동 거점인 아키신문 지국 사택에도 가보았지만 다른 잠자리가 있는지 불이 꺼져 있었다.

오가미에게 아무 보고도 못 한 채 사흘이 지났다. 그리고 이번 발포 사건이 터진 것이다.

도모타케로부터 요시와라가 총격을 당했다는 말을 들었을 때 맨 먼저 떠오른 사람은 오가미였다. 요시와라의 총격 소식은 이치노세나 조직 관계자를 통해 이미 오가미의 귀에 들어갔을지도 모른다. 만약 그렇다면 오가미는 답답한 심경일 것이다.

무엇보다도 이라코카이의 간부가 총격을 당한 사실을 오가미는 어떻게 받아들일까? 오가미의 아내와 아들이 당한 교통사고에 이라코카이가 연루되어 있다는 소문을 히오카는 아키코로부터 들었다. 원수의 재앙에 소리 높여 웃고 있을까? 아니면 사사로운 감정은 제쳐놓고 어떻게 하면 항쟁 사건을 미연에 방지할 수 있을지 궁리하고 있을까?

도모타케의 전화를 끊고 히오카는 생각을 중단했다. 생각한다고 해결될 일이 아니다. 지금은 가미오 병원으로 가는 것이 먼저다. 상황을 보고 오가미에게 연락하면 된다.

외출 채비를 하면서 머릿속으로 가미오 병원의 위치를 확인했다. 히오카의 아파트는 동부서와 가미오 병원 중간에 있다. 서로 가서 차를 가지고 가는 것보다 뛰어가는 편이 빠르다.

문을 잠그고, 히오카는 가미오 병원을 향해 달리기 시작했다.

2

1킬로미터를 달린 뒤 가파른 비탈길을 단숨에 뛰어 오르는 것은 고문과도 같았다.

쓰러지기 직전에 비탈길 위에 도달했다. 어깻숨을 쉬면서 눈앞의 건물을 올려다보았다.

서양식 5층 건물로 정면 현관과 계단참의 스테인드글라스 유리창이 어딘지 모르게 수도원 같은 분위기를 풍겼다.

현관 앞에는 이미 여러 대의 경찰 차량이 세워져 있었다. 검은색 고급 외제차도 보였다. 아마 조직의 간부나 두목의 승용차일 것이다. 건물 옆쪽에 주차된 4~5대의 승용차 주위에 십 수 명의 남자들이 모여 있었다. 이라코카이 조직원들이다.

고풍스러운 정면 현관 양쪽에 파출소에서 나온 제복 경찰관 두 명이 경계를 서고 있었다. 히오카는 경찰수첩을 내보였다.

제복 경찰관들은 자세를 바로잡으며 건물 서쪽에 야간 응급용 출입문이 있다고 알려주었다. 건물을 돌아서 서둘러 응급용 출입문으로 갔다. 그곳에도 제복 경찰관이 서 있었다. 다시 경찰수첩을 보여주고 숨을 고르며 물었다.

"고생, 많으십니다. 피해자는, 몇 층입니까?"

"5층 수술실입니다."

경례를 하면서 제복 경찰이 대답했다.

히오카는 입구 바로 옆에 있는 엘리베이터를 타고 5층으로 올라갔다.

5층에 도착하자 어두운 복도 끝에 수술실이 보였다. 수술 중임을 알리는 빨간색 램프는 꺼져 있었다. 수술은 이미 끝난 걸까? 요시와라는 살아서 수술실을 나왔을까? 아니면…….

수술실 앞 간호사실에서는 이미 도착한 도이 반 수사관들이 병원 관계자로부터 진술을 듣고 있었다.

복도 구석에서 도모타케를 발견했다. 언짢은 얼굴로 팔짱을 긴채 벽에 기대서 있었다.

히오카를 알아본 도모타케가 팔짱을 풀며 빠른 걸음으로 다가왔다.

"빨리 왔군. 오가미 반에서는 아직 아무도 안 왔어."

"요시와라의 상태는······?"

히오카가 숨을 몰아쉬며 물었다.

도모타케가 어깨 너머로 수술실을 돌아보며 무거운 한숨을 내쉬었다.

"방금 수술이 끝났어. 총알이 배에서 등으로 관통했다는군. 의사 말로는, 생명은 건졌지만 출혈이 심해서 예단하기 어렵대."

"누구 소행인지 밝혀졌습니까?

도모타케가 수술실 맞은편 문을 보았다. '보호자 대기실'이라는 문패가 걸려 있다.

"저 방에서 도이와 구리타가 현장에 있던 이라코카이 조직원의 진술을 듣고 있어."

구리타는 도이 반의 최고참 형사다.

도모타케가 얼굴을 찡그렸다.

"확실하진 않지만 오다니구미 조직원이 쏜 것 같아. 길거리에서 말다툼을 벌이다가 돌발적으로 쏜 모양이야."

등줄기를 타고 식은땀이 흘러내렸다. 과도한 운동 때문이 아니라 불길한 예감 때문이다.

만약 정말로 오다니구미 조직원이 총을 쏘았다면 가까스로 진정의 조짐을 보이던 가코무라구미와 오다니구미의 항쟁에 새로운 불씨가 더해진다. 두려워하던 이라코카이의 전면 참전이 현실화될 가능성이 높다. 그렇게 되면 피로 피를 씻는 전쟁이 시작된다.

현 상황을 오가미에게 알려야 한다.

히오카가 두리번거리며 공중전화를 찾고 있을 때 보호자 대기실 문이 열리고 구리타가 나왔다. 서둘러 구리타에게 달려갔다.

도모타케가 다그치듯 물었다.

"어떻게 됐어? 범인은 밝혀졌어?"

구리타는 고개를 끄덕이고 도모타케의 얼굴을 보았다.

"옛날 야쿠자들은 목에 칼이 들어와도 싸움 상대가 누군지 발설하지 않았는데 요즘 야쿠자들은 어찌나 입이 가벼운지……."

"누굽니까?"

조바심을 이기지 못하고 히오카가 물었다.

구리타가 히오카를 보았다.

"총을 쏜 건 오다니구미의 나가카와 교지야."

나가카와. 오다니구미 사무소에서 몇 번 만난 적이 있는 빡빡머리 청년이다.

구리타의 말에 따르면 어깨가 부딪히면서 생긴 사소한 다툼이 발단이었다. 새벽 2시경, 이라코카이의 요시와라와 사제인 나가세, 오다니구미 간부인 다치이리 고타와 나가카와가 길거리에서 언쟁을 벌이다가 술김에 싸움이 붙었고, 그 와중에 발생한 사고인 듯했다.

"그래서, 다치이리와 나가카와는 지금 어디 있어?"

구리타는 쓸쓸한 표정으로 짧은 머리를 긁었다.

"두 사람은 요시와라가 총탄에 쓰러진 뒤 현장에서 도주했습니다."

도모타케가 혀를 찼다.

"세 시간 반이나 지났어. 긴급 수배령을 내려도 늦을 테고, 즉시 자택으로 출동해야겠군."

구리타가 엄지로 보호자 대기실을 가리키며 말했다.

"저는 안에 있는 나가세를 데리고 서로 돌아가겠습니다. 자세한 보고는 조서를 받고 나서 하겠습니다."

도모타케는 강렬한 눈빛으로 구리타를 보았다.

"고생해주게."

구리타가 보호자 대기실에서 나가세를 데리고 나왔을 때 가라쓰와 세우치가 도착했다.

도모타케가 힘찬 목소리로 말했다.

"마침 잘 왔어. 요시와라를 쏜 건 오다니구미의 나가카와 교지야. 간부인 다치이리 고타도 관련이 있고. 즉시 기동수사대에 연락하고 자택으로 출동해."

"오다니구미……, 라고요?"

놀란 목소리로 가라쓰가 신음하듯 말했다.

"돌발적인 싸움이었나 봐."

도모타케가 덧붙였다.

"알겠습니다."

세우치는 상기된 목소리로 대답하고 방금 내린 엘리베이터 버튼을 눌렀다.

나가세와 구리타도 함께 엘리베이터에 오른 직후에 다시 보호자 대기실 문이 열리고 도이가 도모타케를 불렀다.

"계장님, 이라코가 얘기를 좀 하자는데요."

"이라코가?"

도모타케가 미심쩍은 얼굴로 되물었다. 도모타케는 잠시 허공을 보면서 뭔가 생각하더니 기민한 동작으로 히오카에게 시선을 향했다.

"자네도 들어와."

히오카는 당황했다.

일반적으로 경찰 관리직과 폭력단 간부급이 대화하는 자리에 히오카 같은 신참을 동석시키는 경우는 없다. 베테랑인 도이가 있으니 자신은 동석할 이유가 없다. 도이도 의아한 표정을 짓고 있었다.

히오카의 대답을 기다리지 않고 도모타케가 방으로 들어갔다. 도모타케의 진의를 모른 채 히오카도 방으로 들어갔다.

보호자 대기실은 병실에 비유하자면 2인실 정도의 넓이로, 등받이를 눕히면 간이침대가 되는 긴 소파가 테이블을 사이에 두고 두 개 놓여 있었다.

출입구 오른편 소파에 남자 두 명이 앉아 있었다. 불룩 튀어나온 배를 강조하듯 상체를 젖히고 앉아서 콧수염을 만지고 있는 사람이 이라코카이 회장인 이라코 쇼헤이다. 60대 중반인데 염색을 했는지 아니면 가발인지 머리카락이 새카맣다. 그러나 감출 수 없는 얼굴의 기미와 주름 때문에 제 나이로 보였다.

이라코는 전후 혼란기에 구레하라에 뿌리를 내린 도박단계 폭력단 두목 이이즈카 시게루 밑에서 야쿠자 세계에 입문했다. 권모술수에 능한 이라코는 그 후 빠르게 두각을 나타내며 일가를 이루었다. 무장투쟁파로 이름을 날렸으며, 오다니 겐지가 이끄는 오다니구미와 두 번에 걸쳐 항쟁 사건을 일으켰다. 풍부한 자금력을 바탕으로 히로시마 진세이카이의 부회장 자리에 올랐으며, 현재 구레하라 시에서 최대 폭력단으로 군림하는 이라코카이를 이끌고 있다.

옆에 앉은 사람은 부회장인 아사누마 신지다. 50대 초반이지만 이마에 깊은 주름이 패어 있고, 머리와 눈썹을 밀어버린 얼굴은 흉악함 그 자체였다. 가코무라와는 형제의 연으로 맺어진 관계다.

소파 뒤에서 이라코와 아사누마를 호위하던 조직원 두 명이 도모타케와 히오카를 위협하듯 노려보았다. 회장의 보디가드일 것이다.

이라코와 아사누마의 맞은편 소파에 앉자 도모타케가 감정 없는 목소리로 말했다.

"이번 일은 큰 재난이었어."

영혼 없는 겉치레 말에 이라코가 코웃음을 쳤다.

"도모타케 계장, 재난이었다니, 무슨 말이 그래? 재난은 끝난 게 아냐. 요시와라는 사경을 헤매고 있는데 아직 범인도 못 잡았잖아? 모든 건 지금부터라고."

이라코의 말이 옳다고 생각했을 것이다. 도모타케는 민망한지 헛기침을 했다.

아사누마가 목을 빙빙 돌리면서 노기등등한 목소리로 으름장을 놓았다.

"우리 조직원이 당했어. 경찰은 이 사태를 어떻게 해결해줄 거야?"

도모타케도 지지 않고 목소리를 높였다.

"당신들이 뭐라고 하든 간에 범인은 반드시 잡을 거야. 당신들은 젊은 애들이 설치지 않도록 단속이나 잘하면 돼."

"반드시 잡겠다……?"

이라코는 그렇게 말하고 등받이에서 상체를 일으키며 도모타케를 보았다.

"믿어도 돼?"

"뭐라고?"

방 안에 팽팽한 긴장감이 감돌았다.

"동부서가 오다니의 뒤를 봐준다는 소문이 있던데, 사실이야?"

이라코가 깔보듯이 도모타케를 비딱하게 쳐다보았다.

도모타케는 이라코의 말을 일소에 부쳤다.

"말도 안 되는 소리. 그게 가당키나 한 얘기야?"

아사누마가 몰아붙였다.

"동부서는 오다니에게 너무 관대해. 자꾸 이치노세 녀석의 응석을 받아주다간 나중에 호된 꼴을 당하게 될 거야."

잠자코 듣고 있던 도이가 아사누마에게 일갈을 날렸다.

"아사누마, 말이 지나쳐!"

도이는 현경 본부 시절에 진세이카이를 담당했기 때문에 이라코카이와는 인연이 깊다. 아사누마와도 잘 아는 사이였다.

아사누마는 입술을 오므리며 고개를 휙 돌렸다.

히오카는 고개를 숙인 채 입술을 깨물었다. 이번 사건이 이라코와 오다니의 충돌에 그치지 않고 오가미와 이치노세의 관계에까지 불똥이 튈 줄 몰랐다. 범인을 체포하고 상응한 처분이 내려지더라도 이라코는 오가미와 이치노세의 관계를 들먹이며 경찰이 특정 폭력단에게만 온정을 베푼다고 트집을 잡을지도 모른다. 오가미와 이치노세만의 문제가 아니라 경찰 조직 전체의 신뢰성이 흔들릴 수도 있다.

침묵을 깨고 이라코가 연극조로 말했다.

"그러고 보니 오가미 반장의 얼굴이 보이지 않는군. 언제나 맨 먼저 달려오는 사람인데 어찌 된 일이지?"

도모타케는 말문이 막혔다.

아사누마가 곁눈으로 이라코를 보았다.

"듣고 보니 그렇군요. 때려죽여도 안 죽을 양반인데, 배탈이라도 나셨나?"

다 알면서 조롱하는 듯한 말투였다.

두 사람은 오가미가 근신 처분을 받았다는 걸 알고 있다.

—혹시 예의 500만 엔 건을 고사카에게 흘린 것이 이라코일까? 어디서 그 정보를 입수해, 오다니를 후원하는 오가미를 실각시키

려는 걸까?

도모타케가 입을 앙다물고 분연히 소파에서 일어났다.

"아무튼, 방금 내가 말한 대로 보복이니 뭐니 어리석은 생각은 하지 마. 경찰에게 맡겨."

도모타케는 이라코의 대답을 듣지 않고 문으로 향했다. 도이를 따라 히오카도 방을 나왔다.

가미오 병원을 나가면 공중전화로 오가미에게 연락을 하자. 현 상황을 알리고 뭘 해야 할지 지시를 받자. 그렇게 생각했지만 히오카의 뜻대로 되지 않았다.

가미오 병원에서 도모타케와 함께 파출소의 소형 순찰차를 얻어 타고 동부서로 돌아오자마자 곧바로 과 회의에 참석해야 했기 때문이다.

회의 첫머리에 이쓰키 과장은 항쟁 발발을 막기 위해선 가해자인 오다니구미 조직원의 신병 확보가 절대 조건이라고 선언했다.

"한시라도 빨리 다치이리와 나가카와를 체포해서 이라코카이가 보복에 나서지 못하도록 기선을 제압해야 해. 만약 두 사람이 살해당하기라도 한다면 경찰 체면은 땅에 떨어지고 말 거야. 소변 볼 시간도 없으니 즉각 움직이도록."

기동수사대의 보고로는 다치이리와 나가카와는 자택에 돌아가지 않았다고 한다. 오다니구미의 간부들도 모조리 자취를 감춘 듯했다.

도모타케의 지시에 따라 히오카는 세우치와 함께 현장에서 용의자의 행적 조사에 나섰다.

현장인 아카이시 거리 주변에서 탐문을 벌이는 동안 오가미에게 전화할 기회가 두 번 있었다. 첫 번째는 세우치가 화장실에 갔을 때, 두 번째는 자신이 화장실에 갔을 때다. 오가미의 아파트로 전화를 걸었으나 부재중인지 전화를 받지 않았다.

사람들이 잠든 심야 시간대에 발생한 사건이고, 현장이 인적 드문 뒷골목이었던 탓에 좀처럼 유력한 목격 정보는 나오지 않았다.

오후 4시가 지났을 무렵 도모타케에게 수사 상황을 보고하기 위해 경찰의 암행 차량으로 돌아왔다. 무전기를 손에 든 순간 서에서 무선이 들어왔다. 도모타케였다. 법원에 신청한 오다니구미 관련 시설에 대한 수색영장이 방금 떨어졌다, 곧바로 일제 수색에 들어갈 예정이니 일단 서로 돌아오라는 지시였다.

"얼른 서로 돌아가자고."

조수석의 세우치가 운전석에 앉은 히오카에게 말했다.

핸들을 잡은 히오카는 미간을 찡그리며 입을 앙다물었다. 일제 수색을 해도 총격범인 나가카와와 공범 용의를 받고 있는 다치이리의 도피처를 알아내긴 어려울 것이다. 이치노세와 오다니구미 간부들도 행방을 감춘 상태다. 사무소에는 배지를 받은 지 얼마 안 되는 조직원들밖에 없을 것이다. 그런 조무래기들이 부두목이나 간부들의 은신처를 알 리도 없을 테니, 일제 수색을 한들 뾰족한 수가 없을 것이다.

항쟁의 도화선에는 이미 불이 붙었다. 시간이 지날수록 도화선은 짧아진다. 폭발은 시간문제다.

항쟁이 시작되면 사상자가 속출할 것이다. 이미 부상자가 나온 이라코카이는 물론이고 오다니구미 조직원들도 열이 뻗친 상태다. 물불을 가리지 않을 것이다. 시민이 말려들 우려도 있다.

이대로 오가미의 아파트로 차를 돌리고 싶은 충동을 누르고 히오카는 액셀을 밟았다.

서에 도착하자 2과 수사관들도 대부분 돌아와 있었다.

곧바로 회의가 열리고 일제 수색의 역할 분담이 이루어졌다. 현시점에서는 용의자의 행적과 주변인 조사를 담당한 수사관들도 오다니구미 간부나 다치이리와 나가카와의 도주에 관한 유력한 정보를 내놓지 못했다. 이쓰키는 아무리 사소한 정보라도 간과하지 말라면서, 뒷골목 길고양이까지 탐문한다는 마음가짐으로 수사에 임하라고 독려했다.

일제 수색은 내일 아침 8시부터 실시하기로 결정되었다.

회의가 끝나고 복도로 나가자 도모타케가 뒤따라왔다. 작은 목소리로 복도 끝으로 오라고 했다. 복도 끝은 비품 상자들을 쌓아두는 구석진 공간이기 때문에 주변에서 잘 보이지 않는다.

수사관들이 회의실에서 나와 뿔뿔이 흩어진 후에 히오카는 복도 끝으로 갔다.

도모타케는 상자를 쌓아둔 벽에 기대서서 팔짱을 끼고 있었다.

히오카가 다가가자 나직이 중얼거렸다.

"지금부터 내가 하는 말은 그냥 혼잣말이야."

수사 2과 폭력단계 계장으로서가 아니라 한 개인으로서의 발언이라는 말인가?

히오카는 도모타케에게 다가서며 귀를 기울였다.

"이대로 두면 구레하라는 큰일이 날 수도 있어. 우에사와 건으로 가코무라가 실질적인 해산에 내몰린 현 상황을, 배후에 있는 이라코는 이를 갈면서 보고 있었을 거야. 첨병부대인 가코무라가 와해된다면 구레하라를 장악하기가 어려워져. 그런 상황에서 이번 총격 사건이 터진 거야. 이라코 녀석, 부하를 걱정하는 척하지만 속으로는 오다니와 전쟁을 벌일 대의명분이 생겼다고 쾌재를 부르고 있겠지."

보호자 대기실에서 본 이라코의 얼굴은 분명 자식을 걱정하는 부모의 얼굴이 아니었다.

도모타케는 목소리를 낮추고 혼잣말을 계속했다.

"오다니와 가코무라의 전쟁에 이라코가 참전한다면 오다니구미와 가까운 관계인 고베의 아카시구미도 가만있지 않을 거야. 이라코가 부회장으로 있는 히로시마의 진세이카이도 나서겠지. 그렇게 되면 진세이카이의 우의 단체인 간사이 십이일회도 움직이지 않을 수 없어. 히로시마 대리전쟁이 재현되는 거지."

히오카의 머릿속에 노상에서 총격전이 벌어지는 구레하라의 거리가 떠올랐다. 폭력단 사무소와 관련 시설, 계열 업소들이 공격

당하고 조직원뿐만 아니라 죄 없는 시민들도 피를 흘린다.

도모타케는 발치를 내려다보던 시선을 들면서 힘주어 말했다.

"무슨 수를 써서라도 그것만은 막아야 해. 오다니 겐지와 히로시마 진세이카이를 설득해서 화해시키는 수밖에 없어. 하지만 아무나 할 수 있는 일이 아니지. 명망 있는 조직의 두목이라도 어려울 거야. 지금 당장 그 일을 할 수 있는 사람은……."

도모타케는 거기서 말을 끊고 날카로운 눈빛으로 히오카를 보았다.

"오가미밖에 없어."

역시……. 히오카는 깊이 숨을 들이마셨다.

오다니와 허심탄회하게 대화할 수 있고 동시에 진세이카이에 다키이라는 강력한 원군을 가진 오가미라면 가능성이 있다.

도모타케는 잠시 간절한 눈빛으로 히오카를 보았다. 이윽고 다시 시선을 떨구며 낮은 목소리로 말했다.

"시간이 없어, 시간이. 오가미가 있으면 좋을 텐데."

무슨 말을 하고 싶은지 알았다. 히오카는 고개를 끄덕였다.

"병원에서 이라코가 했던 말, 그것도 정보야."

도모타케가 이라코를 만나는 자리에 자신을 동석시킨 것은 현 상황을 오가미에게 전하기 위해서였단 말인가? 처음부터 도모타케는 근신 중인 오가미를 움직일 생각이었던 것이다.

히오카는 자세를 바로잡고 고개를 숙인 후 돌아섰다.

서를 나와서 암행순찰차에 올라 시동을 걸었다. 액셀을 밟으며 차를 출발시켰다. 오가미의 아파트로 향하는 히오카의 귓가에 '자네만 믿어'라는 도모타케의 목소리가 들리는 듯했다.

3

공터에 차를 세우고 밖으로 나온 히오카는 눈앞의 건물을 올려다보았다. 오가미가 사는 2층짜리 낡은 아파트다.

오가미의 집은 2층 복도 끝이다. 녹슨 계단을 뛰어 올라가서 오가미의 집 문 앞에 섰다.

조급한 마음을 누르고 숨을 고르면서 낡은 철제문을 두드렸다.

"오가미 씨."

대답이 없다. 좀 더 세게 문을 두드렸다.

"오가미 씨, 히오카입니다. 안에 계시면 문 좀 열어주세요."

잠시 후 안에서 오가미의 목소리가 들렸다.

"안 잠겼어. 들어와."

자다 일어났는지 느른한 목소리다.

히오카는 실례하겠습니다, 하고 말하면서 문을 열었다.

안으로 들어선 순간 알코올 냄새가 코를 찔렀다. 자신도 모르게 얼굴을 찡그렸다.

좁은 현관을 지나면 부엌이고, 그 안쪽에 세 평쯤 되는 방이 있다. 오가미는 그곳에 있었다. 창으로 비쳐 드는 석양을 받으면서

317

벽에 기댄 채 무릎을 세우고 앉아 있었다. 손에는 위스키처럼 보이는 호박색 액체가 든 잔이 들려 있다.

히오카는 신발을 벗고 집 안으로 들어갔다. 부엌 바닥과 방바닥에 빈 술병과 안주 봉지, 더러운 옷가지들이 어지럽게 널려 있다. 히오카는 조심조심 발을 내디디며 오가미 옆으로 가서 앉았다.

펴놓는 이부자리 옆에 작은 접이식 테이블이 있었다. 오가미는 테이블에 놓인 위스키 병을 들어 히오카 앞으로 내밀었다.

"늦었으니 벌주 석 잔이야. 거기 어디 술잔이 있을 거야."

히오카는 정중히 거절했다. 아직 근무 시간이고, 차를 가지고 왔다.

음주 운전은 곤란하다고 생각했을 것이다. 오가미는 술 대신 안주인 오징어를 권하고, 자신의 잔에 위스키를 더했다.

오가미는 술을 마신다기보다는 그냥 목구멍에 들이부었다.

히오카는 몸을 앞으로 내밀었다.

"이라코카이의 요시와라가 총격을 당한 건 알고 계세요?"

오가미는 대답하지 않았다. 놀라지 않는 것을 보면 이미 알고 있다.

히오카는 사건의 현황을 전했다.

"구레하라는 일촉즉발 상태예요. 이대로 두면 항쟁 사건이 발발할 겁니다. 계장님은 오다니 겐지와 진세이카이를 설득해서 화해를 시켜야 한다고 말하고 있어요. 그 일을 할 수 있는 사람은 오가미 씨밖에 없다면서……."

무릎을 문지르며 오가미에게 다가앉았다.

"오가미 씨가 나서주십시오."

비껴 드는 석양이 위스키 잔에 반사된다.

말없이 앉아 있던 오가미가 천천히 입을 열었다.

"이치노세에게 전화를 받았어. 이미 수습할 수 없는 상황이라고 하더군."

숨을 삼켰다.

"전면전이 벌어진다는 말입니까?"

"내버려두면, 그렇게 되겠지."

남 이야기 하듯 무심한 말투다. 히오카는 동요했다. 이미 오가미는 항쟁을 막기를 포기한 걸까? 바꾸어 말하면 오가미도 막을 수 없다는 걸까?

"말도 안 돼요."

오가미가 위스키 잔을 천천히 흔들었다.

"어깨가 닿았느니 어쩌느니 하지만 사실은 요시와라가 싸움을 걸었어. 길거리에서 맞닥뜨렸을 때 술에 취한 다치이리에게 요시와라가 말했대. 두목은 돗토리에서 콩밥을 먹고 있는데 부하들은 술이나 마시고 돌아다니고, 팔자 좋다고. 그래서 싸움이 붙었는데, 요시와라의 부하인 나가세가 나가카와의 배지를 낚아채서 이런 쓰레기 같은 배지를 뭐 하러 달고 다니느냐면서 패대기를 쳤나봐. 그러자 나가카와가 꼭지가 돌아서 탕, 하고 총을 쏜 거지."

그런 경위가 있었단 말인가?

오다니구미는 소수 정예라고, 전에 오가미가 했던 말이 떠올랐다. 오다니구미는 그 무엇보다도 조직의 체면을 중시한다. 조직의 문장에 침을 뱉었으니 나가카와의 분노가 어느 정도였을지 상상이 갔다.

"이유야 어찌 되었든 조직원이 총격을 당한 이라코도 분을 삭이긴 힘들겠지만 오다니도 분명히 모욕을 당했어. 전쟁, 까짓, 하라고 해."

히오카는 무릎을 움켜쥐며 시선을 들어 오가미를 보았다.

"어떻게, 안 될까요?"

오가미는 방의 한 점을 응시한 채 말없이 위스키 잔을 흔들고 있었다.

이치노세에게 이미 수습할 수 없는 상황이라는 말을 들은 이상 오가미도 손쓸 방법이 없을 것이다. 히오카가 울며 매달리면 오가미를 난감하게 만들 뿐이다.

그러나 히오카는 물러서지 않았다. 도모타케의 말처럼 이 항쟁을 막을 수 있는 사람은 오가미밖에 없다. 오가미에게 매달릴 수밖에 없는 상황이다.

"오가미 씨가 근신 중인 걸 이라코도 알고 있는 거 같아요. 어쩌면 고사카를 꼬드긴 것도 이라코일지 몰라요."

오가미의 한쪽 눈썹이 움찔했다. 그러나 여전히 입을 꾹 다물고 있었다.

그렇게 두 사람이 마주앉은 채 시간이 흘렀다.

해가 기울고 두 사람의 그림자가 방바닥에 길게 드리워질 즈음 오가미가 테이블에 컵을 내려놓았다.

"이라코를 만나야겠어."

히오카는 놀라서 고개를 들었다. 귀를 의심했다. 이라코가 아니라 이치노세를 만나러 간다는 말을 잘못 들은 것은 아닐까?

놀란 표정으로 물었다.

"이라코를 만난다고요?"

오가미가 무표정하게 응, 하고 대답했다.

히오카는 동요했다.

이라코는 오가미의 아내와 아들을 죽인 원수일지도 모른다. 이라코카이 입장에서도 오가미는 적이 아닌가? 양자가 얼굴을 마주하고도 무사할 수 있을까?

표정을 보고 히오카의 불안을 눈치챘는지 오가미가 살짝 입꼬리를 올렸다.

"안심해. 자네는 나를 이라코의 사무소까지만 데려다주면 돼. 나머지는 내가 알아서 해."

평소와 다름없는 대담한 웃음이었다. 히오카는 세차게 고개를 저었다.

"아니요. 어디든 오가미 씨를 따라갈 겁니다. 그게 제 역할입니다."

역할이라는 말에 문득 어떤 생각이 떠올랐는지 오가미가 바지 주머니에서 뭔가를 꺼내 히오카에게 주었다.

"자네가 갖고 있어."

늑대가 새겨진 지포 라이터였다. 우에사와 납치 사건 수사로 다지마 항에 갔다가 다키이 사무소로 향하던 길에 담배 가게에서 산 것이다.

라이터를 받아들자 전율이 등줄기를 타고 흘렀다. 불길한 예감이 들었다.

히오카는 고개를 저었다.

"아니, 이건 본인이 갖고 계세요."

지포를 내밀었다.

그러나 오가미는 받으려고 하지 않았다.

"그걸 사용하는 게 자네 역할이야. 자네가 갖고 있어."

오가미가 힘겹게 일어나서 현관을 향해 걸어갔다. 벽에 걸린 파나마모자를 젖혀 썼다. 구두를 신고 양손을 바지 주머니에 찔러넣으며 방 안에 앉아 있는 히오카를 돌아보았다.

"얼른 안 나오고 뭐 해?"

역광 때문에 오가미의 얼굴이 보이지 않았다. 파나마모자의 흰색만이 눈을 찔렀다.

왠지 가슴이 뜨거워졌다.

어금니를 깨물며 방바닥에서 일어났다. 호주머니 안에서 움켜쥔 지포 라이터가 땀에 흠뻑 젖어 있었다.

10장

1988년 7월 18일.

오전 11시 30분. 우에사와 지로 살해 사건으로 전국에 지명 수배 된 피의자 가코무라구미 조직원 나와시로 히로유키의 신병을 시코쿠 다카마쓰 시내에서 확보. 이송을 위해 오가미 반의 가라쓰 경장 외 수사관 1명이 다카마쓰 서로 즉시 출발.

오후 4시. 오다니구미 조직원 나가카와 교지, 요시와라 게이스케 총격 사건 피의자로 구레하라 동부서에 출두.

오후 4시 20분부터 구리타 경장과 함께 나가카와 진술 청취.

오후 7시 종료.

오후 7시 30분. '시노'.

(3행 삭제)

323

1

히오카는 동부서 현관 앞에 서서 눈앞의 국도를 보고 있었다. 지나가는 차를 주시하고 있다.

서행하면서 동부서 문으로 들어오는 택시를 기다리는 중이다. 땀으로 끈적이는 손목시계를 보았다. 오후 3시 55분. 도착하기로 한 시간은 4시다. 방금 전에 확인한 시간에서 5분밖에 지나지 않았다.

고개는 돌리지 않고 곁눈으로 구리타를 보았다. 구리타는 현관 계단에 앉아서 말없이 전방을 보고 있다. 얼굴은 도로를 향하고 있지만 히오카처럼 눈으로 차를 쫓고 있는 것은 아니다. 희끗희끗 센 머리에서 관자놀이를 타고 흐르는 땀을 닦지도 않고 생각에 잠긴 듯 먼 곳을 보고 있었다.

현관 앞에는 차양이 드리워져 있다. 그러나 해가 기울어 그림자가 길게 드리워진 시간인데도 햇빛이 비치는 곳은 30도를 훌쩍 넘을 것 같다. 한여름 햇빛에 아스팔트에서 아지랑이가 피어올라 반대편 차선이 흔들리는 것처럼 보였다.

히오카와 구리타는 벌써 30분째 한 대의 택시를 기다리고 있다. 이라코카이 간부 요시와라 게이스케에게 총을 쏜 오다니구미 조직원 나가카와 교지를 태운 택시다.

다시 시계를 본다. 3시 57분.

조바심을 이기지 못하고 히오카는 구리타에게 물었다.

"나가카와가 정말로 출두할까요?"

불안감을 말로 표현한 순간 대형 트럭이 눈앞을 통과했다. 산에서 캐온 석재를 짐칸에 산더미처럼 싣고 있었다. 굉음과 진동이 배까지 전해졌다.

히오카의 목소리가 들리지 않았는지, 듣고도 못 들은 척을 하는지 구리타는 대답하지 않았다. 꾸어다 놓은 보릿자루처럼 그 자리에 앉아서 말없이 앞만 보고 있다.

시계의 초침이 재깍재깍 돌아간다.

3시 58분.

나가카와는 정말로 올까? 혹시 갑작스러운 사정으로 출두를 취소한 건 아닐까?

아무리 생각해도 자신이 할 수 있는 일은 기다리는 것뿐이었다.

허공을 올려다보며 어금니를 깨물었을 때 택시 한 대가 서행하면서 문을 들어섰다.

히오카는 계단을 뛰어 내려갔다. 구리타도 뒤따랐다.

택시가 현관 앞에 도착하고 뒷좌석 문이 열렸다.

빡빡머리 청년이 내렸다. 이 더위에 발목을 덮는 치노 팬츠와 긴팔 셔츠를 입고 있다. 아마 문신을 했을 것이다. 손깍지를 끼고 불안한 얼굴로 히오카와 구리타를 번갈아 바라보았다.

히오카는 다시 한번 남자의 얼굴을 보았다.

틀림없다. 나가카와다. 나가카와는 오다니구미 사무소에서 몇 번 만난 적이 있다.

택시가 떠나자 구리타가 본인 확인을 했다.

"나가카와 교지, 맞아?"

"예. 잘 부탁드립니다."

나가카와는 심호흡을 한번 하고 양 무릎에 손을 짚으며 깊이 머리를 숙였다.

오늘 아침 히오카가 출근했을 때 이미 도모타케는 자리에 앉아 있었다. 의자 등받이에 기댄 채 인상을 찌푸리고 있었다. 무거운 분위기를 조금이라도 가볍게 해보려고 히오카는 밝게 아침 인사를 건넸다. 그러나 그것이 비위를 건드렸는지 도모타케는 눈을 가늘게 뜨고 히오카를 흘겨보았다.

"기분이 엄청 좋은가 봐. 뭐 신나는 일이라도 있어? 젊은 친구들은 속 편해서 좋겠어."

도모타케의 빈정거림에 내심 발끈했지만 애매하게 웃어 보이고 말없이 자리에 앉았다.

요시와라가 총격을 당한 지 사흘이 지났다.

도모타케의 기분은 날이 갈수록 나빠졌다. 이틀 전 토요일에 실시한 오다니구미 관련 시설에 대한 일제 수색은 허탕으로 끝났다. 예견하고 있었을 것이다. 사무소에는 말단 병사들뿐이고 압수물도 변변찮아서 수사관들은 빈손으로 돌아올 수밖에 없었다.

총격 용의자인 나가카와의 소재도 불명이다. 사건 현장에서 함께 도망친 다치이리 고타의 행방도 여전히 파악되지 않고 있다.

요시와라는 두 발의 총알을 맞았다. 한 발은 배에서 등으로 관통했지만 다른 한 발은 몸속에 남아 있는 상태다. 의사 말로는 총알이 장기의 미묘한 부분에 박혀 있어서 언제 대동맥 파열을 일으킬지 모른다고 했다. 목숨은 건졌지만 재수술을 할 때까지 절대 안정을 취해야 한다는 것이다.

가미오 병원 보호자 대기실에서 도모타케는 반드시 범인을 잡겠다고 이라코와 아사누마 앞에서 큰소리쳤다. 그런데 뻔히 아는 범인을 아직도 못 잡고 있으니 현 상황을 치욕스럽게 느낄 법도 하다.

상관의 기분은 부하들에게 전염된다. 뒤이어 출근한 수사관들도 도모타케의 얼굴을 보자 눈길을 피하며 총총히 자기 자리로 가서 앉았다.

평소처럼 업무 연락을 겸한 조례를 마친 후에도 입을 여는 사람은 없었다. 오가미 반의 시바우라와 세우치는 용의자인 나가카와들의 행방을 찾기 위해 주변인 조사를 나갔다. 도이 반 수사관들도 절반 정도가 나가고 없었다. 2과 형사실에는 히오카를 포함한 폭력단계와 지능범계 수사관들 그리고 간부까지 포함해 13명이 남아 있었다.

무거운 공기를 단번에 바꿔놓은 것은 점심시간 전에 걸려온 한 통의 전화였다.

히오카는 감식에서 올라온 자료를 바탕으로 우에사와의 시체를 운반한 쇼신마루의 검사 보고서를 정리하고 있었다. 오가미의 예측대로 배에서는 나와시로 등 실행범의 지문과 미미하지만 루미놀 반응이 나왔다. 시체 유기에 사용된 배가 틀림없었다. 보고서를 마무리하고 차를 타려고 급탕실로 가는데 전화벨이 울렸다.

전화를 받는 것은 막내의 역할이다. 서둘러 자리로 돌아와 수화기를 들려는데 전화기 앞에 앉아 있던 다카쓰카가 히오카를 손으로 제지하고 수화기를 들었다.

경찰 전화는 긴급 사태 때만 울리는 것은 아니다. 오히려 다른 지자체 관할서에서 걸려오는 사소한 문의 전화가 더 많다.

귀찮은 표정으로 전화를 받던 다카쓰카가 눈을 동그랗게 뜨고 자리에서 벌떡 일어났다.

"정말입니까?"

방에 있던 사람들의 시선이 일제히 다카쓰카에게 쏠렸다.

몇 마디 짧게 대답하더니 다카쓰카가 이내 환한 표정을 지었다. 다카쓰카는 감사합니다, 하고 말하며 전화에 대고 머리를 숙였다. 수화기를 내려놓은 다카쓰카가 이쓰키를 향해 큰 소리로 말했다.

"히로시마 현경 수사 4과의 쓰모토 과장 전화입니다. 좀 전에 시코쿠의 다카마쓰 서에서 현경으로 연락이 왔는데, 수배 중인 나와시로의 신병을 다카마쓰 시내에서 확보했답니다!"

"그게 정말이야?"

몸이 먼저 반응한 것이리라. 도모타케는 튕기듯이 의자에서 일어났다. 히오카도 자세한 이야기를 듣기 위해 다카쓰카 곁으로 달려갔다.

오늘 오전 10시. 순찰 중이던 다카마쓰 서 경찰관이 다카마쓰 시내의 파친코점에서 지명수배 전단의 사진과 닮은 남자를 발견하고 무선으로 서에 연락했다. 출동한 폭력단계 수사관이 직무 질문을 하자 남자가 갑자기 도주했다. 남자는 300미터쯤 도망치다가 뒤쫓아 간 수사관에게 붙잡혔다. 공무 집행 방해에 의한 현행범 체포였다.

남자는 순찰차에 오를 때도 욕을 하며 난폭하게 굴었으나 조사실에 들어가자 갑자기 입을 다물었다. 남자는 한동안 묵비권을 행사했지만, 채취한 지문이 나와시로의 것과 일치한다고 담당 형사가 말하자 마침내 본인임을 인정했다.

"쓰모토 과장 말이, 다카마쓰 서로 수사관을 급파해 나와시로의 신병을 인수하랍니다."

옆에서 눈을 반짝이며 다카쓰카의 보고를 듣고 있던 가라쓰가 목소리를 높였다.

"제가 가겠습니다. 다카쓰카, 자네도 같이 가."

도모타케의 대답을 기다리지 않고 가라쓰와 다카쓰카가 의자 등받이에 걸쳐둔 재킷을 집어 들고 문으로 향했다.

"잘 좀 부탁해."

도모타케가 허둥지둥 두 사람의 등에 대고 말했다.

히오카 옆을 지나갈 때 가라쓰가 안타깝다는 듯이 중얼거렸다.

"가미 씨가 있었으면 오늘은 축하 회식을 했을 텐데……."

반원들 사이에서는 오가미 이야기를 하지 않는 것이 무언의 약속이었다.

가라쓰와 다카쓰카가 방을 나가자 2과 형사실은 환호성에 휩싸였다. 지능범계 수사관들까지 웃으면서 도모타케와 간부들에게 말을 건넸다.

나와시로가 체포되면서 2과 폭력단계의 현안 사안인 우에사와 납치 살해 사건, 야나기다 살해 사건, 가나메 초 발포 사건과 일련의 총격 사건, 그리고 사흘 전에 일어난 요시와라 총격 사건 중 요시와라 총격 사건만 미결로 남게 되었다.

동부서 수사본부는 요시와라 총격 사건이 발생하고 나서 진술 청취를 위해 이치노세를 찾았지만 행방을 파악할 수 없었다. 사무소에도 자택에도 없었다. 종적을 감춘 것은 이치노세뿐만이 아니었다. 간부인 비젠과 야지마도 사라져버렸다.

이후 조사에서 요시와라가 총격을 당한 후 이치노세가 돗토리로 갔다는 사실이 밝혀졌다. 돗토리 형무소에서 복역 중인 오다니 겐지를 면회하러 간 것이다. 혹시나 해서 도모타케가 돗토리 형무소에 문의했더니 총격 사건 다음 날 면회 개시 시간에 맞춰 이치노세가 면회를 신청했다. 돗토리 형무소 직원 말로는, 이치노세는 30분 정도 오다니와 이야기를 나눈 뒤 오전 11시에 면회를 마치고 부하가 운전하는 차로 형무소를 떠났다고 한다.

입회한 형무관 말에 따르면 건강이나 출소 후의 의논 같은 일상적인 대화를 나누었다고 한다. 그러나 뒤로 손을 써서 잠시 형무관을 내보내고 둘이서만 이야기를 나누었을 가능성도 있다. 야쿠자의 면회에서는 흔한 일이다.

거기까지는 파악되었지만 그 후의 행적은 묘연했다. 구레하라로 돌아온 후 어디로 갔을까? 아니면 구레하라가 아닌 다른 곳에 피신하고 있을까? 현경 수사 4과에도 조회했지만 이치노세의 목격 정보는 들어오지 않았다.

요시와라 총격 사건이 해결되려면 시간이 필요할지도 모른다. 우에사와 사건이 해결 단계에 접어들면서 가코무라구미를 괴멸할 길이 열렸다고 해도 구레하라를 무대로 한 폭력단 항쟁 사건의 싹은 남아 있다. 오히려 요시와라 사건으로 새로운 불씨가 점화되었다. 2과 수사관 모두가 알고 있는 사실이다. 그러나 나와시로가 체포되면서 불씨 하나는 확실하게 진화의 조짐을 보이고 있다. 또한 가코무라구미는 체류 경비 부담이 커지자 우의 단체에서 파견 나온 지원군들을 돌려보내고 있다.

잠시나마 수사관들은 기쁨과 안도감에 취해 있었다.

히오카에게 전화가 걸려왔을 때도 형사실은 나와시로 체포의 여운에 휩싸여 있었다.

오가미 반 구역에서 전화벨이 울렸다.

"구레하라 동부서 수사 2과입니다."

히오카는 수화기를 들고, 주위의 소란에 묻히지 않도록 약간 목소리를 높였다.

수화기 너머에서 망설이는 듯한 젊은 여자 목소리가 들렸다.

"저기……, 히오카 씨 계신가요?"

기억에 없는 목소리다. 접니다, 하고 히오카가 대답하자 수화기
너머에서 안심한 듯 숨을 내뱉는 소리가 들렸다.

"전화 바꿔드릴게요."

여자가 수화기를 넘기는 기척이 들렸다.

도대체 누구를 바꿔준다는 것일까?

순간 오가미의 얼굴이 떠올랐다. 수화기를 쥔 손에 힘이 들어갔다.

"히오카 씹니까? 납니다."

목소리를 듣는 순간 히오카는 전화 상대가 누군지 단박에 알아
차렸다.

이치노세다. 이치노세의 목소리에는 특징이 있다. 낮은 바리톤
이지만 담배를 많이 피워서 걸걸하다. 그러면서도 울림이 좋았다.

나와시로 다음으로 경찰이 혈안이 되어 찾고 있는 남자의 연락
을 받고 히오카는 놀라고 당황했다.

"히오카 씨에게 긴한 부탁이 있어요."

갑자기 본론을 꺼내는 이치노세를 히오카는 황급히 저지했다.
수화기를 손으로 막고 주위를 둘러보았다. 오가미 반 구역에는 아
무도 없었다. 과원들은 아직도 나와시로 체포 소식에 취해 있었
다. 히오카에게 걸려온 전화에 신경 쓰는 사람은 없는 듯했다.

히오카는 과원들을 등지고, 목소리가 새어나가지 않도록 수화
기를 손으로 막으면서 물었다.

"지금 어디 있습니까? 경찰이 전력을 다해 당신을 찾고 있어
요."

히오카의 질문에 이치노세는 대답하지 않았다.

"어디 있는지 묻지 마세요. 나는 지금 외부에 노출되면 안 되는 몸입니다."

수화기 너머에서 희미하게 텔레비전 소리가 들렸다. 여자의 집일까, 호텔 방일까? 아마 전자일 것이다. 호텔이나 여관 같은 숙박업소에는 경찰이 그물을 치고 있다. 아무리 여자를 동반해 눈을 속인다고 해도 너무 위험하다.

이치노세가 몸을 숨기고 있는 진의는 무엇일까? 히오카는 물어보았다.

"상대의 눈을 피하기 위해서입니까?"

상대란 이라코카이를 말한다. 주변을 신경 쓰느라 이름은 말하지 않았다.

경찰뿐만 아니라 부하가 총격을 당한 이라코도 기를 쓰고 이치노세를 찾고 있을 것이다.

이치노세가 작게 웃었다. 유쾌해서 웃는 듯한, 그러면서도 어딘지 조롱하는 듯한 대담한 웃음이었다.

이치노세가 타이르는 듯한 어조로 말했다.

"야쿠자는 싸움이 업입니다. 싸움 상대 앞에서는 숨지도 도망치지도 않지만 경찰은 별개죠. 지금 붙잡히면 한동안 밖에 나갈 수 없을지도 몰라요. 가미 씨가 있다면 몰라도 지금은 도이 나리가 지휘하고 있으니 체포 영장이 나올 가능성도 있어요. 지금 경찰에 신병을 맡긴다는 건 일종의 도박입니다."

이치노세는 잠시 말을 끊고 숨을 내뱉더니 강한 어조로 말을 계속했다.

"지금은 도박을 할 수 없어요. 이번 분쟁이 정리될 때까지 나는 어떻게든 바깥세상에 남아 있어야 하는 몸입니다."

오다니구미는 준조직원 야나기다가 살해당하고, 간부인 비젠이 경영하는 클럽의 호스티스를 뺏겼다. 비젠의 자택도 총격을 받았다. 이번에 이라코카이의 요시와라가 총상을 입었지만 사건의 발단은 모두 가코무라구미와 그 배후인 이라코카이의 도발이었다. 두목이 없는 동안 부두목으로서 조직을 책임지고 있는 자신이 체포된다면 모든 것이 이라코와 가코무라의 꿍꿍이대로 되고 만다. 적어도 두목인 오다니가 출소할 때까지 앞으로 2개월간은 몸을 숨긴 채 조직을 결속시킬 작정인 것이다.

이치노세의 입장과 마음은 이해한다. 그러나 형사로서 경찰이 행방을 쫓고 있는 자를 이대로 놓칠 수는 없다. 히오카는 목소리를 낮추고 출두하도록 설득에 나섰다.

"나와시로가 붙잡혔습니다."

수화기 너머에서 숨을 삼키는 기척이 났다.

히오카는 나와시로의 신병을 확보하기에 이른 경위를 짧게 설명했다.

"지금 우리 수사관들이 다카마쓰로 가고 있어요. 나와시로를 체포했으니 앞으로 가코무라구미 조직원들은 줄줄이 체포될 겁니다. 금전적인 부담 때문에 지원병들도 돌려보내고 있다고 해요.

오가미 씨가 말한 대로 사실상 가코무라구미는 해산될 겁니다."

히오카는 수화기를 쥔 손에 힘을 주었다.

"이제 곧 가코무라구미와의 항쟁은 종결됩니다. 그러니 출두해 주십시오."

잠시 틈을 두고 이치노세가 불쑥 말을 내뱉었다.

"가코무라가 해산되어도 이라코가 있잖습니까?"

히오카의 뇌리에 병원 소파에 거만하게 앉아 있던 이라코의 모습이 떠올랐다.

돈과 지위를 탐하고 권모술수에 능한 이라코가 이대로 물러나진 않을 것이다. 요시와라 사건으로 점화된 불씨를 지금쯤 소중히 키우고 있을 것이다.

히오카는 말문이 막혔다.

이치노세가 평상시 목소리로 말했다.

"그건 그렇고, 좀 전에 말한 부탁 얘긴데, 나가카와를 출두시키 겠습니다. 히오카 씨가 잘 좀 챙겨주세요."

히오카는 귀를 의심했다. 요시와라 총격 사건 용의자인 나가카와의 신병 확보는 현재 동부서 2과의 최대 현안이다. 권총을 소지한 채 도주한 실행범을 체포하는 일은 이치노세의 출두 이상으로 중요한 문제였다.

총격에 이른 경위는 요시와라 측에도 잘못이 있다. 일반인 눈에는 사소한 배지지만 야쿠자에게는 그 무게가 다르다. 조직의 문장이 새겨진 배지는 목숨을 걸고서라도 지켜야 한다. 자신의 목숨

그 자체라고 해도 과언이 아니다. 그런 배지를 요시와라의 부하인 나가세가 욕설과 함께 내던졌다. 나가카와 입장에서는 용서하기 힘든 폭거였을 것이다.

오다니구미로서도 할 말이 있다. 항쟁 사건 와중에 한 명이라도 조직원을 내놓는다는 것은 뼈아픈 일이다. 또한 지금 출두시키는 것은 야쿠자 사회의 도리에도 맞지 않다.

왜 지금 나가카와를 출두시키려는 걸까?

이치노세는 짧게 대답했다.

"두목님의 명령입니다."

돗토리 형무소로 오다니를 찾아가서 사정을 설명하고 지시를 받들었다는 것이다.

"사정이야 어찌 됐든 총을 쏜 건 우리 식구이니 세상 사람들 앞에서 책임을 져야 한다. 이쪽 세계의 뒤처리는 그다음이다. 두목님은 그렇게 말씀하셨어요. 우리 두목님이 그런 분입니다. 원칙에 까다로우시죠."

히오카는 흥분을 억누를 수 없었다. 몸을 앞으로 내밀며 물었다.

"알겠습니다. 그럼 시간은?"

이치노세는 오후 4시까지 택시를 태워서 보내겠다고 대답했다.

"모쪼록 나가카와를 잘 부탁합니다."

"알겠습니다."

침을 삼키면서 대답했다.

전화를 끊고 히오카는 곧바로 도모타케의 자리로 갔다. 이쓰키 과장은 회의 때문에 자리에 없었다.

"계장님, 방금 이치노세에게 전화가 왔습니다."

도모타케의 눈이 휘둥그레졌다.

"무슨 말을 했어?"

"나가카와를 출두시키겠답니다."

"그게 정말이야?"

여우에게 홀린 얼굴이다.

"예. 4시에 택시를 태워서 서로 보내겠답니다."

히오카는 통화 내용을 도모타케에게 보고했다.

"틀림없지?"

어조가 날카롭다.

히오카는 즉시 고개를 끄덕였다.

"예. 틀림없는 본인 목소리였습니다. 말투로 봐서 거짓말은 아닐 겁니다. 이치노세가 일부러 전화해서 거짓말할 이유도 없고요."

도모타케의 뺨이 홍조를 띠었다. 다그치듯 물었다.

"그런데 이치노세는 어디에 있어?"

"그건 말하지 않았습니다. 아직 본인은 출두할 생각이 없는 것 같습니다."

으음, 하고 살짝 입술을 비틀더니 금세 입가를 풀면서 큰 소리로 과원들에게 알렸다.

"나가카와가 출두하겠대. 방금 이치노세에게 전화가 왔어."

일순 찬물을 끼얹은 것처럼 방 안이 조용해졌다. 그러나 곧바로 환호성이 터져 나왔다. 오늘 들어 두 번째 낭보다. 과원들끼리 서로 어깨를 토닥였다.

"얼른 과장님에게 보고해야지."

정신을 차린 듯 도모타케는 그렇게 말하고 도이 반 구역을 향해 목소리를 높였다.

"구리타."

구리타 경장이 말없이 도모타케를 보았다.

"히오카와 함께 나가카와를 맡아. 둘이서 용의자 심문도 하고."

오다니구미는 오가미 반 담당이다. 그러나 현재 반원들이 다 나가고 히오카밖에 없었다. 대규모 항쟁으로 발전할 수 있는 중요 사건의 용의자 심문을 신참 형사인 히오카에게만 맡길 수 없다고 생각한 것이리라.

구리타는 2과 경력만 20년인 고참 형사다. 야쿠자를 다루는 수완은 오가미에게 뒤지지 않는다.

구리타는 짧게 깎은 머리를 쓸어 넘기며 의자에 앉은 채 예, 하고 작게 고개를 숙였다.

2

구리타는 곧바로 나가카와를 조사실로 데려갔다.

조사실이 처음은 아닌지, 창에는 철조망이 쳐져 있고 비품이라 곤 철제 책상과 의자뿐인 살풍경하고 음울한 방에 들어서도 나가카와는 안색 하나 변하지 않았다.

"그럼 시작할까?"

나가카와를 창 쪽 의자에 앉히고 구리타는 맞은편 의자에 앉았다. 조사관의 의자는 등받이가 있지만 피의자의 의자는 등받이 없는 파이프 의자다.

히오카는 문을 등지고 작은 책상 앞에 앉았다. 기록을 위해 노트를 폈다.

구리타는 인정신문을 마치고 사건의 경위에 관해 물었다.

나가카와는 국어 교과서를 읽듯이, 요시와라에게 총을 쏘게 된 경위를 말했다.

오가미에게 들은 내용과 거의 같았다.

요시와라가 총탄에 쓰러진 대목에 이르자 구리타는 발포 동기를 확인했다.

"조직의 배지를 집어던져서 발끈해서 총을 쏘았다, 맞아?"

"맞습니다."

구리타의 눈을 보면서 나가카와가 대답했다.

구리타는 잠시 허공을 바라보다가 납득한 듯 고개를 끄덕였다.

요시와라가 총격을 당할 때 함께 있었던 이라코카이 조직원의 공술과 비교하면서 어느 쪽 주장이 설득력이 있는지 생각했을 것이다.

히오카는 힐끗 손목시계를 보았다. 곧 5시 반이다.

피의자가 묵비권을 행사하거나 용의를 부인하면 조서를 받을 수 없다. 본인이 서명 날인을 하지 않기 때문이다.

그러나 나가카와의 경우는 자진 출두해 공술하고 있다. 곧 조서 작성을 끝낼 수 있을 것이다.

이로써 또 하나의 문제가 해결되는 것이다. 살며시 안도의 한숨을 내쉬었을 때 구리타가 한 번도 들어본 적 없는 부드러운 목소리로 말했다.

"그런데 말이지……."

나가카와도 목소리 변화를 알아차렸을 것이다. 무슨 질문을 하려는지 불안한 표정으로 구리타를 보았다.

"자네, 구레하라가 고향이지?"

본적과 현주소는 앞서 인정신문에서 확인을 마쳤다. 다 아는 것을 왜 새삼스럽게 묻는 것일까?

나가카와도 같은 생각일 것이다. 예, 뭐, 하고 어정쩡하게 대답했다.

구리타는 상체를 똑바로 세우고 책상 위에서 팔짱을 끼며 나가카와의 얼굴을 보았다.

"어머니는 잘 지내셔?"

뜻밖의 말에 나가카와의 안색이 변했다. 놀람과 곤혹스러움이 혼재된 표정이다. 어머니는 이번 사건과 관련이 없다.

"어머니가 다니는 공장, 이름이 뭐였지? 사카메 강 하류에 있는 오래된 피복 공장인데…….."

구리타가 어머니 이야기를 꺼낸 이유는 모르겠지만 질문에는 대답해야 한다고 생각했을 것이다. 고개를 갸웃거리며 공장 이름을 기억해내려고 애쓰는 구리타를 향해 나가카와가 불쑥 대답했다.

"……나카우라 피복 공장."

구리타가 팔짱을 풀고 무릎을 쳤다.

"맞아, 나카우라 피복 공장이야. 어머니가 아직도 거기서 일하셔?"

나가카와가 잠자코 고개를 끄덕였다.

구리타는 손으로 턱을 문지르며 생각에 잠긴 듯 먼 곳을 보았다.

"자네, 올해 스물여덟이지? 어머니는 쉰이 좀 넘으셨고. 연세도 있으신데 어디 편찮으신 데는 없고?"

기록에 따르면 나가카와의 부모는 나가카와가 두 살 때 이혼했다. 그 후 어머니는 재혼하지 않고 혼자 나가카와를 키웠다.

어머니 이야기가 나오자 나가카와의 입이 무거워졌다. 야쿠자가 되긴 했지만 아들에게 어머니 이야기는 어느 시대건 가슴을 파고드는 법이다.

숙연한 표정으로 고개를 숙이는 나가카와에게 구리타가 부드럽게 말했다.

"이봐, 나가카와. 자네는 아직 모르겠지만 부모란 참으로 어리석어. 잘난 사람이든 못난 사람이든 제 자식은 아무리 나이를 먹어도 귀엽거든."

구리타도 자식들 생각을 하는지, 부모의 사랑에 대해 절절하게 이야기했다.

"지금도 어머니는 자네 걱정을 하고 계실 거야. 이번에는 자네가 방아쇠를 당겼지만 야쿠자 노릇을 하다 보면 언제 총탄을 맞을지 몰라. 필시 미련한 아들 걱정에 밥 한 끼 마음 놓고 못 드시고 잠 한숨 편히 못 주무실 거야."

20대의 나이에 부모의 고마움을 뼈저리게 느끼는 사람은 드물다. 대개는 자신이 부모가 되거나 부모 나이가 되어야 그 은혜를 알게 된다. 그러나 나가카와는 달랐다. 눈물샘을 자극하는 얄팍한 신파에 눈물이 그렁그렁해졌다. 어머니 속을 어지간히도 썩였던 모양이다.

"이번 사건을 알면 어머니가 얼마나 슬퍼하시겠어?"

쐐기를 박듯이 구리타가 탄식했다.

나가카와가 어깨를 축 늘어뜨렸다. 어깨가 가늘게 떨린다.

구리타는 한 팔을 책상에 올리고 상체를 내밀며 자장가를 부르는 듯한 목소리로 말했다.

"자네, 어머니가 소중하지?"

나가카와가 고개를 끄덕였다.

"그런 일을 저질렀으니 어머니께 죄송하지?"

나가카와가 크게 고개를 끄덕였다.

"어머니께 사죄하고 싶지?"

나가카와는 어깨를 늘어뜨린 채 몇 번이고 고개를 끄덕였다.

"그래? 그렇다면……."

갑자기 구리타의 목소리가 위협적으로 돌변했다.

"사실을 불어."

나가카와가 놀라서 고개를 들었다. 자신은 거짓말을 하지 않았다, 무슨 말을 하는지 모르겠다, 그런 표정이었다. 히오카도 마찬가지였다. 나가카와가 거짓말을 하고 있다고 생각하지 않았다.

구리타가 책상을 치며 버럭 소리를 질렀다.

"너 말이야, 사실은 이치노세의 명령을 받고 총을 쏜 거지? 이라코의 조직원을 아무나 한 명 죽이라고 이치노세가 명령했지?"

나가카와는 얼빠진 표정으로 절레절레 고개를 저었다.

"부두목님은 관계없습니다. 울컥해서 제가 멋대로 한 짓입니다!"

"그럼 다치이리의 명령이야? 현장에 함께 있던 그자가 죽이라고 했어?"

나가카와는 더 격렬하게 고개를 저었다.

"아닙니다. 형님은 저를 말렸습니다. 하지만 이성을 잃고 제가 그만……, 정신을 차리고 보니 총을 쏘고 있었습니다. 그게 전부입니다. 정말입니다!"

나가카와의 필사적인 표정을 보고 거짓말이 아니라고 판단했는지 구리타는 약간 목소리를 낮추었다.

"함께 도주한 다치이리는 어디 있어?"

나가카와는 고개를 숙였다.

"모릅니다. 사태가 진정될 때까지 서로 연락하지 말기로 하고 각자 도망쳤습니다."

"요시와라를 쏜 권총은 어디서 났어?"

어느새 나가카와의 얼굴에는 두려움 대신 굳은 각오가 엿보였다.

"기억나지 않습니다."

"자신이 갖고 있던 권총이 어디서 났는지 모른다니, 이상하잖아?"

나가카와는 기억나지 않는다고 완강하게 주장했다.

구리타가 다시 매섭게 다그쳤다.

"이치노세가 준 거지? 이라코카이 녀석을 죽이라면서 총을 줬지? 말해!"

처음과 달리 두 번째는 위축되지 않았다. 나가카와는 냉정한 목소리로 부정했다.

"아닙니다. 어디서 났는지 정말로 기억나지 않습니다."

구리타가 물고 늘어졌다.

"검사 앞에서 그런 변명이 통할 거 같아?"

"뭐라고 하셔도 사실입니다. 기억나지 않는 걸 어떻게 말합니까? 아니면 뭡니까, 저한테 거짓말이라도 하라는 겁니까?"

나가카와의 태도가 표변했다.

구리타는 입을 다물었다.

조사실 안에 침묵이 흘렀다.

나가카와를 노려보고 있던 구리타가 표정을 풀며 평소의 목소리로 말했다.

"좋아. 그 정도면 검사 앞에 내보내도 되겠어."

구리타는 히오카를 돌아보며 지금의 내용으로 나가카와의 공술 조서를 꾸미라고 지시했다. 조서가 마무리되면 나가카와의 지인을 받아서 검찰에 송치하겠다는 것이다.

심문이 끝나자 유치 관리과 직원이 나가카와를 포승으로 묶어서 데려갔다.

구리타와 함께 조사실을 나왔을 때는 이미 7시였다. 구리타의 압박 심문 덕분에 생각보다 조사가 길어졌다. 총의 출처를 밝히는 것도 중요하지만 상대는 야쿠자다. 조직에 누가 될 만한 공술을 할 리가 없다.

이라코의 조직원을 죽이라고 이치노세가 명령했는지 여부는 분명치 않다. 그러나 히오카는 나가카와가 거짓말을 했다고 생각지 않았다. 이번 발포 사건은 나가카와의 공술대로 일시적인 감정 때문에 발생한 것이리라.

이치노세의 됨됨이를 구리타도 알고 있을 것이다. 왜 그토록 집요하게 나가카와를 몰아세웠을까?

자신을 바라보는 시선에서 히오카의 의문을 짐작한 것이리라. 구리타는 옆에서 걸어가는 히오카를 보며 빙긋 웃었다.

"오다니구미 조직원들은 교육을 잘 받았어. 나가카와는 조직에 피해를 주지 않으려고 죽을힘을 다해 버텼어. 그 정도 근성이면 검사 앞에서도 밀어붙일 수 있겠지."

히오카는 놀라서 구리타를 보았다. 나가카와를 호되게 추궁한 것은 검찰 조사를 견뎌낼 수 있을지 시험하기 위한 구리타의 연기였단 말인가?

구리타는 바지 주머니에 양손을 찔러 넣으며 먼 곳을 보았다.

"2과 형사는 말이지, 공술만 끌어낸다고 되는 게 아냐. 야쿠자는 언제 공술을 뒤집을지 모르거든. 요즘 야쿠자들은 근성이 없어서 검사가 고함만 한번 질러도 자백을 번복하지. 그 녀석이 얼마나 근성이 있는지 확인하는 것도 우리 일이야."

구리타의 말을 들으면서 히오카는 오가미를 떠올렸다. 오가미가 나가카와를 취조했다면 필시 구리타처럼 했을 것이다.

히오카는 바지 주머니에서 라이터를 꺼냈다. 오가미가 맡긴 늑대가 새겨진 지포다.

히오카는 어금니를 깨물며 라이터를 움켜쥐었다.

3

나가카와의 심문을 마친 뒤 히오카는 업무를 마무리하고 서를 나왔다. 재킷을 어깨에 걸치고 빠른 걸음으로 번화가로 향했다.

번잡한 거리를 빠져나가 옆길로 들어갔다. 향하는 곳은 시노다.

시노의 미닫이문을 열자 카운터 안에서 아키코가 히오카를 보면서 반갑게 웃었다.

"슈짱, 어서 와요."

안으로 들어가서 등 뒤로 문을 닫았다.

카운터 구석에 오가미가 앉아 있다. 히오카를 향해 술잔을 들어 보이며 어서 와, 하고 인사를 건넸다.

"오늘도 고생 많았어."

히오카가 오가미 옆에 앉자 아키코가 카운터에서 나와서 포렴을 걸었다.

오가미의 전화를 받은 것은 어젯밤이다. 내일 퇴근하면 시노로 와, 하고 말했다.

히오카가 되도록 빨리 가겠습니다, 하고 말하자 오가미는 몇 시든 괜찮아, 하고 말하며 의미심장한 웃음을 흘렸다.

아키코는 가게 문을 잠근 후 다시 카운터 안으로 들어가서 히오카에게 술잔을 건넸다. 오가미가 히오카에게 술병을 내밀면서 물었다.

"오늘은 바빴어?"

히오카는 술을 받으면서 한숨을 내뱉었다.

"바쁜 게 다 뭡니까, 2과는 난리도 아니었어요. 깜짝 놀랐다가 환호성을 지르며 기뻐했다가 대혼란이었어요."

오가미가 궁금하다는 듯이 물었다.

"도대체 무슨 일이 있었는데?"

놀라는 척하지만 여유 있는 웃음을 짓고 있는 걸 보면 연기가 분명하다. 오가미의 손바닥 위에서 놀아나는 기분이 들어 히오카는 퉁명스럽게 말했다.

"시치미 떼지 마세요. 오늘 나와시로가 다카마쓰 시내에서 체포된 것도, 나가카와가 출두한 것도 알고 계시잖아요? 야쿠자의 정보망은 경찰의 정보망과 맞먹을 만큼 치밀해요. 나와시로의 체포 소식은 구레하라뿐만 아니라 히로시마의 조직들에도 전해졌을 테고, 당연히 다키이의 귀에도 들어갔겠죠. 그리고 다키이가 절친인 오가미 씨에게 알려주지 않았을 리가 없고요."

오가미는 히오카의 추리를 흥미롭게 듣고 있었다.

"나가카와의 출두에 관해 말하자면, 오가미 씨는 나가카와가 오늘 출두한다는 걸 어제 이미 알고 있었어요. 오늘 통화에서 이치노세는 아무 말도 하지 않았지만, 오가미 씨가 오다니를 움직여서 이치노세가 나가카와를 출두시키도록 만들었겠죠. 이치노세는 전화에서 요시와라가 총격을 당한 후 곧바로 돗토리로 가서 오다니를 면회했고, 나가카와를 출두시키라는 말을 들었다고 했어요. 하지만 나가카와가 출두한 건 이틀 뒤인 오늘입니다. 오가미 씨는 사흘 전에 여기서 이치노세에게 나가카와를 출두시키라고 권했지만 받아들이지 않았다고 말했어요. 오가미 씨 외에 이치노세를 설득할 수 있는 사람은 오다니밖에 없습니다. 오가미 씨는 면회를 갔거나 아니면 다른 방법으로 연락을 취해서 오다니에게 이치노세를 설득해달라고 부탁했겠죠. 그리고 오다니는 이치노세에게 지시를 내렸어요. 그게 아마 어제였겠죠. 그래서 오가미 씨는 어젯밤에 저에게 전화를 걸어서 내일 퇴근하고 시노로 오라고 말한 겁니다. 나가카와가 출두한 이야기를 들으려고 말이죠."

말을 마친 히오카는 갈증이 나서 단번에 술잔을 비웠다.

"오늘은 웬일로 달변이군."

오가미가 어이없다는 듯이 웃었다. 히오카에게 술을 따르면서 말했다.

"자네, 욕구불만이 쌓여서 그래? 아래쪽 말이야."

아키코가 오가미를 흘겨보며 싱긋 웃었다.

"가미 씨도 참, 그만 좀 해요."

오가미가 근신 명령을 받은 날 밤, 히오카는 오가미를 차에 태우고 이라코카이 사무소로 향했다.

핸들을 잡으면서 히오카는 오가미를 따라 이라코 사무소에 가려고 마음을 굳혔다. 그러나 오가미는 히오카를 데려가지 않았다. 이라코카이 사무소에서 1킬로미터 정도 떨어진 네거리 공중전화 부스 앞에 차를 세우게 했다.

오가미는 차에서 내린 후 조수석 창을 열게 하더니, 차 안으로 머리를 반쯤 집어넣고 히오카에게 말했다.

"여기부터는 혼자 갈 거야. 공중전화로 이라코한테 연락해서 조직원이 차를 갖고 오게 할 테니까 자네는 시노에서 기다려."

히오카가 조수석 쪽으로 몸을 내밀며 결의에 찬 목소리로 말했다.

"저도 데려가주십시오."

오가미는 입꼬리를 살짝 올리더니 파나마모자를 깊이 눌러썼다.

"이라코의 사무소 주변은 경찰이 경비를 서고 있어. 독단전행을 서에서 알면 시말서 감이야."

그것은 오가미도 마찬가지다. 근신 중에 항쟁 사건의 불씨가 될 이라코와 접촉한 사실이 발각되면 징계 처분은 확실하다.

히오카가 그렇게 말하자 오가미는 야쿠자 차량은 창문이 스모크 글라스여서 뒷좌석에 엎드리고 있으면 들키지 않는다고 말했다.

그렇다면 자기도 오가미와 같은 방법으로 잠입하겠다고 말했지만 오가미는 끝까지 듣지 않고 차창에서 물러섰다.

"자네는 시노에서 얌전히 기다려. 만약 날짜가 바뀌어도 내가 나타나지 않으면 도모타케 계장에게 연락해서 사정을 설명하고 이라코의 사무소로 기동수사대를 출동시키라고 말해."

히오카는 숨을 삼켰다.

오가미가 시노에 나타나지 않는다면 그것은 오가미에게 무슨 일이 생겼다는 의미다.

"알았어? 이건 명령이야."

다짐을 놓고 오가미는 공중전화 부스로 들어갔다.

무슨 말을 해도 오가미의 뜻을 꺾을 수 없을 것이다. 혼자서 이라코와 담판을 지을 작정이다.

히오카는 동행을 포기하고 차를 움직여 전화 부스에서 조금 떨어진 길가에 세웠다. 운전석에서 몸을 낮추고 네거리에 서 있는 오가미를 지켜보았다.

10분쯤 지났을 때 차량 한 대가 천천히 오가미에게 다가왔다.

검은색 벤츠였다.

벤츠가 오가미 앞에 섰다. 오가미가 뒷좌석 문을 열고 차에 올랐다. 오가미를 태운 벤츠가 미끄러지듯 출발해 시야에서 사라졌다.

일은 이미 움직이기 시작했다. 자신이 할 수 있는 일은 시노에서 기다리는 것뿐이었다.

차 키를 돌리고 액셀을 밟았다.

시노에 도착했을 때는 저녁 7시경이었다.

가게에는 손님이 없었다. 아직 이른 시각이다. 손님이 오더라도 지금부터다.

히오카는 아키코에게 간단히 사정을 설명하고 여기서 오가미를 기다리게 해달라고 부탁했다.

아키코의 얼굴에서 핏기가 가셨다. 2층 객실에서 가코무라구미의 요시다를 다그치던 오가미에게 식칼을 가져다주던 당찬 모습은 찾아볼 수 없었다.

"알았어요. 오늘은 그만 문 닫을 테니 여기서 편히 기다려요."

아키코는 서둘러 포렴을 걷었다.

카운터로 돌아오자 아키코는 있는 재료로 재빨리 요깃거리를 만들어 히오카 앞에 내놓았다. 파드득나물을 뿌린 닭고기 달걀 덮밥이었다.

"남자는 언제 무슨 일을 당할지 몰라요. 챙겨 먹을 수 있을 때 든든히 먹어둬야 해요."

식욕 따위는 없었다. 그러나 아키코의 배려를 모른 척할 수 없어서 억지로 목구멍으로 욱여넣었다. 의연하게 행동하려 하지만 밥그릇을 내려놓는 아키코의 손이 가늘게 떨렸다. 오가미를 몹시 걱정하고 있었다.

시간은 흐르고 시곗바늘이 11시를 지났다.

생각을 딴 데로 돌리려고 잡담을 하던 아키코도 입을 다물었다. 카운터에 의자 하나를 비우고 히오카와 나란히 앉아서 양손으로 턱을 괸 채 먼 곳을 보고 있다.

가게 안에는 괘종시계의 추가 흔들리는 소리만 들렸다.

11시 50분이 되어도 미닫이문은 열릴 기미가 없었다.

히오카는 안절부절못하고 전화기 옆에 놓인 둥근 의자에 옮겨 앉았다. 손목시계와 전화기를 번갈아 노려보았다.

괘종시계가 12시를 알렸다.

카운터에 앉아서 양손에 얼굴을 묻고 있던 아키코가 금방이라도 울음을 터뜨릴 것 같은 얼굴로 히오카를 보았다.

히오카는 수화기를 들었다. 수첩을 꺼내 도모타케의 자택 번호를 돌렸다.

마지막 다이얼을 돌리려는 순간 미닫이문이 열렸다.

히오카는 손을 멈추고 입구를 보았다.

오가미였다.

"많이 기다렸지?"

오가미는 평소처럼 무심한 태도로 들어왔다. 다친 데는 없어 보였다.

"가미 씨……."

히오카와 아키코가 동시에 말했다.

두 사람이 얼마나 걱정하고 있었는지 개의치 않는 무신경한 태도에 마음이 놓이면서도 맥이 탁 풀리는 복잡한 심경이었다. 아키코는 그런 오가미에게 화가 난 것 같았다. 볼을 잔뜩 부풀리며 오가미를 흘겨보고는 거칠게 물수건을 내밀었다.

"맥주 줘."

미안한 기색도 없이 오가미가 아키코에게 말했다.

아키코는 입을 비죽이며 오가미 앞에 맥주병과 유리잔을 거칠게 내려놓았다.

히오카는 자리로 돌아와 안도의 숨을 내쉬며 물었다.

"조금만 늦었으면 계장님에게 전화할 뻔했어요. 어떻게 됐어요, 이라코와의 얘기는?"

"흥분부터 가라앉혀."

오가미는 그렇게 말하고 유리잔에 맥주를 따르더니 꿀꺽꿀꺽 마셨다.

오가미의 이야기에 따르면 이라코가 오다니와 화해하는 조건으로 내건 것은 요시와라에게 총을 쏜 나가카와의 손가락, 위로금 1000만 엔, 두목인 오다니 겐지의 은퇴였다.

히오카는 이해가 되지 않았다. 분명 결과만 놓고 본다면 오다니구미가 가해자고 이라코카이가 피해자다. 그러나 나가카와가 발포한 이유와 가코무라구미 녀석들을 조종해 전부터 못된 짓을 해온 경위를 생각하면 과도한 조건이다.

히오카가 자신의 생각을 전하자 오가미가 말했다.

"또 있어."

히오카는 신음했다. 여기다 또 조건을 달았단 말인가?

"이치노세의 파문이야."

인내심의 한계였던지 잠자코 이야기를 듣고 있던 아키코가 끼어들었다.

"두목의 은퇴에 부두목의 파문이면 오다니구미를 해산하라는 말이잖아요?"

아키코는 카운터에서 나와 오가미 옆에 앉았다.

"가미 씨, 그런 조건을 받아들인 건 아니죠?"

자신을 노려보는 아키코의 시선을 오가미는 코웃음으로 뿌리쳤다.

"그런 조건을 내가 왜 받아들여?"

아키코는 오가미 쪽으로 기울이고 있던 몸을 바로 세우며 안도의 숨을 내쉬었다.

오가미가 내놓은 화해 조건은 나가카와의 출두와 이라코가 제시한 액수의 위로금, 그리고 오다니의 은퇴였다.

오가미가 오다니의 은퇴를 받아들인 것은 의외였다. 나가카와의 출두는 합당하다. 신체적 불편을 견뎌야 하는 요시와라에 대한 위로금도 이해할 수 있다. 그러나 출소를 앞둔 오다니에게 은퇴를 요구하는 것은 오가미답지 않다. 조직은 작지만 오다니 겐지는 야쿠자 세계에서 명망 높은 존재다. 무엇보다 오다니가 선선히 은퇴를 받아들일 리가 없고 이치노세도 납득하지 않을 것이다.

히오카의 의문 제기에 오가미는 고개를 끄덕였다.

"본래라면……, 오다니가 남의 말을 듣고 은퇴한다는 건 있을 수 없는 일이야."

잔에 남은 맥주를 비우고 오가미는 말을 계속했다.

"하지만 두목님도 이제 적은 연세가 아니야. 이번 일이 아니더라도 은퇴할 날이 머지않았어. 그렇다면 이번 참에 이치노세를 위해 결단을 내리는 것도 나쁘지 않아. 이치노세를 위해서라면 두목님은 두말 않고 고개를 끄덕일 거야. 오히려 기쁜 마음으로 두목 자리를 내놓을 거야."

오가미의 말이 맞을지도 모른다. 한 번밖에 만난 적이 없지만 면회실 의자에 앉은 오다니의 모습에서는 돈이나 지위에 대한 집착은 찾아볼 수 없었다. 오히려 깨끗이 물러날 줄 아는 미덕을 갖춘 인물로 보였다. 그래도 민간인이든 야쿠자든 현역에서 물러날 때의 허전함은 다르지 않을 것이다. 자신의 역할을 다했다는 안도감과 함께 일선에서 물러나는 노병 같은 쓸쓸함을 느끼지 않을까?

일단 이것으로 사태는 진정될 것이다.

"정말 다행이에요. 어려운 역할 해내느라 고생하셨어요."

히오카가 그렇게 말하고 잔을 들자 오가미가 중얼거렸다.

"얘기는 끝난 게 아냐."

아직도 문제가 남아 있단 말인가?

히오카는 오가미를 보았다.

"이라코는 이치노세의 파문만은 절대로 양보할 수 없다고 하더군."

초점은 이치노세의 파문 하나로 좁혀졌다. 이라코도 오가미도 한발도 양보하지 않았고, 그래서 이야기가 길어졌다고 했다.

"그래서, 어떻게 됐어요?"

히오카가 다그치듯 물었다. 오가미는 입술을 오므리며 잠시 눈앞을 노려보았다.

"이라코가 자신이 뱉은 침을 다시 삼킬 수밖에 없도록 손을 썼지."

"그게 뭔데요?"

결론이 궁금한지 아키코가 이야기를 재촉했다.

"이라코는 말이지, 조직을 키우는 과정에서 온갖 악행을 저질렀어. 상해, 공갈, 사기, 밀수, 샤부, 살인 등등, 안 지은 죄를 말하는 게 쉬울 정도야. 하지만 그건 어떤 조직이든 크게 다르지 않아. 많든 적든 범죄를 저지르지."

거기서 말을 끊고 오가미가 히오카를 보면서 물었다.

"야쿠자가 가장 무서워하는 게 뭔지 알아?"

병, 죽음, 사랑하는 사람과의 이별 같은 것들이 머릿속에 떠올랐다. 그러나 야쿠자에게만 해당되는 것은 아니다. 오가미가 야쿠자라고 한정한 이상 야쿠자만 무서워하는 뭔가가 있을 것이다. 잠깐 생각하다가 고개를 가로저었다. 모르겠다.

오가미는 자신의 잔에 맥주를 따르면서 답을 말했다.

"야쿠자가 가장 무서워하는 건, 야쿠자 세계에서 살아갈 수 없게 되는 거야."

히오카가 놀라서 물었다.

"그러니까, 세상에 알려지면 이라코가 진세이카이에서 절연 처분을 당하게 된다는 말이죠?"

파문과 절연은 다르다. 야쿠자 세계에서 가장 무거운 처벌은 절연이다. 파문은 두목이 허락하면 조직에 복귀할 수 있지만, 절연을 당하면 두 번 다시 야쿠자 세계에 발을 들일 수 없다. 절연 처분을 받은 자와 관계한 조직은 야쿠자 세계에서 적대를 당하게 된다. 요컨대 절연은 야쿠자 사회에서의 사형 판결이다.

"뭐, 그런 거지. 나는 이라코가 야쿠자 세계에서 살아갈 수 없게 만들 수 있는 정보를 갖고 있어."

흠칫 놀라며 오가미를 본다. 아키코도 오가미 옆에서 숨을 삼키고 있다.

"나는 폭력단계에서 잔뼈가 굵었어. 지금까지 야쿠자와 관련된 수많은 사건을 다뤄왔지. 개중에는 범인인 줄 알면서도 증거가 없어서 체포하지 못한 녀석도 있어. 이라코도 그중 하나야."

오가미의 말에 따르면, 예전에 이라코는 형님으로 모시던 자기 조직의 부두목을 제거했다고 한다. 자신이 그 자리에 오르기 위해서다. 그 부두목은 갯바위 낚시를 하다가 높은 파도에 휩쓸려 사고사한 걸로 처리되었지만 실제로는 이라코가 수면제를 먹여 바다에 던져 넣은 것이다.

"부모나 형제를 죽이는 짓은 야쿠자 세계에서 가장 큰 죄악이야. 그 사실이 알려지면 무사할 수 없어."

오가미가 유리잔을 움켜쥐었다.

"나는 예전에 어떤 루트를 통해 그 정보를 입수했고, 때가 오기를 기다렸어. 그래서 이라코에게 한 방 먹였지. 이치노세의 파문 요구를 철회하지 않으면 네가 가장 감추고 싶은 비밀을 폭로하겠다고."

경찰은 증거가 없으면 체포할 수 없다. 검찰도 마찬가지로 증거 없이는 입건할 수 없다. 그러나 야쿠자 세계는 다르다. 그쪽 계통의 확실한 증인이 있고 그렇다는 소문만 퍼져도 치명상을 입는다.

"내가 옛날 일을 암시하자 이라코의 안색이 변하더군. 일단 나가카와의 출두와 위로금으로 살기등등한 부하들을 진정시킬 테니 이치노세 건은 월요일까지 기다려달라고 결론을 미뤘어. 곧바로 이치노세에게 연락해서 나가카와를 출두시키라고 말했지만 듣지 않았어. 이라코에게는 가까운 시일 안에 이치노세를 설득하겠다고 말하고 오늘은 돌아온 거야."

숨 막히는 이야기가 끝나자 피로가 몰려왔다. 아키코도 마찬가지인지 이마에 손을 대고 한숨을 내쉬었다.

양옆에 앉은 두 사람을 보면서 오가미는 목덜미에 손을 대고 고개를 빙글빙글 돌렸다.

"솔직히 나도 최근 들어 이렇게 피곤해보긴 처음이야. 아까 전화 목소리로는 지금 통화해도 이치노세를 설득하긴 어려울 거 같아. 이치노세에겐 내일 전화하기로 하고 오늘은 이쯤에서 끝내야겠어."

오가미는 아키코에게 청주를 부탁했다.

사태가 정리되는 쪽으로 가닥이 잡히자 마음이 놓였을 것이다. 아키코는 실눈을 뜨고 웃으면서 일어나 카운터 안으로 들어갔다.

그것이 사흘 전이다.

그런데, 하고 말하면서 히오카가 본론을 꺼냈다.

"이라코에게선 연락이 있었어요? 이치노세의 파문 얘긴 어떻게 됐어요?"

오가미는 고개를 저었다.

"아직 아무런 연락도 없어."

약속한 월요일은 오늘이다. 대체 왜 시간을 끄는 걸까? 초조해하는 히오카를 달래듯이 오가미가 말했다.

"눈엣가시인 적을 없애느냐 자신의 목을 내놓느냐, 양자택일이야. 녀석도 쉽사리 대답을 내놓진 못하겠지."

오가미가 자조하듯 웃으며 덧붙였다.

"이라코에겐 나도 이치노세만큼이나 눈엣가시겠지만."

오가미의 의미심장한 발언에 히오카는 미간을 찡그렸다.

"무슨 일 있었어요?"

오가미가 진지한 얼굴로 말했다.

"고사카에게 500만 엔 건을 흘린 건 이라코카이 조직원이야."

확신에 찬 목소리다.

"어떻게 알아냈어요?"

히오카가 곧바로 물었다.

오가미의 말에 따르면, 히오카에게 고사카의 주변을 조사하라고 말하고 나서 자신도 어디서 정보가 샜는지 알아보았다고 한다. 500만 엔 건을 아는 사람은 자신과 히오카, 아키코를 빼면 500만 엔을 받고 우에사와 사건의 전말을 털어놓은 요시다와 오다니구미 조직원들밖에 없다. 오다니구미 조직원들이 고사카에게 500만 엔 건을 흘렸다고 보긴 어렵다. 그러나 악의가 없는 경우엔 이야기가 달라진다. 젊은 조직원들은 밖에 나가서 조직 내의 이야기를 자랑삼아 떠들고 싶어 한다. 우리 두목은 도량이 넓다느니 간부 누구는 심지가 굳다느니 하는 식구들의 무용담을 자기 일처럼 자랑한다.

"오다구미의 젊은 조직원들이 자주 드나드는 클럽에 알아봤더니 예상대로였어. 은퇴한 노즈가 은혜를 갚기 위해 500만 엔이라는 거금을 가져왔다는 얘기를 클럽 호스티스에게 자랑 삼아 한 모양이야."

그 클럽에는 이라코카이 조직원들도 드나든다고 했다.

"노즈가 내놓은 500만 엔이 나에게 건너온 얘기를 이라코카이 녀석이 듣고 조직 간부에게 전했겠지. 그 보고를 받은 이라코가 눈엣가시인 나를 쫓아내려고 고사카를 꼬드겨 와카의 귀에 들어

가게 한 거야. 뼈대만 얘기하면 그래."

증거는 없지만 설득력이 있다.

그 밖에도, 하고 말하며 오가미가 말을 계속했다.

"나를 성가시게 여기는 인간이 많아. 우리 식구들 중에도."

식구라면 경찰 내부의 인간을 말하는 걸까?

히오카가 묻자 오가미는 눈앞을 보면서 말했다.

"감찰이 움직이고 있어."

심장이 쿵 하고 내려앉았다. 손에서 땀이 배어난다.

오가미는 요시와라가 총격을 당한 다음 날 진세이카이의 다키이에게 전화해서 적당한 선에서 오다니구미와 화해하도록 이라코를 설득해달라고 부탁했다. 다키이는 해보겠다고 대답하면서 또다시 오가미의 신변을 걱정했다고 한다. 전에도 말했듯이 감찰이 본격적으로 움직이고 있다는 것이다.

"짱긴의 정보는 틀린 적이 없어. 감찰이 본격적으로 나를 조사하고 있다는 말은 아마 사실일 거야."

카운터 안에서 접시에 조림을 담고 있던 아키코가 걱정스러운 눈으로 오가미를 보았다.

아키코의 시선을 알아차린 오가미는 익살스러운 말투로 너스레를 떨었다.

"잘난 남자에겐 적이 많은 법이지. 사람들에게 배척당하는 건 내 숙명이라고."

아키코가 어이없다는 듯이 작게 웃었다.

오가미는 카운터에 놓인 담뱃갑에서 담배 한 개비를 꺼내 입에 물었다.

히오카가 바지 주머니에서 라이터를 꺼내 재빨리 불을 붙였다. 오가미가 맡긴 지포다.

오가미는 라이터를 보면서 흐뭇한 얼굴로 말했다.

"라이터 사용이 능숙한데."

오가미의 말처럼 늑대 라이터는 사용하기 편했다. 요령이 없어 선지 100엔짜리 라이터로는 불이 잘 붙지 않았는데 이 라이터는 다르다. 한 번에 확실하게 불이 붙는다.

라이터를 손에 쥐고 뚜껑을 열었다 닫았다 하고 있는데 오가미가 히오카 쪽으로 상체를 기울였다. 눈은 아키코가 사라진 카운터 안쪽을 보고 있다. 아키코가 사라지길 기다리고 있었던 모양이다.

아키코에게 들리지 않도록 히오카의 귀에 대고 작게 말했다.

"오늘 밤 안으로 이라코가 대답을 내놓을 거야. 아마 이치노세의 파문보다 자신이 살아남는 길을 선택하겠지. 하지만 인생은 설마의 연속이지. 무슨 일이 생기면……, 히오카, 부탁해."

목소리가 진지하다. 무슨 일이란 이라코가 조건을 받아들이지 않고 화해가 실패로 끝나는 경우를 말하는 것이리라. 그렇게 되면 구레하라는 폭력단 항쟁의 전쟁터가 될 것이다.

하지만 자신에게 부탁한다는 말은 무슨 뜻일까?

오가미에게 물으려고 했을 때 아키코가 돌아왔다.

"어머, 심각한 얼굴로 둘이서 무슨 얘기를 하고 있었어요?"

대답을 못 하고 있자, 오가미가 히오카의 어깨에 팔을 두르고 세게 끌어당겼다.

"이 친구, 좋아하는 여자가 있나 본데 숫기가 없어서 큰일이야. 여자를 어떻게 꼬시는지, 내가 비법을 전수하고 있었지."

히오카는 아니라고 말하려다가 그만두었다. 괜히 아키코를 불안하게 만들 필요는 없다. 자신이 조금 거북하면 되는 문제다.

그럼, 하고 말하면서 오가미가 자리에서 일어났다.

"슬슬 가봐야겠어."

"벌써 가려고요?"

아키코가 물었다. 10시 반. 평소의 오가미였다면 아직 저녁이다.

오가미는 카운터에 놓아둔 파나마모자를 집어 들어 비스듬히 쓰면서 장난스럽게 웃었다.

"나야 근신 중이지만 아들내미는 다르지. 잠깐 재미 좀 보여주려고."

개를 산책시키러 간다는 말투다. 히오카는 오가미가 이라코의 전화를 받기 위해 귀가한다는 사실을 알고 있었다. 지금처럼 긴박한 상황에서 여자와 노닥거릴 리가 없다.

"적당히 놀다가 들어가요."

아키코가 웃으면서 슬쩍 눈을 흘겼다.

오가미는 평소처럼 미닫이문 앞에서 등을 보인 채 손을 흔들고 가게를 나갔다.

11장

일지

1988년 7월 23일.

오전 9시. 이쓰키 과장으로부터 호출.

오후 3시 40분. 다키이구미 두목 다키이 긴지로부터 전화.

오후 4시. 아카이시 거리 '코스모스'에서 다키이와 면담.

━━━━━━━━━━━━━━━━━ (1행 삭제)

오후 8시경, '시노'에서 다키이구미 두목과 합류.

━━━━━━━━━━━━

━━━━━━

━━━━━━━━━━━━━━━ (3행 삭제)

히오카는 현관문 앞에 도착해 노크를 했다.

대답이 없다.

또다시 노크를 했다. 이번에는 집주인 이름을 부르면서 문을 두드렸다.

"오가미 씨, 접니다. 히오카입니다."

역시 대답이 없다.

문손잡이를 잡는다. 여전히 잠겨 있지 않았다. 천천히 철제문을 열었다.

방 안이 보였다. 평소처럼 이부자리가 깔려 있고, 옷가지들이 흩어져 있었다. 테이블 위에는 마시다 만 위스키 잔이 그대로 놓여 있었다. 나흘 전 아침, 히오카가 방문했을 때와 똑같다. 오가미가 돌아온 기색은 없었다.

─아침 댓바람부터 무슨 일이야? 방금 잠들었는데.

그런 호통 소리를 기대하면서 현관문을 연 히오카는 낙담했다. 얄팍한 희망은 시들고 대신 가슴 가득 불안이 차올랐다.

오늘 밤 안으로 이라코에게 연락이 올 거라고 말하고 오가미가 시노를 나간 날로부터 5일이 지났다. 그날 밤 이후로 오가미와 연락이 닿지 않는다.

7월 18일 밤, 오가미는 시노를 나간 후 이라코를 만났다. 히오카는 확신하고 있었다.

일은 일각을 다툰다. 양쪽 다 여유를 부릴 시간은 없다.

구레하라에서 폭력단 항쟁이 확대되는 것을 방지하기 위해 오가미는 이라코에게 비장의 카드를 내밀었다. 이라코의 야쿠자 생명이 걸린 카드다. 이라코는 이치노세의 파문을 선택할까, 보신을 선택할까? 분명 오가미와 이라코 간에 결론이 났을 것이다.

히오카는 이튿날인 19일, 출근 전에 오가미의 아파트에 들렀다. 새벽 6시 반은 오가미에겐 한밤중이다. 보통 점심때쯤 일어나기 때문이다. 더구나 어젯밤에 이라코를 만났을 테니 아직 자고 있을 것이다. 곤히 자는데 깨우기 미안했지만 이라코가 어떤 선택을 했는지 궁금해서 참을 수 없었다. 전화를 걸까도 생각했지만 그만두었다. 전화로 물을 만큼 가벼운 내용이 아니었고, 어차피 야단맞을 거라면 직접 만나서 야단맞는 편이 좋겠다고 생각했다.

히오카가 오가미의 아파트에 찾아간 이유는 또 하나 있었다.

새벽에 꾼 꿈 때문이었다.

꿈속에서 잠을 깼는데 시계를 보니 점심때가 가까웠다. 허둥지둥 옷을 갈아입고 집을 나서려다가 뭔가 잊어버렸다는 것을 깨달았다. 오가미가 맡긴 지포 라이터다. 항상 넣어두던 바지 주머니에는 없었다. 셔츠와 재킷 주머니를 뒤졌지만 역시 없었다.

방으로 돌아가서 구석구석 찾아보았다. 테이블 밑에도 이불 속에도 없다. 아무 데도 보이지 않았다. 어떡하지? 조바심이 났다. 오가미가 아끼는 라이터인데, 잃어버린 걸 알면 얼마나 화를 낼까? 찾으려고 안달을 하지만 몸이 생각대로 움직이지 않았다. 마치 물속에서 움직이는 것처럼 손발의 움직임이 둔했다. 초조감이 극에 달하고 숨이 막혔다. 꿈에서 깨고 보니 온몸이 땀에 흠뻑 젖어 있었다.

라이터가 없어졌다. 말하자면 꿈의 내용은 그게 전부다. 그러나 꿈속에서 느낀 불안과 초조감은 잠이 깬 뒤에도 사라지지 않았다. 물을 마셔도 진정되지 않아서 땀에 젖은 속옷을 갈아입고 서둘러 외출 채비를 마친 뒤 오가미의 집으로 향했다.

문을 두드려도 대답이 없었다. 손잡이를 돌리자 문이 열렸다. 술에 취해 쓰러져 자느라 노크 소리를 못 들었을지도 모른다고 생각하고 문틈으로 안을 들여다보았다. 그러나 오가미는 없었다.

서둘러 외출한 것처럼 이불이 젖혀져 있었다. 그것만 빼면 예전과 똑같은 방이다. 변한 것은 없다. 꿈속에서 느낀 불안은 어느새 사라졌다. 이라코와 이야기가 잘 풀려서 축배를 들고 여자 집에서 자고 있을 것이다. 그렇게 생각하고 돌아섰다.

오전 업무를 마치고 점심을 먹은 뒤 오가미에게 전화를 했다. 집에 돌아와 있을 시간이라고 생각했다. 그러나 전화를 받지 않았다. 또다시 불안이 머리를 들었다.

아무리 과음했더라도 오가미가 이라코와의 담판 결과를 히오카에게 알리지 않을 리 없다. 오히려 오가미라면 이야기가 잘 풀렸다는 낭보를 전하고 싶어서 새벽부터 전화를 했을 것이다. 그런 생각이 들자 도저히 가만있을 수 없었다.

히오카는 곧바로 오가미의 무선호출기에 전화를 걸었다. 몇 번을 시도해도 전화는 걸려오지 않았다.

그날 퇴근 후에도 히오카는 오가미의 아파트에 들렀다. 불이 꺼져 있었다. 역시 오가미는 집에 없었다.

오가미 밑에서 일한 지 한 달 반 가까이 되는데, 그동안 오가미의 소재가 파악되지 않은 적은 있지만 연락이 닿지 않은 적은 없었다. 집 전화가 연결되지 않아도 무선호출기에 연락하면 곧바로 오가미로부터 전화가 걸려왔다.

히오카는 오가미의 아파트 근처에 있는 공중전화 부스로 들어갔다.

수첩을 펼치고 도모타케의 자택 번호를 돌렸다.

이쓰키 과장에게는 근신 명령을 받은 오가미가 자택에 없다는 말을 할 수 없다. 그러나 도모타케라면 말해도 된다. 아니, 말해야 한다.

오가미는 큰일을 끝내고 여자 품에서 느긋하게 쉬고 있을지도 모른다. 만일 그렇다면 하루 연락이 안 되는 정도로 호들갑을 떨었다고 나중에 야단맞을지도 모른다. 그러나 야단맞을까 봐 무서운 것보다 걱정하는 마음이 더 컸다.

오다니구미에 대한 가코무라구미의 도발에서 발단한 일련의 사건은 히로시마 현 내 폭력단들을 끌어들인 대규모 항쟁으로 발전할 가능성을 내포하고 있다. 적대적인 폭력단들 사이에서 분쟁을 중재해 사태를 수습할 수 있는 사람은 오가미밖에 없다고 도모타케는 말했다. 히오카를 이용해 근신 중인 오가미에게 비밀스러운 명령을 내린 사람은 도모타케다. 명령을 내린 상관에게는 현 상황을 알려야 한다고 판단했다.

전화를 받은 도모타케는 히오카로부터 사태의 개요를 듣고 잠깐 생각하더니 좀 더 상황을 지켜보라고 말했다.

"연락이 안 되는 건 마음에 걸리지만 지금은 어설프게 움직일 때가 아냐. 이라코와 얘기가 틀어졌을 수도 있어. 어쩌면 일을 해결하기 위해 바쁘게 돌아다니느라 전화 걸 겨를이 없을지도 몰라. 근신 중이기도 해서 위에 보고할 수도 없다고."

도모타케의 주장에는 다분히 자기 보신적인 의도가 담겨 있었다. 근신 중인 오가미를 독단으로 움직인 사실을 위에 알리고 싶지 않은 것이다.

히오카는 아무 말도 하지 않았다. 그런 히오카에게서 불식할 수 없는 마음의 불안을 알아차렸는지, 도모타케가 짐짓 밝은 목소리로 말했다.

"산전수전 다 겪은 친구라고. 조만간 불쑥 나타날 테니 걱정하지 마."

전화 부스를 나와 히오카는 다시 오가미의 아파트로 갔다. 건물 밑에서 2층 오가미의 집을 올려다보았다. 역시 불은 켜져 있지 않았다. 걱정하지 말라는 도모타케의 말을 믿으려고 애쓰며 히오카는 그 자리를 떠났다.

그러나 오가미는 다음 날도 그다음 날도 나타나지 않았다.

히오카는 하루에도 몇 번씩 오가미의 집을 찾아갔지만 오가미가 귀가한 흔적은 없었다. 무선호출기도 연락이 닿지 않았다.

인내의 한계를 넘었다. 히오카는 사람들 눈에 띄지 않는 복도 구석에서 도모타케에게 사실을 알렸다.

아직도 연락이 되지 않는다는 말을 듣고 도모타케는 안색이 변했다.

"과장님에게 보고하고 사정을 설명해야겠어."

이쓰키에게 보고할 때 도모타케는 자신이 히오카를 통해 오가미를 움직였다는 사실은 덮어둘 것이다. 그러나 아무래도 상관없었다. 그보다 오가미의 안부가 더 중요했다.

"오가미 씨에게 무슨 일이 생긴 걸까요?"

도모타케도 대답할 수 없다는 걸 알지만 묻지 않을 수 없었다.

"몰라."

도모타케는 화난 사람처럼 그렇게 내뱉고는, 지금 바로 과장에게 보고하고 향후 방침이 정해지면 알려줄 테니 그만 퇴근하라고 말했다. 이미 퇴근 시간은 지났다.

동부서 2과에서는 나와시로에 대한 조사가 계속되고 있었다. 우에사와 약취유괴 용의로 송검되었다가 현재 살인, 시체 손괴, 유기 용의로 다시 체포된 나와시로를 도이와 구리타가 철저히 취조하고 있었다. 구체적인 공술이 나올 때까지 오가미 반은 잠시 여유가 있었다.

"방침이 나올 때까지 사무실에 남아 있겠습니다."

히오카의 주장에 도모타케는 어이없다는 표정으로 말했다.

"자네, 거울은 보고 다녀? 당장이라도 병원에 실려 가야 할 것 같은 얼굴이라고. 제대로 먹지도 않고 밤에 잠도 안 자지?"

히오카는 양손으로 얼굴을 문질렀다. 수염이 자라서 거칠거칠하다. 감촉으로도 알 수 있을 만큼 뺨이 푹 꺼졌다. 오가미와 연락이 끊어진 후로 식사도 거르고 잠도 새벽에 두세 시간 눈만 붙이는 정도였다. 제대로 씻지도 않고 오가미가 있을 만한 장소를 찾아다녔다.

"오가미 반장도 없는데 부하인 자네까지 쓰러지면 곤란해. 오늘은 집으로 돌아가서 쉬어. 이건 명령이야."

명령이라는 말에 아무런 대꾸도 할 수 없었다. 기운 내라며 히오카의 어깨를 두드리고 도모타케는 그 자리를 떠났다.

그것이 어제저녁이다.

오가미의 집 현관문을 닫고 히오카는 서로 향했다.

아침 잡무를 마치고 자리에 앉아서 책상에 쌓인 서류를 처리하기 위해 파일을 펼쳤다.

눈은 글자를 쫓고 있지만 머릿속에는 오가미 생각뿐이었다.

어제 도모타케는 이쓰키에게 보고하겠다고 말했다. 오가미와 연락이 끊어진 상황을 이쓰키는 어떻게 받아들였을까? 그 생각을 하느라 안건 처리는 진척이 없었다.

과원들이 출근하고 업무가 시작되었다.

조례가 끝나자 도모타케가 다가오더니 제1회의실로 오라고 귓속말을 했다.

오가미 건이다. 도모타케의 긴박한 표정에서 그렇게 짐작했다.

작업 중이던 파일을 덮고 자리에서 일어났다.

회의실로 들어가자 도모타케와 이쓰키가 있었다. 이쓰키는 벌레 씹은 얼굴을 하고 있었다.

방에는 디근 자 모양으로 회의 테이블이 놓여 있고, 두 사람은 상석에 앉아 있었다.

히오카는 시키는 대로 맞은편 자리에 앉았다.

테이블에 팔꿈치를 올리고 얼굴 앞에서 깍지를 긴 이쓰키가 매서운 눈으로 히오카를 보았다.

"도모타케에게 사정 설명은 들었어. 가미와 연락이 안 된다고?"

히오카는 책상에 시선을 떨구었다.

"오늘로 5일째입니다. 오늘 아침에도 아파트에 가봤는데 없었습니다."

이미 할 말을 생각해놓았는지 이쓰키는 서류를 읽는 듯한 어조로 말했다.

"오다니구미와 이라코카이의 전쟁을 막기 위해 동분서주하던 중에 오가미와 연락이 끊어진 지 5일이 지났어. 뭔가 말썽에 말려들었다고 봐도 틀리지 않을 거야."

말썽……. 우에사와가 감금되었던 부두의 창고가 떠올랐다. 콘크리트 바닥에 피투성이가 되어 쓰러져 있는 오가미의 모습이 눈 앞에 그려졌다.

히오카는 강한 어조로 이쓰키에게 호소했다.

"즉시 움직여주십시오. 당장 수사망을 펴서 오가미 씨를 찾아 주십시오."

"그건 안 돼."

뿌리치는 듯한 이쓰키의 대답에 히오카는 귀를 의심했다.

자신의 부하가 행방불명되었는데 움직일 수 없다니 그게 무슨 말인가?

이쓰키가 설명했다.

어제 도모타케의 보고를 받고 곧바로 현경 본부와 연락을 취했다. 형사부장인 나라자키는 전화로 이야기할 사안이 아니라고 판단하고 도모타케와 함께 본부로 오라고 지시했다.

현경 회의실에서 이쓰키와 도모타케, 형사부장, 수사 1과장과 4과장, 관리관이 모여서 회의를 했다. 장시간의 논의 끝에 오가미의 실종은 공표할 수 없다는 결론을 내렸다.

"공표할 수 없다니, 공개적으로 수사하지 않겠다는 겁니까? 긴급 수배도 검문도, 이라코카이에 대한 수색도 하지 않겠다는 겁니까?"

피가 거꾸로 솟구쳤다. 상대가 상관이라는 것도 잊고 의자에서 일어나서 거칠게 대들었다. 오가미를 내버리려는 듯한 상부의 판단에 분노를 금할 수 없었다.

"진정해, 히오카!"

도모타케가 소리쳤다.

히오카는 도모타케를 노려보았다. 히오카의 시선을 도모타케는 정면으로 받았다. 반발을 허용치 않는 단호한 눈빛이었다.

여기서 목소리를 높인다고 해서 해결될 일이 아니다. 분노를 누르고 다시 자리에 앉았다. 히오카의 서슬에 눌리지 않고 이쓰키는 평소와 다름없는 어조로 물었다.

"어제 아키신문에 실린 기사, 봤어?"

머릿속에 석간 칼럼을 떠올렸다. 기자 몇 명이 익명으로 기사를 쓰는 '청풍량풍'이라는 코너다.

어제 기사에 대해서는 2과에서도 성토의 목소리가 높았다. 야마모토 슈고로의 「근대」라는 단편을 인용한 칼럼이었다. "두부를 굳히려면 간수가 필요하다"로 시작해서 "간수를 넣으면 두부와 두부가 아닌 부분이 확실하게 나뉜다"로 이어진다. 이 문장을 전제로 하여 경찰과 폭력단의 유착 문제를 도마 위에 올려놓고, 수사기관 내부에서 폭력단과 밀접한 관계를 가진 자를 간수를 넣음으로써 드러나게 해야 한다고 주장했다.

폭력단과 밀접한 관계를 가진 자. 이름과 소속은 밝히지 않았지만 경찰 내부 사정을 아는 사람이라면 경력이나 담당 사건 등을 통해 오가미라고 짐작할 수 있는 내용이었다.

기사를 쓴 사람은 분명 고사카다. 기사를 읽으면서 고사카를 뒤에서 조종하고 있는 이라코의 얼굴이 떠올랐다. 이라코가 고사카를 꼬드겨 세상의 비판이 현경에 쏠리도록, 그리고 경찰 내부의 감찰의 칼이 오가미를 향하도록 만든 것이다. 히오카는 그렇게 생각했다.

이라코의 속셈대로 동부서에도 시민들의 민원 전화가 걸려왔다. 일반인 중에는 이른바 경찰 마니아가 있다. 그들은 독자적인 네트워크를 통해 경찰 내부 정보를 입수하는데, 칼럼을 읽고 곧바로 오가미 이야기라는 것을 알아차렸을 것이다. 전화 중 몇 통은 오가미의 이름을 대며 처분을 요구했다.

"그런 기사가 나가고 나서 곧바로 대규모 수색을 실시하면 경찰과 폭력단의 유착 문제를 폭로하려고 기를 쓰고 있는 언론만 좋은 일 시키게 돼. 가미가 폭력단과의 유착이 밝혀질까 봐 두려워서 종적을 감추었다고 쓸지도 몰라. 기사를 곧이곧대로 믿는 시민도 있어. 이 이상 언론이 떠들어대면 곤란해."

이쓰키가 말을 마치자 곧바로 도모타케가 나섰다.

"그리고 말이야, 오가미는 지금 근신 중이야. 그 사실이 알려지면 언론은 곧바로 이유를 캐려고 들 거야. 그 문제도 골치 아파."

서장이 자택 대기 명령을 내린 이유는 오다니구미에서 건너간 500만 엔 때문이다.

"어떤 이유든지 폭력단의 돈이 오가미에게 흘러간 것이 알려지면 책임을 면할 수 없어. 오가미뿐만 아니라 경찰 조직 전체의 신뢰가 흔들릴 수도 있어."

주장은 이해한다. 오가미의 실종은 오가미 개인의 문제에 그치지 않고 경찰 조직 전체의 문제인 것이다. 그러나 그렇다고 해서 행방불명된 오가미를 그냥 내버려둘 수는 없다.

오가미를 이용할 만큼 이용하고 자신들에게 불똥이 튀려고 하자 외면한단 말인가? 비정한 상부의 결단에 히오카는 분노와 염증을 느꼈다.

"저는 납득할 수 없습니다."

그렇게 이의를 제기한 것이 전부였다. 조직을 지키기 위해 어쩔 수 없다는 것은 안다. 냉정을 가장하고 있지만 이쓰키와 도모타케의 말투에는 감추려고 해도 감추어지지 않는 자괴감이 배어나고 있었다. 이 자리에 있는 어느 누구도 납득하지 못한다. 그러나 동부서로서는 어쩔 도리가 없다.

구원의 손길을 내밀듯이 이쓰키가 목소리를 낮추며 말했다.

"공개적인 수사는 무리지만 현경은 어제 회의가 끝난 시점에서 현 내 관할서에 내밀하게 오가미의 행방불명 정보를 흘렸어. 겉으로 드러내놓고 움직이진 않지만 지금 현 내 많은 경찰관들이 오가미 실종 사실에 주의를 기울이고 있을 거야."

주의를 기울이고 있다는 말은 적극적으로 찾지는 않는다는 뜻이다.

"이라코카이의 사무소나 관련 시설을 별건으로 수색하면 안 됩니까?"

수색할 명분만 있다면 오가미의 실종 사실을 언론에 들킬 염려는 없다.

히오카의 제안을 도모타케는 그 자리에서 물리쳤다.

"감금되어 있을 가능성도 있어. 무턱대고 수색에 나섰다가 경계심을 자극하면 오가미가 위험해져."

더 이상 반박할 말이 없었다.

"예나 지금이나 못 말리는 사고뭉치라니까."

한숨을 쉬고 이쓰키가 자리에서 일어났다.

말은 모질게 해도 오가미를 비난하는 뉘앙스는 없었다.

"얘기는 여기까지야."

중얼거리듯 말하고 이쓰키는 회의실을 나갔다.

2

동부서 근처 슈퍼에서 도시락을 사서 공원으로 갔다.

서에서 걸어서 5분 거리인 어린이공원에는 뜨거운 여름 햇볕이 쏟아지고 있었다. 지하 식당에서 시원한 에어컨 바람을 쐬면서 점심을 먹을 수도 있었지만, 히오카는 혼자 있고 싶었다.

그늘진 벤치에 앉아서 연어 도시락을 꺼냈다. 배는 고픈데 맛이 느껴지지 않았다. 반도 못 먹고 쓰레기통에 버렸다.

서로 돌아와 서류 작업을 하고 있을 때 눈앞의 전화가 울렸다. 손을 뻗어 수화기를 들었다.

"히오카 씨 계십니까?"

귀에 익은 목소리다. 낮고 걸걸한 목소리. 다키이구미 두목인 다키이 긴지다.

"히오카입니다."

힘주어 대답했다. 분명 오가미 건이다. 히오카는 직감했다.

다키이는 근처에 있으니 잠깐 만나자고 했다.

"쇼짱 일이야."

역시……. 어디선가 오가미의 실종 소식을 전해 듣고 히오카에게 자세한 이야기를 들으려고 구레하라까지 왔을 것이다.

손목시계를 보았다. 3시 40분. 아카이시 거리의 커피숍 코스모스까지는 차로 10분이면 도착한다.

수화기를 손으로 가리며 목소리를 낮추었다.

"아카이시 거리의 코스모스라는 커피숍 아십니까? 거기서 4시에."

알았어, 하고 다키이가 말했다.

히오카는 우에사와 건으로 확인할 것이 있어서 낚싯배 대여점 주인을 만나러 간다고 도모타케에게 말하고 동부서를 나왔다.

근처 코인 주차장에 차를 세워놓고 코스모스로 향했다. 가게 문을 열려다가 조금 떨어진 길가에 젊은 남자 두 명이 서 있는 것을 발견했다. 눈초리가 날카롭다. 아마 다키이의 부하들일 것이다.

문을 열고 들어가자 맨 안쪽 테이블에 다키이가 앉아 있었다. 다른 손님은 없었다.

카운터 안에서 신문을 읽고 있는 주인에게 커피를 주문하고 히오카는 다키이 맞은편에 앉았다.

테이블에 놓인 재떨이에는 꽁초가 수북했다. 하나같이 두세 모금 피우고 비벼 끈 것이다. 장초 더미가 다키이의 초조함을 말해 주고 있었다.

히오카가 의자에 앉자 다키이가 곧바로 입을 열었다.

"쇼짱에게 무슨 일이 있어?"

현 내 관할서에 오가미의 행방불명 정보가 흘러 다닌다는 이야기를 조직원을 통해 들었다고 했다.

"경찰이 드러내놓고 움직이는 것 같진 않아. 내밀하게 행방불명 정보를 흘렸다는 건 예삿일이 아니라는 얘긴데, 쇼짱에게 무슨 일이 생긴 거야?"

말투는 부드럽지만 눈빛은 매섭다. 아는 대로 다 불어, 그런 눈초리였다.

히오카는 망설였다.

오가미와 다키이가 의형제 같은 사이라는 것은 알고 있다. 그러나 다키이는 이라코가 부회장으로 있는 진세이카이의 간사장이다. 야쿠자는 어디까지나 야쿠자다. 오가미를 걱정하면서도 사안에 따라서는 손바닥 뒤집듯이 이라코에게 붙을지도 모른다. 어디까지 믿어도 되는지 히오카는 판단이 서지 않았다.

입을 꾹 다물고 있는 히오카를 보고 그런 속마음을 알아차렸을 것이다.

다키이가 자리에서 벌떡 일어나더니 엄청난 힘으로 히오카의 멱살을 잡았다.

"너 이 녀석, 왜 아무 말도 안 해? 이러고 있는 동안 쇼짱의 목숨이 위험할지도 모른다고! 무슨 일이 있었는지 얼른 말해!"

목이 졸려 말이 나오지 않았다. 다키이의 손에서 벗어나려고 버둥거렸다.

다키이의 고함 소리를 듣고 부하들이 안색이 변해서 가게로 들어왔다.

다키이는 눈을 가늘게 뜨고 두 사람을 노려보면서 호통을 쳤다.

"누가 들어오라고 했어? 잠자코 밖에서 망이나 봐!"

당황한 두 사람은 머리를 숙이고 도망치듯 가게를 나갔다.

다키이는 멱살을 풀고 뿌리치듯 히오카를 밀어뜨렸다. 의자와 함께 나동그라졌다.

히오카는 몸을 일으켰다.

주인이 아무 일도 없었던 것처럼 커피를 쟁반에 받쳐 가져왔다. 쓰러진 의자를 바로 세우더니 커피를 테이블에 내려놓고 카운터로 돌아갔다.

다시 의자에 앉았다.

다키이는 침착한 모습으로 담배를 입에 물고 자리에 앉았다. 불을 붙이고 히오카에게 커피를 권했다.

"마셔."

다키이에게 불순한 마음이 없다는 것을 확인했다. 순수하게 오가미를 걱정하고 있다.

히오카는 커피를 한 모금 마시고 가코무라구미의 소료가 오다니구미의 야나기다를 살해한 사건부터 이라코카이의 요시와라가 총격을 당하기까지 그간의 경위를 다키이에게 설명했다.

"이대로 두면 4차 히로시마 항쟁이 발발할지도 모릅니다. 그걸 막기 위해 오가미 씨는 이라코에게 화해를 요구했습니다. 그런데 이라코가 일방적인 조건을 제시했어요. 오가미 씨는 하나를 빼고 모두 수락했고요."

히오카는 오가미가 수락한 조건을 말했다.

"그럼 수락하지 않은 조건 하나는 뭐야?"

담배를 재떨이에 비벼 끄고 다키이가 이야기를 재촉했다.

히오카는 다키이의 눈을 보면서 대답했다.

"이치노세의 파문입니다."

다키이의 안색이 변했다.

"저런 악당 같으니라고. 오다니의 은퇴뿐만 아니라 이치노세의 파문까지 요구했다고?"

히오카는 고개를 끄덕였다.

"오가미 씨는 물론 일축했습니다. 하지만 이라코는 이치노세의 파문을 고집했고, 오가미 씨는 파문 요구를 철회하지 않으면 어떤 비밀을 폭로하겠다고 되받아쳤어요."

"그게 무슨 비밀이지?"

오가미의 허락 없이 다키이에게 전부 말할 수는 없다. 히오카는 최소한의 대답만 했다.

"이라코가 야쿠자 세계에서 은퇴할 수밖에 없도록 만들 수 있는 비밀입니다."

다키이는 깜짝 놀라며 눈을 크게 떴다. 짚이는 데가 있는 듯했다.

"그래서, 이라코는 뭐라고 했어?"

히오카는 입술을 깨물며 시선을 떨구었다.

"이라코는 즉답을 하지 않고 주말까지 생각할 시간을 달라고 했답니다. 대답을 내놓기로 한 기한이 이번 주 월요일이었어요. 오가미 씨는 저와 시노에서 술을 마시다가 10시 반쯤 가게를 나갔어요. 집에 돌아가서 이라코의 대답을 기다릴 생각이었던 것 같은데, 그 후로 연락이 없습니다."

다키이는 히오카를 노려보면서 물었다.

"한 번도?"

히오카는 예, 하고 대답했다.

"집에도 없어? 무선호출기는?"

"연락이 안 됩니다."

고개를 숙인 채 대답했다.

다키이의 말이 가슴을 찔렀다. 왜 부하인 자네가 동행하지 않았느냐, 그렇게 책망하는 것만 같았다.

머릿속에 텅 빈 오가미의 아파트가 떠올랐다.

다키이는 한숨을 내쉬고 옆자리에 놓아둔 가방에서 휴대전화를 꺼냈다. 휴대용 무전기만 한 크기인데 어깨끈이 달려 있다. 양손으로 조작해 버튼을 눌렀다.

어디에 전화를 거는 걸까?

그런 생각을 하는데 다키이가 입을 열었다.

"부회장님이세요? 다키이입니다. 급한 얘기가 있는데 지금 좀 만날 수 있겠습니까?"

히오카는 소스라치게 놀랐다. 부회장이라면 진세이카이 부회장 이라코를 말한다.

경찰도 두드리지 못하는 이라코의 집 대문을 다키이가 정면으 로 두드렸다.

"예, 구레하라에 있습니다. 아니, 그런 말씀 마시고, 시간은 많 이 안 뺏겠습니다. 용건이 끝나면 즉시 물러나겠습니다. 예, 괜찮 습니다."

통화가 끝나자 다키이는 휴대전화를 어깨에 메고 자리에서 일 어났다.

"들었지? 지금 바로 이라코를 만날 거야. 얘기가 끝나면 시노에 갈 테니 자네도 나중에 시노로 와. 마담에게는 내가 연락해두지."

다키이는 대답도 듣지 않고 문으로 향했다. 문고리를 잡다가 뭔 가 생각난 것처럼 돌아서서 카운터로 갔다. 바지 뒷주머니에서 은 색 머니클립을 끼운 지폐 다발을 꺼내 카운터에 만 엔짜리 한 장 을 놓았다.

"소란에 대한 사과야."

주인은 읽고 있던 신문을 내려 눈만 내놓고 말없이 다키이에게 고개를 숙였다.

다키이가 다시 출입문 앞에 섰을 때 휴대전화가 울렸다.

다키이는 혀를 차며 그 자리에서 전화를 받았다.

"지금 바빠!"

상대도 확인하지 않고 호통치듯 말했다.

다키이는 휴대전화를 귀에 댄 채 가게를 나갔다.

문밖에서 통화가 이어졌다.

히오카는 커피를 마저 마시고 자리에서 일어났다.

문 쪽으로 걸어가려는데 다키이가 다시 가게 안으로 들어왔다. 표정이 조금 풀려 있었다.

"이치노세가 전화를 했어. 자네를 찾고 있었나 봐."

왜 이치노세가 자신을 찾는 것일까?

히오카가 묻자 다키이가 다시 험악한 표정을 지으며 말했다.

"모리타카도 나와 같아. 쇼짱의 행방불명 소식을 듣고 전화를 한 거야. 자네에게도 전화했는데 서에 없었대. 자네에게 들은 얘기를 해줬더니 가미 씨에게 무슨 일이 있으면 이라코카이 녀석들을 한 놈도 남김없이 죽여버리겠다고 펄펄 뛰더군."

얼굴에서 핏기가 가시는 느낌이었다.

다키이가 내뱉듯이 말했다.

"쇼짱에게 무슨 일이 있으면 구레하라는 전쟁이야. 이제 멈출 수 없어. 자네도 마음 단단히 먹어."

다키이가 거칠게 문을 닫고 가게를 나갔다.

도어벨 소리가 전쟁의 시작을 알리는 신호처럼 들렸다.

다키이가 시노에 나타난 것은 저녁 8시경이었다.

카운터에 앉아서 초조하게 기다리고 있던 히오카는 미닫이문이 열린 순간 자신도 모르게 자리에서 반쯤 일어났다.

다키이는 혼자였다. 낮에 본 부하들은 밖에서 대기하고 있을 것이다.

아키코가 의자에서 일어나서 다키이에게 달려갔다.

"어떻게 됐어요? 뭘 좀 알아냈어요?"

다키이는 아무 대답도 하지 않고 투박한 휴대전화를 의자에 내려놓더니 그 옆에 앉았다.

"맥주 줘."

아키코는 당황하면서도 서둘러 카운터 안으로 들어갔다. 차가운 맥주와 유리잔을 다키이 앞에 놓았다.

맥주를 따르려는 아키코를 제지하고 다키이는 자작으로 잔을 채웠다. 갈증이 났던지 단숨에 들이켰다.

카운터에 빈 잔을 내려놓고 다키이는 옆자리의 히오카를 곁눈으로 보았다. 나른한 목소리로 물었다.

"언제 왔어?"

한 시간쯤 전입니다, 하고 히오카는 대답했다.

아키코가 다키이의 잔에 맥주를 따르려고 한다. 이번에는 막지 않았다. 맥주잔을 입으로 가져가 다시 죽 들이켰다.

다키이가 웬만큼 목을 축인 것을 보고 히오카는 물었다.

"뭘 좀, 알아냈어요?"

다키이는 아무 대답도 하지 않았다.

표정이 어두운 걸 보고 상당히 힘든 상황이라고 짐작했다. 아키코는 기도하듯 가슴 앞에 깍지를 끼고 다키이의 대답을 기다리고 있다.

다키이는 담배를 한 대 피우고 나서 천천히 입을 열었다.

"이라코의 사무소로 가서 녀석을 만났어. 넌지시 쇼짱 얘기를 꺼냈더니 그 너구리 같은 녀석, 안색 하나 안 변하고 최근에는 만난 적이 없다고 능청스럽게 거짓말을 하더군."

히오카가 의자에서 벌떡 일어나며 소리쳤다.

"거짓말입니다! 일주일 전에도 오가미 씨는 이라코를 만났어요. 녀석은 월요일에도 이곳을 나간 오가미 씨를 만났을 겁니다. 이라코는 거짓말을 하고 있어요!"

다키이가 히오카의 어깨를 붙잡고 완력으로 끌어 앉혔다.

"자네가 말 안 해도 그 정도는 알아."

다키이와 이라코는 오래된 관계다. 이라코가 얼마나 뻔뻔스러운 인간인지 다키이가 더 잘 알 것이다.

머쓱해진 히오카는 고개를 돌리며 의자에 엉덩이를 붙였다.

다키이는 호주머니에서 담배를 꺼내 아키코가 카운터 너머로 건넨 라이터로 불을 붙이고 이야기를 계속했다.

"어떤 라인으로부터 들은 이야기라고 말하고 이라코에게 물었어. 오가미가 며칠 전부터 행방불명이다, 연락이 끊어지기 전날 밤에 당신을 만났다고 하던데 모르느냐고. 이라코 녀석, 누가 말했는지 몰라도 그런 기억은 없다고 말짱한 얼굴로 대답하더군."

다키이가 벌레라도 씹은 표정으로 말을 이었다.

"쇼짱 건에 그자가 개입된 건 틀림없어. 이라코 녀석, 자리에서 일어나는데 그러더라고. 간사장이라는 자가 어디 버릇없이 윗사람 앞에서 꼬치꼬치 따지고 드느냐, 주제를 모르고 설치는데 네 녀석 목 정도는 언제든지 날릴 수 있다고. 마치 진세이카이의 차기 회장이라도 된 것 같은 말투였어. 아픈 데를 찌르니까 발끈한 거지. 고얀 녀석, 어디 사람을 우습게 보고 설교질이야!"

마지막에는 씹어뱉는 듯한 말투였다.

"어떻게 안 되는 거예요?"

아키코가 끼어들었다. 목소리가 떨렸다.

"다키이 씨가 나서서 이라코와 담판을 지으면 안 돼요?"

다키이는 가만히 아키코를 보더니 한숨을 내뱉었다.

"이라코는 진세이카이 부회장이야. 경솔하게 움직였다간 진세이카이에 파장이 미칠 수 있어. 잘못해서 내부 분열이 일어나면 전쟁이야. 만약 쇼짱에게 무슨 일이 생긴다면 나도 결단을 내리지. 전쟁, 못 할 거 없어. 언젠가는 이라코 녀석과 결판을 내야 할 운명이라고. 하지만 지금은 쇼짱을 찾는 게 급선무야."

다키이의 시선이 히오카를 향했다.

"나도 정보를 모아보겠지만 자네도 경찰에서 알아낸 게 있으면 연락 줘."

다키이는 아키코에게 메모지와 펜을 빌려 숫자를 적더니 히오카에게 건넸다.

"내 휴대전화 번호야. 아무 때든 괜찮아. 뭐든 알아낸 게 있으면 여기로 전화해."

히오카는 메모지를 받아 들고 크게 고개를 끄덕였다.

12장

일지

1988년 7월 25일.

오전 8시. 다지마 항 부두에서 신원 불명의 남성 시체 발견.

오전 11시. 시체의 신원 판명.

████████████████████████████ (1행 삭제)

오후 6시. '시노'.

████████████████████████████████████

████████████████████

████████████████████████ (3행 삭제)

1

도로가 복잡했다. 조바심이 나서 신호가 초록불로 바뀔 때까지 기다릴 수 없었다. 히오카는 암행 차량 지붕에 경광등을 붙이고 사이렌을 울렸다.

노란불이 깜박이는 교차점으로 서행하면서 진입한다. 속도를 줄인 차들 사이를 누비며 오른쪽으로 꺾었다.

다지마 항 부두에서 남성의 익사체가 발견되었다는 보고가 들어온 것은 조례 도중이었다.

멸치잡이 어선이 그물 속에서 멸치 떼와 함께 걸려 올라온 사람 모양의 물건을 발견했다. 처음에는 폐기된 마네킹인 줄 알았는데 꺼내보니 시체였다. 선장은 즉시 무선으로 경찰에 신고했고, 인근 파출소 경찰관과 관할구역 기동수사대가 지금 현장으로 향하고 있다는 내용이었다.

보고를 받은 이쓰키 과장은 그 자리에서 즉시 다지마 항을 관할하는 구레하라 서부서로 연락했다. 전화를 받은 서부서 형사과장은 아직 상세한 상황은 모르며, 익사체의 신원은 판명되지 않았다고 말했다.

오가미가 실종되지 않았다면 신경 쓰지 않았을 정보였다. 그러나 오가미의 생사도 모르는 상황인 만큼 히오카는 지금 당장 시체를 확인해야만 했다.

히오카는 도모타케에게 지금 바로 다지마 항으로 출동하겠다고 허가를 구했다. 오가미에 대해서는 굳이 언급하지 않았다. 말하지 않아도 알 것이라고 생각했다. 예상대로 도모타케는 주저 없이 허락해주었다.

부두에 도착한 히오카는 황급히 차 문을 잠그고 경광등이 돌고 있는 순찰차를 향해 달려갔다. 순찰차 두 대와 암행 차량 사이에 항구에서 일하는 사람들이 둘러서 있었다. 히오카는 어깨로 사람들을 헤치면서 제복 경찰에게 다가가 경찰수첩을 내보이고 시체 쪽으로 달려갔다.

파란색 시트가 덮인 시체 옆에 중년 수사관이 한쪽 무릎을 세우고 앉아 있었다. 말없이 시트를 바라보고 있다. 히오카가 다가가자 수사관은 몸을 일으키며 서부서의 곤도라고 이름을 밝혔다.

히오카는 거친 숨을 고르면서 소속과 이름을 말했다.

"신원은……, 시체의 신원은 밝혀졌습니까?"

히오카의 질문에 곤도는 대답 대신 파란색 시트를 내려다보았다. 직접 확인하라는 뜻이다.

히오카는 호흡을 가다듬으면서 땅바닥에 무릎을 꿇고 파란색 시트를 들췄다.

순간 심장박동이 멎었다.

─오가미다.

오랫동안 바닷속에 가라앉아 있었던 탓에 얼굴이 부풀어 오르고 피부 표면으로 지방이 올라와서 누렇게 변해 있었다.

조사를 마친 수사관의 배려인지, 발견된 상태 그대로인지는 모르겠지만 퉁퉁 불은 눈꺼풀은 감겨 있었다.

파도에 휩쓸려 갔는지 아무것도 걸치지 않은 알몸이었다. 바다 밑바닥에 쓸려서 생긴 건지 폭행에 의해 생긴 건지 분명치 않은 멍과 긁힌 상처가 전신을 덮고 있었다.

너무 심하게 변해서 친한 사람이 아니면 눈앞의 익사체가 오가미인 줄 모를 것이다. 그러나 최근 한 달여 동안 아침부터 밤까지 거의 매일을 함께 지낸 히오카는 금방 알아보았다. 끔찍하게 변한 시체의 얼굴에 생전의 오가미의 얼굴이 정확하게 겹쳐졌다. 학생 시절 유도를 하다가 찌부러진 귀도 똑같았다.

꼼짝도 않고 시체를 바라보고 있는 히오카에게 곤도가 말을 건넸다.

"동부서 2과라면 오가미 경사가 며칠 전부터 행방불명이란 얘길 들었는데……."

그 이상은 말하지 않았지만 곤도가 하려던 말이 무엇인지 히오카는 알고 있었다.

ㅡ시체가 오가미 씨 맞습니까?

순간적으로 말문이 막혔다. 히오카를 배려해선지 곤도도 입을 다물었다. 두 사람 사이에 침묵이 흘렀다.

문득 머리에 떠오른 생각이 입 밖으로 튀어나왔다.

"모자는 없었어요? 흰색 파나마모잔데요."

오가미가 파나마모자를 애용했다는 사실을 곤도는 모를 것이다. 이상하다는 표정으로 대답했다.

"그런 건 발견되지 않았는데, 그게 왜……."

오가미는 속옷 한 장 걸치지 않았다. 모자가 발견될 리 없다.

말도 안 되는 질문이었다. 히오카는 심하게 동요하고 있었다.

더위 탓인지 가벼운 현기증이 났다.

히오카는 시트를 덮고 자신이 타고 온 암행 차량으로 돌아갔다.
무선 스위치를 넣고 서로 연락을 취했다.

"201호 차량, 본부 나오세요. 여기는 히오카. 방금 전 다지마
항 부두에서 신원 불명의 익사체 확인. 정확한 검사를 해봐야 알
겠지만, 본인이 확인한 바로는 이번 달 18일에 확인된 이후 행방
불명 상태였던 오가미 경사로 보입니다."

그렇게 말하고 히오카는 무전기를 내려놓았다.

운전석 등받이에 기대 항구를 바라보았다.

부두의 소란에는 아랑곳없이 항구 풍경은 평소와 다름없었다.
괭이갈매기가 울면서 날아가고, 여름 햇살 속에서 바다는 하얗게
술렁이고 있었다.

아무것도 변하지 않았는데 오가미만 없다.

히오카는 멍하니 조수석을 바라보았다.

파나마모자를 비딱하게 쓰고 담배를 피우던 오가미의 모습이
눈에 선했다.

무선에서 도모타케의 목소리가 들렸다.

"여기는 도모타케. 히오카, 자세히 설명해. 부두에서 발견된 시

체가 정말로 가미 씨야? 뭔가 확증할 만한 건 발견됐어? 이봐, 히오카, 무슨 말이든 해봐, 히오카!"

도모타케의 목소리가 점차 노성으로 변한다.

히오카는 도모타케의 아우성을 무시했다.

지금은 이대로 괭이갈매기 울음소리만 듣고 싶었다.

시체 발견 세 시간 후 검시를 통해 익사체의 신원이 밝혀졌다. 치형 조회 결과, 구레하라 동부서 경사 오가미 쇼고의 것과 일치했다. 구레하라 서부서는 익사체를 오가미라고 단정했다.

오가미의 죽음은 곧바로 언론에 알려졌다. 관할 서부서와 오가미가 소속된 동부서로 방송사의 보도 스태프들과 신문기자들이 몰려들었다.

폭력단과의 유착 관계를 의심받던 형사의 실종과 죽음. 사건이 알려지자 언론은 설탕에 모여드는 개미처럼 동부서로 몰려들었다. 출입문 근처에 진을 친 보도 관계자들의 아우성이 형사과가 있는 2층까지 들려왔다.

시체가 오가미로 판명된 후 2과 폭력단계 오가미 반에서는 긴급회의가 열렸다.

이쓰키가 침착한 표정으로 보고했다.

"현재 서부서는 사건과 사고 양쪽을 다 수사하고 있는데, 지금까지 파악된 정보로는 사고 가능성이 높아. 혈액에서 다량의 알코올과 강력한 수면 성분인 염산클로르프로마진, 그 수면 작용을 증가시키는 바르비투르산계 성분이 검출됐어. 서부서 감식반은 검시 결과에 더해 오가미에게 자살 이유가 없었다는 점에서, 음주 후 다량의 수면제와 진정제를 복용한 채 다지마 항으로 갔다가 발을 헛디뎌 바다에 빠져 익사했다는 방향으로 수사를 진행하고 있어. 서부서 수사관이 오가미의 집을 조사했는데 강력한 수면제인 베게타민과 진정제인 페노바르비탈이 테이블 위에 있었다고 해."

히오카는 이의를 제기할 기력도 없어서 고개를 숙인 채 말없이 앉아 있었다.

지금까지 히오카는 여러 번 오가미의 집에 갔다. 오가미가 약을 복용하는 모습도, 방에서 약 같은 것을 본 적도 없다. 오가미가 실종된 후에는 현관에서 집 안을 들여다보기만 해서 모르겠지만, 사고사로 보이게 하려고 누가 일부러 갖다 놓은 것이 분명하다. 그게 누구든 아마도 이라코카이 관계자일 것이다.

수면제를 먹여 바다에 던졌다. 일찍이 자기 조직의 부두목을 죽였을 때와 같은 수법이다.

이라코는 이치노세의 파문을 양보하지 않았다. 아니, 협상 자리에서는 양보했을지도 모른다. 화해를 빙자해 수면제를 탄 술을 먹여 의식을 잃게 했을 가능성도 있다. 그러나 어느 쪽이었든 간에 자신의 생사여탈권을 쥐고 있는 오가미를 이라코는 살려둘 생각이 없었다.

무엇보다도 오가미는 수면제에 의존하는 그런 사람이 아니다. 이것은 틀림없는 살인이다.

회의에 참석한 오가미 반 전원이 히오카와 같은 생각인 듯했다. 이쓰키의 보고를 듣는 내내 히오카와 마찬가지로 입을 굳게 다물고 고개를 숙이고 있었다. 반원들의 얼굴에는 슬픔보다도 오가미의 죽음을 사고사로 처리해 경찰과 폭력단의 유착 의혹을 뭉개고 가리려는 상부에 대한 분노가 강하게 드러났다.

이쓰키가 보고를 마치고 천천히 자리에서 일어났다.

"회의는 여기까지. 새로운 정보가 들어오는 대로 보고하겠다. 나는 지금 바로 가미가 있는 서부서의 시체안치소로 갈 거야."

저도 가겠습니다, 하고 말하며 도모타케도 자리에서 일어났다.

두 사람이 회의실을 나가자 가라쓰가 자리에서 일어나더니 자신이 앉았던 파이프 의자를 힘껏 걷어찼다. 의자가 요란한 소리를 내며 벽에 부딪혔다.

가라쓰는 아무 말도 하지 않고 그대로 방을 나갔다. 시바우라도 세우치도 다카쓰카도 말없이 뒤를 따랐다.

혼자 남은 히오카는 천천히 자리에서 일어났다. 바지 주머니에 손을 넣어 오가미의 유품인 지포의 감촉을 확인했다. 힘껏 움켜쥐고 방을 나갔다.

오후에 무슨 일을 했는지 잘 기억나지 않는다. 그저 기계적으로 업무를 소화했다.

기억나는 것은 홍보과 여직원이 여러 번 2과로 찾아와서 언론에 뭐라고 코멘트를 하면 좋겠느냐고 과원에게 문의하던 모습이다.

세부 사항을 확인할 때까지 코멘트를 하지 말라고 과원이 대답하자 흥분한 여직원이 신경질적인 목소리로 따지고 있었다.

퇴근 시간이 되자 오가미 반 수사관들은 시신이 보관된 서부서의 시체안치소로 향했다. 보통은 빈소를 차리고 하룻밤 지낸 다음에 장례를 치르고 화장을 한다. 그러나 오가미의 경우는 시신의 부패가 심해 내일 아침 일찍 화장을 하고 나서 빈소를 차려 조문객을 받고 장례를 치른다고 한다.

히오카는 서부서에 가지 않았다.

오가미는 부두에서 이미 만났다. 가라쓰가 함께 가자고 했지만, 긴한 용무가 있다고 말하고 거절했다.

2

동부서를 나서서 히오카는 시노로 향했다.

오가미의 부고는 자신이 직접 아키코에게 알려야 한다고 생각했다.

오후 6시. 평소 같으면 불을 밝히고 포렴을 내걸었을 시간이지만 불은 꺼져 있고 포렴도 걸려 있지 않았다.

히오카는 미닫이문을 밀어보았다. 문은 잠겨 있지 않았다.

천천히 문을 열자 어두운 가게 안에서 아키코가 등을 돌린 채 카운터 구석에 앉아 있었다. 그대로 고개를 숙인 채 물었다.

"슈짱?"

히오카는 예, 하고 대답했다.

아키코는 얼굴을 감싸고 있던 손을 거두고 돌아보았다. 유령처럼 창백하고, 눈에는 생기가 없었다.

가게 안으로 들어서서 등 뒤로 미닫이문을 닫았다.

"오늘은 오가미 씨 일로 왔습니다."

아키코가 쥐어짜는 듯한 목소리로 말했다.

"아까 다키이 씨가 전화를 했어요. 모리짱도. 전부 들었어요."

할 말을 찾지 못하는 히오카에게 아키코는 눈썹을 내려뜨리며 억지로 웃어 보였다.

"멀뚱히 서 있지 말고 이리 와서 앉아요."

고개를 끄덕이고 카운터에 앉았다.

아키코는 카운터 안으로 들어가서 히오카 앞에 한 되들이 청주병을 놓았다. 불은 켜지 않고 카운터 구석에 있는 각등처럼 생긴 간접조명의 스위치를 눌렀다. 가게 안이 오렌지색으로 물들었다.

큼직한 찻잔에 청주를 따르면서 말했다.

"오늘은 찻잔에 마셔요."

자신의 찻잔에도 술을 따르더니 아키코는 단숨에 비웠다. 크게 숨을 내뱉는다.

"이럴 때일수록 평소처럼 행동해야 해요. 울거나 허둥대면 안 돼. 그런다고 죽은 사람이 살아 돌아오는 것도 아니고."

자신을 타이르는 듯한 어조였다.

히오카는 찻잔을 입으로 가져가서 숨을 멈추고 죽 들이켰다.

알코올이 식도를 태우면서 내려간다. 배 속이 뜨듯해진다. 알코올이 위벽으로 스며드는 감각이 여느 때보다 또렷하게 느껴졌다.

카운터 너머에서 아키코가 찻잔 하나를 더 꺼내 히오카 옆에 놓았다. 오가미가 늘 앉던 자리다. 술을 따르고 떨리는 목소리로 말했다.

"당신도 한잔해요."

필사적으로 눈물을 참고 있는 얼굴이다.

히오카는 조용히 말했다.

"왜 울지 않으세요?"

눈두덩이 부어오르고 눈은 빨갰지만 아키코는 눈물을 흘리지 않았다.

아키코가 맥없이 웃으며 히오카의 잔에 술을 더했다.

"남편이 죽은 뒤로 사람들 앞에서는 울지 않기로 다짐했어요. 그리고 야쿠자 세계와 관련된 사람은 명이 짧다는 걸 알고 있으니까. 각오는 하고 있었어요."

그래도, 하고 말하며 아키코는 시선을 떨구었다.

"이렇게 일찍 가버릴 줄은 몰랐어요. 슈짱과 둘이서 술을 마시고 있으면 금방이라도 저기서 나타날 거 같아."

아키코는 미닫이문을 보면서 그렇게 말했다. 히오카도 미닫이문을 보았다. 아키코의 말처럼 금방이라도 오가미가 문을 열고 들어올 것 같다.

히오카는 고개를 돌리고 한 손을 바지 주머니에 넣었다. 주머니 속에서 지포 뚜껑을 열었다 닫았다 했다.

두 번째 잔을 비우고 아키코가 불쑥 말했다.

"슈짱, 미안한데 가게 문 좀 잠가줄래요?"

오늘밤은 아무도 가게에 들이고 싶지 않을 것이다.

히오카는 의자에서 일어나 미닫이문에 자물쇠를 채웠다.

잔에 남은 술만 마시고 돌아가자, 아키코가 혼자 실컷 울 수 있도록 해주자, 그렇게 생각했다.

자리로 돌아와 잔을 들었을 때 카운터 안에서 아키코가 불렀다.

"잠깐 이리 와요."

이유도 모른 채 카운터 안으로 들어갔다.

아키코가 뒷문으로 이어지는 통로로 걸어갔다. 히오카도 뒤를 따랐다.

알전구 하나만 켜진 어두운 통로에 냉장고가 놓여 있었다. 문이 하나인 구식 냉장고다.

아키코가 허리를 굽히더니 냉장고를 안고 힘을 주었다. 바닥의 작은 바퀴가 끼익끼익 소리를 내며 냉장고가 움직였다.

냉장고 뒤쪽 벽에 네모난 구멍이 뚫려 있었다. 소형 냉장고에 가려질 정도의 크기다. 구멍 안은 검고 더러웠다. 옛날에 석탄을 넣었던 공간인 듯했다.

아키코는 그 자리에 웅크리고 앉더니 구멍 안으로 손을 넣어 뭔가를 꺼냈다.

당초무늬 보자기에 싼 물건이었다. 아키코가 겉에 묻은 석탄가루와 먼지를 툭툭 털고는 히오카에게 꾸러미를 내밀었다.

"이게 뭐예요?"

아키코가 무서울 만큼 진지한 눈으로 히오카를 보았다.

"가미 씨가 혹시 자신에게 무슨 일이 생기면 당신에게 주라고 부탁한 물건이에요."

히오카는 숨을 삼켰다.

—무슨 일이 생기면……, 히오카, 부탁해.

생전의 모습을 마지막으로 본 날 밤, 시노의 카운터에서 오가미가 한 말이 귓가에 되살아났다.

히오카는 꾸러미를 받아서 바닥에 내려놓고 서둘러 매듭을 풀었다.

내용물을 본 히오카는 할 말을 잃었다. 랩으로 둘둘 만 벽돌만한 지폐 다발 네 개와 대학노트 한 권이었다.

랩 안에는 종이 띠로 묶은 100만 엔 다발 다섯 개가 들어 있다. 500만 엔 벽돌이 네 개, 합해서 2000만 엔이다.

이건 도대체…….

히오카는 입을 벌린 채 멍하니 아키코를 올려다보았다.

아키코는 히오카 옆에 쭈그리고 앉더니 돈다발 하나를 손에 들고 한숨을 쉬었다.

"이건요, 가미 씨가 야쿠자에게 돈을 받아서 모은 거예요."

언젠가 다키이구미를 방문했을 때 오가미가 다키이에게 봉투 같은 것을 받던 장면이 머릿속에 떠올랐다.

아키코의 말에 따르면 오가미는 이 돈을 수사비에 충당했다고 한다. 끄나풀에 대한 사례비와 부서 회식비도 이 돈에서 나왔을 것이다.

"정보는 자동차나 여자 같은 거라고 가미 씨는 자주 말했어요. 진짜 정보를 얻으려면 돈을 들여야 한다고 말이죠."

남은 돈은 전부 자신에게 맡겼다고 말했다.

아키코가 무섭도록 진지한 얼굴로 히오카를 보았다.

"하지만 가미 씨가 당신에게 주고 싶었던 건 돈보다는 이거예요."

아키코는 보자기 위에 놓인 대학 노트를 가리켰다.

히오카는 노트를 손에 들고 겉장을 넘겼다. 페이지를 넘기는 동안 손이 떨려왔다.

이건…….

히오카가 아키코를 돌아보았다.

강렬한 눈빛으로 히오카를 보면서 아키코가 고개를 끄덕였다.

노트에는 오가미가 오랫동안 수집한, 경찰의 불상사와 경찰 간부들의 추문, 사건 무마 같은 비리 관련 정보들이 적혀 있었다.

비자금 조성의 증거가 되는 은행 계좌, 관할 서장이 이동할 때 파친코점이나 폭력단으로부터 받은 전별금 금액 등이 상세히 기록되어 있었다.

현경 간부들의 여성 관계에 대해서도 적혀 있었다. 현경 교통부 과장이 성매매 문제로 폭력단에게 협박당한 사건이며 관할서 경감이 미성년자와 성매매를 한 사실도 기록되어 있었다. 누가 찍었는지, 아마도 폭력단 관계자가 몰래 찍었겠지만, 예의 경감이 미성년자를 데리고 호텔로 들어가는 사진도 붙어 있었다.

노트 속에서 아는 사람의 이름을 발견하고 히오카는 소리를 지를 뻔했다. 사가 다이스케, 히오카의 기동대 시절 상관으로 지금은 현경 감찰관실에 근무하는 경정이다. 나가레 거리의 카사블랑카라는 바에서 호스티스로 일하는 히토미와 바람을 피우다가 아이를 낙태시켰다고 적혀 있었다.

경찰 조직에 있어서 이 노트는 재앙으로 가득한 판도라의 상자다. 다른 점이 있다면 맨 마지막에 희망조차 남아 있지 않다는 것이리라.

히오카는 확신했다. 이 노트가 있었기에 현경 간부들은 오가미를 건드릴 수 없었다.

현경 간부들이 보기에 폭력단과 친분이 두터울 뿐만 아니라 조직에도 복종하지 않고 문제를 일으켜 언론과 세간의 비난을 받는 오가미는 귀찮은 존재였다. 어떤 이유든 갖다 붙여서 징계처분까지는 아니더라도 수사 일선에서 물러나게 하고 싶었을 것이다. 하지만 그럴 수 없었던 것은 경찰 조직을 뒤흔들 판도라의 상자를 오가미가 갖고 있다는 사실을 알고 있었기 때문이다.

이 노트는 오가미가 경찰 조직에서 살아남기 위한 비장의 카드였다.

정신없이 노트를 읽고 있는데, 아키코의 손이 히오카의 손에 와 닿았다.

퍼뜩 정신이 들어 아키코를 보았다.

히오카의 시선을 아키코는 정면으로 받았다. 아키코가 히오카의 손에 자신의 손을 포개며 노트를 감싸쥐었다.

"가미 씨의 유품이니 당신이 요긴하게 써주세요."

침을 삼켰다. 할 말을 찾을 수 없어서 대답하지 않았다.

히오카는 2000만 엔과 노트를 보자기에 싸서 다시 구멍 안에 넣은 다음 냉장고를 제자리에 밀어 넣었다.

"슈짱."

아키코가 불렀다. 매달리는 듯한 목소리였다.

히오카는 말없이 머리를 숙이고 뒷문을 통해 가게를 나왔다.

거리로 나와서 길게 숨을 내뱉고 바지 주머니에 한 손을 찔러 넣었다. 지포를 더듬어 찾았다.

자신에게 물었다.

앞으로 어쩌면 좋단 말인가?

13장

일지

1988년 7월 27일.

오후 1시. 히로시마 시내 젠린지然臨寺에서 오가미 쇼고 경사의 장례.

오후 8시. 히로시마 현경 감찰관실 출두.

1

오가미의 장례식은 아내와 아들의 유골이 잠들어 있으며 대대로 오가미 집안의 위패를 모신 젠린지에서 치러졌다. 젠린지는 히로시마 시 동부에 있는 사찰로, 구레하라에서 가려면 차로 30분 정도 걸린다.

본당은 조문객들로 가득했다. 안에 들어가지 못한 조문객들은 툇마루에 앉아 있었다.

맨 앞줄에는 상주인 오가미의 누나 다카시로 히데코와 그 가족이 앉아 있었다. 둘째 줄에는 현경 부본부장 이하 경찰 간부들이 앉고, 그 뒤에 구레하라 동부서 직원들이 자리를 지키고 있었다. 히오카는 경찰 관계자의 말석에 앉았다.

툇마루에 앉은 조문객 중에는 여성이 많았다. 아키코와 다카이의 아내 요코의 모습도 보였다. 폭력단 관계자의 아내와 히로시마 시내의 호스티스들도 분향하러 왔다. 대체로 검은 기모노 차림은 야쿠자의 아내이고, 양장 상복 차림은 술집 여자라고 옆에 앉은 다카쓰카가 귀띔해주었다.

다키이나 이치노세 같은 현역 야쿠자의 모습은 보이지 않았다. 은퇴한 전 오다니구미 간부나 조직 관계자 출신 시의회 의원의 얼굴이 눈에 띄는 정도였다. 고인과 아무리 친교가 깊었더라도 폭력단 두목이나 부두목이 경찰관 장례식에 공공연히 얼굴을 내밀면 고인이나 유족에게 누가 되기 때문이다. 그래서 자신의 여자나 아내를 대신 보낸다.

상복 차림으로 등을 꼿꼿이 세우고 제단을 바라보고 있는 아키코 옆에서 요코가 고개를 숙인 채 손수건으로 입을 막고 있었다. 심하게 어깨를 들먹이는 것을 보면 소리 내어 울고 있는 듯했다. 그러나 경내에서 들려오는 매미 소리에 묻혀 히오카의 귀에는 도달하지 않았다.

스님의 독경에 따라 조문객의 분향이 시작되었다.

상주인 히데코부터 순서대로 분향에 나섰다.

옆자리의 다카쓰카가 일어나고 히오카도 뒤를 따랐다.

제단 앞에 서서 히오카는 흰 꽃으로 테두리를 두른 영정 사진을 보았다.

사진 속의 오가미는 제복을 입고 있었다. 심기가 불편한 얼굴로 이쪽을 노려보고 있다. 이쓰키의 말로는 경찰청장관상을 수상했을 때 찍은 사진이라고 한다.

히오카는 유골 단지 옆에 준비해온 파나마모자를 놓았다. 장례식에 오기 전 색깔도 모양도 오가미가 애용하던 모자와 비슷한 것으로 샀다.

—머리가 좀 돌아가는군. 이게 없어서 허전했는데.

오가미의 유쾌한 목소리가 들려오는 듯했다.

오가미의 시신은 어제 화장되었고, 구레하라의 세리머니 홀에 조문객을 위한 빈소가 마련되었다. 히로시마가 아닌 구레하라에 빈소를 마련한 것은 히데코의 뜻이었다. 신세를 진 분들에게 조금이나마 감사 인사를 드리고 싶은 히데코의 마음이었을 것이다.

빈소에는 동부서 서장을 비롯한 경찰 관계자 외에도, 오가미가 신도 방문을 다녔던 가게 주인이나 아키코를 비롯한 술집 마담과 호스티스 등 이전부터 오가미와 친분이 있었던 사람들이 많이 찾아왔다.

제단 앞에서 히데코가 조문객을 맞고 있었다. 초췌한 기색이 완연했지만 히데코는 경찰관 유족으로서 기품을 잃지 않았다. 하나뿐인 남동생을 잃은 슬픔 뒤로, 항상 목숨을 내놓고 일하는 사람의 가족만이 갖는 각오가 엿보였다.

히데코는 오가미보다 여섯 살 위로, 오가미가 임관하던 해에 혼담이 들어와 도호쿠 지방으로 시집갔다. 친정어머니가 살아 계실 때에는 1년에 한 번은 귀성했지만, 어머니가 돌아가시고 모시고 살던 시어머니가 치매에 걸린 후로는 그마저 여의치 않았다. 마지막으로 히로시마에 돌아온 것은 5년 전, 어머니의 17주기 기일이었다고 한다. 남동생과의 재회가 장례식에서 이뤄질 줄은 몰랐다고 히데코는 반쯤 넋 나간 표정으로 말했다.

빈소를 마련하고 나서 얼마 후 한 노파가 찾아왔다. 한 달 전 우에사와 사건 때문에 가코무라구미의 동향을 살피려고 방문한 담배 가게의 주인 요시다 가쓰였다. 조문객들 뒤에 있던 히오카를 보자 가쓰는 깊이 고개를 숙였다. 가쓰는 히오카의 옆에 앉아서 염주를 손에 들고 열심히 경을 외웠다.

스님의 독경이 끝나자 가쓰는 눈짓으로 히오카를 복도로 불러내어 꾸러미 속에서 담배 두 보루를 꺼냈다. 오가미가 즐겨 피우던 쇼트피스였다.

"이거, 조의금 대신 영전에 올려주겠어? 부끄러운 얘기지만 급하게 오느라 가진 돈이 없어서……."

가쓰는 고개를 숙이며 작게 숨을 내쉬더니, 연금으로 근근이 살아가는데 담배 가게 수입이라고 해봐야 용돈도 안 된다고 중얼거렸다.

"조의금도 없이 와서 방명록에 이름도 적지 않았어. 그러니 가미 씨에게 가쓰가 작별 인사를 하러 왔다고, 자네가 잘 말해줘."

가쓰는 상복 주머니에서 손수건을 꺼내 부은 눈가를 눌렀다.

"지금껏 가미 씨 신세를 참 많이 졌어. 내가 이 나이까지 살아있는 건 반은 그 사람 덕분이야. 그렇게 좋은 사람은 또 없을 거야. 가미 씨보다 빨리 가야 할 인간이 수두룩한데 하느님은 도대체…… 뭘 하는지……."

오열이 터져 나와 가쓰는 말을 잇지 못했다.

히오카는 머리를 숙이며 담배를 받았다.

본당에서 분향을 마친 히오카는 다시 한번 오가미의 영정 사진을 보았다.

제단에는 다른 공물들과 함께 어제 가쓰가 가져온 담배가 놓여있었다. 유족의 배려다. 가쓰의 이야기는 아키코를 통해 누나인 히데코에게 전했다. 오가미는 현경 간부들이 보낸 화환보다 가쓰가 가져온 쇼트피스를 더 반길 것이다.

강렬한 여름 햇살이 경내를 하얗게 물들이고 있다. 상복 차림의 조문객들이 그림자처럼 앉아 있는 어두운 본당 안에서 유골을 싸고 있는 흰색 보자기와 히오카가 올린 흰색 파나마모자만이 유난히 도드라져 보였다.

오가미의 죽음은 순직이 아니다. 물론 경찰장도 아니고 2계급 특진도 없고, 공적을 인정받은 사람에게 주어지는 포상금도 없다. 단순히 술에 취해 바다에 빠져 죽은 개인의 사고사로 처리되었다.

그러나 진상은 다르다. 오가미의 죽음은 틀림없는 순직이다. 상관의 밀명을 띠고 폭력단 형사로서 구레하라의 폭력단 항쟁을 막으려고 애쓰다가 직무 도중에 무참하게 희생되었다.

눈을 꼭 감고 합장했다. 제단에서 물러날 때, 히오카는 바지 주머니 속의 지포를 강하게 의식했다.

2

장례식이 끝나고 조문객들에게 식사가 대접되었다. 그러나 오가미 반을 비롯한 2과 수사관들은 정중히 사양하고 다 같이 구레하라로 돌아왔다. 동료들끼리 조촐하게 오가미의 추도회를 갖기로 한 것이다. 도모타케의 주도로 마련된 자리인데, 모리 서장도 나중에 얼굴을 내민다고 한다.

장소는 '후미'였다. 우에사와의 시체가 발견된 날 오가미 반이 회식을 했던 술집이다. 시끄러운 대중 이자카야보다 조용한 요릿집이 낫지 않겠느냐는 의견도 있었지만 도모타케는 후미를 고집했다.

"가미 씨는 단골집을 좋아할 거야! 나는 알아."

무표정을 가장하고 있었지만 심통을 부리는 듯한 도모타케의 말투에서 부하의 죽음에 대한 자책과 애도의 마음이 엿보였다.

히오카는 몸이 좋지 않다는 이유로 참석을 사양했다.

최근 일주일 사이에 움푹 팬 히오카의 뺨을 보고 도모타케는 그러냐고, 작게 고개를 끄덕였다.

술은 얼마든지 마실 수 있다. 오히려 진탕 마시고 싶은 기분이었다. 그러나 동료들과 함께 술을 마시고 싶지는 않았다.

술이 취하면 오가미의 죽음을 사고사로 처리한 상부에 대한 불만이 터져 나올 것이 뻔하다. 시바우라도 세우치도 다카쓰카도 가만있지 않을 것이다. 본래 술만 취하면 아무나 들이받는 가라쓰의 술버릇은 도모타케와 이쓰키에게서 끝나지 않을 것이다. 모리 서장 앞에서도 주사를 부리고, 틀림없이 술자리는 난장판이 될 것이다. 한쪽 입술 끝을 올리고 사람을 깔보듯이 쳐다보는 모리에게 덤벼드는 가라쓰의 모습이 눈에 선했다. 오가미를 애도하는 자리가 그런 식으로 더럽혀지는 것을 원하지 않았다. 무엇보다도 자신을 통제할 자신이 없었다.

히오카는 동료들과 헤어져 걸어서 시노로 향했다.

아마 아키코는 가게에 있을 것이다. 오가미를 애도하며 혼자서 한 되들이 술병을 끌어안고 있을 것이다. 그럴 것만 같았다. 가게에 없으면 없는 대로 길거리에서 혼자 잔술이라도 마실 생각이었다.

가게 앞에 '상중喪中'이라고 적힌, 검은 테를 두른 종이가 붙어 있었다. 커튼이 쳐져 있지만 미닫이문은 잠겨 있지 않았다.

가볍게 노크를 하고 이름을 말한 후 천천히 문을 열었다.

"어서 와요."

흘러내린 머리카락을 쓸어 올리며 아키코가 돌아보았다. 여전히 상복 차림이다.

아키코의 입에서 희미하게 술 냄새가 풍겼다. 벌써부터 술을 마시고 있었던 모양이다. 눈가를 닦고 옆에 있는 의자를 당기며 히오카를 손짓으로 불렀다.

"올 거라고 생각했어요. 회식에 안 가도 돼요?"

추도회를 말하는 것이다. 오가미의 장례식 날 단체로 휴가를 낸다고 미리 말해두었다. 2과 수사관들이 함께 일어서는 모습을 보고 회식이라도 하러 가는 것이라고 생각한 모양이다.

"컨디션이 안 좋다고 말하고 빠졌어요."

"몸은 괜찮은 거예요?"

아키코가 고개를 살짝 기울이며 물었다. 진심으로 걱정하는 얼굴이다.

히오카는 아키코 옆에 앉으면서 대답했다.

"괜찮습니다. 여기서 마시고 싶어서 그랬어요."

아키코가 환하게 웃었다. 새 찻잔을 히오카에게 내밀었다.

"그러네요. 가미 씨도 슈짱과 내가 애도해주는 걸 더 좋아할 거예요."

그렇게 말하고 한 되들이 술병을 기울여 잔을 가득 채웠다.

언제나 오가미가 앉던 자리에도 술잔이 놓여 있었다.

아키코는 자신의 잔에 술을 따르고, 오가미의 잔에 건배하는 시늉을 하더니 히오카의 잔에 가볍게 잔을 부딪쳤다.

넘칠 듯 가득 따른 술잔에 얼굴을 가져가 한 모금 홀짝 마시고, 오가미의 자리를 향해 헌배했다.

"방금 가미 씨에게 얘기하고 있었어요. 정말이지 경찰은 믿을 수가 없다고. 윗분들은 윗분들대로 입장이 있겠지만 조금만 더 일찍 손을 썼더라면 일이 이렇게까지 되진 않았겠죠. 아무리 해도 난 그게 납득이 가질 않아. 행방불명된 날 경찰이 바로 움직였다면 가미 씨는 죽지 않았을지도 몰라요. 슈짱도 그렇게 생각하지 않아요?"

오가미의 정확한 사망 일시는 나오지 않았지만 위 내용물을 보면 7월 19일 새벽부터 아침 사이로 추정된다. 오가미가 이라코를 만났을 것으로 짐작되는 시각은 18일 심야. 즉 다음 날 아침에 바로 움직였다고 해도 오가미의 죽음은 막을 수 없었을 것이다.

그러나 지금 와서 사실을 알린들 어쩌겠는가?

히오카는 말없이 고개를 끄덕였다.

아키코는 체념하지 못하겠다는 눈빛으로 오가미의 자리를 바라보며 카운터에 팔꿈치를 올렸다. 한 손으로 턱을 괴고 술잔을 찰랑찰랑 흔들었다.

침묵이 가게 안을 지배했다. 시간은 조용히 흘러간다.

추억을 이야기하자면 얼마든지 할 수 있었다. 오가미와 공유한 시간은 한 달 남짓이지만 히오카의 인생에서 가장 농밀한 시간이었다. 기억의 페이지를 넘기면 첫머리에는 오가미와의 강렬한 추억이 자리 잡고 있다.

그러나 지금은 말하고 싶지 않았다. 말로 표현하는 순간 오가미의 죽음을 현실로 받아들이고 말 것만 같았다.

어느새 잔이 비어 있었다. 아키코가 술병을 기울여 술을 따라주었다.

그대로 자신의 잔에도 술을 더하고 아키코는 결연한 얼굴로 입을 열었다.

"슈짱, 가미 씨의 유품을 받을 결심은 선 거죠?"

히오카는 카운터 안쪽을 응시했다. 냉장고 뒤에 숨겨놓은 거액의 현금과 극비 노트를 말하는 것이리라.

요 며칠 머릿속을 맴돌던 의문이 또다시 머리를 들었다.

─왜 오가미는 그렇게 중요한 물건을 아키코에게 맡겼을까?

히오카는 무심코 의문을 입 밖에 냈다.

"두 분은 역시 가게 주인과 손님 이상의 관계였나요?"

아키코는 허를 찔린 표정이었다. 얼굴에 당혹감이 떠올랐다.

"아직도 나와 가미 씨 사이를 의심하고 있군요."

히오카는 뭐라고 대답해야 좋을지 몰라서 카운터만 내려다보고 있었다.

옆에서 아키코가 쿡쿡하고 웃었다.

"전에도 말했잖아요, 가미 씨와 나는 아무 사이도 아니라고."

분명 남녀 관계를 부정하는 아키코의 말을 들었다. 여자의 존재를 암시하며 밤거리로 나가는 오가미를 태연히 보내는 아키코의 모습도 보았다. 얼마 전까지는 정말로 아무 사이도 아니라고 생각했다. 그러나 2000만 엔의 현금과 극비 노트를 보고 나서는 두 사람 사이에 육체관계가 없었다는 말을 믿기가 어려웠다. 특별한 관계가 아니라면 그런 물건을 맡길 리 없다. 그리고 히오카로서는 남녀 관계 이외의 특별한 관계를 상상할 수 없었다.

오해를 피하기 위해 히오카는 말을 고르면서 설명했다.

"죄송해요. 속물처럼 말해서……. 하지만 저 돈과 노트는 오가미 씨의, 말하자면 전부예요. 돈도 그렇지만, 공개되면 현경을 날려버릴 만한 정보가 담긴 노트는 오가미 씨가 경찰 내부에서 자신의 입지를 지키기 위해 간직했던 비장의 카드라고요. 자신의 형사 생명이었던 셈이죠. 그런 중요한 물건을 아무리 오랜 지인이라고 해도 가게 여주인에게 맡길 리 없어요. 오가미 씨와 아키코 씨는 서로 일련탁생一蓮托生*의 관계였다고 생각하는 게 당연하지 않을까요?"

허공을 바라보며 히오카의 말을 듣고 있던 아키코가 일련탁생

이라……, 하고 작게 중얼거렸다.

"맞아요. 우린 분명 일련탁생의 관계였어요."

부드러운 눈빛 속에 강한 빛이 어렸다. 술을 한 모금 마시고 말을 계속했다.

"당신에겐 전부 말할게요. 가미 씨가 믿었던 남자니까."

술잔을 비우고 길게 숨을 내뱉었다. 옛일을 떠올리듯 아키코는 먼 곳을 바라보았다.

히오카는 말없이 아키코의 잔에 술을 따르며 이야기를 재촉했다.

"내가 지금 이 자리에 있는 건 가미 씨 덕분이에요."

그렇게 말하고 아키코는 어떤 사건에 관한 이야기를 시작했다. 아키코의 남편이었던 사이모토 도모야스가 살해당한 사건이다.

14년 전인 1974년 이라코카이와 오다니구미는 항만 하역 이권을 둘러싸고 긴박한 상황 속에 있었다. 이전부터 앙숙이었던 두 조직 사이에는 자잘한 다툼이 끊이지 않았다. 양 조직원들 간의 쌓이고 쌓인 울분과 적개심은 폭발 직전에 이른 상태였다.

그런 와중에 오다니구미 부두목인 사이모토가 구레하라 시 미야데 거리의 바에서 사살되는 사건이 발생했다. 총을 쏜 사람은 이라코카이의 다카기 고스케로, 조직에 가입한 지 반년도 되지 않는 조무래기였다.

---

* 죽은 뒤 극락정토에서 같은 연꽃 위에 다시 태어난다는 뜻으로, 좋든 나쁘든 끝까지 행동과 운명을 같이한다는 비유로도 쓰인다.

경찰 조사에서 다카기는 범행 동기를 이렇게 공술했다. 바에서 술을 마시다가 사이모토와 언쟁이 붙었고, 얼굴을 얻어맞자 화가 나서 총을 쏘았다.

그러나 그 후의 경찰 조사에서 양자 간에 언쟁이 벌어져 사이모토가 때린 것은 맞지만, 처음에 덤벼든 것도 집요하게 도발한 것도 다카기였다는 사실이 밝혀졌다. 상대가 주먹을 휘두를 때까지 자극해서 총을 쏘는, 총격 사건에서 흔한 수법이다. 분노에 의한 개인적이고 돌발적인 범행처럼 꾸며서, 조직의 명령과 계획성을 추궁당하지 않기 위한 방편이다. 먼저 죽는다고 해도 죽은 쪽에 전쟁의 대의명분이 생긴다. 어디로 굴러도 손해 볼 것 없다는 계산이다.

"남편의 시신을 봤는데 정말 끔찍했어요. 턱에서 귀로 총알이 관통해서 얼굴 절반이……."

아키코가 얼굴을 찡그리며 입을 앙다물었다. 말이 나오는 않는 것 같았다. 입술을 바들바들 떨고 있었다.

침묵 뒤에 아키코는 눈가를 훔치고 술을 한 모금 마시더니 냉정을 되찾고 담담하게 이야기를 계속했다.

사건은 다카기의 단독 범행으로 처리되었다. 승복할 수 없었던 오다니구미는 사이모토가 살해당한 날 곧바로 전쟁 태세에 들어갔다. 즉시 이라코의 자택과 조직 사무소를 습격했지만 두목을 비롯한 간부들은 벌써 히로시마로 도망치고 없었다. 역시 사이모토 살해 사건은 계획적인 범행이었던 것이다.

오다니구미는 정보망을 총동원했고, 계략을 꾸민 사람이 이라코카이의 부두목 가네무라 야스노리라는 사실을 알아냈다. 사이모토와 가네무라는 나이도 비슷하고 야쿠자가 된 시기도 비슷했다. 둘 다 구레하라 출신이지만 불량 청소년 시절부터 사이가 좋지 않았다. 적대 조직에 들어간 이상 언젠가는 서로 목숨을 걸고 싸울 수밖에 없었다. 가네무라는 이 기회에 어떻게든 사이모토를 제거하고 싶었을 것이다.

오다니구미 조직원들은 부두목의 원수를 갚기 위해 필사적으로 가네무라의 행방을 좇았다. 당시 새파랗게 젊었던 이치노세도 권총을 소지한 채 혈안이 되어 구레하라를 뒤지고 다녔다.

사이모토의 목숨을 빼앗긴 했지만 자신이 죽으면 아무 소용 없다. 신변의 위협을 느낀 가네무라는 두목인 이라코와 함께 히로시마 시 서북부의 도모오카구미에 은밀히 의탁했다. 두목인 도모오카 쇼조는 이라코의 사제였다. 도모오카구미는 야마구치 시에 본거를 둔 가와이 일가의 산하 조직이었다. 가와이 일가는 반反아카시구미를 표방하는 간사이 십이일회의 중진으로, 아카시구미와 가까운 오다니구미와는 반목하는 사이였다. 당시만 해도 진세이카이가 결성되기 전이었고, 그 전신이자 다키이 등이 소속된 와타후네구미는 오다니와의 관계를 고려해 중립을 선언했다.

가네무라의 소재는 파악했지만 오다니구미는 도모오카구미에 쳐들어갈 수 없었다. 그랬다가는 가와이 일가와 그 배후에 있는 간사이 십이일회를 적으로 돌리게 된다. 무엇보다도 가네무라들이 그곳에 없을 경우 오다니구미는 야쿠자 사회에서 뭇매를 맞게 된다.

한동안 피신해 있으면 구레하라에서 마구 총질을 해대고 있는 오다니구미의 조직원들은 하나둘 체포되고, 조직의 전력도 약해질 것이다. 그것이 가네무라의 꿍꿍이셈이었다. 막판에는 간사이 십이일회에 원군을 요청해 일거에 결판낼 작정이었던 것 같다.

"하지만 가네무라는 사이모토가 살해당하고 3개월 후에 죽었어요."

아키코는 씹어뱉듯이 또박또박 말했다.

가네무라의 시체가 발견된 경위에 대해서는 예전에 이 자리에서 아키코에게 들었다.

가네무라는 흉부를 예리한 칼에 찔린 시체로 히로시마 시내의 묘지에서 발견되었다. 오가미가 처음 근무한 파출소 근처 묘지였다.

가네무라는 시체로 발견되기 전날 밤, 24시간 수행하던 보디가드를 떼놓고 혼자 외출했다. 가네무라가 왜 혼자 외출했는지 이유는 모른다. 범인도 밝혀지지 않았다.

그러나 아키신문에 범인을 지명한 제보가 있었다.

─투서에 적혀 있는 건 오가미, 당신 이름이야.

고사카의 말이 귓가에 맴돌았다.

히오카는 한숨을 내쉬며 작심하고 물었다.

"가네무라를 죽인 사람이 오가미 씨입니까?"

14년이나 지나서 날아든 투서가 신빙성이 있다고는 생각지 않는다. 그러나 오가미가 결백하다고 믿지 못하는 자신이 있었다. 시노 2층에서 요시다에게 칼을 휘두르던 오가미의 핏발 선 눈이 뇌리에 떠올랐다.

아키코는 말없이 먼 곳에 시선을 던지고 있었다.

히오카는 마른침을 삼키고 아키코의 대답을 기다렸다.

잠시 후 아키코가 천천히 고개를 돌려 히오카를 보았다. 작지만 분명한 목소리로 대답했다.

"가네무라를 죽인 건 가미 씨가 아니라 나예요."

─거짓말이야.

히오카는 곧바로 머릿속에서 부정했다.

가네무라의 사인은 과다 출혈로 인한 사망이다. 여자의 연약한 팔로 성인 남자를, 그것도 야쿠자를 칼로 찔러 죽인다는 것은 무리다. 역시 가네무라를 죽인 사람은 오가미이고, 아키코는 자신을 위해 손에 피를 묻힌 오가미를 감싸고 있는 것이다.

그런 생각이 히오카의 표정에 드러났는지 아키코는 고개를 내저으며, 울먹이는 얼굴로 애써 웃음을 지어 보였다.

"거짓말이 아니에요. 사실이에요. 슈짱이 생각하는 것보다 난 나쁜 여자예요."

그렇게 말하고 아키코는 옛 이야기를 털어놓았다.

가네무라와 아키코는 이전부터 아는 사이였다.

젊은 시절 아키코는 구레하라에서 가장 큰 카바레인 '시라유리 좌'에서 호스티스로 일했다. 미모와 스타일, 화술까지 두루 갖춘 아키코는 금방 넘버원이 되었다.

뻔질나게 찾아오는 손님들 중에는 당시 이라코카이에서 두각을 나타내고 있던 가네무라도 있었다. 부두목이 되기 전 이야기다.

가네무라는 돈과 선물로 아키코의 환심을 사서 자기 여자로 만들려고 했다. 가네무라가 선물한 가방과 시계는 하나같이 다른 호스티스들이 부러워하는 고가의 명품이었다.

"하지만 난 한 번도 가네무라에게 마음을 준 적이 없어요. 선물은 모두 정중히 돌려보냈고요. 돈이나 선물에 나를 팔 생각은 없었어요. 사랑하는 남자가 아니면 안기지 않겠다, 그게 내 원칙이었거든요. 호스티스 일을 하면서, 웃기죠?"

히오카는 입술을 오므리고 작게 고개를 저었다. 호스티스가 된 이유는 모르지만 아키코라면 그랬을 것 같았다.

남녀 관계라는 것이 한쪽이 달아나면 또 한쪽은 쫓아가는 법이다. 자신에게 티끌만큼도 마음이 없는 아키코에 대한 가네무라의 집착은 날이 갈수록 심해졌다.

너무 집요해서 아키코는 가게를 그만두고 히로시마로 도망갔다. 나가레 거리의 클럽에서 일하다가 만난 사람이 오다니와 함께 가끔 들르던 사이모토였다.

아키코가 호스티스 일을 그만두고 사이모토와 결혼했다는 소식을 듣고 가네무라는 길길이 날뛰었다고 한다. 자신에게 퇴짜를 놓은 여자가 하필이면 사이모토에게 반했다는 사실을 용납할 수 없었던 것이다.

―조만간 사이모토 녀석을 없애버리겠어.

부하들 앞에서 그렇게 선언했다는 이야기를 아키코도 전해 들었다.

그 후 가네무라는 내내 기회를 엿보고 있었을 것이다.

"가네무라는 정말 인간쓰레기, 아니, 쓰레기보다도 못해요. 어떻게 자기가 목숨을 빼앗은 남자의 아내에게 연락을 할 수 있는지……, 그것도 걱정하는 척하면서 말이에요."

술잔을 든 아키코의 손에 힘이 들어가는 것을 알 수 있었다.

"가네무라의 끈끈한 목소리를 듣고 있으려니 구토가 치밀었어요. 당신이 내 남편을 죽였지, 이 악당아. 그 말이 목구멍까지 올라왔어요. 하지만 참았어요. 힘들어서 변심했다고 믿게 해놓고 기회를 봐서 가네무라를 죽일 생각이었어요."

사이모토가 죽은 지 3개월 후, 아키코는 개인적으로 의논할 일이 있다는 구실을 만들어 가네무라와 약속을 잡았다.

오다니구미와 전쟁 중이었던 만큼 가네무라는 주도면밀했다. 아키코가 예약한 호텔에 도착하자 방으로 전화를 걸어 장소를 변경했다. 곧바로 호텔을 나가서 대기하고 있는 개인택시를 타라고 했다. 택시 운전사에게 미리 아키코의 특징과 행선지를 일러두었을 것이다.

아키코는 시키는 대로 택시를 탔다. 택시는 미행을 확인하듯 여러 번 차선을 변경했다. 택시가 도착한 곳은 오래된 여관이었다. 가네무라에게 돈을 두둑이 받았는지 중년의 운전사는 웃으면서 택시 문을 열어주고 아키코가 여관에 들어갈 때까지 지켜보았다고 한다.

그 정도면 오다니구미 관계자와 사전에 계략을 꾸몄더라도 장소를 알려줄 방법이 없다.

여관방에 들어가자 가네무라는 거칠게 달려들어 아키코를 이불 위에 쓰러뜨렸다.

"젊을 때는 배우가 되고 싶었어요. 영화나 드라마를 보면서 여배우의 연기를 따라하곤 했죠. 이래 봬도 연기는 곧잘 해요. 가네무라 녀석, 자기 밑에서 헐떡이던 여자가 느닷없이 가방에서 식칼을 꺼내어 자신을 찌르리라곤 상상도 못 했을 거예요. 등에 칼을 꽂자 비명을 지르며 벌러덩 나자빠지더군요. 정신없이 찔렀어요. 증오심 때문이 아니라 무서워서……"

악몽에서 깨어난 아이처럼 아키코는 떨리는 목소리로 말했다.

잔에 남은 술을 아키코는 단숨에 들이켰다. 히오카가 말없이 잔을 채웠다.

아키코는 입가를 닦고 냉정을 되찾은 목소리로 이야기를 계속했다.

"그다음 일은 잘 기억나지 않아요. 정신을 차리고 보니 알몸으로 피를 뒤집어쓴 채 식칼을 쥐고 있었어요. 방에서 가미 씨에게 전화를 걸었던 건 기억나지만. 무슨 말을 했는지는 모르겠어요. 당시 가미 씨는 2과에서 좌천당해 기동댄가 어딘가에 있었어요. 호스티스 시절부터 신세를 졌고, 또 가미 씨는 사이모토와도 절친

한 사이였어요. 장례식 때 어려운 일이 있으면 언제든지 연락하라고 했던 말이 떠올랐나 봐요. 밤 10시쯤이었는데 아파트에 전화를 걸었더니 바로 가겠다고 말해주었어요."

오가미가 도착할 때까지 아키코는 시킨 대로 몸에 묻은 피를 샤워로 씻어냈다. 옷을 갈아입었을 때 노크 소리가 났다. 욕실을 나가서 조심스럽게 문을 열자 접힌 이불 가방 두 개를 안고 오가미가 서 있었다. 오가미는 아키코를 보자 말없이 고개를 끄덕이더니 굳은 표정으로 이불 가방에서 수건을 여러 장 꺼냈다. 그걸로 방 바닥의 피를 닦으라고 아키코에게 말했다.

오가미는 가네무라의 코 밑에 손을 대고 숨이 끊어졌는지 확인한 다음 시신을 목욕 수건으로 싸서 이불 가방에 넣었다. 피 묻은 여관 이불은 나머지 하나의 이불 가방에 넣었다.

"그런 다음 카운터에 전화를 걸어 지배인과 얘기를 했어요. 샤부 건이 어쩌고 하는 얘기였는데, 아마도 거래를 한 것 같아요."

─여관에는 얘기를 해뒀어. 괜찮을 테니 걱정하지 마.

오가미는 그렇게 말하고 아키코에게 먼저 방을 나가라고 말했다.

─뒷일은 내가 다 알아서 해. 당신은 여기 없었던 거야. 구레하라로 돌아가서 그냥 평소처럼 지내면 돼.

알겠지, 하고 오가미가 다짐을 놓았지만 아키코는 간신히 고개만 끄덕였다. 고맙다는 말을 한 기억은 없다고 한다.

아키코는 오가미가 시킨 대로 아무 일도 없었던 것처럼 여관을 나가서 마지막 전차를 타고 구레하라로 돌아왔다. 가네무라의 시신이 히로시마 시내 묘지에서 발견되었다는 사실은 이틀 뒤 조간 신문을 보고 알았다.

아키코는 술을 한 모금 마셨다.

"이 일은 다키이 씨도 모리짱도 몰라요. 나와 가미 씨만의, 비밀."

그렇게 말하는 아키코의 얼굴에는 옅은 희색이 감돌았다. 그러나 그것은 곧바로 깊은 슬픔으로 변했다.

"나는요, 그 일이 있고 나서 가미 씨에게 몇 번이나 사과하려고 했어요. 고맙다는 인사가 아니라 사과해야 한다고 생각했어요. 그런 엄청난 일을 하게 만들었으니……."

아키코의 마음은 이해가 간다. 오가미가 한 일은 시체 유기 및 범인 은닉이라는 엄연한 범죄 행위다. 현직 경찰관으로서 해서는 안 되는 일이다. 만약 발각된다면 즉각 경찰직에서 해고되고 오랫동안 옥살이를 해야 한다. 아키코가 마음의 부담을 느끼는 것은 당연하다.

히오카의 잔에 술을 더하면서 아키코가 말했다.

"하지만 가미 씨는 그 일에 대해선 일체 언급하지 않았어요. 둘만 있을 때 내가 그 얘기를 꺼내려고 하면 바로 화제를 바꾸고……."

오가미답다. 히오카는 그렇게 생각했다.

만약 나였다면, 하고 생각했다.

가네무라는 비열한 인간이고 죽어 마땅한 악당이다. 아키코가 자기 손으로 남편의 복수를 하려고 한 심정도 이해가 간다. 법률은 사적 처벌을 허용하지 않는다. 그러나 그 법률이 가네무라를 제대로 심판하지 못한다면 정의는 어떻게 되겠는가? 살해를 저지른 아키코와 살해를 당한 가네무라. 실체적 정의는 어느 쪽에 있을까?

그러나 한편으로는 죄를 저질렀으면 속죄를 해야 한다는 생각도 들었다.

자신이 오가미였다면 어떻게 했을까? 자수를 권했을까, 아니면 오가미처럼 아키코의 죄를 덮어주었을까?

만약 죄를 덮어주었다면 당연히 두 사람은 운명공동체가 된다.

히오카가 불쑥 말했다.

"동지."

아키코가 의아한 표정으로 히오카를 보았다.

"오가미 씨와 아키코 씨는 남녀 관계를 넘어선 공범자라는 이름의 동지였군요. 그래서 오가미 씨는 누구에게도 알릴 수 없는 노트와 돈을 동지인 아키코 씨에게 맡긴 거고요."

말뜻을 이해했는지 아키코가 눈을 동그랗게 뜨며 작게 웃었다.

"동지라고요? 역시 슈짱은 학사님이라 머리가 좋군요."

아키코는 기분이 좋은지 동지라는 말을 되뇌었다. 이내 표정을 바꾸며 강한 눈빛으로 히오카의 얼굴을 보았다.

"나는 내 비밀을 당신에게 털어놓았어요. 사건은 아직 시효가 남아 있어요."

아키코의 눈이 어떡할 거냐고 묻고 있었다. 자신을 체포해 공을 세울 수도 있다고 말하고 싶은 것이리라.

히오카는 상복 주머니에서 지포 라이터를 꺼냈다. 돋을새김된 늑대를 손끝으로 어루만졌다.

괘종시계가 7시를 알렸다.

8시에는 현경 본부에 출두해야 한다. 예전 상사에게 호출을 받았다.

히오카는 자리에서 일어나 아키코를 보았다.

결심이, 섰다.

"저도 동지입니다."

아키코의 표정이 무너졌다. 울먹이며 양손으로 얼굴을 감쌌다. 손가락 사이로 오열이 새어 나왔다.

"가볼게요."

그렇게 말하고 히오카는 시노를 나왔다.

인적 없는 뒷골목을 걸어서 공원 옆 공중전화 부스로 들어갔다. 수첩을 꺼내 다키이의 휴대전화 번호를 눌렀다.

신호음이 한 번 울리고 전화가 연결되었다.

"나야."

다키이의 목소리는 평소와 달리 사나웠다.

휴대전화에 전화를 걸면 할증료가 붙는지 동전이 금방 떨어졌다. 투입구에 계속 동전을 넣으면서 히오카가 말했다.

"히오카입니다. 이치노세 씨의 연락처를 모르니 전해주세요.

오가미 씨의 검시 결과가 나왔습니다. 시체에서 강력한 수면유도제와 신경안정제 성분이 검출되었어요. 오가미 씨의 방에서도 약이 발견되었는데 제가 아는 한 오가미 씨는 약을 복용한 사실이 없습니다."

히오카의 말에서 다키이는 모든 것을 이해한 것 같았다.

짧은 침묵 뒤에 냉정한 목소리로 대답했다.

"알았어. 뒷일은 내가 처리하겠네."

그 말만 남기고 다키이는 전화를 끊었다.

10엔짜리 동전 두 개가 반환되었다. 동전을 바지 주머니에 넣고 전화 부스를 나왔다.

뒷골목을 벗어나 사카메 강으로 갔다. 얕은 강물이 소리 없이 흐르고 있었다.

수면을 바라보던 히오카는 손에 든 가방에서 노트 한 권과 펜을 꺼냈다. 노트는 히오카가 구레하라 동부서에 배속된 날부터 사용한 것이다. 펜은 조의금 봉투에 이름을 쓰기 위해 잡화점에서 구입했다.

노트를 펼치고 자신이 지금까지 기록한 일지를 읽기 시작했다.

히오카는 펜 뚜껑을 열고 노트에 죽죽 줄을 그었다. 배속 첫날부터 오늘까지 자신이 작성한 기록의 일부를 펜으로 덧칠해서 지웠다.

페이지를 넘기며 신들린 듯 펜을 움직이던 히오카는 오가미의 장례식이 있었던 오늘 날짜에 이르자 펜 뚜껑을 닫았다.

참았던 숨을 길게 내뱉었다.

손목시계를 보았다. 오후 7시 20분. 지금 출발하면 약속한 8시까지 현경 본부에 도착할 수 있다.

군데군데 기록을 지운 노트와 펜을 가방에 넣었다. 역을 향해 걸음을 내디뎠다.

돌풍이 불었다.

강을 따라 늘어선 버드나무 가지가 흔들리고 수면에 잔물결이 일었다.

3

히오카는 현경 본부에 도착해 6층으로 올라갔다. 사전에 지시받은 대로 감찰관실 옆 회의실로 들어갔다.

벽에 걸린 시계를 보았다. 7시 55분.

창가 맞은편 의자에 앉아서 기다렸다. 잠시 후 문이 열리고 사람이 들어오는 기척이 났다. 돌아보고 고개인사를 했다.

사가 다이스케. 히오카의 기동대 시절 상관인데, 지금은 현경 감찰관으로 있는 경정이다.

"히오카, 고생 많았지?"

사가가 회의실 안으로 들어서며 그렇게 말했다. 장신의 몸을 흔들며 창가 자리에 앉았다.

히오카는 의자에서 일어나 머리를 숙였다. 사가가 앉으라고 손짓을 했다.

사가는 들고 있던 부채를 펼쳐서 목에 대고 부채질을 했다.

"장례식은 순조롭게 끝났다더군. 부본부장님이 그러시던데 썩 훌륭한 장례식이었다면서?"

히오카는 고개를 꺾듯이 끄덕였다.

사가는 간토 지방* 출신으로 표준말만 썼다. 히로시마 사투리도 할 수 있을 텐데 굳이 표준말을 고집했다. 히로시마 현경에 들어온 이유는, 히로시마대학을 졸업했고 대학 재학 시절에 현지 여성과 결혼했기 때문일 것이다.

그건 그렇고, 하고 사가가 입을 열었다. 천장을 올려다보며 의자 등받이에 몸을 맡겼다.

"슬슬 자네에게 연락을 취하려던 참이었는데, 오가미가 그렇게 되었으니 자네도 놀랐겠군. 자신의 임무가 이런 식으로 끝날 줄 몰랐을 테니."

사가의 말투에서는 고인에 대한 존경심을 찾아볼 수 없었다.

히오카는 고개를 숙인 채 대답하지 않았다. 무릎에 손을 짚고 입술을 깨물었다.

사가는 히오카의 마음 따윈 관심도 없는지 잔망스럽게 부채질을 하며 말을 계속했다.

---

* 도쿄와 인근의 6현을 가리키는데, 넓은 의미에서 일본의 수도권 정도로 볼 수 있다.

"자네도 알겠지만 오가미는 위험한 다리를 여러 번 건넌 사람이야. 쉽게 꼬리를 드러내지 않을 테니 자네가 사명을 완수하려면 적어도 1년은 걸릴 거라고 예상했어. 하지만 이제 수사 대상도 사라졌으니까 가을 이동 때 자네를 현경으로 불러들일 생각이야. 뭐, 한동안 교통과 같은 데서 적당히 근무하고 있으면 기회를 봐서 자네 희망대로 수사 1과에 꽂아주지."

히오카는 고개를 숙인 채 꼼짝하지 않았다.

반항적인 태도로 보였던지 사가가 발끈해서 말했다.

"난 약속은 지키는 사람이야."

그래도 히오카는 고개를 들지 않고 침묵으로 일관했다.

사가가 가볍게 혀를 찼다. 그러나 곧 목소리를 누그러뜨리며 달래듯 말했다.

"짧은 기간이었지만 상관이었던 사람이 그런 식으로 죽었지. 그리고 명령이라곤 해도 오가미에 대한 스파이 업무를 담당했던 자네 입장에선 마음이 무거울 거야. 쌍수 들어 기뻐할 수 없는 심정은 이해해. 하지만 자네는 명령에 따라 임무를 수행한 거야."

올해 4월 초에 히오카는 사가로부터 호출을 받았다.

바로 이 회의실에서 두 사람은 지금과 같은 자리에 앉아 있었다. 둘뿐인 방 안에서 사가는 목소리를 낮추고, 구레하라 동부서에 근무하는 오가미 경사의 동향을 감시하라는 명령을 내렸다.

작년에 진세이카이 내부에서 항쟁 사건이 잇따르자 참다못한

431

히로시마 시민 단체들이 대대적인 폭력단 추방 운동을 벌였다. 소규모 파벌 항쟁이긴 했지만 경찰의 단속이 미온적이라고 판단했는지, 대리전쟁의 반복을 우려한 언론은 시민 단체의 움직임에 힘을 받아서 폭력단 추방을 주장했다. 동시에 폭력단과 경찰의 유착 문제와 비자금 조성 목적의 수사비 유용 의혹까지 제기했다.

현경으로서는 찔리는 구석이 있었다. 그것은 비단 히로시마 현경에 국한된 문제는 아니다. 폭력단과 맞서 싸우려면 법대로만 할 수 없다는 것이 폭력단 담당 형사들의 본심이다. 그 결과 미라 도굴꾼이 미라가 되고 마는 딜레마에 빠진다. 정도의 차이는 있지만 다른 지자체 경찰도 똑같은 문제를 안고 있다.

그러나 과거 대규모 폭력단 항쟁 사건을 여러 차례 경험한 히로시마에서는 폭력단과 경찰의 유착 문제가 더 심각했다. 실제로 야쿠자의 편의를 봐주다가 옷을 벗은 경찰관도 여럿이었다. 겉으로는 의원 퇴직이지만 사실상 징계면직이었다. 특히 현경은 수사비 일부를 간부들의 회식비 등으로 유용한 사실이 발각될까 봐 전전긍긍했다.

이 사실이 언론에 대대적으로 보도된다면 경찰의 신용은 땅에 떨어진다.

현경은 계책을 궁리했고, 조직을 지키기 위해 희생양을 내세우기로 결정했다. 그것이 오가미 경사였다. 오가미의 비행은 내부인이라면 누구나 알고 있었다. 지금까지 폭력단과의 유착을 문제 삼지 않았던 것은 현경 입장에서 오가미가 유익한 존재였기 때문이

다. 폭력단 관련 정보 수집 능력은 폭력단 형사들 중에서 으뜸이
었다. 총기 단속 강화 월간마다 오가미는 뛰어난 검거율을 달성했
다. 권총 압수 건수는 전국에서 열 손가락 안에 들었다. 폭력단과
모종의 거래를 하고 있는 것이 분명했다. 그래도 현경 입장에서
쥐를 잡는 고양이는 좋은 고양이였다.

그러나 오가미는 도가 지나쳤다. 유착과 부정 수사 문제가 언론
에 알려지자 일부 매체는 오가미를 표적으로 삼고 동향을 캐기 시
작했다. 이쯤 되자 현경은 오가미를 감싸기보다는 내치는 쪽을 선
택했다. 오가미에게 책임을 뒤집어씌워 현경 조직 전체의 부패를
개인의 문제로 정리하려고 획책한 것이다.

현경의 모략이 성공하려면 오가미가 폭력단과 유착해 부정 수
사를 한다는 증거를 잡아야 했다. 오가미의 행동을 감시할 스파이
가 필요했다. 그래서 낙점된 것이 히오카였다.

선정 임무를 맡은 사가는 대학 후배이자 과거 부하였던 히오카
를 스파이로 골랐다.

―우직할 만큼 강한 정의감이 필요해. 자네가 적임이야.

히오카의 눈을 보면서 사가는 굳은 표정으로 그렇게 말했다.

히오카가 받은 명령은 두 가지였다. 하나는 오가미를 감시하고
폭력단에게 돈을 받고 있다는 증거를 잡을 것. 또 하나는 오가미
가 갖고 있다고 추측되는 문서를 찾아내는 것이었다.

"오가미가 상부에 대한 불평불만을 망상을 섞어서 기록한 문서
인가 봐. 그게 노트인지 메모인지는 몰라. 결국 내용은 거짓말투

성이겠지만 언론이 현경의 발목을 잡으려고 눈을 번득이고 있는 상황이니만큼 엉터리 문서라도 외부로 새어나가게 내버려둘 순 없어. 호미로 막을 걸 가래로 막는 일이 벌어질 수도 있다고. 어떻게든 그 문서를 찾아내야 해."

히오카가 명령을 따른다면, 특히 임무를 완수한다면 원하는 부서에 보내주겠다고 사가는 약속했다.

"히오카, 경찰의 임무는 범죄를 예방하고 범인을 잡는 거야. 그것이 우리에게 주어진 사명이지. 정의를 수호하고 시민의 안전을 지키는 경찰관이 법을 준수하지 않고 폭력단과 유착해 부정을 저지른다는 건 용서할 수 없는 일이야. 그런 인간을 용서하면 주변까지 썩어들어 가게 돼."

사가는 테이블 너머로 몸을 내밀고 히오카의 어깨를 힘주어 잡았다.

"히오카, 알겠지? 오가미 경사는 썩은 사과야. 지금 바로 제거해야 해."

경찰 사회는 상명하복의 세계다. 거절은 선택지가 아니었다.

현경의 꽃인 수사 1과 배속을 생각하지 않았다면 거짓말이다. 오가미의 악덕한 행태는 히오카 같은 말단 형사의 귀에도 들어올 만큼 유명했다. 현장 경험도 적고 폭력단계 업무에는 문외한인 히오카의 눈에는 오가미가 경찰관 실격자로밖에 보이지 않았다. 오가미를 경찰 조직에서 추방하는 것이 정의라고 믿었다.

히오카는 사가의 눈을 보고 예, 하고 대답하면서 힘차게 고개를 끄덕였다.

히오카처럼 그때 일을 회상하는지 사가는 먼 곳을 바라보며 의자 등받이에 몸을 기댔다.

입을 꾹 다물고 있는 히오카를 보면서 미소를 지었다.

"자네에겐 내키지 않는 임무였을 거야. 모쪼록 조직 인간의 고충이라고 이해해줘."

히오카는 예, 하고 대답하며 머리를 숙였다.

태도가 온순해졌다고 생각했는지 사가가 굳어 있던 표정을 풀었다.

"오가미 일은 유감이지만 녀석 입장에서 보면 부하에게 배신당한 줄 모르고 세상을 떠났으니 어찌 보면 다행일지 몰라."

히오카는 무릎 위에서 주먹을 움켜쥐었다.

아키코가 오가미의 유품인 돈과 노트를 보여주었을 때부터 히오카는 어떤 확신을 갖게 되었다.

히오카가 감찰의 스파이라는 사실을 오가미가 알고 있었다는 것이다.

오가미는 쟁쟁한 폭력단 두목들을 상대해온 남자다. 누구 못지않게 인간을 꿰뚫어보는 날카로운 안목을 갖추었다. 그런 사람이 24시간 옆에 붙어 있는 부하의 언동을 보면서 스파이라는 것을 눈치채지 못했을 리 없다. 기동대 출신의 햇병아리 형사가 뜬금없이 폭력단계에 배속되었다는 사실에도 의문을 품었을 것이다.

그러나 오가미는 전혀 그런 내색을 하지 않았다. 오히려 감찰의 개 노릇을 하는 히오카에게 자신의 전부라고 할 수 있는 돈과 노트를 남겼다. 히오카가 자신의 뜻을 이어받아 줄 거라고 생각했을까, 아니면 이어받아 주기를 바랐을까?

─무슨 일이 생기면……, 히오카, 부탁해.

시노의 카운터에서 오가미가 한 말이 귓가를 맴돌았다.

"그런데 찾아보라고 한 오가미의 문서는 나왔어?"

사가가 물었다.

오가미가 아키코에게 맡긴 노트, 판도라의 상자다.

히오카는 작게 아니요, 하고 대답하며 고개를 저었다.

사가의 목소리에서 낙담의 기색이 배어났다.

"그래……, 발견되지 않았단 말이지?"

말없이 고개를 끄덕였다.

"오가미 집 천장 밑이나 자주 가는 여자 집 같은 데도 다 찾아봤어?"

히오카는 다시 고개를 끄덕였다.

사가가 노골적으로 혀를 찼다.

감정을 바로 드러내는 남자다. 이래서야 감찰관 노릇을 어떻게 하겠는가?

아내가 있으면서 호스티스를 임신시키고 낙태시킨 후 버린 남자다. 과거에 존경하던 상관의 얼굴을 히오카는 모멸 어린 눈길로 보았다.

사가는 허공을 노려보며 짜증스럽게 부채질을 하고 있었다. 입술은 일그러지고, 심기가 불편하다고 써 붙인 얼굴이다.

부채질 속도를 늦추면서 사가는 체념한 듯 한숨을 내뱉었다.

"오가미가 죽은 후 현경 수사관을 시켜서 내밀히 찾아보게 했는데 아무것도 나오지 않았어. 문서의 존재 자체가 가짜였을 가능성도 있어. 우리로서는 그쪽이 좋지만……."

혼잣말처럼 말하고 사가는 히오카를 보았다.

"그건 그렇고 오가미의 동향을 기록한 일지는, 가져왔어?"

히오카는 구레하라 동부서에 부임한 날부터 매일 오가미의 행동을 기록하라는 명령을 받았다.

바닥에 놓아둔 가방에서 대학 노트를 꺼냈다. 사가 쪽을 향하도록 테이블에 올려놓았다.

"본인이 죽어버렸으니 이제 소용없지만, 그래도 언론에서 뭐라고 떠들어대거나 하면 거래용으로 써먹을 순 있겠지."

거래……. 높은 분들은 뭐든 거래의 재료로만 본다. 오가미의 악행을 질금질금 흘리면서 뭉개고 넘어가려는 속셈이다.

히오카는 마음속에서 침을 뱉었다.

사가가 한 손으로 노트를 펼쳤다. 이내 표정이 험악해졌다.

부채를 테이블에 거칠게 내려놓더니 양손으로 노트를 들고 빠르게 페이지를 넘겼다.

마지막 페이지까지 훑어본 사가는 노트를 홱 덮고 테이블에 패대기쳤다.

"이게 뭐야!"

히오카는 조용히 대답했다.

"오가미 경사의 동향을 기록한 일지입니다."

사가는 다시 노트를 집어 들고 펼쳐서 히오카의 얼굴 앞에 들이밀었다.

"이런 걸 일지라고 할 수 있어? 이 검은 부분은 대체 뭐야?"

검게 덧칠한 부분이 많이 보였다.

"잘못 써서 지웠습니다."

"웃기는 소리 하지 마!"

사가가 의자에서 벌떡 일어나 양손으로 테이블을 내리쳤다.

"그런 변명이 통할 거 같아? 이건 딱 봐도 좀 전에 지운 거잖아? 덜 마른 잉크 자국이 옆 페이지에 묻어 있다고!"

사가가 히오카의 멱살을 잡고 강제로 의자에서 일으켜 세웠다.

"어찌 된 거야? 온 데 검은 칠을 한 이 노트는 대체 뭐야?"

"방금 설명드렸듯이 잘못 써서 지운 겁니다."

사가는 멱살을 풀며 의자를 향해 히오카를 힘껏 밀쳤다.

히오카는 의자와 함께 뒤로 나동그라졌다.

입가가 아팠다. 손등으로 닦았더니 피가 묻어 있었다. 넘어지다가 찢어진 모양이다.

히오카는 아무 일도 없었다는 듯이 일어나서 의자를 바로 세웠다. 사가에게 고개를 숙인 뒤 돌아서서 출입문으로 향했다.

사가의 성난 목소리가 등 뒤에서 날아왔다.

"기다려! 자네 지금 무슨 짓을 하고 있는지 알아? 오가미를 감쌀 생각인가 본데, 상관의 명령을 거스르다니, 대체 경찰의 직무가 뭔지 알고나 있어?"

히오카는 걸음을 멈추고 천천히 고개를 돌렸다. 노려보듯이 사가를 보았다.

"알고 있습니다. 진짜 경찰관의 마음가짐이 뭔지 오가미 씨에게 확실하게 배웠습니다."

"자네……."

대놓고 오가미를 치켜세우자 사가는 당황했다. 금방 회유하는 듯한 목소리로 변했다.

"히오카, 아직 늦지 않았어. 펜으로 지운 부분을 다시 적어서 제출하면 좀 전의 무례한 행동은 눈감아주지."

무시하고 문손잡이를 잡았다.

목소리를 떨면서 사가가 소리쳤다.

"이 자식! 시키는 대로 안 하면 현 북부 주재소로 보내버리겠어!"

히오카는 손잡이를 쥔 채 돌아보지 않고 말했다.

"사가 씨, 카사블랑카의 히토미라는 호스티스는 잘 지냅니까?"

등 뒤에서 사가가 경악하는 기척이 느껴졌다.

히오카가 문을 열자 정신을 차린 모양이었다. 방을 나서려는 히오카를 향해 사가가 차갑게 말했다.

"무슨 말이야? 어차피 오가미가 아무렇게나 지껄인 얘기겠지만, 상사를 우롱하는 것도 정도껏 해야지. 근거 없는 망언을 떠들고 다니면 이 회의실이 아니라 다음에는 감찰관실로 부를 거야. 네 녀석 목 정도는 언제든지 날려버릴 수 있어."

소름이 돋을 만큼 냉철한 목소리였다.

오가미의 유품이 없었다면 주눅이 들었을지도 모른다.

바지 주머니에 양손을 찔러 넣고 히오카는 고개만 돌렸다.

"사가 씨. 내가 가진 정보는 훨씬 더 많습니다. 잘못 건드렸다간 히로시마 현경도 큰코다칠 겁니다."

사가가 입을 벌린 채 눈을 부릅떴다.

"네 녀석이…… 오가미의……."

히오카는 사가의 눈을 똑바로 쳐다보며 낮은 목소리로 말했다.

"무슨 뜻인지, 알죠?"

히오카는 복도로 나와서 등 뒤로 문을 닫았다.

바지 주머니에서 오가미의 지포를 꺼냈다.

걸음을 옮기면서 공중으로 지포를 던져 올렸다.

늑대가 새겨진 지포가 형광등 불빛 속에서 진회색으로 빛나며 비상하다가 히오카의 손안으로 쏙 들어왔다.

단단히 움켜쥔다.

히오카는 앞을 향해 나아갔다.

─오가미의 피를 이어받을 각오에 흔들림은 없었다.

* * *

1988년

―

7월 30일   히로시마 진세이카이, 부회장 이라코 쇼헤이 제명 처분.

8월 1일   오후 9시. 이라코카이 사무소에 다이너마이트.

오후 11시. 오다니구미 사무소에 산탄총.

8월 2일   오후 2시. 가코무라구미 부두목 노자키 고스케, 구레하라 시 미야데 거리에서 칼에 찔려 사망. 오다니구미 조직원 나가타 고타를 현행범으로 체포(이후 징역 15년).

8월 5일   오전 9시. 우에사와 살해 사건 용의자로 도주 중이던 요코야마 쇼타, 이마무라 아키토시, 오에 가쓰미의 신병을 기타큐슈 시내에서 확보.

8월 10일   오전 0시. 이라코카이 부회장 아사누마 신지, 아카이시 거리에서 흉부에 총탄을 맞고 나중에 사망.

8월 18일   구레하라 동부서, 가코무라구미 두목 가코무라 다케시를 우에사와 살해 사건의 공모 공동 정범 용의로 체포(이후 징역 12년).

8월 22일   오후 4시. 오다니구미 부두목 이치노세 모리타카, 히로시마 시 나카 구의 커피숍에서 총격을 당함. 복부 관통의 중상을 입지만 생명은 건짐.

8월 23일 오전 2시. 이라코카이 회장 이라코 쇼헤이, 구레하라 시
내 애인의 맨션 주차장에서 총격을 당해 사망. 나중에 오
다니구미 간부 비젠 요시키 체포(징역 18년).

9월 20일 오다니구미 두목 오다니 겐지, 돗토리 형무소 출소. 은퇴
표명.

11월 3일 이치노세 모리타카, 오다니구미 2대 두목에 오름. 다키이
구미 두목 다키이 긴지의 주선으로 진세이카이에 가맹을
신청.

1989년

—

4월 5일 히오카 슈이치 순경, 히바 군 시로야마 초 나가쓰 고 지구
주재소로 전보.

1991년

—

10월 14일 히오카 슈이치, 경사 승진. 현경 본부 수사 4과장 이쓰키
경정의 추천으로 현경 본부 수사 4과에 배속.

1993년

—

4월 2일   히오카 슈이치 경사, 히로시마 북부서 형사과 폭력단계로
             이동.

2004년

—

4월 10일   오다니구미 두목 이치노세 모리타카, 4대 진세이카이 이
             사장으로 취임.

5월 12일   히오카 슈이치 경사, 히로시마 북부서에서 구레하라 동부
             서 형사과 폭력단계 주임으로 이동.

에필로그

부하가 가져온 방탄조끼에는 눈길도 주지 않고 히오카는 곧장 출구로 향한다. 부하가 뒤따라가면서 큰 소리로 불렀다.

"반장님, 방탄조끼는요?"

히오카는 돌아보지 않고 대답했다.

"입고 싶으면 입어. 난 필요 없으니까."

"하지만 과장님이 착용하라고 하셨잖아요?"

히오카는 걸음을 멈추고 양손을 바지 주머니에 찌른 채 전방을 노려보았다.

"상대는 화약량이 많은 토카레프야. 그걸로 맞으면 조끼 따윈 소용없어. 게다가 조끼를 입으면 움직임이 둔해서 반대로 총격을 당하기 쉬워."

히오카가 고개만 돌리고 놀리듯이 말했다.

"자넨 착용해. 조끼를 입지 않으면 반대로 움직이지 못할 테니까."

겁쟁이라고 은근히 놀림을 받자, 부하는 방금 전과는 다른 의미에서 상기된 얼굴로 옆 테이블에 조끼 두 개를 내려놓았다.

"저도 필요 없습니다."

히오카는 쓸쓸하게 웃으면서 객기를 부리는 부하의 어깨에 팔을 둘렀다.

거칠게 끌어당기면서 귀에 대고 말했다.

"오늘 일제 수색에서 우리는 공을 세울 거야. 이번 달은 폭력단 단속 강화 기간이니까 점수도 두 배라고. 잘만 하면 본부장 표창감이지."

히오카는 지금부터 하려는 말이 얼마나 중요한지 강조하듯 목소리를 더 낮추었다.

"요령은 예전 상관에게 확실히 배웠어. 난 지금까지 그 가르침에 따라 수사를 해왔어."

히오카는 팔을 풀고 부하의 등을 두드리며 박력 넘치는 목소리로 말했다.

"자네에게도 그 요령을 확실히 가르쳐주지. 나만 믿고 따라와."

부하가 눈을 빛내면서 크게 고개를 끄덕였다.

히오카가 출구를 향해 성큼성큼 걸어간다. 뒤처지지 않으려고 부하도 허둥지둥 쫓아갔다.

복도를 걸으면서 히오카는 늑대가 새겨진 지포를 바지 주머니 속에서 꼭 쥐었다.

옮긴이의 말

"치밀한 구성, 탁월한 리얼리티, 예기치 않은 결말. 정말 재미있다. 정통파 하드보일드에 압도당했다."

2014년 『파문』으로 151회 나오키상을 수상한 작가 구로카와 히로유키의 평이다.

이 작품은 〈흉악〉 〈암고양이들〉 등으로 국내에서도 유명한 시라이시 가즈야 감독에 의해 동명의 영화로 제작되었으며, 얼마 전 부천국제판타스틱영화제에도 초청되었다. 소설 자체도 한 편의 영화처럼 박진감 넘친다. 한 장면 한 장면이 마치 스토리보드를 보는 것처럼 생생하게 머릿속에 그려진다.

경찰과 야쿠자 그리고 야쿠자 간의 대결이라는 강렬한 소재, 속도감 있는 전개, 정교한 미스터리 구성이 어우러져 독자를 사정없이 이야기 속으로 끌어들인다. 상투적인 표현이지만 한번 손에 들면 쉽게 내려놓기 힘든 몰입감 높은 소설이다.

저자 유즈키 유코는 한 인터뷰에서 "후카사쿠 긴지 감독의 영화 〈의리 없는 전쟁〉 없이는 있을 수 없었던 작품"이라고 말했다. 2차 세계대전 직후 히로시마를 무대로 펼쳐지는 야쿠자들의 이야기를 담은 〈의리 없는 전쟁〉은 주제와 스타일 면에서 독보적인 작품이다. 남성성으로 포장된 비열한 생존 본능이 지배하는 세계를 그린 이 작품은 오우삼, 쿠엔틴 타란티노 같은 감독들에게 강렬한 인상을 주었다. 쿠엔틴 타란티노 감독의 〈킬 빌〉에 나오는, 대중적으로도 유명한 〈Battle Without Honor Or Humanity〉라는 OST 타이틀 곡은 〈신新 의리 없는 전쟁〉의 OST를 리메이크한 것이다.

그러나 유즈키 유코는 후카사쿠 긴지 감독의 하드보일드 누아르의 세계에 경도되면서도 자신만의 소설 공간을 확실하게 만들어내고 있다. 선 굵은 남자들의 이야기를 남성 작가 못지않은 박력으로 끌고 가면서 동시에 특유의 유머, 따뜻함, 감동을 맛깔나게 녹여낸다. 특히 등장인물들이 매력적이다. 악당은 악당대로 멍청이는 멍청이대로 개성이 살아 있다.

그중에서도 주인공 오가미 쇼고는 압도적인 존재감을 자랑한다. 표창 이력만큼이나 징계처분 이력도 화려한 폭력단계 베테랑 형사 오가미는 현경 조직 내 이단아다. 수사를 위해서라면 불법도

서슴지 않고, 야쿠자 두목들과 호형호제하고, 현경 간부들의 비리를 캐내어 협박하는 거칠고 저돌적인 인물이다. 후배 형사인 히오카에게 폭력단계의 규칙은 야쿠자의 규칙과 같다는 터무니없는 주장을 설파하는 오가미는 때로는 야쿠자보다 더 야쿠자 같은 형사로 그려진다.

그러나 점차 그 위악적인 모습 너머로 인간적이고 의리 있고 정의감 넘치는 오가미의 진면목이 드러난다. 과거에 교통사고로 아내와 한 살배기 아들을 잃은(나중에 야쿠자에 의한 살해였다는 암시가 나온다) 개인사가 밝혀지는 대목에서는 가슴이 먹먹하다. 그리고 절대로 죽지 않는 할리우드 영화의 주인공과는 달리 비열한 야쿠자 두목의 손에 죽임을 당하는 결말에 이르면 허탈감에 맥이 탁 풀린다. 어쩌면 오가미는 상처 입은 고독한 늑대이며, 사회 정의와 선량한 시민의 안전을 지키기 위해 거대한 악과 맞서 싸우는 우리 시대의 영웅일지도 모른다.

어리숙한 신참 형사에서 오가미의 유지를 이어받아 진정한 경찰, 고독한 늑대로 다시 태어나는 히오카의 변신도 통쾌하다. 히오카가 젊은 시절의 오가미를 닮았고 오가미의 죽은 아들과 이름이 같다는 설정에서 드러나듯, 히오카는 오가미의 정신적인 아들이다. 소설 후반, 히오카가 제대로 먹지도 자지도 않고 실종된 오가미를 찾아 헤매는 모습은 그대로 아버지를 잃은 아들의 모습이다. 이 두 사람의 그런 케미가 이야기의 재미와 감동을 한껏 끌어올린다.

작품의 이해를 돕기 위해 일본 야쿠자에 대해 잠깐 소개하려고 한다. 일본의 야쿠자는 역사가 길다. 그 기원은 17세기경으로 거슬러 올라간다. 150여 년에 걸친 전란 시대가 끝나고 에도 막부가 들어서자 사무라이들은 경제적 기반을 잃게 되는데, 배운 것이라고는 살상 기술밖에 없었던 낭인들은 결국 폭력 조직으로 전락하게 되었다. 현대 야쿠자의 원형이라 할 수 있는 바쿠토, 데키야, 구렌타이는 18세기에 등장했다. 바쿠토는 주로 교통 요충지를 중심으로 도박장을 운영했는데,『고독한 늑대의 피』에 나오는 오다니구미와 이라코카이는 이 바쿠토 계열의 야쿠자 조직이다. 데키야와 구렌타이는 상업이 발달하면서 늘어난 장터와 암시장을 중심으로 세력을 불려나갔다.

근대화의 격랑 속에서 메이지 정부와 결탁한 야쿠자 조직들은 거대 이권 집단으로 재편되었고, 패전 후에는 보수파 정권을 등에 업고 극우 폭력 활동을 주도하며 정재계의 막후 권력으로 성장했다. 그러나 1992년 '폭력단 대책법'이 시행되면서 전국의 야쿠자 조직들은 큰 타격을 입고, 내부 투쟁도 현저히 줄었다.『고독한 늑대의 피』의 배경이 되는 1988년은 야쿠자 조직들이 한창 팽창하던 시기로, 말하자면 야쿠자가 가장 야쿠자다웠던 시대라고 할 수 있다.

야쿠자 조직은 철저한 가부장제 위계질서에 기반하고 있다. '사카즈키고토盃事'라는 입단식을 통해 두목과 부하는 부모(오야붕)와

자식(코붕)의 관계를 맺는다. 조직원 간에도 입단 순서에 따라 형(아니키), 동생(샤테이)의 서열이 매겨진다. 요컨대 이 같은 결연 의식은 조직을 통솔하고 조직원의 충성심을 확보하기 위한 장치인 셈이다. 현대에 와서는 전국의 야쿠자 조직들이 거대화, 다층화하면서 일반 기업의 직급 체계를 본뜨는 경우가 많다.

폭력 조직을 결성하기만 해도 '폭력 행위 등 처벌에 관한 법률'에 저촉되는 한국과 달리 일본에서는 결사의 자유를 인정해 조직의 존재 자체는 허용된다. 말하자면 일본의 야쿠자는 유서 깊은 직업군이고, 일본 사회의 구조적 부조리에 젖줄을 대고 있는 거대한 산업이다. 사실 정도의 차이는 있지만 폭력 조직이 없는 나라는 없다. 어쩌면 야쿠자는 인간 속성의 부도덕한 단면이 낳은, 인간 사회의 필요악일지도 모른다.

오가미의 불법 수사 행태를 비난하며 폭력단계 형사의 정의가 무엇이냐고 묻는 히오카에게 오가미는 이렇게 대답한다.

> 폭력단은 세상에서 사라지지 않아. 인간은 말이지, 밥을 먹으면 똥을 눠야 해. 밑을 닦을 휴지가 필요하다는 말이지. 그러니까 폭력단은 화장실 휴지 같은 거야. (……) 우리의 임무는 야쿠자가 민간인에게 피해를 주지 않도록 감시하는 일이야. 나머지는 도를 넘는 녀석들을 없애기만 하면 돼.

야쿠자에 대한 오가미의 의미심장한 통찰이다. 영화 〈고독한 늑

대의 피〉에서 오가미 쇼고 역을 맡은 야쿠쇼 고지는 촬영 현장 뒷
이야기를 담은 영상에서 이렇게 말한다.

"오가미는 이 더러운 세상을 청소하러 내려온 천사입니다. 나
는 그런 마음가짐으로 오가미를 연기했습니다."

왠지 수긍이 가는 말이다.

옮긴이 이윤정

부산대학교 일어일문학과를 졸업하고, 같은 대학원 석사과정과 도쿄외국어대학 대학원 연구생 과정을 수료했다. 현재 일본어 번역가로 활동 중이며, 옮긴 책으로는 『인도방랑』『티베트방랑』『동양방랑』『무라카미 하루키의 위스키 성지 여행』『악마의 패스』『시대가 변했다』『당신이 솔로일 수밖에 없는 생물학적 이유』『국수와 빵의 문화사』『하게타카』『영원의 숲』등이 있다.

고독한 늑대의 피

초판 1쇄 2018년 8월 20일

지은이 / 유즈키 유코
옮긴이 / 이윤정
펴낸이 / 박진숙
펴낸곳 / 작가정신
편집 / 김종숙 황민지
디자인 / 용석재
마케팅 / 김미숙
홍보 / 박중혁
디지털콘텐츠 / 김영란
재무 / 윤미경
인쇄 및 제본 / 한영문화사

주소 (10881) 경기도 파주시 문발로 314
대표전화 031-955-6230   팩스 031-944-2858
이메일 editor@jakka.co.kr   블로그 blog.naver.com/jakkapub
페이스북 facebook.com/jakkajungsin   인스타그램 instagram.com/jakkajungsin
출판 등록 제406-2012-000021호

ISBN 979-11-6026-103-5   03830

이 도서의 국립중앙도서관 출판시도서목록(CIP)은 서지정보유통지원시스템 홈페이지(http://seoji.nl.go.kr)
와 국가자료공동목록시스템(http://www.nl.go.kr/kolisnet)에서 이용하실 수 있습니다.
(CIP제어번호 : CIP2018023075)